O QUE
O VENTO
SUSSURRA

AMY HARMON

O QUE O VENTO SUSSURRA

Tradução
Flavia Baggio

1ª edição
Rio de Janeiro-RJ / São Paulo-SP, 2022

VERUS
EDITORA

Copidesque	Revisão
Lígia Alves	Pedro Siqueira

Título original
What the Wind Knows

ISBN: 978-65-5924-092-0

Copyright © Amy Harmon, 2019
Todos os direitos reservados.

Tradução © Verus Editora, 2022
Direitos reservados em língua portuguesa, no Brasil, por Verus Editora. Nenhuma parte desta obra pode ser reproduzida ou transmitida por qualquer forma e/ou quaisquer meios (eletrônico ou mecânico, incluindo fotocópia e gravação) ou arquivada em qualquer sistema ou banco de dados sem permissão escrita da editora.

Verus Editora Ltda.
Rua Argentina, 171, São Cristóvão, Rio de Janeiro/RJ, 20921-380
www.veruseditora.com.br

CIP-BRASIL. CATALOGAÇÃO NA FONTE
SINDICATO NACIONAL DOS EDITORES DE LIVROS, RJ

H251q

Harmon, Amy
  O que o vento sussurra / Amy Harmon ; tradução Flavia Baggio. – 1. ed. – Rio de Janeiro : Verus, 2022.

  Tradução de: What the Wind Knows
  ISBN 978-65-5924-092-0

  1. Ficção americana. I. Baggio, Flavia. II. Título.

22-78025	CDD: 813
	CDU: 82-3(73)

Gabriela Faray Ferreira Lopes – Bibliotecária – CRB-7/6643

Revisado conforme o novo acordo ortográfico.

Seja um leitor preferencial Record.
Cadastre-se no site www.record.com.br e receba informações sobre nossos lançamentos e nossas promoções.

Atendimento e venda direta ao leitor:
sac@record.com.br

*Para a minha tataravó,
Anne Gallagher Smith*

*Vamos seguir em frente, os contadores de histórias,
e agarrar qualquer presa que o coração anseie,
e não temer.
Tudo existe, tudo é verdade,
e a terra é somente um pouco de poeira sob os nossos pés.*

— W. B. Yeats

PRÓLOGO

Novembro de 1976

— Vô, me conta sobre a sua mãe.

Ele ficou em silêncio enquanto acariciava meus cabelos, e, por um longo momento, pensei que não tivesse me ouvido.

— Ela era linda. Tinha cabelos escuros, olhos verdes, assim como os seus.

— Você tem saudade dela? — Lágrimas escorreram pelo canto dos meus olhos e umedeceram seu ombro sob a minha bochecha. Eu sentia muita falta da minha mãe.

— Não mais — meu avô suavizou.

— Por quê? — De repente, fiquei com raiva dele. Como ele podia traí-la dessa maneira? Era sua obrigação sentir saudade dela.

— Porque ela ainda está comigo.

Isso me fez chorar ainda mais.

— Fique calma, Annie. Calma. Calma. Se você chorar, não vai conseguir ouvir.

— Ouvir o quê? — Engoli em seco, distraída da minha angústia.

— O vento. Ele está cantando.

Eu me animei, erguendo a cabeça para escutar o que meu avô podia ouvir.

— Não estou ouvindo música nenhuma — argumentei.

— Preste mais atenção. Talvez ele esteja cantando para você. — O vento uivou apressado, pressionando a janela do meu quarto.

— Eu ouço o vento — confessei, permitindo que o som me embalasse. — Mas ele não está cantando uma canção muito bonita. Parece mais um grito.

— Talvez o vento esteja tentando chamar a sua atenção. Talvez ele tenha algo muito importante a dizer — murmurou meu avô.

— Ele não quer que eu fique triste? — sugeri.

— Sim, exatamente. Quando eu era pequeno, mais ou menos da sua idade, também estava muito triste, e alguém me falou que tudo ficaria bem, porque o vento já sabia.

— Já sabia o quê? — perguntei, confusa.

Ele cantou um trecho de uma música que eu nunca tinha ouvido, em uma voz calorosa e ondulante.

— O vento e as ondas ainda se lembram dele. — E parou de cantar de repente, como se não soubesse o que vinha depois.

— Se lembram de quem? — pressionei.

— De todos os que já viveram. O vento e a água já sabem — ele disse suavemente.

— Sabem o quê?

— Tudo. O vento que você ouve é o mesmo que sempre soprou. A chuva que cai é a mesma. Indefinidamente, dando voltas, como um enorme círculo. O vento e as ondas estão aqui desde que tudo começou. As pedras e as estrelas também. Mas as pedras não falam, e as estrelas estão longe demais para nos contar o que sabem.

— Elas não conseguem ver a gente.

— Não, provavelmente não. Mas o vento e a água sabem todos os segredos da terra. Eles viram e ouviram tudo que já foi dito e feito. E, se você ouvir com atenção, vão contar todas as histórias e cantar todas as canções. A história de todos os que já viveram. Milhões e milhões de vidas. Milhões e milhões de histórias.

— Eles conhecem a minha história? — perguntei, aturdida.

— Sim — ele sussurrou e sorriu para o meu rosto levantado.

— E a sua também?

— Ah, sim. Nossas histórias estão interligadas, menina Annie. A sua história é especial. Pode demorar a sua vida inteira para contá-la. A minha vida e a sua.

1
EFÊMERA

"Ah, não lamente", disse ele,
"Que estejamos cansados, pois outros amores nos esperam;
Odeie e ame por horas despreocupadas.
Diante de nós jaz a eternidade; nossas almas
São amor, e um adeus permanente."

— W. B. Yeats

Junho de 2001

Dizem que a Irlanda foi construída sobre suas histórias. As fadas e o folclore habitaram a Irlanda por muito mais tempo que os ingleses ou mesmo Patrício e os padres. Meu avô, Eoin Gallagher (se pronuncia gala-RÁR, não gala-GÁR), valorizava a história acima de tudo e me ensinou a fazer o mesmo, pois é nas lendas e fábulas que mantemos vivos nossos ancestrais, nossa cultura e nossa história. Transformamos memórias em histórias e, se não fizermos isso, nós as perdemos. Se as histórias desaparecerem, as pessoas desaparecem também.

Ainda criança, eu já me encantava com o passado, desejando conhecer a história de todas as pessoas que tinham vindo antes de mim. Talvez porque tenha conhecido muito cedo a morte e a perda, mas eu sabia que um dia também partiria, e ninguém se lembraria de que eu vivera. O mundo *se esqueceria*. Ele seguiria em frente, se livrando dos que haviam existido, trocando o velho pelo novo. A tragédia disso tudo era maior do que eu poderia suportar, a tragédia de vidas começando e terminando sem que ninguém se lembrasse.

Eoin nasceu no condado de Leitrim em 1915, nove meses antes da famosa Revolta da Páscoa, que mudou a Irlanda para sempre. Seus pais, meus bisavós, morreram nessa rebelião, e Eoin ficou órfão, sem conhecer nenhum dos dois. Meu avô e eu éramos parecidos nesse sentido — os dois se tornaram órfãos muito jovens —, a sua perda se transformando na minha, a minha se tornando a dele. Eu tinha seis anos quando perdi meus pais. Era só uma garotinha com a língua presa e uma imaginação muito fértil, e Eoin apareceu, me resgatou e me criou.

Quando eu tinha dificuldade para pronunciar as palavras, meu avô me dava papel e caneta.

— Se você não consegue pronunciar, escreva. Elas duram mais assim. Escreva todas as suas palavras, Annie. Escreva e dê a elas um lugar para ir.

E foi o que eu fiz.

Mas esta história não é como nenhuma fábula que já contei, nenhuma história que já escrevi. É a história da minha família, tecida no pano do meu passado, marcada no meu DNA, gravada na minha memória. Tudo começou — se é que existe um começo — quando meu avô estava morrendo.

— Tem uma gaveta trancada na minha mesa — disse meu avô.

— Sim, eu sei — provoquei, como se essa gaveta trancada fosse algo que eu tivesse tentado abrir. Na verdade, eu não fazia ideia. Eu não morava na casa dele no Brooklyn fazia muito tempo e não o chamava de "avô" fazia mais tempo ainda. Ele era apenas "Eoin" agora, e suas gavetas trancadas não eram da minha conta.

— Sem gracinha, mocinha — repreendeu Eoin, repetindo uma rima que eu tinha ouvido milhares de vezes na vida. — A chave está no meu chaveiro. É a menor de todas. Pega para mim?

Fiz o que ele pediu, seguindo suas instruções e colocando para fora o que havia na gaveta. Um grande envelope pardo estava em cima de uma caixa cheia de cartas, centenas delas, ordenadas e agrupadas sistematicamente. Parei por um momento ao ver as cartas e notei que nenhuma delas parecia ter sido aberta.

Havia uma data escrita em uma letra bem pequena no canto de cada uma delas, e isso era tudo.

— Traga o envelope pardo para mim — Eoin instruiu, sem erguer a cabeça do travesseiro. Ele tinha enfraquecido tanto no último mês que raramente saía da cama. Deixei a caixa de cartas de lado, peguei o envelope e fui até ele.

Abri a aba do envelope e o virei para baixo com cuidado. Um punhado de fotos soltas e um pequeno livro encadernado em couro deslizaram, caindo na cama. Um botão de latão, arredondado e fosco, caiu do envelope por último, e eu o peguei, tocando o inofensivo item.

— O que é isso, Eoin?

— Esse botão pertenceu a Seán Mac Diarmada — disse com a voz áspera e um brilho nos olhos.

— *O* Seán Mac Diarmada?

— Só tem um.

— Como é que *você* tem isso?

— Foi dado a mim. Vire-o ao contrário. As iniciais dele estão marcadas. Está vendo?

Segurei o botão contra a luz, girando-o para um lado e para o outro. De fato havia um pequeno *S* seguido por um *McD* na superfície.

— Esse botão era do casaco dele — Eoin começou, mas eu conhecia a história. Estava mergulhada em pesquisas fazia meses, tentando ter uma ideia da história da Irlanda para um romance em que estava trabalhando.

— Ele entalhou as iniciais nos botões do casaco e em algumas moedas e entregou a Min Ryan, sua namorada, uma noite antes de ser executado por um pelotão de fuzilamento em razão de seu envolvimento na Revolta da Páscoa — eu disse, deslumbrada com o pequeno pedaço de história que tinha nas mãos.

— Isso mesmo — disse Eoin, esboçando um sorriso discreto nos lábios.

— Ele era do condado de Leitrim, onde eu nasci e fui criado. Viajou pelo país estabelecendo filiais da Irmandade Republicana Irlandesa. Foi por causa dele que os meus pais se envolveram.

— Inacreditável — falei baixinho. — Você devia autenticar o botão e colocar em algum lugar seguro, Eoin. Isso deve valer uma pequena fortuna.

— É seu agora, menina Annie. Pode decidir o que fazer com ele. Só me prometa que não vai dar a alguém que não entenda o seu significado.

Meus olhos encontraram os dele, e minha empolgação com o botão foi sumindo até desaparecer. Ele parecia tão cansado. Parecia tão velho. E eu não estava pronta para ele descansar, ainda não.

— Mas... eu nem sei se entendo, Eoin — sussurrei.

— Entende o quê?

— O significado do botão. — Eu queria mantê-lo falando, acordado, e me apressei a preencher o vazio que seu cansaço deixava em mim. — Andei lendo sobre a Irlanda... biografias, documentários, coletâneas e diários. Venho pesquisando há meses. Tenho tanta informação na cabeça e não sei o que fazer com isso. A história depois da Revolta da Páscoa, em 1916, é uma confusão de opiniões e acusações. Não existe um consenso.

Eoin riu, mas o som de sua risada era frágil e sem alegria.

— Meu amor, essa é a Irlanda.

— É mesmo? — Isso era tão triste. Tão desanimador.

— Tantas opiniões e tão poucas soluções. E todas as opiniões do mundo não mudam o passado. — Ele suspirou.

— Não sei que história vou contar. Quando chego a uma opinião, sou influenciada por outra. Eu me sinto perdida.

— Era assim que o povo da Irlanda se sentia também. Essa foi uma das razões que me fizeram sair de lá. — A mão de Eoin encontrou o livro com a capa de couro gasta, e ele o acariciou, como fazia na minha cabeça quando eu era criança. Por um momento ficou em silêncio, perdido em pensamentos.

— Você tem saudade de lá? Tem saudade da Irlanda? — perguntei. Não costumávamos falar sobre isso. A minha vida, a nossa vida juntos, era nos Estados Unidos, em uma cidade tão viva e vibrante como os olhos azuis de Eoin. Eu sabia muito pouco da vida do meu avô antes de mim. E ele nunca se mostrara interessado em me inteirar sobre isso.

— Tenho saudade das pessoas. Saudade do cheiro e dos campos verdes. Saudade do mar e da atemporalidade. A Irlanda é... atemporal. Ela não mudou muito. Não escreva um livro sobre a história da Irlanda, Annie. Já existem muitos. Escreva uma história de amor.

— Mesmo assim, ainda preciso de um contexto, Eoin — argumentei, sorrindo.

— Sim, precisa. Mas não deixe a história distrair você das pessoas que a viveram. — Eoin pegou uma das fotos, os dedos tremendo enquanto a aproximava do rosto para estudá-la melhor. — Existem caminhos que inevitavelmente levam ao sofrimento, atos que roubam a alma dos homens, deixando-os vagar eternamente sem ela, tentando encontrar o que perderam — murmurou, como se estivesse citando algo que já ouvira antes, algo que o tinha tocado. Ele me deu a foto que estava em suas mãos.

— Quem é ela? — perguntei, encarando a mulher que me fitava ferozmente de volta.

— Essa é Anne Finnegan Gallagher, sua bisavó.

— Sua mãe? — perguntei.

— Sim — ele respondeu baixinho.

— Eu me pareço com ela — constatei, encantada. As roupas que ela vestia e o estilo do cabelo faziam dela uma criatura exótica, estrangeira, mas o rosto que me olhava de décadas passadas poderia ser o meu.

— Sim, se parece. Muito — disse Eoin.

— Ela é um pouco intensa — observei.

— Sorrir não era algo que se costumava fazer naqueles dias.

— Nunca?

— Não — ele riu —, não *nunca*. Só não em fotos. Nós nos esforçávamos muito para parecer mais dignos do que éramos. Todos queriam ser revolucionários.

— E esse é o meu bisavô? — Apontei para o homem ao lado de Anne na foto seguinte.

— Sim. Meu pai, Declan Gallagher.

A juventude e a vitalidade de Declan Gallagher tinham sido preservadas na foto amarelada. Gostei dele logo de cara e senti um surpreendente aperto no peito. O homem havia morrido, e eu nunca o conheceria.

Eoin me deu outra foto, de sua mãe, seu pai e um homem que não reconheci.

— Quem é esse? — O desconhecido estava vestido de maneira formal, como Declan, com um terno e um colete ajustado aparecendo entre as lapelas. Tinha as mãos nos bolsos e seu cabelo estava penteado para trás em cuidadosas ondas, curto nas laterais e mais comprido em cima. Castanho ou preto, não dava para saber. Sua testa estava ligeiramente franzida, como se ele não se sentisse confortável em tirar essa foto.

— É o dr. Thomas Smith, o melhor amigo do meu pai. Eu o amava quase tanto quanto amo você. Ele era como um pai para mim. — A voz de Eoin era suave, e seus olhos se fecharam novamente.

— Era? — Minha voz se elevou pela surpresa. Eoin nunca tinha falado sobre esse homem. — Por que você não me mostrou essas fotos antes, Eoin? Eu nunca tinha visto nenhuma delas.

— Tem mais — murmurou Eoin, ignorando minha pergunta, como se fosse necessário muita energia para explicar.

Passei para a próxima foto da pilha.

Era um retrato de Eoin ainda menino, os olhos arregalados, sardas no rosto e o cabelo escorrido. Ele vestia calças curtas e meias longas, um colete e um paletozinho. Segurava um boné. Uma mulher atrás dele apoiava as mãos em seus ombros com a expressão carrancuda. Ela devia ser bonita, mas parecia desconfiada demais para sorrir.

— Quem é essa?

— Brigid Gallagher, minha avó. A mãe do meu pai. Eu a chamava de Nana.

— Quantos anos você tinha aqui?

— Seis. Nana estava muito triste comigo nesse dia. Eu não queria tirar o retrato sem o restante da família. Mas ela insistiu em tirarmos um só nós dois.

— E essa foto? — Peguei a próxima da pilha. — Me conte sobre essa. É a sua mãe, ela está com o cabelo mais comprido aqui, e o médico, certo?

Meu coração disparou quando olhei para a foto. Thomas Smith estava com o olhar voltado para baixo, na direção da mulher ao lado dele, como se no último instante não tivesse conseguido resistir. O olhar dela estava direcionado para baixo também, um sorriso secreto em seus lábios. Eles não se tocavam, mas estavam muito conscientes um do outro. E não havia ninguém mais com eles. A foto era estranhamente natural para aquela época.

— Thomas Smith era... apaixonado por Anne? — gaguejei, de repente sem fôlego.

— Sim... e não — disse Eoin suavemente, e eu olhei brava para ele.

— Que tipo de resposta é essa? — perguntei.

— Uma resposta verdadeira.

— Mas ela era casada com o seu pai. E você não disse que ele era o melhor amigo de Declan?

— Sim. — Eoin suspirou.

— Uau. Temos uma história aí — exclamei.

— Sim, temos — Eoin sussurrou. Ele fechou os olhos, sua boca trêmula. — Uma história maravilhosa. Não consigo olhar para você sem me lembrar.

— Isso é bom, não é? — perguntei. — Lembrar é bom.

— Lembrar é bom — ele concordou, mas as palavras saíram com uma careta, e meu avô se agarrou aos cobertores.

— Quando foi a última vez que você tomou um analgésico? — perguntei, com a voz impaciente. Larguei as fotografias e corri até a bancada do banheiro, onde estavam os comprimidos. Aflita, peguei um e enchi um copo com água, em seguida ergui a cabeça de Eoin para ajudá-lo a engolir. Eu queria que ele estivesse no hospital, cercado de pessoas que pudessem cuidar dele. Mas ele pediu para ficar em casa comigo. Meu avô passara a vida cuidando de doentes e moribundos. Seis meses antes, quando fora diagnosticado com câncer, ele calmamente anunciou que não faria tratamento. Sua única concessão aos meus pedidos chorosos era que ele controlaria a dor.

— Você precisa voltar, menina Annie — disse ele um pouco depois, o comprimido fazendo sua voz ficar sonolenta e suave.

— Para onde? — perguntei, com o coração na mão.

— Para a Irlanda.

— Voltar? Eoin, eu nunca estive lá. Lembra?

— Eu preciso voltar também. Você me leva? — ele pediu, com a voz arrastada.

— A vida toda eu quis ir à Irlanda com você — sussurrei. — Você sabe disso. Quando nós vamos?

— Quando eu morrer, você me leva de volta.

A dor no meu peito era física, com pontadas e torções, e eu me abaixei para combatê-la, fazê-la parar, mas ela crescia como o cabelo da Medusa, as serpentes se contorcendo e caindo dos meus olhos em filetes quentes e molhados.

— Não chore, Annie — disse Eoin. Sua voz estava tão fraca que fiz o que pude para conter as lágrimas, ao menos para poupá-lo da angústia. — Não há um fim para nós. Quando eu morrer, leve minhas cinzas de volta à Irlanda e me jogue no Lough Gill.

— Cinzas? No meio de um lago? — perguntei, tentando sorrir. — Você não quer ser enterrado perto de uma igreja?

— A igreja só quer o meu dinheiro, mas espero que Deus leve a minha alma. O que restar de mim pertence à Irlanda.

A janela começou a trepidar, e eu corri para fechar as cortinas. A chuva batia contra as vidraças, uma tempestade de fim de primavera que vinha ameaçando a costa Leste a semana toda.

— O vento está uivando como o cão de caça de Culann — murmurou Eoin.

— Eu adoro essa história — comentei, sentando-me a seu lado. Ele estava com os olhos fechados, mas continuou falando, meditando suavemente, como se estivesse se lembrando.

— Você me contou a história de Cú Chulainn, Annie. Eu fiquei com medo e você me deixou dormir na sua cama. O doutor ficou de guarda a noite toda. Eu podia ouvir o cão no vento.

— Eoin, eu não contei a história de Cú Chulainn para você. Você me contou. Muitas vezes. Foi você quem contou — corrigi, arrumando os cobertores. Ele agarrou minha mão.

— Sim, eu contei para você. Você me contou. E vai me contar de novo. Só o vento sabe o que realmente veio primeiro.

Ele adormeceu, e eu segurei sua mão, ouvindo a tempestade, perdida em lembranças de nós dois. Eu tinha seis anos quando Eoin se tornou meu porto seguro e meu responsável. Ele me abraçava enquanto eu chorava pelos meus pais, que não voltariam. Eu queria desesperadamente que ele pudesse me abraçar de novo, que pudéssemos começar de novo, ao menos para tê-lo comigo por mais uma vida.

— Como vou viver sem você, Eoin? — lamentei em voz alta.

— Você não precisa mais de mim. Você cresceu — murmurou ele, me surpreendendo. Achei que já estivesse dormindo.

— Eu sempre vou precisar de você — chorei, e seus lábios tremeram novamente, reconhecendo a devoção em minhas palavras.

— Nós vamos estar juntos novamente, Annie. — Eoin nunca fora religioso, e suas palavras me espantaram. Ele fora criado por uma avó católica devota, mas abandonou a religião quando deixou a Irlanda, aos dezoito anos. Insistira que eu estudasse em uma escola católica no Brooklyn, mas isso foi o máximo da minha educação religiosa.

— Você realmente acredita nisso? — sussurrei.

— Eu sei disso — disse ele, abrindo as pálpebras pesadas e me olhando solenemente.

— Eu não sei. Não sei mesmo. Eu te amo tanto e não estou preparada para perdê-lo. — Eu estava chorando muito, já sentindo a falta dele, minha solidão e os anos que se estendiam diante de mim sem a sua presença.

— Você é linda. Inteligente. Rica. — Ele deu uma risada fraca. — E conseguiu tudo isso sozinha. Você e as suas histórias. Eu tenho tanto orgulho de você, menina Annie. Tanto orgulho. Mas você não tem uma vida além dos seus livros. Você não tem amor. — Seus olhos se perderam e procuraram o espaço atrás de mim. — Ainda não. Me prometa que vai voltar, Annie.

— Eu prometo.

Depois disso, ele dormiu, mas eu não consegui. Fiquei ao seu lado, ávida por sua presença, pelas palavras que ele poderia dizer, pelo conforto que eu sempre encontrava nele. Ele acordou mais uma vez, ofegante de dor, e eu o ajudei a engolir outro comprimido.

— Por favor. Por favor, Annie. Você precisa voltar. Eu preciso tanto de você. Nós dois precisamos.

— Do que você está falando, Eoin? Eu estou aqui. Quem precisa de mim?

Ele estava delirando, sendo levado para além da consciência pela dor, e eu só podia pegar sua mão e fingir que entendia.

— Durma agora, Eoin. A dor vai ficar mais fácil de suportar.

— Não se esqueça de ler o livro. Ele amou você. Amou muito. Ele está esperando, Annie.

— Quem, Eoin? — Não consegui conter as lágrimas, e elas pingaram em nossas mãos entrelaçadas.

— Sinto saudade dele. Faz tanto tempo. — Ele suspirou profundamente, sem abrir os olhos. O que ele via estava em sua memória, em sua dor, e eu o deixei divagar até que as palavras murmuradas se tornassem fôlegos superficiais e sonhos inquietos.

A noite terminou e o dia amanheceu, mas Eoin não acordou.

2 de maio de 1916

Ele está morto. Declan está morto. Dublin está em ruínas, Seán Mac Diarmada está em Kilmainham Gaol esperando o pelotão de fuzilamento, e eu não sei o que aconteceu com Anne. E aqui estou eu, preenchendo as páginas deste diário como se isso fosse trazê-los todos de volta. Cada detalhe é uma ferida, mas são feridas que me sinto obrigado a reabrir, examinar, nem que seja apenas para dar um sentido a tudo isso. E algum dia o pequeno Eoin vai precisar saber o que aconteceu.

Eu pretendia lutar. Comecei a segunda-feira de Páscoa com um fuzil na mão, que larguei e nunca mais peguei de volta. Desde o momento em que invadimos o Correio Geral, eu estava coberto de sangue e caos no pronto-socorro improvisado. Havia pouca organização e muito entusiasmo, e, nos primeiros dias, ninguém sabia o que fazer. Mas eu sabia como cuidar de ferimentos e estancar sangue. Sabia fazer uma tala e retirar uma bala. Por cinco dias, sob bombardeio constante, foi o que eu fiz.

Os dias se passavam e era como se eu estivesse sonhando, sem descanso, tão exausto que poderia dormir em pé, minha cabeça balançando ao ritmo dos disparos da artilharia. Apesar de tudo, não conseguia acreditar no que estava acontecendo. Declan estava eufórico, e Anne foi às lágrimas quando a canhoneira começou a atirar na Sackville Street, como se o uso de grandes armas solidificasse nossos sonhos de uma rebelião. Ela estava certa de que os britânicos estavam finalmente nos escutando. Eu oscilava entre orgulho e desespero, entre meus sonhos de infância com o nacionalismo e a rebelião irlandesa e a destruição completa que esta-

va sendo infligida. Eu sabia que era inútil, mas fui compelido a participar pela amizade ou lealdade, ainda que o meu papel fosse apenas assegurar que os rebeldes — um grupo desorganizado, idealista e fatalista — tivessem alguém para cuidar de seus feridos.

    Declan fez Anne prometer que ficaria longe do perigo. Ela, Brigid e o pequeno Eoin estavam escondidos em minha casa em Mountjoy Square quando Declan e eu nos juntamos aos Voluntários que marchavam pelas ruas, ávidos por realizar nossa revolução. Anne juntou-se a Declan no Correio Geral na quarta-feira, chutando uma janela para entrar e escalando o parapeito irregular para chegar até ele. Ela nem notou o sangue escorrendo de um corte em sua perna esquerda e da palma de sua mão em virtude dos vidros quebrados, até que eu a fizesse sentar para poder cuidar disso. Ela disse a Declan que, se ele iria morrer, ela morreria com ele. Ele ficou com raiva e a ameaçou, mas ela não deu ouvidos e se fez útil como mensageira entre o Correio Geral e a fábrica de Jacob, já que ninguém lhe daria uma arma. As mulheres conseguiam se deslocar mais facilmente de um lugar a outro sem serem questionadas ou alvo de disparos. Não sei quando sua sorte teve fim. A última vez que a vi foi na sexta-feira pela manhã, quando as chamas se espalharam pelos dois lados da Abbey Street, tornando inevitável o abandono do correio.

    Comecei a evacuar os feridos para o Hospital da Jervis Street com uma maca que eu havia implorado a um funcionário da Ambulância St. John. Ele também me deu três braceletes da Cruz Vermelha para que não fôssemos alvo de disparos — ou barrados — ao ir na direção sul até o hospital e voltar repetidas vezes. Connolly torceu o tornozelo, mas não quis sair. Deixei-o sob os cuidados de Jim Ryan, um estudante de medicina que estava lá desde terça-feira. Fiz a viagem três vezes antes de anoitecer e as barricadas impedirem que dois Voluntários — garotos de Cork que tinham vindo a Dublin para se unir à luta — e eu retornássemos. Falei para os meninos saírem da cidade. Para começarem a andar. A revolução tinha acabado, e precisavam deles em casa. Então voltei ao Hospital da Jervis Street e encontrei um canto vazio, dobrei meu casaco sob a cabeça e desabei, mas fui acordado *por uma enfermeira, que tinha certeza de que o hospital seria evacuado por causa das chamas que haviam me seguido desde o Correio Geral. Voltei a dormir, exausto demais para me importar. Quando acordei, o fogo havia sido contido e as forças rebeldes haviam se rendido.*

Os soldados britânicos vieram prender os insurgentes, mas a equipe do Hospital da Jervis Street disse que eu era um cirurgião e, milagrosamente, não fui detido. Em vez disso, passei o resto do dia cuidando dos mortos e moribundos na Moore Street, onde quarenta homens tentaram garantir uma linha de retirada do Correio Geral em chamas. Tanto civis quanto rebeldes foram mortos pelas forças da Coroa. Mulheres, crianças e idosos foram atingidos no fogo cruzado, e seus rostos mortos estavam cobertos de fuligem. Moscas zumbiam em volta de suas cabeças, algumas tão queimadas que seria impossível reconhecê-las. No fundo do meu coração, eu não conseguia me eximir de parte da culpa. Uma coisa é lutar pela liberdade, outra é condenar um inocente a morrer em sua guerra.

Foi aí que encontrei Declan.

Eu disse seu nome, passei as mãos em suas bochechas enegrecidas e ele abriu os olhos ao me ouvir. Meu coração disparou. Por um minuto pensei que poderia salvá-lo.

— Você vai cuidar de Eoin, não vai, Thomas? Você vai cuidar de Eoin e da minha mãe. E de Anne. Cuide de Anne.

— Onde ela está, Declan? Onde a Anne está?

Mas então seus olhos se fecharam e sua respiração sibilou na garganta. Eu o levantei sobre o ombro e corri para buscar ajuda. Ele estava morto. Eu sabia disso, mas o carreguei para o Hospital da Jervis Street, exigi um lugar para deitá-lo, lavei o sangue e a areia de sua pele e de seu cabelo e arrumei suas roupas. Fiz curativos em seus ferimentos, que nunca cicatrizariam, e o carreguei novamente pelas ruas, subindo a Jervis, cruzando a Parnell, atravessando a Gardiner Row e indo pela Mountjoy Square. Ninguém me parou. Eu carregava um homem morto em meu ombro pelo centro da cidade, e as pessoas ficaram tão chocadas que desviaram o olhar.

Não acho que Brigid, a mãe de Declan, vá se recuperar um dia. A única pessoa que talvez ame Declan mais que Anne é Brigid. Estou levando-o de volta para casa em Dromahair. Brigid quer enterrá-lo em Ballinagar, ao lado do pai dele. E depois vou voltar a Dublin para buscar Anne. Que Deus me perdoe por tê-la deixado para trás.

T. S.

2
A ILHA NO LAGO DE INNISFREE

Levanto-me e vou agora, pois sempre, noite e dia,
Ouço as águas do lago que murmuram junto à costa;
Estando eu na estrada ou na rua sombria,
Ouço isso no fundo do coração.

— W. B. Yeats

Voei para Dublin escondendo na mala a urna com as cinzas de Eoin. Eu não tinha ideia se havia leis internacionais — ou leis irlandesas — sobre o transporte de mortos e decidi que não queria saber. Minha mala estava me esperando na esteira de bagagens, e cheguei duas vezes para me assegurar de que a urna não havia sido confiscada antes de alugar um carro para dirigir até o noroeste de Sligo, onde ficaria por alguns dias enquanto explorava os arredores de Dromahair. Não me preparei para dirigir na direção contrária da estrada e passei praticamente as três horas da viagem até Sligo ziguezagueando pela estrada e gritando de terror, incapaz de aproveitar a paisagem por medo de perder uma placa ou de bater em um carro vindo na direção contrária.

Eu raramente dirigia em Manhattan; não havia razão para ter um carro. Mas Eoin tinha insistido que eu aprendesse a dirigir e tirasse a carteira de motorista. Ele dizia que a liberdade é a capacidade de ir aonde manda o coração, e, quando cresci, ele me levava para cima e para baixo na costa Leste em pequenas viagens e aventuras. No verão em que completei dezesseis anos, passamos o mês de julho atravessando o país, começando no Brooklyn e terminando em Los Angeles. Foi quando aprendi a dirigir, percorrendo longos trechos de rodovias entre cidadezinhas que nunca mais veria. Sobre colinas onduladas, pelos penhascos vermelhos do Oeste, através da vastidão do tudo e do nada, com Eoin ao meu lado.

Enquanto dirigíamos, memorizei "Baile e Aillinn", de Yeats, um poema narrativo cheio de lendas e saudade, morte e trapaça, e amor que transcende a vida. Eoin segurava o exemplar cheio de orelhas da poesia de Yeats e me ouvia tropeçar nos versos, gentilmente me corrigindo e me ajudando a pronunciar os nomes das antigas lendas em gaélico, até que eu pudesse ler cada verso como se o tivesse vivido. Eu tinha paixão por Yeats, que era obcecado pela atriz Maud Gonne, que, por sua vez, deu seu amor a um revolucionário. Eoin me deixava divagar sobre coisas que eu achava que entendia — mas havia apenas romantizado —, como filosofia, política e o nacionalismo irlandês. Contei a ele que um dia queria escrever um livro ambientado na Irlanda durante a Revolta da Páscoa de 1916.

— Tragédias fazem boas histórias, mas eu prefiro que a sua história, aquela que você vive, não aquelas que você escreve, seja cheia de alegria. Não se deleite com a tragédia, Annie. Regozije-se no amor. E, quando o encontrar, não deixe escapar. No fim, o amor é a única coisa da qual você não vai se arrepender — disse Eoin.

Eu não estava interessada em outro amor além daquele que se lê nos livros. Passei o ano seguinte importunando Eoin para me levar à Irlanda, a Dromahair, a pequena cidade em que ele nascera. Eu queria ir ao Festival Yeats, em Sligo — Eoin havia dito que não ficava longe de Dromahair —, e aperfeiçoar meu gaélico. Ele insistira que eu aprendesse, era a nossa língua, a da nossa vida juntos.

Eoin recusou. Foi uma das poucas vezes que brigamos. Fiquei falando com um sotaque irlandês muito ruim por dois meses para torturá-lo.

— Você está forçando muito, Annie. Se você pensar em como a sua língua se movimenta na boca, não vai soar natural — ensinava ele, estremecendo.

Redobrei meus esforços. Eu estava irredutível em minha fixação. Queria ir para a Irlanda. Cheguei a pedir ajuda a um agente de viagens. Depois, apresentei a Eoin as informações completas, com opções de datas e preços.

— Nós não vamos à Irlanda, Annie. Não é o momento. Ainda não — disse ele, com uma expressão teimosa no queixo, rejeitando meus folhetos de viagens e itinerários.

— E quando vai ser o momento? — perguntei, tentando convencê-lo.

— Quando você crescer.

— O quê? Mas eu já cresci — insistia, ainda mantendo o sotaque.

— Está vendo? Agora saiu perfeito. Natural. Ninguém saberia que você é americana — observou ele, tentando me distrair.

— Eoin, por favor. Ela está me chamando — gemi teatralmente, mas estava sendo sincera em meu fascínio. Realmente a Irlanda estava me chamando. Eu sonhava com isso. Ansiava por isso.

— Eu acredito, Annie. Acredito mesmo. Mas não podemos voltar ainda. E se nós formos e nunca mais voltarmos?

A ideia me encheu de entusiasmo.

— Então nós ficamos! A Irlanda precisa de médicos. Por que não? Eu poderia fazer faculdade em Dublin.

— A nossa vida agora é aqui — Eoin argumentou. — O momento vai chegar. Mas não agora, Annie.

— Então vamos apenas visitar. É só uma viagem, Eoin. E, quando acabar, não importa quanto eu ame o lugar e queira ficar, nós voltamos para casa. — Pensei que estivesse sendo muito sensata, mas ele foi tão categórico que me confundiu.

— A Irlanda não é segura, Annie! — respondeu, perdendo a paciência. A ponta de suas orelhas estava vermelha, e seus olhos brilhavam. — Nós não vamos. Jesus, Maria, José, garota. Esqueça isso.

A raiva dele doeu mais que um tapa. Corri para o quarto e bati a porta, chorando, furiosa, fazendo planos infantis para fugir.

Mas ele nunca cedeu, e eu não era uma garota rebelde; ele nunca fez nada para que eu pudesse me rebelar. Ele não queria ir à Irlanda — não queria que *eu* fosse à Irlanda —, e, por amor e respeito a ele, acabei desistindo. Se as lembranças que ele tinha da Irlanda o machucavam tão profundamente, então como eu podia insistir que ele voltasse? Joguei fora os panfletos, aposentei meu sotaque irlandês e só lia Yeats quando estava sozinha. Nós continuamos com o gaélico, mas isso não me fazia pensar na Irlanda. Me fazia pensar em Eoin, e ele me incentivou a correr atrás dos meus sonhos.

Comecei a escrever minhas próprias histórias. A compor meus próprios contos. Escrevi um romance ambientado na época dos julgamentos das bruxas de Salem — um livro juvenil que vendi para uma editora aos dezoito anos —, e Eoin passou duas semanas comigo em Salem, Massachusetts, para que eu pesquisasse quanto quisesse. Escrevi um romance sobre a Revolução Francesa pelos olhos da jovem dama de companhia de Maria Antonieta. Eoin alegremente organizou sua agenda, remarcou pacientes e me levou para a França. Fomos à Austrália para que eu escrevesse uma história sobre os prisioneiros ingleses mandados para lá. Fomos à Itália, a Roma, para que eu pudesse escrever a história de um jovem soldado durante a queda do Império Romano. Fomos ao Japão, às Filipinas e ao Alasca, tudo em nome da pesquisa.

Mas nunca fomos à Irlanda.

Fiz dezenas de viagens sozinha. Passei os últimos dez anos da minha vida absorta no trabalho, escrevendo uma história após a outra, viajando de um lugar a outro para pesquisar e escrever. Eu poderia ter ido à Irlanda sozinha. Mas não fui. Nunca parecia o momento certo, e havia sempre outras histórias para contar. Fiquei esperando por Eoin, mas agora ele se foi. Eoin se foi, e eu finalmente estava na Irlanda, dirigindo do lado contrário da estrada, com o fantasma do meu avô na cabeça e suas cinzas no porta-malas.

A raiva que senti aos dezesseis anos — a injustiça e a confusão diante de sua recusa — cresceu em meu peito novamente.

— Que droga, Eoin. Você deveria estar aqui comigo! — gritei, estapeando o volante. Meus olhos se encheram de lágrimas, quase me fazendo bater em um caminhão, que desviou, buzinando.

Quando cheguei ao Hotel Great Southern — um imponente estabelecimento amarelo-claro construído alguns anos depois da Guerra Civil Irlandesa —, em Sligo, ao pôr do sol, fiquei sentada no estacionamento lotado e rezei o rosário pela primeira vez em muito tempo, grata por estar viva. Cambaleei até o hotel, puxando as malas, e depois de fazer o check-in subi uma escada que me lembrou as cenas de *Titanic*, o que era estranhamente simbólico diante da sensação de naufrágio com que vinha lutando desde Nova York.

Desabei na cama grande, cercada de móveis pesados e papéis de parede em vários tons de roxo, e adormeci sem nem tirar os sapatos. Acordei doze horas depois, desorientada e faminta, e me arrastei até o banheiro para me aconchegar na banheira ridiculamente estreita, tremendo enquanto tentava descobrir como ligar a água quente. Tudo era diferente o bastante para que eu levasse um tempo para me ajustar, mas semelhante o suficiente para que eu ficasse impaciente comigo mesma pela dificuldade que estava enfrentando.

Uma hora depois, já de banho tomado e vestida, peguei minhas chaves e desci a escada ornamentada que dava para a sala de jantar.

Andei pelas ruas de Sligo tragicamente maravilhada, a menina em mim boquiaberta com as coisas mais simples, a mulher de luto arrasada porque eu finalmente estava lá e Eoin não estava comigo. Desci a Wolfe Tone Street e fui até o Templo, onde fiquei embaixo da torre do sino da enorme Catedral de Sligo, com a cabeça inclinada para trás enquanto esperava que ele tocasse. O rosto de William Butler Yeats — de cabelo branco e óculos — estava pintado em um muro ao lado de palavras que proclamavam que aquele era o "país de Yeats". Na pintura ele estava parecido com Steve Martin, e fiquei ressentida com o desenho cafona. Yeats merecia mais que um mural malfeito. Passei direto pelo museu de Yeats em severo protesto.

A cidade fica acima do mar, e, aqui e ali, a longa praia, brilhante e exposta pela maré, me espiava. Eu tinha andado muito, sem nem prestar atenção à distância que havia percorrido, meus olhos devorando o que estava ao redor. Entrei em uma doceria; precisava de açúcar e de informações sobre como voltar ao hotel e a Dromahair, caso fosse me aventurar outra tarde ao volante.

O dono era um homem simpático, com seus sessenta anos, que me vendeu alcaçuz azedo e docinhos de chocolate e caramelo e perguntou sobre a minha visita a Sligo. O sotaque americano me entregou. Quando mencionei Dromahair e uma busca ancestral, ele acenou com a cabeça.

— Não é longe. Uns vinte minutos. Você vai gostar de dar uma volta ao redor do lago. Continue na 286 até ver a placa para Dromahair. É uma bela viagem, e o Castelo de Parke fica no caminho. Vale a pena parar para conhecer.

— O nome do lago é Lough Gill? — perguntei, me policiando a tempo para pronunciar corretamente. *Lough* foi pronunciado do jeito escocês.

— Esse mesmo.

Meu peito doeu, e afastei o pensamento do lago. Ainda não me sentia pronta para pensar em cinzas e despedidas.

Ele apontou na direção do hotel e me disse para ouvir a torre do sino da catedral se eu voltasse a andar por ali. Enquanto me passava as compras, perguntou sobre a minha família.

— Gallagher, é? Uma mulher com esse nome se afogou no Lough Gill, hum... acho que faz quase um século. Minha avó me contou essa história. O corpo nunca foi encontrado, mas, em noites claras, as pessoas dizem que às vezes é possível vê-la andando na água. Temos a nossa própria mulher do lago. Acho que Yeats escreveu um poema sobre ela. Pensando bem, ele escreveu até um poema sobre Dromahair.

— "Ele estava no meio de uma multidão em Dromahair; seu coração dependia de um vestido de seda, e pelo menos ele conhecera um pouco de ternura, antes que a terra o levasse aos seus cuidados severos" — citei, com a entonação do sotaque irlandês que aperfeiçoara na juventude. Eu não conhecia o poema sobre a mulher fantasma, pelo menos não fui capaz de me lembrar de nada parecido, mas sabia esse sobre a amada Dromahair de Eoin.

— Isso mesmo! Nada mau, moça. Nada mal mesmo.

Sorri e agradeci, colocando um pedaço de chocolate na boca enquanto perambulava de volta cidade afora em direção ao hotel que cheirava a tempos e eras passados.

O homem da doceria estava certo. A viagem para Dromahair era linda. Eu a prolonguei, agarrando o volante e fazendo as curvas bem lentamente para minha própria segurança e para a segurança do viajante irlandês desavisado. Às vezes a vegetação se erguia tão densa de ambos os lados que eu me sentia provocada pelo acostamento, o qual ameaçava fechar a estrada a cada curva. Então a folhagem cessou e o lago brilhou abaixo, me dando boas-vindas.

Encontrei um mirante e parei o carro. Subi no muro baixo de pedras que separava a estrada da planície do lago para apreciar a vista. Pelo mapa, eu sabia que Lough Gill era grande, estendendo-se de Sligo até o condado de Leitrim, mas, de onde eu estava, olhando para a margem leste, parecia intimidado e retraído, cercado de terras agrícolas quadradas, delimitadas por pedras, que se erguiam das margens até as colinas por todos os lados. Às vezes uma casa despontava na colina, mas eu não imaginava que a vista fosse muito diferente do que era cem anos antes. Eu podia facilmente acompanhar o muro e descer a longa encosta de grama para chegar à margem, embora talvez estivesse mais longe do que parecia olhando de cima. Levei isso em consideração, pensando também que levaria a urna comigo para a temida tarefa que me acompanhava. Parte de mim não queria nada a não ser mergulhar os pés no azul plácido e contar a Eoin que eu havia encontrado seu lar. Resisti ao chamado da água, sem saber se o terreno até a margem do lago era pantanoso sob a grama que se estendia à minha frente. Ficar presa na lama até os quadris com a urna de Eoin não estava nos meus planos.

Dez minutos depois, eu estava descendo a rua principal da pequena Dromahair, procurando por sinais e símbolos. Não sabia por onde começar. Não podia sair batendo de porta em porta, perguntando sobre pessoas que haviam vivido tanto tempo antes. Caminhei pelo cemitério de uma igreja, olhando os nomes e as datas, os grupos que indicavam famílias, as flores que indicavam amor.

Não havia Gallaghers no pequeno cemitério, então voltei para o carro e continuei descendo a rua principal, até encontrar uma pequena placa que dizia "Biblioteca", sublinhada por uma seta que apontava para uma rua estreita, não mais que um beco.

A construção era um pouco maior que uma cabana de pedra, com quatro paredes ásperas, teto de telhas e duas janelas escuras, mas bibliotecas eram ótimas para pesquisa. Parei em um estacionamento de cascalho com espaço para no máximo três carros e desliguei o motor.

Por dentro era menor que o escritório da minha casa em Manhattan. E apartamentos em Manhattan eram notoriamente pequenos, mesmo quando custavam dois milhões de dólares. Uma mulher, talvez alguns anos mais velha que eu, estava curvada sobre um romance, e livros que precisavam ser recolocados na prateleira jaziam empilhados sobre a mesa. Ela se ajeitou na cadeira e sorriu vagamente, ainda perdida em sua história, e eu estendi a mão para cumprimentá-la.

— Olá. Eu sei que pode parecer estranho, mas pensei que talvez a biblioteca seria um bom lugar para começar. Meu avô nasceu aqui em 1915. Ele disse algo sobre o pai dele ser fazendeiro. Meu avô foi para os Estados Unidos no começo dos anos 30 e nunca mais voltou. Eu queria ver — acenei inutilmente em direção à ampla janela que dava para o pequeno beco e pela qual não havia nada para ver — de onde ele era e talvez descobrir onde os pais dele estão enterrados.

— Qual é o sobrenome da família?

— Gallagher — eu disse, esperando não ouvir novamente a história da mulher que morreu afogada no lago.

— É um sobrenome bem comum. Minha mãe era Gallagher. Mas ela é de Donegal. — Ela se levantou e contornou a mesa e as pilhas de livros que claramente não tinha onde colocar. — Temos uma coleção inteira de livros escritos por uma mulher chamada Gallagher. — Ela parou na frente de uma prateleira e endireitou uma pilha. — Foram escritos no começo dos anos 20, mas impressos profissionalmente e doados à biblioteca na primavera passada. Já li todos. Realmente encantadores. Todos eles. Ela estava à frente do seu tempo.

Sorri e concordei com a cabeça. Livros de uma mulher com o mesmo sobrenome que eu não eram exatamente o que estava procurando, mas eu não queria ser rude.

— Que aldeia? — ela perguntou, com expectativa.

Olhei para ela sem expressão.

— Aldeia?

— A terra é dividida em aldeias, e cada uma tem um nome. Existem cerca de mil e quinhentas aldeias no condado de Leitrim. Você disse que o seu bisavô era fazendeiro. — Ela sorriu com tristeza. — Todos na zona rural da Irlanda eram fazendeiros, meu amor.

Pensei na minúscula vila pela qual dirigi, o aglomerado de casas e a pequena via principal.

— Eu não sei. Não tem um cemitério? Pensei que poderia explorá-lo um pouco. É um condado pequeno, não é?

Foi a vez dela de me olhar sem expressão.

— Há lotes em todas as aldeias. Se você não souber a aldeia, nunca vai achar o túmulo. E a maioria dos túmulos antigos não tem lápide. Era preciso ter dinheiro para ter uma lápide, e ninguém tinha dinheiro. Eles usavam marcadores. A família sabe quem é quem.

— Mas... eu sou da família e não tenho a menor ideia — soltei, estranhamente emotiva. Problemas com fuso horário, experiências de quase morte e agulhas em palheiros estavam começando a me abalar.

— Vou ligar para a Maeve. Ela foi secretária da paróquia de Killanummery por quase quinze anos — ofereceu a mulher, com os olhos arregalados pela minha angústia. — Talvez tenha alguns registros de igrejas que você possa examinar. Se tem alguém que sabe de alguma coisa, esse alguém é a Maeve.

Ela pegou o telefone e discou o número de memória, seus olhos passando desconfortavelmente entre mim e a pilha de livros na mesa.

— Maeve, aqui é a Deirdre, da biblioteca. O livro que você estava esperando está disponível. Não, não esse. Aquele sobre o bad boy bilionário. — Deirdre ficou em silêncio, assentindo com a cabeça, embora a mulher com quem estava falando não pudesse ver. — Isso mesmo. Eu dei uma espiada, você vai gostar. — Seus olhos se voltaram para mim e se afastaram novamente. — Maeve, estou com uma mulher aqui. Ela veio dos Estados Unidos e diz que a família é desta região. Será que tem algum registro de paróquia em que ela poderia dar uma olhada? Ela quer descobrir onde eles estão enterrados. — Assentiu de novo, mas com a expressão triste dessa vez, e imaginei que Maeve estivesse falando o que ela já sabia. — Você pode ir a Ballinamore — disse Deirdre, afastando a boca do telefone, como se Maeve a tivesse instruído a me dizer isso imediatamente. — Há um centro genealógico lá. Talvez eles possam ajudar. Você está hospedada em Sligo?

Fiz que sim com a cabeça, surpresa.

— Aqui não há onde se hospedar, a menos que você tenha alugado um quarto na mansão perto do lago, mas a maioria dos turistas não sabe da existência do lugar. Eles não divulgam — explicou Deirdre.

Balancei a cabeça, indicando que eu também não sabia, e Deirdre relatou isso a Maeve.

— O sobrenome da família é Gallagher. — Ela ouviu por um momento. — Eu digo a ela. — Afastou o telefone da boca novamente. — Maeve pediu que você leve o livro sobre o bilionário para ela e que vocês tomem um chá juntas. Disse que você pode contar a ela sobre a sua família, e talvez ela pense em algo. Ela é tão velha quanto essas colinas — cochichou Deirdre, tampando o bocal para que Maeve não ouvisse seu comentário. — Mas se lembra de tudo.

A mulher abriu a porta antes que eu batesse. Seu cabelo era tão fino e ralo que criava uma nuvem cinza em volta da cabeça. Seus óculos, de armação preta, tinham lentes da grossura da minha mão e eram mais largos que o rosto. Ela me olhou através deles com seus piscantes olhos azuis e os lábios pintados de fúcsia.

— Maeve? — De repente percebi que não sabia seu sobrenome. — Me desculpe. Deirdre não me falou seu nome completo. Posso chamá-la de Maeve?

— Eu conheço você — disse ela, sua testa, que já era um mapa topográfico de sulcos e vales, enrugando-se ainda mais.

— Me conhece?

— Sim.

Estendi a mão para cumprimentá-la.

— Deirdre me mandou aqui.

Ela não estendeu a mão, mas deu um passo atrás e fez um gesto para que eu entrasse.

— Qual o seu nome, moça? Só porque conheço seu rosto não significa que saiba seu nome. — Ela se virou e seguiu em frente, claramente esperando que eu a seguisse. Fechei a porta, sentindo o cheiro de umidade e poeira e vendo pelos de gato flutuando ao meu redor, e a segui.

— Anne Gallagher — respondi. — Eu sou Anne Gallagher. Suponho que esteja em uma viagem em busca das minhas raízes. Meu avô nasceu aqui, em Dromahair. Eu gostaria muito de descobrir onde os pais dele estão enterrados.

Maeve estava se dirigindo a uma pequena mesa posta para o chá ao lado de uma janela alta com vista para um jardim revolto, mas, quando falei meu nome, parou abruptamente, como se tivesse esquecido aonde estava indo.

— Eoin — disse.

— Sim! Eoin Gallagher era meu avô.

Meu coração acelerou vertiginosamente. Dei alguns passos, não estava certa se ela queria que eu me sentasse para o chá ou continuasse em pé. Ela ficou imóvel por alguns momentos, de costas para mim, sua pequena figura emoldurada pela luz da tarde e congelada em lembranças ou esquecimento, eu não sabia qual dos dois. Esperei que ela desse alguma instrução ou fizesse algum convite, torcendo para que não tivesse esquecido que deixara uma estranha entrar em casa. Limpei a garganta suavemente.

— Maeve?

— Ela disse que você viria.

— Deirdre? Sim. Ela também enviou seu livro. — Tirei-o da bolsa e dei mais alguns passos.

— Não a Deirdre, bobinha. Anne. Anne me disse que você viria. Preciso de chá. Vamos tomar um chá — ela murmurou, voltando a se mover. Sentou-se à mesa e me olhou com expectativa. Considerei pedir licença e ir embora. De repente, senti como se estivesse em um romance de Dickens, tomando chá com Miss Havisham. Mas eu não estava interessada em comer bolo de casamento velho e tomar chá Earl Grey em xícaras empoeiradas.

— Ah, é muito gentil da sua parte — desconversei, apoiando o livro do bad boy bilionário na mesinha mais próxima.

— Eoin nunca voltou para Dromahair. Muitos não voltam. Tem um nome para isso, você sabe. Eles chamam de adeus irlandês. Mas aqui está você — disse Maeve, ainda me encarando.

Eu não conseguia resistir à atração do nome de Eoin. Coloquei a bolsa na cadeira na frente dela e deslizei no assento. Tentei não olhar muito para o pratinho de biscoitos ou para os pratos floridos e as xícaras de chá. Aquilo que você não sabe não te faz mal.

— Poderia servir? — ela perguntou, toda formal.

— Sim. Sim, claro — gaguejei, tentando me lembrar de um momento em que me senti mais desconfortavelmente americana. Briguei mentalmente com a etiqueta, tentando lembrar o que vinha primeiro. — Forte ou fraco? — perguntei.
— Forte.
Minhas mãos tremiam enquanto eu segurava o pequeno coador sobre sua xícara e enchia três quartos dela. Eoin sempre preferira chá. Eu sabia servir chá.
— Açúcar, limão ou leite? — perguntei.
Ela fungou.
— Puro.
Mordi o lábio para esconder minha gratidão, derramei um pouco de chá na minha xícara, desejando que fosse vinho.
Ela ergueu a xícara até os lábios e bebeu com desinteresse, e eu a imitei.
— Você conhecia Eoin bem? — perguntei, depois de pousarmos nossos pires.
— Não, não muito. Ele era muito mais novo do que eu. E um pouco travesso.
Eoin era mais novo que Maeve? Ele tinha quase oitenta e seis anos quando morreu. Tentei calcular quanto seria "muito mais novo".
— Tenho noventa e dois anos — disse Maeve. — Minha mãe viveu até cento e três. Minha avó, noventa e oito. Minha bisavó era tão velha que ninguém sabia exatamente quantos anos ela tinha. Ficamos felizes em vê-la partir.
Escondi o riso com uma tosse recatada.
— Me deixe olhar para você — ela ordenou, e eu levantei os olhos em sua direção, obedientemente. — Não consigo acreditar. Você se parece muito com ela — disse, maravilhada.
— Com a mãe de Eoin?
— Com Anne — ela concordou. — É fora do normal.
— Eu vi fotos. A semelhança é bem grande. Mas estou surpresa que você se lembre. Você devia ser muito pequena quando ela morreu.
— Não. — Ela balançou a cabeça. — Ah, não. Eu a conhecia bem.
— Que eu saiba Declan e Anne Gallagher morreram em 1916. Eoin foi criado pela avó Brigid, a mãe de Declan.
— Nãããoo — ela discordou, prolongando a palavra enquanto balançava a cabeça. — Anne voltou. Não de imediato, veja bem. Me lembro de como as pessoas falaram depois que ela voltou. Havia rumores... especulações sobre onde ela esteve. Mas ela voltou.
Encarei-a, perplexa.
— M-Meu avô não me contou — gaguejei.

Ela pensou no que eu disse, assentiu e tomou chá, os olhos baixos. Eu dei um gole no meu chá com o coração disparado pela sensação de traição.

— Talvez eu tenha confundido. — Ela se retraiu suavemente. — Não deixe que as divagações de uma velha façam você duvidar.

— Foi há muito tempo — amenizei.

— Sim, foi. E a memória é uma coisa engraçada. Prega peças em nós.

Concordei com a cabeça, aliviada por ela ter retirado o que dissera tão facilmente. Por um momento ela pareceu tão certa, e sua confiança fez a minha desmoronar.

— Eles estão enterrados em Ballinagar. Disso eu tenho certeza.

Corri para pegar meu caderninho e um lápis na bolsa.

— Como eu chego lá?

— Bem. É uma bela caminhada daqui. De carro é rápido, nem dez minutos. Vá na direção sul pela rua principal. Ali, está vendo? — E apontou para a porta da frente. — Ela vai levar você para fora da cidade. Siga em frente por mais ou menos três quilômetros. Você vai virar à direita na bifurcação e continuar por, hum... por meio quilômetro, mais ou menos. Aí vire à esquerda. E vá um pouquinho para a frente. A Igreja de Santa Maria vai estar à sua esquerda. O cemitério é ali também, atrás dela.

Parei de escrever quando ela falou para virar à direita.

— Essas ruas não têm nome?

— Ora, não são ruas, minha querida. São estradas. E as pessoas por aqui sabem. Se você se perder, encoste e pergunte a alguém. Eles sabem onde a igreja fica. E você também pode rezar. Deus sempre ouve as nossas preces quando queremos encontrar uma igreja.

15 de maio de 1916

A viagem para Dromahair com o corpo de Declan embalado e preso ao estribo do carro foi a mais longa da minha vida. Brigid não conseguia falar, e o bebê estava inconsolável, como se pudesse sentir a escuridão de nosso desespero. Depois de deixá-los em Garvagh Glebe, levei Declan ao padre Darby para o enterro. Nós o colocamos para descansar em Ballinagar, ao lado de seu pai. Comprei uma lápide que será colocada quando a gravura estiver pronta. Se Anne estiver morta, como eu temo, vamos enterrá-la ao lado de Declan, e eles vão dividir a lápide. É o que eles gostariam.

Voltei a Dublin, embora retornar à cidade tenha sido difícil. O exército britânico declarou lei marcial, e todas as estradas estavam bloqueadas por veículos blindados e soldados. Mostrei meus documentos e minha maleta médica, e eles acabaram me deixando passar. Os hospitais estão cheios de insurgentes, soldados e civis feridos. Principalmente civis. Há muita necessidade, então eles me deixaram passar enquanto outros tiveram que voltar.

Procurei em necrotérios e nas morgues dos hospitais — Jervis Street, Mater, St. Patrick Dun's, até no hospital de mulheres, onde ouvi que os rebeldes haviam se reunido na grama depois de se renderem. Fui também a um hospital de campanha provisório na Merrion Square, embora nada restasse a não ser as pessoas que moravam nas redondezas. Elas me disseram que os mortos e feridos tinham sido levados, mas não sabiam ao certo para onde. Rumores de valas comuns com corpos não identificados nos cemitérios de Glasnevin e Deansgrange me fizeram implorar aos zeladores sitiados por nomes que eles não podiam fornecer. Disseram que *eu havia chegado tarde demais e que as listas dos mortos seriam compiladas e, em algum momento, publicadas no* Irish Times, *embora ninguém soubesse quando.*

Procurei pelas ruas, desci as estruturas queimadas de edifícios outrora grandiosos na Sackville e rodei por cinzas sem fim, que, em alguns lugares, ainda estavam tão quentes que podiam derreter meus sapatos. Na Moore Street, onde eu havia encontrado Declan, as pessoas entravam e saíam de cortiços em ruínas. Um deles, que ficava bem no centro, fora atingido diretamente e desmoronou. As crianças corriam sobre os escombros, em busca de lenha e coisas que pudessem vender. Foi aí que vi o xale de Anne, um verde brilhante que combinava com seus olhos. Quando a vi pela última vez, ela o usava firmemente enrolado em volta dos ombros e enfiado por dentro da saia para não atrapalhar. Estava com uma menina agora, e flutuava na brisa como as bandeiras tricolores que havíamos erguido sobre o Correio Central, feito conquistadores triunfantes. As bandeiras não estavam mais lá, tinham sido destruídas. Assim como Declan e Anne.

Atordoado de medo e cansaço, corri até a menina e exigi que ela me dissesse onde tinha encontrado o xale. Ela apontou para os escombros sob seus pés. Tinha um olhar vazio e olhos velhos, embora não pudesse ter mais de quinze anos.

— Estava bem aqui, enterrado debaixo dos tijolos. Tem um furinho, mas vou ficar com ele. Esta era a minha casa. Então ele é meu agora. — Ela ergueu o queixo, como se pensasse que eu queria tirá-lo dela. Talvez eu quisesse. Mas, em vez disso, passei o restante do dia na pilha de pedras e paredes desmoronadas, procurando o corpo de Anne entre os destroços. Quando o sol se pôs e eu percebi que meus esforços eram inúteis, a menina tirou o xale e me entregou.

— Mudei de ideia. Pode ficar com ele. Deve ser a única coisa que restou da sua senhora. — Não pude esconder as lágrimas, e seus olhos já não eram tão velhos quando ela se virou para ir embora.

Amanhã vou voltar para Dromahair e enterrar o xale ao lado de Declan.

T. S.

3
A CRIANÇA ROUBADA

Pois venha, criança humana,
Para as águas e a selva
Com uma fada de mãos dadas,
Pois há no mundo mais tristeza do que pode compreender.

— W. B. Yeats

Com o coração na garganta e os olhos bem abertos, repeti as direções que Maeve me deu como um canto gregoriano. Encontrei o caminho até o cemitério de Ballinagar e a igreja, que parecia uma guardiã sobre os túmulos. Ficava no meio de um campo deserto, com apenas uma casa paroquial atrás, os intermináveis muros de pedra da Irlanda e um punhado de vacas como companhia. Parei o carro no estacionamento vazio em frente à igreja e desci na tarde tépida de junho — se existia verão na Irlanda, ele ainda não havia chegado —, me sentindo como se tivesse encontrado o Calvário e visto Jesus na cruz. Com os olhos cheios de lágrimas e as mãos trêmulas, empurrei as enormes portas de madeira para entrar na capela vazia, onde a reverência e a memória se infiltravam nas paredes e nos bancos de madeira. O teto alto ecoou mil batizados, incontáveis mortes e inumeráveis uniões que se estendiam além das datas nas sepulturas próximas.

Eu amava igrejas da mesma forma que amava cemitérios e livros. Os três eram marcos da humanidade, do tempo e da vida. Não sentia nenhuma censura ou culpa, nenhum peso ou medo entre paredes religiosas. Eu sabia que esse sentimento não era muito comum, e talvez fosse assim por causa de Eoin. Ele sempre tratara a religião com respeito e humor, uma estranha combinação que valorizava as coisas boas e colocava as ruins em perspectiva. Minha relação com Deus era igualmente tranquila. Uma vez ouvi que nossa visão de Deus tinha tudo a ver com aqueles que nos ensinaram sobre Ele. A imagem que temos Dele geralmente reflete a imagem que temos dessas pessoas. Eoin me ensinou sobre Deus, e, porque eu amava e estimava Eoin, amava e estimava Deus.

Na escola, estudei o catolicismo, aprendi o catecismo e a história e os absorvi como absorvia todas as outras disciplinas, apegando-me às coisas que para mim faziam sentido e deixando de lado as que não faziam. As freiras reclamavam, dizendo que a religião não era um bufê do qual eu pudesse escolher somente alguns pratos. Eu sorria educadamente e discordava em silêncio. Vida, religião e aprendizado eram exatamente isso. Uma série de escolhas. Se eu tivesse tentado consumir tudo que me fora apresentado, teria ficado cheia muito rapidamente, e todos os sabores teriam se misturado. Nada faria sentido por si só.

Enquanto estava sentada na velha igreja que gerações dos meus ancestrais frequentaram, onde preces foram feitas e corações foram partidos e curados, *tudo* fez sentido por um breve momento. A religião fez sentido, mesmo que apenas para dar um contexto à luta pela vida e pela morte. A igreja era um monumento ao que havia sido, uma conexão com o passado que confortava os do presente, e me confortou.

Subi a encosta além da igreja, até onde o cemitério se estendia. Dali era possível ver as torres e a estrada sinuosa por onde eu havia passado. Algumas lápides estavam inclinadas ou afundadas, outras tão cobertas de líquen e tempo que era impossível ler nomes e datas. Alguns túmulos eram novos, cercados de pedras e cheios de lembranças. Os túmulos mais novos, das mortes mais recentes, circundavam as margens do cemitério, como se a morte ondulasse para fora, como uma pedra atirada em um lago. As placas estavam limpas, o mármore liso, os nomes podiam ser facilmente lidos. Maeve me avisara que a maioria dos cemitérios na Irlanda era uma mistura do antigo e do recente, de conexões familiares, ainda que a relação fosse de séculos. No cemitério de Ballinagar, a maior parte dos túmulos, especialmente aqueles mais acima, pareciam gnomos e hobbits petrificados em meio à grama, me espiando e me atraindo.

Encontrei minha família debaixo de uma árvore, ao fim de uma área mais antiga. A lápide era um retângulo alto com o nome Gallagher gravado na base.

Logo acima havia os nomes Declan e Anne. Fiquei olhando para a lápide, extremamente comovida, e toquei seus nomes. Os anos, 1892-1916, também estavam legíveis, e senti uma onda de alívio por Maeve estar mesmo errada. Declan e Anne morreram juntos, como eu acreditava. Caí de joelhos, tonta e eufórica, sem confiar em mim mesma para permanecer em pé. De repente me vi conversando com eles, contando sobre Eoin, sobre mim, sobre quanto significava ter encontrado a minha família.

Quando estava cansada de falar, me levantei, toquei novamente a lápide e só então notei os outros túmulos ao redor. Havia uma pequena lápide à esquerda também com o nome Gallagher. Os nomes Brigid e Peter estavam visíveis, mas os dois pares de datas, não. Peter Gallagher, o pai de Declan, morreu antes de Declan e Anne, e Brigid faleceu um tempo depois deles. Eoin não me contou. Ou talvez eu nunca tenha perguntado. Eu só sabia que sua avó já havia morrido quando ele deixou a Irlanda.

Toquei os nomes de Brigid e Peter também, agradecendo a ela por ter criado Eoin, por tê-lo feito o homem que me amou e cuidou de mim com tanto carinho. Com certeza ela deve ter amado Eoin tão intensamente como ele me amou. Ele teve que aprender em algum lugar.

As nuvens estavam se formando e o vento soprava em minhas bochechas, dizendo que era hora de partir. Quando me virei para sair, uma lápide, atrás de onde eu estava, chamou minha atenção, ou talvez fosse apenas o nome desbotado na pedra escura. Dizia Smith — a palavra estava tão próxima do chão que a grama escondera parte das letras. Hesitei, me perguntando se o túmulo pertencia a Thomas Smith, o homem sombrio de terno que Eoin amara como a um pai.

Senti uma gota de chuva e logo em seguida outra, e o céu se dividiu com um gemido e um resmungo, liberando uma torrente raivosa. Abandonei a curiosidade e desci a colina aos tropeços, desviando dos monumentos que agora cintilavam e prometendo às lápides que voltaria.

&

Naquela noite, de volta ao hotel em Sligo, vasculhei minha mala em busca dos itens da gaveta de Eoin. Eu havia jogado o envelope pardo na mala por impulso — principalmente porque Eoin havia insistido tanto que eu lesse o livro —, mas não pensava nisso desde sua morte. Estava aflita demais para me concentrar, exausta demais para pesquisar, perdida demais para fazer qualquer coisa que não fosse procurar meu rumo. Mas, agora que tinha visto o túmulo dos meus bisavós, queria lembrar de seus rostos.

Perguntei-me quanto tempo fazia que ninguém pensava neles, e meu coração se partiu novamente. Eu estava segurando o choro desde que Eoin morrera, e a Irlanda não tinha aliviado a minha dor. De qualquer forma, a emoção era diferente agora. Estava misturada com alegria e gratidão, e, ainda que as lágrimas parecessem as mesmas, eu não as sentia da mesma maneira.

Virei o envelope sobre a pequena mesa, assim como havia feito um mês antes na cama de Eoin. O livro, mais pesado que os outros itens, escorregou primeiro, e as fotografias flutuaram em volta dele, como reflexos tardios. Joguei de lado o envelope e ele caiu de um jeito pesado, fazendo um pequeno ruído ao atingir a borda da mesa. Peguei-o novamente, curiosa, e coloquei a mão lá dentro. Um anel havia entrado no forro acolchoado e estava preso no canto. Empenhei-me para resgatá-lo e encontrei um delicado aro de filigrana de ouro que se alargava em torno de um camafeu pálido em um fundo de ágata. Era lindo e antigo — uma combinação inebriante para uma historiadora. Coloquei-o no dedo e fiquei encantada por ter servido. Desejei que Eoin tivesse me contado a quem pertencia.

Provavelmente era da mãe dele, e peguei as fotografias antigas para ver se ela o estava usando em alguma. As mãos de Anne estavam nos bolsos de seu casaco cinza em uma foto, enroladas no braço de Declan em outra e fora do enquadramento nas demais.

Repassei todas novamente, tocando os rostos que precederam o meu. Parei na foto de Eoin, seu rostinho triste e o cabelo rijo e repartido fazendo meus olhos se encherem de lágrimas e meu coração transbordar. Eu conseguia ver o velho na feição da criança pela forma do queixo e pelos lábios com expressão carrancuda. A foto não era colorida, e eu só podia imaginar a cor vibrante de seu cabelo ou o azul de seus olhos. Meu avô tinha o cabelo branco como a neve desde que o conheci, mas alegava que havia sido ruivo, como seu pai antes dele e como o meu pai depois dele.

Coloquei de lado a foto de Eoin e examinei as outras, parando mais uma vez no retrato de Thomas Smith e minha avó. Não tinha sido tirado na mesma época que a foto dos três — Anne, Thomas e Declan — juntos. O cabelo de Anne e suas roupas estavam diferentes, e Thomas Smith vestia um terno mais escuro. Ele parecia mais velho nessa, embora eu não conseguisse dizer exatamente por quê. Tinha expressão complacente, e seu cabelo escuro estava descoberto. Talvez fosse a posição de seus ombros ou a solenidade de sua postura. A foto fora superexposta, o que roubava detalhes do vestido de Anne e dava à pele o tom perolado tão frequentemente encontrado em fotografias muito antigas.

Havia fotos na pilha que eu não tinha visto — a dor de Eoin havia me interrompido na noite de sua morte. Parei na foto de uma casa grande com árvores ao redor e um lago ao fundo, distante. Observei bem a paisagem e a extensão da água. Parecia Lough Gill. Eu devia ter levado as fotos comigo para Dromahair. Podia ter perguntado a Maeve sobre a casa.

Em outra foto, um grupo de homens estava ao redor de Thomas e Anne em um salão de festa adornado. Declan não aparecia. Um homem grande e sorridente de cabelo escuro estava no centro da imagem, com um braço pendurado ao redor dos ombros de Anne e o outro ao redor de Thomas. Anne olhava para a câmera, e, pelo seu rosto, era possível ver que estava espantada.

Reconheci aquele olhar. Era o mesmo frequentemente capturado em meu rosto nas sessões de autógrafos. Era um olhar que deixava transparecer desconforto e descrença de que alguém quisesse tirar uma foto comigo. Eu tinha melhorado em controlar minhas expressões e dar um sorriso mais profissional, mas fiz um acordo comigo mesma de não olhar nenhuma foto que minha assessora me enviasse desses eventos. O que eu não visse não me deixaria insegura.

Continuei estudando a fotografia, de repente fascinada pelo homem ao lado de Anne.

— Não — ofeguei. — Não pode ser. — Olhei, maravilhada. — Mas é.

O homem com os braços em volta dos ombros de Anne era Michael Collins, líder do movimento que conduziu ao Tratado com a Inglaterra. Antes de 1922, havia pouquíssimas fotos dele. Todos tinham ouvido falar de Michael Collins e suas táticas de guerra, mas somente os mais próximos, homens e mulheres que trabalhavam ao seu lado, sabiam como ele era, tornando mais difícil para a Coroa detê-lo. No entanto, depois que o Tratado foi assinado e ele começou a reunir o povo irlandês para que o aceitasse, foram tiradas diversas fotos suas, que entraram para os anais da história. Eu tinha visto essas fotografias — uma no meio de um discurso, com os braços erguidos de entusiasmo, outra em seu uniforme de comandante no dia em que os britânicos renunciaram ao controle do Castelo de Dublin, símbolo do controle do Reino Unido na cidade pelos cem anos anteriores.

Encarei a fotografia por mais um instante, extasiada, depois a deixei de lado e peguei o livro. Era um diário muito antigo, a caligrafia perfeitamente inclinada, com uma letra cursiva bonita, como a escrita antiga costumava ser. Folheei sem ler, somente checando as datas. Os registros variavam de 1916 a 1922 e eram esporádicos, com meses de diferença entre eles, às vezes anos. A caligrafia era a mesma em todo o diário. Não havia nada rabiscado ou riscado, nenhuma mancha de tinta ou páginas rasgadas. Todos os registros tinham *T. S.* no fim da página e nada mais.

— Thomas Smith? — perguntei a mim mesma. Era a única coisa que se encaixava, mas fiquei surpresa que Eoin tivesse o diário do homem. Li o primeiro registro, datado de 2 de maio de 1916. Meu horror e espanto cresciam ao ler sobre a Revolta da Páscoa e a morte de Declan Gallagher. Folheei mais alguns registros e li sobre os esforços de Thomas para encontrar Anne e aceitar a perda dos amigos. O registro do dia em que Seán Mac Diarmada foi executado em Kilmainham Gaol dizia simplesmente: "Seán morreu hoje de manhã. Pensei que ele poderia ser poupado, quando as execuções foram suspensas por vários dias. Mas ele também foi levado. Meu único consolo é saber que ele aceitou de bom grado. Seán morreu pela causa da liberdade irlandesa, é assim que ele veria. Mas, sendo egoísta, só consigo pensar que foi uma perda irreparável. Vou sentir muito a sua falta".

Ele escreveu sobre sua volta a Dromahair depois de cursar medicina na University College Dublin e sobre a tentativa de exercer a profissão em Sligo e no condado de Leitrim.

> *As pessoas são tão pobres, não imagino que vá ganhar muito, mas tenho mais que o suficiente para as minhas necessidades. É isso que sempre planejei fazer. E aqui estou, viajando de um canto do condado a outro, de norte a sul, a leste para Sligo e a oeste de novo. Eu me sinto um mascate na maioria das vezes, e as pessoas não podem pagar pelo que estou oferecendo. Ontem fiz uma visita domiciliar em Ballinamore e não recebi nenhum pagamento exceto por uma doce canção da filha mais velha. Uma família de sete pessoas vivendo em uma cabana de dois cômodos. A mais nova, uma menina de seis ou sete anos, não conseguia se levantar da cama havia vários dias. Descobri que ela não estava doente. Estava com fome — tão faminta que não conseguia se mover. A famí-*

lia inteira era pele e osso. Tenho trinta acres em Garvagh Glebe que não estão sendo cultivados, e a casa do capataz está vazia. Eu disse ao pai — um homem chamado O'Toole — que precisava de alguém para cultivar a terra, e o trabalho era dele se achasse que poderia fazê-lo. Foi uma oferta impulsiva. Não tenho interesse nenhum em cultivar ou assumir a responsabilidade de sustentar uma família inteira. Mas o homem chorou e perguntou se poderia começar pela manhã. Dei a ele vinte libras e trocamos um aperto de mãos. Deixei o jantar que Brigid havia embrulhado para mim pela manhã — era mais comida do que eu precisava — e, antes de sair, fiz a menina comer um pedaço de pão com manteiga. Pão com manteiga. Anos de treinamento e estudo médico, e a criança precisava simplesmente de pão com manteiga. A partir de agora, vou trazer ovos e farinha na maleta médica nas minhas viagens. Acredito que comida seja mais necessário que um médico. Não sei o que vou fazer quando me deparar com a próxima família morrendo de fome na cama.

Parei de ler com um nó na garganta. Virei a página e me deparei com mais um triste relato sobre o exercício da medicina em Dromahair: "Uma mãe parecia mais interessada em que eu me casasse com sua filha do que a curasse. Ela apontava seus traços finos, as bochechas rosadas e os olhos brilhantes, todos devidos a um avançado quadro de tuberculose. Acredito que ela não viverá muito. Mas prometi voltar logo com um remédio para aliviar a tosse. A mãe está em êxtase. Acho que não entendeu que não vou visitar a garota".

Ele escreveu sobre a raiva que Brigid Gallagher tinha da Irmandade Republicana Irlandesa, da qual Thomas ainda era membro. Brigid culpava a Irmandade pela morte de Declan e pela presença cada vez maior dos Black and Tans, força policial britânica, na Irlanda. Thomas escreveu: "Eu me recusei a discutir o assunto com ela. Não posso dissuadi-la de suas opiniões mais do que posso ignorar as minhas. Ainda anseio pela liberdade e pela emancipação da Irlanda, embora não veja como conseguiremos. Minha culpa é quase tão grande quanto meu desejo. Muitos dos homens que lutaram na Revolta, homens que considero meus amigos, estão em Frongoch, em Gales. E, no fundo, eu sinto que deveria estar com eles".

Ele escreveu com muito amor sobre Eoin. "Ele é uma luz na minha vida, o vislumbre de algo melhor em meus dias. Pedi a Brigid que cuidasse da casa para mim, assim eu poderia cuidar dela e do menino. Anne não tinha família a quem recorrer. Ela e eu éramos parecidos nesse sentido. Sozinhos no mundo. Ela tinha uma irmã nos Estados Unidos. Seus pais e um irmão estão mortos há muito tempo. Brigid é a única família que restou a Eoin, mas eu serei a família dele e vou fazer de tudo para que ele saiba quem foram seus pais e toda a verdade sobre a Irlanda."

Ele era como um pai para mim, Eoin disse. Senti uma onda de ternura pelo melancólico Thomas Smith e continuei lendo. Seu próximo registro foi meses depois. Ele contou sobre os O'Toole, sobre os esforços do novo capataz e a satisfação que sentiu com o peso que as crianças ganharam. Escreveu sobre as primeiras palavras de Eoin e o costume do menino de correr em sua direção, balbuciando, quando ele chegava em casa. "Ele começou a me chamar de papai, Brigid ficou horrorizada quando percebeu e chorou compulsivamente por dias. Tentei convencê-la de que Eoin não estava me chamando de pai, mas ela não quis ser confortada. Comecei a treinar o garotinho à noite para que me chamasse de doutor. Ele fala doutor nitidamente agora, e chama Brigid de Nana, o que a faz sorrir um pouco."

Escreveu também sobre a libertação, logo após o Natal de 1916, dos últimos lutadores pela liberdade irlandesa, como os chamava. Ele foi a Dublin para vê-los livres e comentou sobre as boas-vindas e a mudança das pessoas. "Quando marchávamos pelas ruas no dia depois da Páscoa, com a intenção de promover a rebelião e incitar o confronto, as pessoas debochavam de nós e nos mandavam lutar contra os alemães. Agora elas davam boas-vindas aos meninos como se fossem heróis e não arruaceiros. Fico feliz por isso. Talvez essa mudança no coração das pessoas signifique que uma mudança real seja possível. Mick parece pensar assim."

Mick? Michael Collins era conhecido como Mick entre os amigos. A foto que eu tinha visto me fez pensar que Thomas Smith o conhecia muito bem. Esse diário era um tesouro, e me perguntei por que Eoin não havia me dado antes. Ele sabia que eu estava envolvida em pesquisas sobre eventos que Thomas Smith parecia conhecer intimamente.

Meus olhos estavam ficando pesados, e meu coração não havia se recuperado ainda do estranho peso emocional da minha visita a Ballinagar. Fiz um movimento para colocar o diário de lado e as páginas caíram para a frente, revelando a página final. Em vez de um registro de diário, quatro estrofes marchavam sobre o papel amarelado. Sem título, sem explicação, somente um trecho de poesia escrito pela mão de Thomas Smith. Parecia Yeats, embora eu não conhecesse. Perguntei-me se seria o poema sobre a mulher que se afogou no lago, o poema que o dono da doceria mencionou de manhã. Li e reli as palavras. Os versos eram tão cheios de desejo e apreensão que eu não conseguia tirar os olhos da página.

> *Eu tirei você da água*
> *E a mantive na minha cama.*
> *Uma filha perdida e abandonada*
> *De um passado que não está morto.*
>
> *De alguma forma, amor de obsessão*
> *Partiu e despedaçou um coração de pedra.*
> *Desconfiança se tornou confissão,*
> *Solenes votos de sangue e ossos.*
>
> *Mas eu ouço a tensão no vento,*
> *Alma peregrina que o tempo encontrou.*
> *Ele suplica que eu a leve de volta.*
> *Me pede que a siga, docemente afogado.*
>
> *Não chegue perto da água, amor.*
> *Fique longe da praia e do mar.*
> *Você não pode andar sobre as águas, amor.*
> *O lago vai levá-la para longe de mim.*

Virei a página e dei de cara com a contracapa encadernada em couro. Não havia mais nada escrito. *Alma peregrina que o tempo encontrou.* Yeats se refere a uma alma peregrina no poema "Quando você estiver velha". Mas isso não era Yeats, eu tinha certeza, ainda que fosse bonito. Talvez Thomas Smith simplesmente tivesse gostado tanto do poema que quis se lembrar dele. Ou talvez as palavras fossem suas.

— Não chegue perto da água, amor. Fique longe da praia e do mar. Você não pode andar sobre as águas, amor. O lago vai levá-la para longe de mim — li novamente.

Na manhã seguinte eu levaria as cinzas de Eoin a Lough Gill. E o lago o levaria para longe. Fechei o diário delicadamente e apaguei o abajur. Puxei para o peito o travesseiro que estava sobrando, me sentindo sozinha como nunca. Foi aí que as lágrimas vieram, um dilúvio, e não havia ninguém para me puxar da água e me manter em sua cama. Chorei por meu avô e por um passado que já estava morto, e me senti abandonada quando o vento se recusou a me levar embora.

11 de julho de 1916

Hoje Eoin completou um ano. Ele é um rapazinho sorridente, saudável e feliz. Eu me pego observando-o, absorto em sua completa inocência e espírito imaculado. E lamento o dia em que vai compreender o que perdeu. Ele queria a mãe nos dias depois de Dublin, chorava por ela. Ainda não tinha desmamado e procurava um conforto que ninguém mais poderia proporcionar. Mas, depois desse dia, nunca mais pediu por ela. Não acredito que terá alguma lembrança deles e da tragédia que pesa tanto sobre mim.

Há um alarde na Irlanda rural provocado pelas execuções depois da semana da Páscoa. Alguns homens foram poupados — Eamon de Valera, que estava no comando em Boland's Mill —, enquanto outros, como Willie Pearse e John MacBride, homens que estavam mais na periferia, foram condenados à morte. Mas, em vez de as execuções e prisões reprimirem a tendência rebelde no país, parece que a alimentaram ainda mais, contribuindo para um sentimento crescente de que outra injustiça foi cometida. E nós a adicionamos à lista centenária que todo irlandês mantém guardada na memória e passa para a próxima geração.

Apesar do alarde, as pessoas estão feridas e com medo. Não estamos em posição de revidar agora. Ainda não. Mas isso vai mudar. Quando Eoin for um homem feito, a Irlanda será livre. Eu prometi isso a ele, sussurrando entre seus cabelos macios.

Brigid começou a murmurar sobre levar Eoin para os Estados Unidos. Não a desencorajei nem falei o que acho a respeito, mas não suportaria perdê-lo também. Ele se tornou meu. Minha criança roubada. Brigid tem medo de que eu me case e não precise

mais dela para cuidar da casa e de mim. Eu a tranquilizei sobre isso muitas vezes. Ela e Eoin sempre terão um lugar em minha casa. Não contei a ela que, quando fecho os olhos, vejo o rosto de Anne. Sonho com ela, e meu coração está inquieto. Brigid não entenderia. Nem eu sei se entendo. Eu não amava Anne, mas ela me assombra. Se eu a houvesse encontrado, talvez fosse diferente.
Mas eu não a encontrei.
T. S.

4
O ENCONTRO

Escondidos pela velhice por um tempo
De máscara, capa e capuz
Um odiando o que o outro amava,
Frente a frente ficamos.

— W. B. Yeats

Deirdre não pareceu surpresa ao me ver e sorriu para mim em uma recepção alegre quando entrei pela porta da biblioteca no dia seguinte.

— Maeve mandou você para Ballinagar. Conseguiu alguma coisa? — perguntou.

— Sim. Encontrei meus parentes... quer dizer, o lugar onde estão enterrados. Vou voltar lá amanhã e deixar flores nos túmulos. — Os ternos sentimentos vividos ali, entre a grama e as lápides, brotaram em mim novamente, e eu sorri sem jeito, envergonhada por estar emotiva demais outra vez na presença da bibliotecária. Limpei a garganta, peguei a foto da casa que havia enfiado entre as páginas do diário de Thomas Smith e entreguei a Deirdre, empunhando-a como um escudo. — Será que você sabe me dizer onde fica? — perguntei.

Ela pegou a foto, observando a parte inferior, onde estavam as árvores, o queixo projetado para fora, as sobrancelhas levantadas.

— É em Garvagh Glebe — disse, encantada. — Essa foto é antiga, não é? Meu Deus! Quando foi tirada? Não parece tão diferente, exceto pelo estacionamento ao lado. E acho que alguns chalés de hóspedes foram construídos nos últimos anos também. — Ela estreitou os olhos para observar a foto. — Dá para ver o chalé de Donnelly entre as árvores. Está lá há mais tempo que a mansão. Jim Donnelly o consertou faz uns dez anos. Ele leva turistas para passear no lago e explorar as antigas cavernas onde contrabandistas armazenavam armas durante a guerra contra os Black and Tans. Meu avô me contou que o lago foi usado para levar armas para dentro e para fora dessa área por todos aqueles anos.

— Garvagh Glebe — murmurei, atordoada. Eu deveria saber. — O proprietário era um homem chamado Thomas Smith, não era?

Ela olhou para mim sem expressão.

— Quando teria sido isso?

— Em 1916 — respondi, sem graça. — Acho que não é da sua época.

— Acho que não — ela riu. — Mas acho que me lembro de algo. Bom, não tenho certeza. Eu acho que sim. A casa e a propriedade são administradas por uma família de confiança. Ninguém da família mora lá agora. Eles têm caseiros e uma equipe e alugam quartos. Fica no lado de Dromahair de Lough Gill. Algumas pessoas a chamam de mansão.

— Você mencionou a mansão ontem. Eu não tinha percebido a ligação.

— Sim. Há um cais lá também, e as pessoas alugam os barcos de Jim para pescar ou simplesmente passar o dia no lago. O lago leva a uma pequena enseada. Quando a maré está alta é possível seguir pela enseada, passando pela costa em Sligo, e chegar ao mar. Há histórias de navios piratas em Lough Gill na época de O'Rourke, o homem que construiu o castelo. As pessoas o chamam de Castelo de Parke. Você já esteve lá?

Assenti com a cabeça e ela balbuciou, mal fazendo uma pausa.

— Ele construiu a Abadia de Creevelea também. O'Rourke foi enforcado por traição pelos ingleses por dar abrigo a marinheiros espanhóis abandonados da Armada Espanhola. O rei inglês deu o castelo de O'Rourke para um homem chamado Parke. Já imaginou trabalhar vinte anos para construir algo que duraria séculos e vir alguém e tirar de você? — Ela balançou a cabeça em desgosto.

— Eu gostaria de ir até Garvagh Glebe. A casa está aberta a visitação?

Ela deu instruções muito semelhantes às de Maeve no dia anterior.

— Vá um pouco para a esquerda, depois um pouco mais para a direita. Pare e pergunte se por acaso se perder, mas você não deve se perder, porque não é muito longe.

Escutei atentamente, rabiscando anotações no pequeno bloco que estava em minha bolsa.

— Obrigada, Deirdre. E, se falar com Maeve, poderia agradecer a ela por mim também? Foi muito importante para mim encontrar aqueles túmulos.

— Maeve O'Toole é uma verdadeira fonte de informações. Ela sabe mais que todos nós juntos. Não estou surpresa que ela soubesse sobre os seus parentes.

Eu me virei para sair e parei, percebendo que já tinha ouvido aquele sobrenome.

— O sobrenome de Maeve é O'Toole?

— Era o sobrenome de solteira dela. Mas já foi McCabe, Colbert e O'Brien. Ela sobreviveu a três maridos. Ficou um pouco confuso, então a maioria de nós continuou usando o que veio primeiro. Por quê?

— Por nada. — Dei de ombros. Se a família de Maeve já tinha vivido em Garvagh Glebe, ela não falou. E eu não tinha lido o suficiente do diário para saber o que aconteceu com a família O'Toole que Thomas tentara ajudar.

O caminho para Garvagh Glebe estava fechado, e o portão estava trancado com cadeado. Eu conseguia ver a casa por entre as árvores. A fotografia ganhou vida, encheu-se de cores, mas continuou inalcançável. Apertei a campainha à esquerda do portão e esperei impaciente por uma resposta. Nada. Voltei para o carro, mas, em vez de retornar pelo caminho por onde tinha vindo, peguei a bifurcação, seguindo a estrada que margeava o lago, esperando que pudesse ver a casa por outro ângulo. Mas a estradinha terminava em um estacionamento de cascalho com vista para um longo cais, onde várias canoas e pequenos barcos estavam amarrados. O chalé que Deirdre mencionara, branco reluzente com venezianas azuis e detalhes azuis combinando, era próximo ao cais, e eu caminhei em sua direção, esperando que alguém estivesse em casa. Uma plaquinha pendurada em um prego ao lado da porta dizia que o estabelecimento estava aberto, e eu entrei.

O pequeno saguão fora convertido em recepção, com um balcão de madeira estreito e algumas cadeiras dobráveis. Havia um pequeno sino sobre o balcão, e eu o toquei, relutante. Uma das freiras da escola católica tinha um igualzinho em sua mesa, o qual tocava feroz e constantemente. Esse som me deixava bastante desconfortável desde então. Não toquei de novo, ainda que tivessem se passado vários minutos sem resposta alguma.

— Sr. Donnelly? — chamei. — Olá?

A porta se abriu atrás de mim, e me virei com expectativa. Um homem com olhos lacrimejantes e nariz vermelho apareceu devagar. Ele usava botas impermeáveis de cano alto, boina e suspensório para evitar que a calça caísse. Quando me viu, ele se assustou e estremeceu, passando a mão na boca.

— Desculpe, senhorita. Não sabia que estava esperando por mim. Vi seu carro, mas pensei que fosse de alguém dando uma volta ou pescando.

Estendi a mão, e ele a apertou sem jeito.

— Meu nome é Anne Gallagher. Queria saber se eu poderia alugar um barco por uma hora.

— Anne Gallagher? — perguntou ele, com a voz incrédula e a testa franzida.

— Sim — balbuciei. — Há algo de errado?

Ele encolheu os ombros e balançou a cabeça.

— Não, não é nada — grunhiu. — Eu posso levar você, caso queira. Há nuvens se formando, e eu não gosto que as pessoas saiam sozinhas.

Eu não queria revelar que iria jogar cinzas no lago dele, e realmente não o queria comigo quando fosse me despedir de Eoin.

— Não vou longe. Você vai conseguir me ver daqui o tempo todo. Vou pegar um pedalinho ou um desses barcos a remo pequenos que vi no cais. Vou ficar bem.

Ele pareceu preocupado, olhou para mim e espiou a tarde nublada pela janela, os barcos balançando, vazios, no cais.

— Só preciso de meia hora, sr. Donnelly. Eu pago o dobro — pressionei. Agora que eu estava lá, queria acabar logo com aquilo.

— Tudo bem. Assine aqui, então. Mas fique por perto e observe as nuvens.

Assinei o termo de responsabilidade, joguei quarenta libras no balcão e o segui até o cais.

O barco que ele escolheu para mim era bem resistente, embora aparentasse estar ali havia alguns anos — ou décadas. Completavam o pacote dois remos e um colete salva-vidas, que eu vesti para acalmar as preocupações do sr. Donnelly. Uma das alças estava rasgada, mas fingi que estava tudo ótimo. O sr. Donnelly se ofereceu para colocar minhas coisas em um pequeno armário no saguão, mas recusei. A urna de Eoin estava na sacola, e eu não pretendia pegá-la na frente dele.

— Sua sacola vai molhar. E você não está vestida adequadamente — ele reclamou, olhando para minhas roupas e meus sapatos. Eu estava usando uma blusa branca lisa, suéter de tricô e calça social creme. Esse seria o funeral de Eoin, e tênis e jeans eram muito informais para a ocasião.

Meus pensamentos voltaram sorrateiramente ao cemitério de Ballinagar, para as lápides na grama que eu visitara no dia anterior. Era isso que eu queria para Eoin. Um monumento à sua vida. Algo permanente. Algo com seu nome e a duração da sua vida. Mas não foi isso que ele pediu, e deixar um túmulo em Ballinagar que ninguém visitaria ou cuidaria quando eu voltasse para os Estados Unidos parecia errado também.

Eu tinha feito uma promessa e, com um suspiro, agarrei a mão de Jim Donnelly, entrei no barco balançante e peguei os remos com determinação. Ele olhou incerto para mim antes de desamarrar o barco e dar um bom empurrão com o pé.

Mergulhei o remo na água à esquerda e o outro à direita, experimentando, tentando achar um ritmo. O barco cooperou, e comecei a me afastar lentamente do cais. Eu me afastaria só um pouco mais. O sr. Donnelly me observou por um tempo, certificando-se de que eu pegaria o jeito antes de se retirar, passando pela praia e chegando a sua alegre casa com telhado azul e tojos florescendo ao longo do caminho.

Eu estava satisfeita comigo mesma, me movendo suavemente pela água. Os movimentos de remada eram novos para mim, mas o lago estava calmo como uma banheira, a água batia suavemente contra o barco, e eu descobri que gostava do movimento. Ficar sentada por horas na minha mesa de trabalho não era propício para uma boa saúde, e descobri que, se me forçasse a fazer exercícios físicos, isso me ajudaria a escrever. Comecei a correr e a fazer flexões para evitar que meus braços ficassem moles e minhas costas corcundas. O suor, o movimento e a música que retumbava em meus ouvidos contribuíam para que eu descansasse a cabeça por uma hora abençoada. Isso clareava a mente e disparava as sinapses, e tinha sido parte da minha rotina pelos últimos dez anos. Eu sabia que tinha condicionamento físico suficiente para remar e ter um pouco de privacidade para conversar com Eoin antes de o deixar partir.

Os remos deslizavam para dentro e para fora da superfície, puxando e deslocando a água sem quase nenhum barulho. Eu não ia longe. Podia ver o cais atrás de mim e, além dele, a mansão escondida entre as colinas, seu telhado desbotado em meio ao verde. Continuei remando, a sacola com a urna entre meus pés, meu olhar se afastando da costa e subindo até o céu. Era estranho, o céu cinza se misturava com a água. Tudo estava quieto, era quase sobrenatural, e fui embalada pela quietude. Parei de remar por um instante e fiquei à deriva, a linha da costa à minha direita, o céu ao meu redor.

Peguei a urna e a segurei por um instante, então abri, me preparando para a cerimônia a que só eu iria assistir.

— Eu trouxe você de volta, Eoin. Estamos aqui. Na Irlanda. Em Dromahair. Estou no meio do Lough Gill. É encantador, como você descreveu, mas vou culpar você se eu for puxada para o mar.

Tentei rir. Eoin e eu ríamos tanto juntos. O que eu iria fazer sem ele?

— Não estou pronta para te deixar partir, Eoin — eu disse, emocionada. Mas sabia que não tinha escolha. Havia chegado o momento do meu último adeus. Repeti as palavras que ele me disse centenas de vezes quando era mais nova, palavras de um poema de Yeats, palavras que eu teria colocado em sua lápide se ele tivesse me deixado enterrá-lo como eu queria.

> *Fadas, venham me levar deste mundo chato,*
> *Que prefiro viajar com vocês pelo vento,*
> *Correr no topo da maré desgovernada*
> *E dançar nas montanhas como uma chama.*

Apertei a urna contra o peito por mais um momento. Então, com uma prece silenciosa ao vento e à água para que mantivessem a história de Eoin na brisa para sempre, eu a virei, lançando ofegante o braço em um arco amplo, enquanto as cinzas brancas se fundiam com a neblina que se formava ao meu redor. Era como se as cinzas formassem uma parede de névoa branca, ondulando e se acumulando, e de repente eu não conseguia mais enxergar além do barco. Não havia mais praia, céu — até mesmo a água desaparecera.

Coloquei a urna na sacola e fiquei sentada por um momento, escondida na neblina e incapaz de continuar. O barco me balançou, como Eoin um dia fizera, e eu era uma criança novamente, embalada em seu colo, consumida pela perda e pela dor.

Alguém assobiou. Reconheci a melodia instantaneamente e comecei também. "Remember Him Still", a música favorita de Eoin. Eu estava perdida no meio do lago e alguém estava assobiando. O assobio estremeceu através da neblina, uma flauta alegre em meio ao branco sinistro, incorpórea e destoante, e eu não sabia dizer de que direção estava vindo. Então o som diminuiu, como se a pessoa que estava assobiando tivesse se afastado, me provocando com seu jogo de esconde-esconde.

— Olá — chamei, levantando a voz na neblina, apenas para ter certeza de que ainda conseguia. A palavra não ecoou, ficou imóvel no ar, amortecida pela umidade e reduzida pela minha própria relutância em quebrar a quietude.

Agarrei os remos, mas não comecei a remar; estava incerta quanto à direção. Não queria sair do outro lado do lago. Era melhor deixar a neblina se dissipar antes de tentar remar de volta para a costa.

— Tem alguém aí? — chamei. — Acho que estou em apuros.

A proa de uma barcaça surgiu, e de repente eu estava olhando para três homens, que me olhavam de volta, claramente tão chocados com a minha presença quanto eu estava com a deles. Eles usavam quepes de uma época passada, a aba puxada para baixo sobre a testa, sobre olhos que me olhavam com evidente alarme.

Levantei-me devagar, implorando. Eu estava com medo de ficar presa na neblina para sempre e temia que esses homens fossem a minha única chance de resgate.

Não foi a coisa mais inteligente que já fiz, ou talvez isso tenha salvado a minha vida.

Os homens enrijeceram quando me levantei, como se isso representasse uma ameaça. O do meio, com os olhos arregalados de tensão e apertando os lábios com desconfiança, tirou a mão do bolso e apontou uma arma para mim. Sua mão tremia, e eu cambaleei. Sem nenhum aviso, exigência ou razão, ele puxou o gatilho. O disparo soou como um estalo abafado, e meu barco estremeceu violenta e repentinamente, como se um grande animal tivesse surgido das profundezas de Lough Gill embaixo do meu barco e me jogado na água.

A água gelada roubou meu fôlego e não o devolveu. Persegui-o, me debatendo, até atingir a superfície. Cuspi enquanto meu rosto se libertava no branco denso, quase tão úmido e espesso quanto a água em que havia caído.

Eu não conseguia enxergar nada além do branco, um branco sem fim. Nada de barco. Nada de terra. Nada de céu. Nada de homens com armas.

Tentei me inclinar para trás, me forçar a boiar e ficar quieta. Se eu não podia vê-los, eles também não podiam, raciocinei. Consegui manter a cabeça para fora da água sem respingar muito, ouvindo e observando o branco. Sob a adrenalina e o frio cortante, havia um fogo ardente ao meu lado. Continuei na água, tentando evitar a verdade: eu havia sido baleada e precisava encontrar meu barco. Se não o encontrasse, me afogaria.

Comecei a nadar furiosamente, de um lado para outro, fazendo um amplo círculo na área onde havia caído, na tentativa de achar meu barco na neblina.

O assobio recomeçou, abruptamente, no meio da melodia, como se a pessoa que estava assobiando estivesse cantando estrofes inteiras em sua cabeça, enquanto seus lábios descansavam por dez minutos. O gorjeio diminuiu e voltou com mais força, e eu gritei de novo, suplicando enquanto meus dentes batiam, enquanto meus braços e pernas se debatiam freneticamente para manter minha cabeça fora da água. Se quem estava assobiando fosse um dos homens da barcaça, eu estava apenas avisando que ainda estava viva, mas, de alguma forma, esse pensamento não me ocorreu no momento.

— Socorro! Tem alguém aí?

O assobio cessou.

— Socorro! Por favor! Tem alguém ouvindo?

O colete salva-vidas com a alça rasgada tinha desaparecido. Meus sapatos saíram assim que comecei a nadar. Minhas roupas estavam pesadas, meu suéter de tricô me puxava para baixo enquanto eu tentava nadar na direção do assobio.

— Tem alguém aí? — chamei novamente, e o pânico fez minha voz ficar estridente, cortando a neblina densa.

Um barco vermelho desbotado, parecido com o que aluguei de Jim Donnelly, emergiu da névoa como uma serpente marinha e deslizou em minha direção. Havia um homem remando, seus traços obscurecidos pela neblina espessa, mas ouvi-o praguejar em surpresa. Eu estava com muito frio para saber se estava alucinando ou morrendo, talvez os dois, mas o rosto que me olhava de cima era estranhamente familiar. Eu só podia rezar para que não fosse a minha imaginação.

— Consegue se segurar? Vou puxar você — disse ele.

Fui em direção à miragem e senti a doce resposta da solidez. O barco era real, assim como o homem, mas eu só conseguia me agarrar à lateral. Estava tão grata que comecei a chorar.

— Meu Deus. De onde você veio? — o homem perguntou. Suas mãos agarraram as minhas, envolvendo meus punhos e me puxando para dentro do barco, sem nenhuma ajuda minha.

A borda da embarcação pressionou e arranhou meu quadril e meu abdome, e eu gritei, chamando a atenção dele para o sangue que saía da minha barriga.

— Mas o que é isso? — ele sussurrou, e eu gritei novamente. — O que aconteceu com você?

O fundo do barco era uma nuvem, e eu estava prestes a desmaiar, tão fraca que não conseguia focalizar seu rosto. Ele puxou meus braços do suéter, que tanto tinha dificultado meu nado, e esfregou as mãos rapidamente em minha pele, trazendo calor de volta aos meus membros. Forcei-me a ficar de olhos abertos para que pudesse sussurrar meu muito obrigada. Seu rosto estava tão perto, emoldurado por um quepe, como aquele que os homens da barcaça estavam usando, e seus olhos eram claros como a névoa. Eles se abriram ainda mais quando encontraram os meus.

— Anne? — ele perguntou. A inacreditável alegria em sua voz e a familiaridade com que ele disse meu nome eram tão estranhas quanto a minha situação.

— Sim — sussurrei, forçando para pronunciar a palavra. Eu não conseguia manter os olhos abertos. Pensei tê-lo ouvido perguntar novamente, com mais urgência dessa vez, mas minha língua estava tão pesada quanto minha cabeça, e não respondi. Senti mãos tirando a blusa do meu corpo, passando-a pela cabeça. Protestei, me agarrando sem forças ao tecido.

— Preciso parar o sangramento e mantê-la aquecida — ele insistiu, afastando minhas mãos. Então praguejou ao ver alguma coisa. — Você foi baleada. Maldição! — Seu sotaque era muito parecido com o de Eoin, o que era muito bem-vindo e reconfortante, como se o próprio Eoin tivesse me encontrado. Assenti debilmente. Sim, eu tinha sido baleada. Também não entendia e estava tão cansada. Tão cansada... — Olhe para mim, Anne. Não durma. Ainda não. Mantenha os olhos abertos.

Fiz o que ele mandou e mantive o olhar nele. Além do quepe, ele vestia um casaco de tweed por cima de um colete de lã e uma calça marrom, como se tivesse saído para ir à missa e, em vez disso, decidido pescar. Ele tirou o casaco e o colete, rasgou a camisa social, os botões se abrindo com a pressa. Me puxou para cima e me apoiou contra si, minha cabeça balançando contra seu peito, que estava agora coberto apenas por uma camiseta de manga comprida. Ele cheirava a goma, sabão e fumaça de chaminé. E me fez sentir segura. Enrolou a camisa branca em volta da minha barriga, fazendo uma bandagem com as mangas. Colocou o casaco em meus ombros, envolvendo-me com o calor de seu corpo.

Vou sangrar nas roupas dele, pensei, cansada, enquanto ele abria rapidamente os botões. Depois me levou de volta ao fundo do barco, enrolando firmemente o casaco em mim e colocando algo maior por cima. Forcei meus olhos a se abrirem mais uma vez e espiei-o sob as pálpebras caídas.

O homem estava olhando para mim com nítido espanto na face. Notei que *era* um rosto bonito. Ele tinha o rosto quadrado, com um furinho no queixo que combinava com as dobras nas bochechas e o formato das sobrancelhas. Notei ainda que ele me lembrava alguém. Alguém que eu já tinha visto. Tentei identificar de onde, mas no estado em que estava não consegui.

Ele voltou para seu assento, agarrou os remos e começou a remar, cavando as suaves ondulações do lago como se houvesse uma corrida a ser vencida, e sua urgência me tranquilizou. Ele sabia meu nome, e eu seria encontrada. Por enquanto isso era suficiente.

Devo ter dormido porque de repente me vi flutuando novamente, perdida na água e na neblina, e gemi de angústia, certa de que o resgate tinha sido apenas um sonho. Então me ocorreu que não estava me debatendo ou afundando. Foi aí que percebi que não estava flutuando, estava sendo levantada e carregada do barco até o cais. Senti as ripas contra minhas bochechas e o roçar da madeira úmida e gasta sob minhas palmas.

— Eamon! — meu salvador gritou, e ouvi-o correndo no cais, seus passos se afastando rapidamente, as ripas vibrando sob minhas bochechas. — Eamon! — ele gritou de novo, embora dessa vez de mais longe.

Dois pares de pés apressados voltaram, empurrando uma carroça que fazia *tum-tum* ao passar pelas tábuas irregulares. O homem que me encontrou no lago se agachou ao meu lado, tirando meu cabelo do rosto.

— Você sabe quem é ela, Eamon? — meu salvador perguntou.

— Annie? — uma voz diferente ofegou. — Essa é a Annie?

Meu salvador praguejou, como se o homem chamado Eamon tivesse confirmado algo em que ele mesmo não podia acreditar.

— O que aconteceu com ela, doutor? Quem fez isso com ela?

— Não sei o que aconteceu, Eamon. Ou em que ela se envolveu. E eu preciso que você seja discreto sobre isso até que eu decida o que fazer.

— Achei que ela estivesse morta, doutor — disse Eamon.

— Todos nós achamos — murmurou o doutor.

— Como você vai manter segredo sobre isso? Não dá para esconder uma pessoa assim — protestou Eamon.

— Não vou manter *Anne* em segredo... mas eu preciso manter *isso* em segredo até descobrir onde é que ela esteve por todo esse tempo e por que alguém atirou nela e a jogou no lago.

O homem chamado Eamon ficou em silêncio, como se algo tivesse sido comunicado sem que precisassem dizer. Eu queria explicar, protestar, dizer que era um mal-entendido. Mas o desejo não era mais que um pensamento que se desintegrava e, quando eles me deitaram na carroça, que cheirava a repolho e cachorro molhado, desapareceu completamente. Senti a urgência e o medo deles, mas a neblina, assim como o nevoeiro que escondeu os homens armados, roubou minhas perguntas e minha consciência.

24 de fevereiro de 1917

Michael Collins estava fazendo campanha para o conde Plunkett no norte de Roscommon, ao sul de Dromahair, e fui ouvi-lo falar. Fazia apenas dois meses que ele tinha sido libertado de Frongoch e já estava no centro dos acontecimentos.

Mick me viu na multidão e desceu as escadas quando terminou de falar, me pegou nos braços e me rodou como se eu fosse o seu amigo mais querido. Mick tratava as pessoas desse jeito. Era algo que eu sempre admirei, pois não é uma característica que possuo.

Ele perguntou por Declan e Anne, e tive que dar a notícia. Ele não conhecia Anne muito bem, mas conhecia Declan e o admirava.

Levei-o para casa em Garvagh Glebe para passar a noite, ansioso para ouvir o que estava acontecendo nos círculos da Irmandade. Segundo Mick, a percepção pública é a de que somos todos Sinn Féiners.

— Mas os princípios básicos do Sinn Féin diferem dos meus, Tommy. Acredito que vai ser necessário usar a força física para libertar meu país do domínio britânico.

Quando perguntei o que queria dizer com isso, ele encheu novamente seu copo de uísque e suspirou, como se estivesse prendendo a respiração há um mês.

— Não estou falando de me esconder e incendiar Dublin. Isso não funciona. Fizemos um acordo em 1916, mas acordos não bastam. Será necessário um tipo diferente de guerra. Ações furtivas. Golpes contra os jogadores principais. Vamos reorganizar os Voluntários Irlandeses e convidar o Sinn Féin e a Irmandade Republicana Irlandesa para se juntarem a nós. Todas as facções que se

uniram de alguma forma durante a Revolta da Páscoa precisam se unir novamente agora com um objetivo: tirar os britânicos da Irlanda de uma vez por todas. É a única maneira de ganharmos alguma coisa.

Quando lhe perguntei como podia ajudar, ele riu e bateu nas minhas costas. Então hesitou por um momento e perguntou sobre a minha casa em Dublin. Eles precisavam de casas seguras por toda a cidade para esconder homens e guardar suprimentos a qualquer momento.

Concordei imediatamente e dei a ele uma chave reserva, prometendo entrar em contato com o casal de idosos que cuidava da residência na minha ausência. Ele colocou a chave no bolso e disse de um jeito discreto:

— Nós vamos precisar de armas também, Tommy.

Permaneci em silêncio, e seus olhos escuros ficaram sérios.

— Estou montando uma rede para contrabandear armas pela Irlanda. Sei como você se sente sobre tirar a vida de homens, quando jurou salvá-los. Mas temos que ser capazes de lutar uma guerra, doutor. E a guerra está chegando.

— Não vou traficar armas para você, Mick.

— É o que eu pensei que diria. — Ele suspirou. — Mas talvez haja outro jeito de você ajudar. — Ele me olhou por um momento, e eu tive certeza de que lançou a ideia do contrabando de armas primeiro sabendo que eu diria não e que seria mais difícil dizer não duas vezes.

Ele me perguntou se meu pai era inglês.

Eu disse a ele que meu pai era fazendeiro. Que o pai dele era fazendeiro e o pai do pai dele também, há séculos. Contei que a terra que eles cultivavam estavam abandonadas agora, desde que meu tataravô fora acusado de ser rebelde e arrastado para longe pelo exército britânico para ser açoitado e cegado com piche. Contei que meu bisavô perdeu metade da família na fome de 1845. Que meu avô perdeu metade dos filhos para a emigração. E que meu pai morreu jovem, trabalhando em terras que não pertenciam a ele.

Os olhos de Mick brilharam, e ele me bateu nas costas novamente.

— Me perdoe, Tommy.

— O meu padrasto era inglês — admiti, sabendo o tempo todo que era o que Mick queria dizer, mas sentindo a dor dos erros do passado que eu não tinha consertado.

— Foi o que eu pensei. Você é muito respeitado, Tommy. E não tem a mancha de Frongoch, como o resto de nós. Você tem uma posição e contatos que podem ser úteis para mim aqui e em Dublin.

Assenti com a cabeça, sem ter certeza de que eu poderia realmente ser útil a ele. Porém Mick não disse mais nada, e nós começamos a falar de dias melhores. Mas até mesmo escrever essa conversa aqui, em um diário que mantenho escondido, faz o meu coração disparar.

T. S.

5

MOÇA ENLOUQUECIDA

Aquela moça enlouquecida improvisando sua música,
Sua poesia, dançando em meio à praia,
A alma separada de si
Subindo, caindo, onde ela não sabia.

— W. B. Yeats

Acordei com uma escuridão avermelhada e sombras dançantes. Fogo. Uma tora rachou e caiu na grade, espalhando fagulhas que me fizeram pular e gritar de dor. O barulho da tora, ao quebrar e cair, me lembrou o do disparo, embora não tivesse certeza se era uma lembrança ou uma nova história. Às vezes isso acontecia comigo. Eu ficava tão imersa na escrita que as cenas e os personagens que criava ganhavam vida na minha cabeça, se desenvolviam, tornando-se independentes, e me visitavam enquanto dormia.

Eu levei um tiro. Fui tirada da água por um homem que sabia meu nome. E agora estava aqui, em um quarto que parecia um pouco com o meu quarto no Hotel Great Southern, mas, em vez de carpete, o piso era de madeira e coberto com tapetes floridos, o papel nas paredes era menos roxo e as janelas eram adornadas com longas cortinas de renda em vez das pesadas cortinas que permitiam que os hóspedes dormissem no escuro ao meio-dia. Havia duas luminárias decoradas com tecido plissado e gotas de vidro em cada mesinha de cabeceira. Respirei fundo, tentando identificar quão gravemente ferida eu estava. Toquei meu abdome com cuidado, apalpando ao redor da parte da bandagem que estava mais grossa, do lado direito. Queimou e puxou quando me mexi, ainda que ligeiramente, mas, se uma bandagem fora colocada, significava que a bala não tinha causado nenhum dano sério. Eu tinha sido cuidada, estava limpa e seca — embora completamente nua sob os cobertores — e não fazia ideia de onde estava.

— Você vai embora de novo? — A voz da criança veio da beira da minha cama, incorpórea e assustadora. Para além das barras de latão dos pés da cama, havia alguém parado me olhando.

Levantei a cabeça devagar para enxergar melhor e desisti imediatamente, os músculos do meu abdome se contraindo de dor.

— Você pode chegar mais perto, por favor? — perguntei, sem fôlego.

Fez-se um longo silêncio. Em seguida senti o roçar de uma mãozinha nos meus pés, e a cama estremeceu levemente, como se a criança abraçasse a beirada para se esconder. A aproximação durou longos segundos, mas a curiosidade claramente prevaleceu sobre o medo, e, momentos depois, eu estava frente a frente com um garotinho. Ele vestia uma camiseta branca enfiada de qualquer jeito em uma calça escura que estava presa por um suspensório, o que o fazia parecer um idoso. Seu cabelo era ruivo, de um vermelho intenso e quente. Tinha o nariz fino e atrevido e estava sem um dente da frente, o buraco era visível por trás de seus lábios entreabertos. Mesmo com a luz oscilando, seus olhos eram azuis. Eles vasculharam os meus com franqueza, me analisando amplamente, e eu estava certa de que o conhecia.

Eu conhecia aqueles olhos.

— Você vai embora de novo? — ele repetiu.

Levou um momento para que eu separasse o sotaque dele daquilo que estava dizendo.

Se eu *ia embora*? Como? Eu nem sabia como havia chegado.

— Eu não sei onde estou — murmurei. Minhas palavras saíram estranhamente enroladas, como se eu tentasse copiar o sotaque dele. Morfina. — Então não sei para onde vou — concluí.

— Você está em Garvagh Glebe — ele disse. — Ninguém nunca dorme neste quarto. Ele pode ser seu agora.

— É muito legal da sua parte. Meu nome é Anne. Qual é o seu?

— Você não sabe? — ele perguntou, torcendo o nariz.

— Não — sussurrei, embora, curiosamente, a confissão me parecesse uma traição.

— Eoin Declan Gallagher — respondeu com orgulho, me dando seu nome completo, como às vezes as crianças fazem.

Eoin Declan Gallagher. O nome do meu avô.

— Eoin? — repeti, maravilhada, estendendo a mão para tocá-lo. Mas de repente tive certeza de que ele não estava ali realmente. Ele deu um passo para trás, com os olhos na direção da porta.

Eu estava dormindo. Estava dormindo e tendo um sonho esquisito e maravilhoso.

— Quantos anos você tem, Eoin? — o eu do meu sonho perguntou.

— Você não se lembra? — respondeu ele.

— Não. Estou... confusa. Não me lembro de muita coisa. Você pode me dizer? Por favor.

— Quase seis.

— Seis? — Fiquei maravilhada. Seis. Meu avô nasceu em 1915, menos de um ano antes da rebelião que tirou a vida de seus pais. Se ele tinha quase seis, era... 1921. Eu estava sonhando com 1921. Estava tendo uma alucinação. Eu tinha levado um tiro e quase me afogado, talvez estivesse morta. Mas não me *sentia* morta. Eu sentia dor, apesar da medicação. Minha cabeça, minha barriga. Mas minha língua funcionava. E, nos meus sonhos, minha língua nunca funciona. — O seu aniversário é no dia 11 de julho, não é? Eu me lembro disso — eu disse.

Eoin assentiu com entusiasmo, seus ombros magros cobrindo as orelhas grandes demais, e ele sorria como se eu tivesse me redimido um pouco.

— Sim.

— E... em que mês estamos agora?

— Junho! — gritou. — Por isso tenho quase seis anos.

— Você mora aqui, Eoin?

— Sim. Com o doutor e Nana — ele disse impaciente, como se já tivesse explicado demais.

— Com o doutor? — *O bom médico, Thomas Smith. Eoin disse que o homem era como um pai para ele.* — Qual é o nome do doutor, Eoin?

— Thomas. Mas Nana o chama de dr. Smith.

Eu ri baixinho, feliz que meu sonho fosse tão detalhado. Agora eu sabia por que ele parecia tão familiar. Era o homem das fotos, o homem com olhar e lábios inexpressivos, aquele que Eoin disse que amava Anne. Pobre Thomas Smith. Estava apaixonado pela mulher de seu melhor amigo.

— E quem é Nana? — perguntei ao menino, apreciando o confuso enigma de meu sonho.

— Brigid Gallagher.

— Brigid Gallagher — sussurrei. — Isso mesmo. — Brigid Gallagher, a avó de Eoin. Mãe de Declan Gallagher. Sogra de Anne Gallagher. Anne Gallagher. Thomas Smith me chamou de Anne.

— Thomas disse que você é minha mãe. Ouvi ele contar para Nana — disse Eoin com pressa, e eu ofeguei, a mão que tinha levantado para tocá-lo caiu de volta na cama. — Meu pai vai voltar também? — pressionou, sem esperar minha resposta.

Seu pai? Meu Deus. Aquele *era* Eoin. Era o *meu* Eoin. Apenas uma criança, e seus pais estavam mortos. Eu não era a sua mãe, e *nenhum dos dois* voltaria. Coloquei as mãos em cima dos olhos, querendo acordar.

— Eoin! — O chamado da mulher veio de algum lugar da casa, procurando, buscando, e o garotinho sumiu em um piscar de olhos, correndo em direção à porta e escapando do quarto. A porta se fechou com cuidado, silenciosamente, e eu me deixei levar por outro sonho, uma escuridão segura, onde avós não se transformavam em garotinhos de cabelo ruivo e sorriso cativante.

Quando acordei novamente, havia mãos sobre minha pele, e os cobertores haviam sido puxados de lado, deixando meu abdome descoberto enquanto minhas bandagens eram trocadas.

— Vai cicatrizar logo. Fez um sulco na lateral, mas poderia ter sido pior. — Era o homem da foto novamente. Thomas Smith. Ele achava que eu era outra pessoa. Fechei os olhos para afastá-lo, mas não funcionou. Seus dedos, firmes e seguros, apalpavam meu abdome, impedindo minha negação. Comecei a entrar em pânico e a ter falta de ar. — Você está com dor?

Choraminguei, mais com medo que com dor. Medo de me entregar. Eu não era a mulher que ele pensava que eu fosse e, mais que qualquer coisa, estava aterrorizada de contar que ele estava enganado.

— Você está dormindo há muito tempo. Uma hora você vai ter que falar comigo, Anne.

Se falasse com ele, o que eu iria dizer?

Ele me deu uma colherada de algo claro e meloso, e me perguntei se era o láudano que estava me causando alucinações.

— Você viu Eoin? — perguntou ele.

Assenti e engoli, recordando a imagem do garotinho de cabelos vívidos e olhos familiares me espiando dos pés da cama. Minha mente havia criado uma criança linda.

— Eu pedi que ele não viesse aqui. — Thomas suspirou. — Mas não posso culpar o garoto.

— Ele é exatamente como eu imaginava — falei suave e lentamente, me concentrando para pronunciar as palavras da maneira que meu avô pronunciaria. A pronúncia do *r* eu conseguia imitar, era algo que *tinha* imitado a vida toda. Mas soava falso e estremeci ao tentar enganar Thomas Smith com meu sotaque. As palavras eram verdadeiras. Eoin *era* exatamente como eu imaginava. Mas eu não era sua mãe, e nada disso era real.

Quando acordei de novo, minha mente estava mais clara, e as cores que antes nadavam em intenso vermelho e laranja à luz do fogo agora estavam imóveis, em linhas concretas e formas sólidas. A luz se acumulava — ou ia embora? — atrás do vidro das duas janelas altas. A noite caiu, mas o sonho continuou.

O fogo na grade e o garotinho com o nome do meu avô desapareceram, mas a dor estava mais aguda, e o homem de mãos gentis ainda estava ali. Thomas Smith estava afundado em uma cadeira, como se tivesse pegado no sono enquanto me observava. Eu já o havia observado em preto e branco me encarando através de uma antiga fotografia, e fiz isso novamente, dizendo a mim mesma que não havia perigo nas minhas alucinações. As sombras no quarto imprimiram um pouco de cor ao homem. A tonalidade escura de seu cabelo não era diferente da fotografia, mas as ondas de ontem penteadas para trás haviam caído em seus olhos fundos, que eu sabia serem azuis, a única cor separada da névoa. Seus lábios estavam entreabertos, e sua forma indulgente e suave inclinação acentuavam um queixo que era muito quadrado, um rosto muito magro e maçãs do rosto muito pontudas.

Ele usava roupas de um homem muito mais velho: calça de cintura alta com um colete justo sobre o torso reto. Uma camisa clara sem gola abotoada até o pescoço. As mangas dobradas até os cotovelos, e seus pés, em sapatos sociais, firmemente plantados no chão, como se ele tivesse adormecido esperando ser acordado imediatamente. Ele parecia alto e magro na cadeira de encosto alto, membros soltos e pendentes, punhos e dedos apontando para o chão, um rei guerreiro exausto dormindo em seu trono.

Eu estava com sede e com a bexiga cheia. Inclinei-me para a esquerda e tentei me levantar, ofegante pelo fogo ao meu lado.

— Cuidado, vai abrir o ferimento — protestou Thomas, sua voz áspera de sono e um suave sotaque irlandês. A cadeira rangeu e eu o ouvi levantar, mas o ignorei, sentindo as cobertas caírem dos meus ombros, enquanto eu segurava o lençol contra os seios. Onde estavam minhas roupas? Eu me virei, minhas costas nuas em direção a ele, e o escutei se aproximar e parar ao lado da cama.

Ele levou um copo de água aos meus lábios e eu bebi, grata e trêmula. Sua mão estava sobre minhas costas, quente e sólida.

— Onde você esteve, Anne?

Onde estou agora?

— Eu não sei — sussurrei. Não olhei para ele para avaliar sua reação. — Eu não sei. Só sei que estou... *aqui.*

— E por quanto tempo vai ficar aqui? — Sua voz era tão fria que meu medo aumentou, enchendo meu peito e deixando meus membros dormentes e meus dedos pulsando.

— Também não sei — respondi.

— Eles fizeram isso com você? — perguntou.

— Quem? — A palavra soou como um lamento na minha cabeça e como um murmúrio em meus lábios.

— Os traficantes de armas, Anne — foi sua vez de sussurrar. — Você estava com eles?

— Não. — Balancei a cabeça, determinada, e a sala oscilou com o movimento. — Preciso usar o toalete.

— Toalete? — ele levantou a voz, confuso.

— O banheiro? O sanitário? — Procurei na memória por terminologias irlandesas.

— Segure-se em mim — instruiu ele, inclinando-se sobre meu corpo e deslizando os braços por trás de minhas costas. Enrosquei-me no lençol e não segurei nele, lutando para permanecer coberta enquanto ele se endireitava e me levantava.

Ele me carregou para fora do quarto, passou por um corredor estreito e chegou ao banheiro, colocando-me no vaso sanitário com cuidado. A caixa da descarga ficava no alto da parede, conectada por um longo tubo de latão ao assento perfeitamente redondo. O lugar era muito limpo e branco. Havia uma pia de pedestal e uma banheira com pés e grandes curvas arredondadas, que brilhava orgulhosa. Eu estava aliviada por ele não ter tido que passar pela casa toda e sair para o quintal até um banheiro externo ou por não precisar me agachar sobre um penico. No momento, agachar estava fora de questão.

Thomas saiu sem dizer uma palavra, claramente confiante de que eu podia cuidar do resto sozinha. Alguns minutos depois ele voltou, batendo suavemente, e eu abri a porta. Observei nosso reflexo no pequeno espelho acima do lavatório antes de ele me levantar de novo, com cuidado, seus olhos colidindo com os meus no espelho. Meu cabelo estava embolado, mais amassado de um lado que do outro, e havia uma cavidade em volta do verde dos meus olhos. Eu estava horrível, mas exausta demais para me importar. Já tinha quase dormido quando ele me colocou na cama novamente e me cobriu.

— Há cinco anos eu encontrei Declan. Mas não encontrei você — disse ele, como se não conseguisse ficar em silêncio por mais tempo. — Achava que você e Declan estavam juntos. Eu estava evacuando os feridos do Correio Geral para a Jervis Street. Depois o fogo ficou muito alto e as barricadas foram levantadas, e não pude voltar.

Abri as pálpebras pesadas e o encontrei me encarando, com a expressão desolada. Ele esfregou o rosto, como se pudesse apagar a memória.

— Quando o fogo consumiu o Correio Geral, todos o abandonaram. Declan...

— Correio Geral? — Eu estava tão cansada e a pergunta escapou.

Ele me encarou com a testa franzida.

— O Correio Geral, Anne. Você e Declan não estavam com os Voluntários no Correio Geral? Martin achou que você tinha escapado com as outras mulheres, mas Min disse que você voltou. Ela disse que você insistiu em ficar com Declan até o fim. Mas você não estava com Declan. Aonde você foi, Anne?

Não me lembrava, mas, de repente, eu sabia. A Revolta da Páscoa. Ele estava descrevendo eventos sobre os quais eu tinha acabado de ler em detalhes.

— Era uma batalha que não íamos vencer — murmurou Thomas. — Todos nós sabíamos disso. Você e Declan sabiam. Nós conversamos sobre o que significaria a revolução, o que significava contra-atacar. Havia algo de glorioso nisso. Glorioso e terrível.

— Glorioso e terrível — sussurrei, imaginando a cena e me perguntando se a estava conjurando do jeito que imaginava histórias quando criança, me colocando no centro da ação e me perdendo em minhas próprias produções.

— No dia seguinte à nossa retirada do Correio Geral, a liderança se rendeu. Encontrei Declan jogado na rua. — Thomas me olhou, observando meu rosto ao mencionar Declan, e eu só conseguia olhar de volta, impotente. — Ele não teria deixado você no Correio Geral, e a Anne que eu conhecia não o teria abandonado de modo algum.

A Anne que eu conhecia.

O medo, azedo e quente, revirou meu estômago. Eu não estava gostando do desenrolar da história. Nunca encontraram a mãe de Eoin. Nunca encontraram o corpo dela. Presumiram que ela estava morta, assim como o marido, perdida em uma revolta que terminara muito mal. E agora eu estava aqui, levantando perguntas enterradas havia tempos. Isso era ruim. Muito ruim.

— Nós saberíamos se você tivesse sido mandada para a Inglaterra com os outros prisioneiros. Nós saberíamos. Eles libertaram as outras mulheres. Todos foram libertados há anos. E... E você está bem — insistiu Thomas. Ele se virou, enfiando as mãos nos bolsos da calça. — Seu cabelo... sua pele. Você parece... bem.

Minha boa saúde era motivo de acusação, e ele atirou essas palavras em mim, embora nunca tenha levantado o tom de voz. Voltou-se novamente em minha direção, mas não se aproximou da cama.

— Você parece bem, Anne. Com certeza não esteve definhando em uma prisão inglesa.

Não havia nada que eu pudesse falar. Nenhuma explicação que pudesse dar. Eu não sabia o que tinha acontecido com a Anne Gallagher de 1921. *Não* sabia. A imagem dos túmulos em Ballinagar surgiu em minha mente, uma grande lápide com o nome Gallagher na base. Anne e Declan compartilhavam a lápide, e as datas estavam claras: 1892-1916. Eu tinha visto ontem. Eu estava sonhando. Apenas sonhando.

— Anne? — Thomas pressionou.

Eu era uma mentirosa muito boa. Não porque fosse desonesta, mas porque minha mente conseguia conjurar variações e reviravoltas, e qualquer mentira se tornava uma versão alternativa da história. Eu não gostava de ter essa habilidade, porém a considerava ossos do ofício. Mas não conseguia mentir agora. Não sabia o suficiente para criar uma história convincente. Ainda não. Eu dormiria e acordaria, e tudo isso teria acabado. Cerrei os dentes e fechei os olhos, bloqueando tudo.

— Eu não sei, Thomas — falei seu nome, um apelo para me deixar em paz, e virei a cabeça em direção à parede, precisando da segurança dos meus próprios pensamentos e de espaço para examiná-los.

8 de setembro de 1917

Garvagh Glebe significa "lugar hostil". Sempre achei esse um nome interessante para um lugar tão bonito, situado próximo a um lago, onde as árvores são altas, o solo rico e a grama verde. Não era um lugar hostil. Mas, para mim, era exatamente o que o lugar sempre representou. Um lugar hostil. Um lugar difícil. Sempre me debati entre amor e ressentimento por ele. Ele pertence a mim agora, mas nem sempre foi assim.

Pertencia a John Townsend, meu padrasto, um proprietário de terras inglês cuja família havia recebido a terra do lago trezentos anos antes de seu nascimento. John era um homem gentil. Era bom para a minha mãe, bom para mim, e, quando morreu, eu herdei a terra. Um irlandês. Pela primeira vez em trezentos anos, a terra voltara a mãos irlandesas. Sempre acreditei que terras irlandesas deveriam pertencer a irlandeses, ao povo que viveu e morreu nesse solo de geração em geração.

Mas o conhecimento não despertou orgulho nem vingança em mim. Ao contrário, contemplar Garvagh Glebe e o destino que havia sorrido para mim geralmente me enchia de um desespero silencioso. A quem muito é dado, muito será cobrado, e eu cobrava muito de mim mesmo.

Eu não culpava John Townsend por sua inglesidade. Eu o amava. Ele não carregava opiniões ruins ou más intenções, não tinha preconceito com os irlandeses, não tinha ódio em seu coração. Era simplesmente um homem que recebeu o que lhe foi dado. A mancha em sua herança havia sumido com os séculos. Ele não se sentia culpado pelos pecados de seus pais. E não deveria mesmo. Mas a história não tinha acabado em mim.

Eu não me achava diferente do meu padrasto. Beneficiei-me de sua riqueza. Recebi de bom grado o que me foi dado. Ele me proporcionou uma educação excelente e trouxe os melhores médicos e professores quando eu era pequeno e doente. Pagou pelo meu ensino superior quando cresci, pela ótima casa em Dublin onde vivi para estudar medicina na University College Dublin. Comprou o carro para que eu pudesse voltar para casa quando minha mãe morreu, no meio do segundo ano. E, quando meu padrasto morreu, seis meses antes da Revolta da Páscoa, deixou tudo que tinha para mim. Não fui eu quem ganhou o dinheiro que investi na Bolsa de Valores de Londres. Eu não tinha trabalhado para ganhar os fundos que estavam no Royal Bank, na Knox Street, ou as notas que encheram o cofre da biblioteca em Garvagh Glebe. Todas as contas levavam o meu nome, mas não era um dinheiro que eu tinha trabalhado para conseguir.

Eu poderia ter me afastado em protesto, rejeitando a riqueza e a bondade de John Townsend. Mas eu não era idiota. Eu era um idealista, um nacionalista, um irlandês orgulhoso, mas não era idiota. Prometi a mim mesmo, quando era um garoto de quinze anos sentado em uma sala de aula em Wexford, ouvindo meu professor ler *Discursos do banco dos réus,* que usaria minha educação, posição e boa sorte em prol da Irlanda. Aqueles eram os dias em que Declan estava sempre ao meu lado, tão apaixonado e comprometido com a causa da liberdade irlandesa quanto eu. O dinheiro de John Towsend pagou pela educação de Declan também. Meu padrasto queria que eu vivesse entre amigos, e custeou a hospedagem e a alimentação de Declan, providenciou suas viagens de volta para casa para ver sua mãe, e, anos depois, quando Declan se casou com Anne, ele pagou até pelo casamento e deixou o casal viver no chalé do capataz em Garvagh Glebe, sem cobrar aluguel.

John Towsend não aprovou quando Declan e eu nos envolvemos na filial local do Sinn Féin ou quando entramos para a Irmandade Republicana Irlandesa. Mas ele nunca retirou seus *fundos ou sua afeição. Agora que as paredes de Garvagh Glebe não mais ecoam sua voz, me pergunto se o ferimos com nosso fervor. Me pergunto se nossa retórica sobre a injustiça do governo britânico e sobre o sangue dos ingleses o fez murchar e partir. Esse pensamento me causa um remorso enorme. Tive que aceitar o fato de que o idealismo frequentemente reescreve a história para se adequar à sua narrativa. A verdade é que os ingleses não são todos tiranos, assim como os irlandeses não são todos santos. Sangue suficiente já foi derramado, culpa suficiente já foi distribuída para condenar a todos nós.*

Mas a Irlanda merece sua independência. Não sou tão impetuoso ou feroz como antes. Não sou tão ingênuo ou cego. Já vi quanto custa a revolução, e o preço é alto. Porém, quando olho para Eoin e vejo seu pai, ainda sinto a saudade em meu peito e a promessa em meus ossos.

T. S.

6
UM SONHO DE MORTE

Sonhei que em um lugar desconhecido alguém morria
Sem que tivesse por perto uma mão amiga
E sobre sua face pregaram uma placa
Os camponeses daquela terra.
E o deixaram às estrelas indiferentes acima
Até que eu esculpisse estas palavras:
Era mais bonita que teu primeiro amor,
Mas agora sob esta placa descansa.

— W. B. Yeats

    Uma vez vi um documentário em um programa noturno sobre uma mulher que havia acordado em sua própria casa em uma manhã e não tinha ideia de como fora parar ali. Ela não conhecia seus filhos nem seu marido. Não conhecia seu passado nem seu presente. Caminhou pelos corredores e cômodos da casa olhando as fotos de seus entes queridos e de sua vida e encarando seu rosto desconhecido no espelho. E decidiu fingir. Por anos, não deixou transparecer que não conseguia se lembrar de nada antes daquele dia. Sua família nunca soube de seu segredo, até que, anos mais tarde, ela confessou aos prantos.

    Os médicos acreditavam que ela teve uma espécie de aneurisma, algum problema de saúde que afetou sua memória, sem deixar outras sequelas. Assisti ao programa com grande ceticismo, duvidando não de que ela tivesse esquecido tudo, mas de que houvesse sido capaz de fazer uma encenação sem que sua família percebesse que algo estava terrivelmente errado.

Por três dias, fiquei deitada em desconforto e negação, dormindo quando podia e olhando para as paredes floridas quando não podia. Eu ouvia a casa e implorava para que confiasse em mim, revelasse os segredos que eu não sabia e confessasse os detalhes que deveria saber, os pedaços que se espalharam como pedaços de papel ao vento, impossíveis de capturar. Com toda a inocente ambivalência de uma criança, não pensei em perguntar a Eoin sobre sua vida de antes. Enquanto crescia, estava imersa no mundo que ele construiu para mim, um mundo repleto de acessórios da infância. Eu era o centro de seu universo. Nunca havia pensado sobre sua vida antes, quando ele existia separado de mim, sem mim. Mas ele teve uma vida antes. E pude perceber agora que eu sabia muito pouco sobre essa vida.

Houve momentos em que chorei de medo, puxando os cobertores sobre o rosto para me esconder, tremendo. Cobertores que não deveriam existir, ou que realmente não existiam. E essas pessoas — Thomas, Brigid e Eoin — não existiam. Não mais. No entanto aqui estavam, tão vivas quanto eu, de carne, osso e sentimentos, vivendo dias que haviam passado. E então as lágrimas corriam novamente.

Eu estava parcialmente convencida de que estava morta, de que havia morrido no lago e ido para um estranho céu onde Eoin existia como criança novamente. No fim das contas, foi esse o pensamento que brilhou e cresceu, uma faísca que se tornou chama, me aquecendo e acalmando o círculo enlouquecido dos meus pensamentos. Eoin estava aqui neste lugar. No meu mundo, ele havia partido. Aqui estamos juntos de novo, assim como ele havia prometido. Eoin me fez querer ficar, ao menos por um tempo.

Thomas me examinava com frequência, trocando as bandagens e verificando se o ferimento tinha infeccionado.

— Você vai ficar bem, Anne. Com dor. Mas bem. Não houve graves consequências.

— Onde está Eoin? — perguntei. O menino não tinha vindo me ver desde aquela primeira noite.

— Brigid foi para a casa de sua irmã em Kiltyclogher por uns dias.

— Kiltyclogher — repeti, tentando lembrar onde já tinha ouvido esse nome. — Seán Mac Diarmada nasceu em Kiltyclogher — eu disse, puxando o fato dos recônditos da minha mente.

— Sim, nasceu. A mãe dele, Mary, era uma McMorrow. Ela e Brigid são irmãs.

— Declan e Seán eram primos? — concluí, maravilhada.

— Eles eram. Anne, você sabe disso.

Eu só conseguia balançar a cabeça, em uma negação incrédula. Por que Eoin havia escondido tanto de sua história de mim? Um laço familiar tão importante, e ele nunca me contou. Brigid *McMorrow* Gallagher. Fechei os olhos e tentei limpar a mente, mas não antes que um pouco de honestidade escapasse de meus lábios.

— Brigid quer afastar Eoin de mim — sussurrei.

— Sim — respondeu Thomas, sem remorso. — Você pode culpá-la?

— Não. — Eu entendia Brigid perfeitamente. Também não confiaria em mim. Mas eu não tinha culpa dos pecados de Anne, sejam lá quais fossem. — Eu queria tomar banho. Seria possível? — Eu precisava de um banho. Desesperadamente. Passei a mão em meu cabelo, que estava lambido e murcho nas minhas costas.

— Não, ainda não. Você precisa deixar o ferimento secar.

— Será que eu poderia me limpar um pouco ao menos? Com um pano? Escovar os dentes, talvez lavar o cabelo?

Seus olhos pararam por um momento no emaranhado do meu cabelo e rapidamente se desviaram. Ele assentiu com a cabeça.

— Se você se sente forte o suficiente, então sim. Mas a ajuda acabou. Nem mesmo Brigid está aqui para ajudá-la.

Eu não queria que Brigid me ajudasse. Ela entrou no meu quarto uma vez como um vento gélido e deixou uma corrente de ar em seu rastro. Não olhava diretamente para mim, nem mesmo quando me ajudou a vestir uma camisola antiga, que apertava minha garganta e caía até os tornozelos.

— Posso fazer isso sozinha, Thomas.

— Você não vai conseguir lavar o cabelo. Vai puxar os pontos do lado. Eu lavo — disse ele, rigidamente, puxando os cobertores e me ajudando a levantar. — Você consegue andar?

Assenti, e ele segurou meu braço enquanto eu me arrastava até o banheiro para o qual me carregara várias vezes nos últimos dias. Minha vontade de urinar, tão ordinária e persistente, era a única coisa que havia me convencido de que não estava sonhando. Nem morta.

— Os dentes primeiro, por favor — eu disse.

Thomas colocou uma pequena escova de madeira com cerdas curtas e uma pasta de dente, não muito diferente da que eu estava acostumada a usar, em cima da pia. As cerdas eram feitas de uma espécie de pelo animal e eram ásperas. Tentei não pensar muito nisso nem no gosto de sabão da pasta. Escovei com cuidado, terminando com o dedo para evitar que sangrasse. Thomas esperou que a água quente saísse pelos canos, embora o pegasse me observando com uma pequena ruga entre as sobrancelhas.

Quando terminei, Thomas moveu um banquinho de madeira de altura média para perto da enorme banheira com pés e me acomodou nele. Enrolei a velha camisola de Brigid, que não era meu número, em volta de mim e tentei me inclinar sobre a borda grande da banheira, mas o ângulo me fez gemer de dor.

— Acho que não consigo me curvar ainda.

— Fique em pé. Segure-se de lado, e eu faço o resto.

De pé o ângulo ficava melhor, mas eu estava tonta e fraca, e o peso da minha cabeça estava me causando incômodo. Deixei que ela caísse sobre meu peito enquanto ele enchia uma jarra de porcelana e jogava água em minha cabeça, seguindo o fluxo morno com mãos firmes.

Era maravilhoso, a água quente e o cuidado que ele tinha, mas me senti tão indigna ao tentar evitar que a volumosa camisola molhasse enquanto lutava para permanecer em pé que comecei a rir. Thomas parou ao meu lado.

— Estou fazendo alguma coisa errada? — perguntou ele.

— Não, você está fazendo tudo certo. Obrigada.

— Eu tinha esquecido como era.

— O quê?

— A sua risada.

Parei de rir imediatamente. Eu era uma impostora, e saber disso era desagradável e assustador. O fluxo de água continuou até que minha cabeça ficasse tão pesada com a água que me puxou para o lado. Balancei e Thomas me firmou, torcendo meu cabelo com a mão direita enquanto me segurava com a esquerda.

— Preciso das duas mãos para lavar seu cabelo. Se eu soltar, você vai cair?

— Não.

— Não adianta dizer que não vai cair se você cair — repreendeu ele. Havia algo em seu sotaque, nas palavras cantadas, que mexia comigo. Não sei se era simplesmente o som da minha infância, de Eoin, mas me confortava. Thomas me soltou devagar, testando a veracidade da minha afirmação. Quando parei de balançar, ele correu para ensaboar o engruvinhado do meu cabelo. Fiz uma careta, mas não de dor. Não podia nem imaginar como ficaria depois de seco.

Eu usava produtos caros para evitar que meus cachos ficassem crespos e incontroláveis.

Ele foi minucioso, mas gentil — passando o sabão em meu cabelo e enxaguando-o, os dedos longos em meu couro cabeludo, uma presença constante ao meu lado —, e sua gentileza me fez chorar. Cerrei os dentes para lutar contra as lágrimas que pinicavam meus olhos e disse a mim mesma que era ridícula. Devo ter cambaleado de novo, porque Thomas colocou uma toalha sobre meus ombros, torceu o excesso de água do meu cabelo e me colocou no banquinho mais uma vez.

— Você tem... óleo... ou tônico... para deixar o cabelo macio? — gaguejei, tentando usar os termos corretos. — Algo para suavizar os cachos?

Thomas ergueu as sobrancelhas e colocou para trás uma mecha de cabelo escura que havia caído em sua testa. Sua camisa estava úmida, e as mangas, dobradas até os cotovelos, não tinham se saído muito melhor.

Eu me senti como uma criança carente.

— Esqueça. Desculpe. Obrigada pela ajuda.

Ele apertou os lábios, pensando, e se virou para o armário alto próximo à porta.

— Minha mãe costumava lavar o cabelo com um ovo bem batido e secava com chá de alecrim. Talvez na próxima vez, pode ser?

Ele me olhou com o vago esboço de um sorriso. Pegou um pente fino de metal e uma pequena garrafa de vidro do armário. O rótulo amarelo escrito "Brilhantina" debaixo do desenho de um homem com o cabelo repartido e penteado para trás me fez pensar que a garrafa pertencia a ele.

— Vou usar só um pouquinho. Isso deixa um resíduo gorduroso do qual Brigid reclama. Ela diz que eu deixo manchas nos móveis onde encosto a cabeça. — Ele se sentou no vaso sanitário e puxou o banquinho em que eu estava sentada em sua direção, para que eu ficasse entre seus joelhos, de costas para ele. Ouvi-o retirar a tampa do tônico e esfregar as mãos. O cheiro não era desagradável como eu temia. Tinha o cheiro de Thomas.

— Comece pelas pontas e vá subindo — sugeri suavemente.

— Sim, senhora. — Seu tom era engraçado, e eu mordi os lábios, tentando não rir. A intimidade de suas ações não passou despercebida por mim. Eu não conseguia imaginar outro homem de 1920 cuidando de sua mulher desse jeito. E eu não era a sua mulher.

— Não tem nenhum paciente hoje? — perguntei, assim que ele começou a fazer da forma que sugeri, passando as mãos pelos fios molhados que pendiam nas minhas costas.

— Hoje é domingo, Anne. Os O'Toole não trabalham aos domingos e eu não vejo nenhum paciente, a não ser que seja uma emergência. Perdi a missa duas semanas seguidas. Tenho certeza de que o padre Darby vai passar aqui para perguntar por que e beber o meu uísque.

— Hoje é domingo — repeti, tentando me lembrar que dia era quando joguei as cinzas de Eoin no Lough Gill.

— Eu tirei você do lago no domingo *passado*. Está aqui há uma semana — explicou ele, juntando meu cabelo nas mãos e cuidadosamente passando o pente por todo o comprimento.

— Que dia é hoje? — perguntei.

— Dia 3 de julho.

— Dia 3 de julho de 1921?

— Sim, 1921.

Fiquei em silêncio e ele continuou examinando cuidadosamente os cachos.

— Eles vão propor uma trégua — murmurei.

— Quê?

— Os britânicos vão propor uma trégua com o Dáil. Os dois lados vão concordar em 11 de julho de 1921. — A data, diferente de todas as outras, ficou na minha memória porque 11 de julho era aniversário de Eoin.

— E como você sabe disso? — Ele não acreditou em mim, claro. Parecia cansado. — De Valera vem tentando convencer o primeiro-ministro britânico a aceitar a trégua desde dezembro do ano passado.

— Eu simplesmente sei. — Fechei os olhos, me perguntando como iria contar para ele, como o convenceria de quem eu era. Não queria fingir que era outra pessoa. Mas, se eu não fosse Anne Finnegan Gallagher, ele me deixaria ficar? E se eu não conseguisse ir para casa, para onde iria?

— Pronto. Isso deve bastar — disse Thomas, e passou a toalha sobre os fios recém-penteados, enxugando a água e o excesso de óleo.

Toquei o cabelo macio, as pontas já começando a enrolar, e agradeci baixinho. Ele se levantou e, com as mãos em volta dos meus braços, ajudou-me a ficar em pé.

— Vou deixar você agora. Tem um pano e sabão para o banho. Cuidado com as bandagens. Estarei por perto. Me chame quando tiver terminado. E, pelo amor de Deus, não desmaie. — Ele caminhou em direção à porta, mas hesitou ao girar a maçaneta. — Anne?

— Sim?

— Me desculpe. — O pedido ecoou no ar por alguns segundos antes que ele continuasse. — Deixei você para trás em Dublin. Eu procurei, mas deveria ter procurado mais. — Sua voz era muito baixa, seu rosto estava virado, as costas rígidas. Eu já havia lido suas palavras, seu relato sobre a Revolta da Páscoa, e sentido sua angústia. Eu podia senti-la agora também, e queria que ele desabafasse.

— Não tem do que se desculpar — respondi com convicção. — Você cuidou de Eoin. E de Brigid. Trouxe Declan para casa. Você é um homem bom, Thomas Smith. Um homem muito bom.

Ele balançou a cabeça, resistindo, e, quando falou novamente, sua voz estava tensa.

— Seu nome está na lápide dele. Eu enterrei seu xale ao lado dele, aquele verde que você amava. Foi tudo que pude encontrar.

— Eu sei — apaziguei.

— Você sabe? — Ele se virou abruptamente, e o pesar que senti em sua voz ficou estampado em seus olhos. — Como você sabe?

— Eu vi. Vi o túmulo em Ballinagar.

— O que aconteceu com você, Anne? — pressionou ele, repetindo a pergunta que havia feito muitas vezes.

— Não posso falar — implorei.

— Por quê? — A pergunta soou como um lamento, e eu levantei a voz também.

— Porque eu não sei. Não sei como cheguei aqui! — Eu estava agarrada à borda da pia, e ele deve ter sentido verdade e desespero em meu rosto, porque respirou fundo, passando as mãos pelo cabelo, agora despenteado.

— Tudo bem — sussurrou. — Me chame quando tiver terminado. — E saiu sem dizer mais nada, fechando a porta do banheiro. Eu me lavei com mãos trêmulas e pernas bambas, com mais medo do que jamais senti em toda a minha vida.

Eoin e Brigid voltaram no dia seguinte. Ouvi Eoin subindo a ampla escadaria e depois descendo, e ouvi Brigid dizer a ele que eu estava descansando e que não era para me incomodar. Fui ao banheiro duas vezes sozinha, me movendo com cuidado, mas ganhando confiança, escovei os dentes e penteei meu cabelo sozinha. Queria me trocar, ver Eoin, andar, mas não tinha mais nada para vestir exceto as duas camisolas emprestadas que usava enquanto convalescia. Eu estava inquieta e fraca e passava os dias olhando a vista das janelas. O quarto em que estava ficava no canto da casa, e eu tinha uma visão clara da entrada por uma janela e uma bela vista do lago pela outra. Quando não estava olhando para as árvores frondosas e o lago cintilante emoldurado pelos seus galhos, estava esperando Thomas voltar pela pequena estrada arborizada.

O homem raramente dormia. Alguém o chamou no domingo à noite — um bebê estava nascendo — e eu passei a noite sozinha na casa grande, explorando o andar principal. Thomas foi ao meu quarto antes de sair, preocupado que eu não estivesse bem para ficar sozinha. Eu lhe assegurei de que estava bem. Não contei que tinha passado a maior parte da minha vida adulta sozinha e que não precisava de companhia constante.

Não explorei por muito tempo. Passar da sala de jantar para a enorme cozinha e além, depois aos quartos, que Thomas claramente usava como escritório e clínica, quase me matou. Cambaleei para a cama, grata por não ter que subir escadas para chegar ao quarto que me fora dado.

Os empregados voltaram na manhã seguinte, e uma jovem com um vestido longo e liso coberto por um avental branco, o cabelo loiro trançado nas costas, veio com uma bandeja de sopa e pão na hora do jantar. Ela tirou os lençóis e os cobertores da cama enquanto eu comia, arrumando-a novamente com muita competência. Quando terminou, virou-se com a roupa de cama suja nos braços e os olhos curiosos.

— Posso fazer mais alguma coisa pela senhora? — perguntou ela.

— Não, obrigada. Por favor, me chame de Anne. Qual é o seu nome?

— Maeve, senhora. Eu comecei hoje. Minhas irmãs mais velhas, Josephine e Eleanor, trabalham na cozinha. Estou aqui para ajudar Moira, minha outra irmã, na limpeza. Eu trabalho duro.

— Maeve O'Toole? — Minha colher bateu ruidosamente na tigela de porcelana.

— Isso mesmo, senhora. Meu pai trabalha como capataz para o dr. Smith. Meus irmãos trabalham lá fora; nós, meninas, trabalhamos dentro da casa.

Somos dez O'Toole, embora o pequeno Bart seja apenas um bebê. Onze se contar minha bisavó, ainda que ela seja uma Gillis, não uma O'Toole. Ela é tão velha que podemos contá-la duas vezes! — Ela riu. — Moramos um pouco mais adiante da estradinha, atrás da casa grande.

Encarei a menina — tinha no máximo doze anos — e tentei encontrar a idosa em suas feições. Não consegui. O tempo a havia transformado tão completamente que não havia nenhuma semelhança óbvia.

— É um prazer conhecê-la, Maeve — gaguejei, tentando esconder meu choque. Ela sorriu e abaixou a cabeça, como se eu fosse uma visita da realeza, e saiu do quarto.

Ela voltou. Anne voltou. Foi o que Maeve disse. Ela não tinha esquecido. Eu fiz parte da história dela. Eu. Não minha bisavó. Anne Finnegan Gallagher não tinha voltado. *Eu* tinha.

23 de maio de 1918

Um acordo contra o recrutamento forçado aguardava assinaturas irlandesas nas portas de cada igreja da Irlanda no mês passado. O primeiro-ministro da Inglaterra declarou que os meninos da Grã-Bretanha estão em angústia, lutando em uma frente de oitenta quilômetros na França, e os irlandeses não têm queixas reais. Recrutamento forçado para as forças armadas britânicas é o medo presente em todo lar irlandês.

Os britânicos começaram um jogo de gato e rato soltando prisioneiros políticos apenas para capturá-los novamente e prendê-los. Eles também começaram a prender pessoas que participassem de qualquer atividade que promovesse a Irlanda — dança tradicional, aulas de idioma, jogos de hurling — e fomentasse o sentimento antibritânico.

Isso só fez a panela ferver.

Fui a Dublin em 15 de maio apenas para saber notícias de uma série de invasões que seriam conduzidas em casas de membros proeminentes do Sinn Féin na sexta-feira seguinte. Meu nome não estava na lista, mas Mick estava preocupado. Ele conseguiu a lista com um de seus homens do Castelo de Dublin e me avisou para não voltar para casa. Passei a noite no Hotel Vaughan's com Mick e alguns outros, esperando as invasões. De Valera e vários membros do conselho voltaram para casa apesar do aviso e foram apanhados e presos na varredura. Não sei o que poderia levar um sujeito a duvidar de Michael Collins quando ele manda não ir para casa, mas os britânicos devem ter ficado felizes com os homens que prenderam. Mick estava de volta ao amanhecer, pedalando por toda a cidade em seu terno cinza, bem debaixo do nariz dos homens que não queriam outra coisa a não ser prendê-lo.

Consolado pelo fato de meu nome ainda estar limpo, fiz minhas próprias visitas ao Castelo de Dublin. O recém-nomeado governador-geral da Irlanda, lorde John French, é um velho amigo do meu padrasto. Mick ficou feliz com a conexão. Encontrei lorde French para tomar um chá em seu escritório em sua sede no Castelo, enquanto ele listava todas as doenças que tinha, o que as pessoas costumam fazer quando estão conversando com um médico. Prometi a ele que viria vê-lo uma vez por mês com novos tratamentos para sua gota. Ele me prometeu um convite para o baile do governador que aconteceria no outono. Tentei não fazer nenhuma careta e quase obtive sucesso.

Ele também afirmou, em tom estridente, que sua primeira providência na nova posição seria fazer uma proclamação banindo o Sinn Féin, os Voluntários Irlandeses, a Liga Gaélica e o Cumann na mBan. Assenti, contemplando a panela que em breve seria um caldeirão.

Sempre que vou a Dublin, lembro de Anne. Às vezes me pego procurando por ela, como se ela tivesse ficado aqui depois da rebelião, esperando para ser encontrada. A lista de vítimas da Revolta da Páscoa foi finalmente publicada no Irish Times *no ano passado. O nome de Declan estava lá. O de Anne não. Havia várias vítimas listadas como não identificadas. Mas, a essa altura, nunca seriam.*

T. S.

7
A VOZ DO CÃO

Um dia vamos acordar antes do amanhecer
E encontrar nossos cães de caça à porta,
E bem acordados saberemos que a caçada começou;
Tropeçando mais uma vez na trilha escura de sangue.

— W. B. Yeats

Thomas deve ter chegado em casa depois que dormi e ficou fora a maior parte do dia seguinte. Passei mais um dia no quarto, me aventurando até o banheiro e voltando, ouvindo o barulho da caldeira no porão — uma extravagância moderna que não existia na maioria das casas rurais. Ouvi Maeve e a outra garota — Moira? — deslumbradas com isso no corredor que dava para meu quarto. Era o segundo dia de Maeve na casa grande, e ela estava obviamente extasiada com o luxo. Thomas chegou tarde da noite e bateu suavemente na porta do meu quarto. Quando respondi, ele entrou com metade do corpo. Seus olhos azuis estavam vermelhos. Havia uma mancha escura em sua testa, e a camisa estava suja, o botão debaixo do colarinho faltando.

— Como está se sentindo? — perguntou, pairando na porta. Ele não tinha passado um dia sem checar minhas bandagens, e agora tinham se passado dois, mas ele não se aproximou da cama.

— Melhor.

— Vou tomar banho e depois volto para trocar suas bandagens — avisou.

— Não precisa. Estou bem. Podemos trocar amanhã sem problemas. Como está o bebê?

Ele olhou para mim sem expressão por um momento antes de seus olhos clarearem em compreensão.

— Bebê e mãe estão bem. Quase não precisaram de mim.

— Por que você parece que veio da guerra? — perguntei gentilmente.

Ele olhou para suas mãos e para o estado de sua camisa amarrotada, e apoiou-se exausto contra o batente da porta.

— Aconteceu um problema na fazenda Carrigan. A... polícia... estava procurando armas. Quando houve resistência, eles incendiaram o celeiro e a casa e atiraram na mula. Martin, o filho mais velho, está morto. Ele matou um dos policiais e feriu outro antes que o abatessem.

— Nossa! — falei, surpresa. Eu conhecia a história, mas nunca foi tão real.

— Quando cheguei lá, não restava nada do celeiro. A casa estava um pouco melhor. Vai precisar de um novo telhado. Salvamos o que podíamos. Mary Carrigan continuou tentando tirar seus pertences da cabana enquanto a palha caía sobre ela. As mãos dela estão queimadas, e ela perdeu metade do cabelo.

— O que podemos fazer?

— Você não pode fazer nada — disse ele, e sorriu para suavizar a rejeição. — Eu vou cuidar das mãos de Mary até cicatrizarem. A família vai morar com os parentes de Patrick até que o telhado seja consertado. E então eles vão seguir em frente.

— As armas estavam lá? — perguntei.

— Não encontraram nenhuma — respondeu ele. Seus olhos fixaram os meus por um instante, pensativo, e depois desviaram. — Mas Martin tem, ou tinha, uma reputação com tráfico de armas.

— As armas são para quê?

— Para o que sempre são as armas, Anne. Nós combatemos os britânicos com bolas de merda em chamas e granadas caseiras. E, quando temos sorte, usamos espingardas também — respondeu, com a voz nervosa e o maxilar apertado.

— Nós? — arrisquei.

— Nós. Antigamente *nós* incluía você. Ainda inclui?

Analisei seus olhos, incertos e inquietos, e permaneci em silêncio. Não conseguia responder a uma pergunta que não entendia.

Quando ele fechou a porta, deixou uma marca de mão escura para trás.

Muito tempo depois que o alto relógio no amplo hall de entrada bateu uma hora, acordei com mãozinhas nas minhas bochechas e um narizinho pressionando o meu.

— Você está dormindo? — Eoin cochichou.

Toquei o rosto dele, radiante em vê-lo.

— Devo estar.

— Posso dormir com você? — perguntou ele.

— Sua avó sabe que você está aqui? — murmurei, passando a mão nos cachos ruivos e macios sobre sua testa.

— Não, ela está dormindo. Mas estou com medo.

— Do que você está com medo?

— O vento está fazendo muito barulho. E se não ouvirmos os Tans? E se a casa for incendiada e todos nós estivermos dormindo?

— Do que você está falando? — acalmei-o, acariciando seu cabelo.

— Eles queimaram a casa de Conor. Ouvi o doutor falando com a Nana — explicou ele, com os olhos arregalados, em tom queixoso.

— Eoin? — Thomas parou na porta. Ele tinha tomado banho e se vestido, mas não para dormir. Ao que parece, ele não dormia mais. Usava calça, camisa social branca e botas. Segurava um rifle na mão direita.

— Você está vigiando para ver se os Tans vêm, doutor? — perguntou Eoin, aflito.

Thomas não negou. Escorou a arma na parede e entrou no quarto, aproximando-se da cama e estendendo a mão a Eoin.

— Estamos no meio da noite, mocinho. Venha.

— Minha mãe vai me contar uma história — mentiu Eoin, com teimosia, e meu coração protestou ternamente. — E se você vigiar daquela janela e ouvir comigo, doutor? — disse o menino, apontando, sem pudor, para a vista da pequena estrada que se estendia na escuridão.

— Anne? — murmurou Thomas, buscando reforço.

— Por favor, deixe-o ficar — implorei. — Ele está com medo e pode dormir aqui.

— Eu posso dormir aqui, doutor! — Eoin gostou da ideia como se fosse sua, e, afinal de contas, era mesmo.

— Cuidado, Eoin — avisou Thomas. — Não pule por cima da sua mãe. Dê a volta.

Eoin correu imediatamente para o outro lado e subiu na cama, enfiando-se embaixo das cobertas ao meu lado. Seu corpo estava tão próximo ao meu que tinha espaço para Thomas se juntar a nós, o que ele não fez.

Em vez disso, trouxe a cadeira para o lado da cama em direção à janela com vista para a pequena estrada e se sentou, seus olhos treinados para as sombras. Eoin não estava errado — ele estava vigiando.

Contei a ele a lenda irlandesa de Fionn e o Salmão da Sabedoria e como Fionn passou a ter um polegar mágico.

— E, quando Fionn precisava saber qualquer coisa, simplesmente colocava o polegar na boca e a resposta vinha até ele — eu disse, chegando ao final da história.

— Mais, por favor — sussurrou Eoin, claramente esperando que Thomas não ouvisse. Thomas inspirou fundo, mas não protestou.

— Você conhece a história de Setanta? — perguntei.

— Eu conheço a história de Setanta, doutor? — Eoin esqueceu que ele estava vigiando.

— Sim, Eoin — Thomas respondeu.

— Mas eu não me lembro muito bem. Acho que preciso ouvir de novo — implorou Eoin.

— Tudo bem — eu disse, concordando. — Setanta era filho de Dechtire, que era irmã de Conchobar mac Nessa, o rei de Ulster. Setanta era apenas um menino, mas ele queria muito ser um guerreiro como os cavaleiros que lutavam para seu tio. Um dia, quando sua mãe não estava olhando, Setanta fugiu e começou uma longa viagem até Ulster, determinado a se juntar aos Cavaleiros do Ramo Vermelho. Foi uma viagem árdua, mas Setanta não voltou para a segurança dos braços de sua mãe.

— Árdua? — Eoin interrompeu, intrigado.

— Muito difícil — expliquei.

— Ele não amava a mãe dele? — perguntou.

— Sim, mas queria ser um guerreiro.

— Ah — disse Eoin, parecendo confuso, como se realmente não entendesse. Enroscou um braço em volta do meu pescoço e deitou a cabeça em meu peito. — Ele podia ter esperado — murmurou.

— Sim — sussurrei, fechando os olhos em cima de lágrimas repentinas. — Mas Setanta estava pronto. Quando ele chegou na corte de seu tio, fez o que podia para impressionar o rei. E, mesmo sendo pequeno, era muito forte e corajoso, e o rei disse que ele podia treinar para ser um cavaleiro. Setanta aprendeu muitas coisas. Aprendeu a silenciar quando era mais sábio silenciar. Aprendeu a lutar quando era necessário. Aprendeu a ouvir o vento, a terra e a água para que os inimigos nunca o pegassem de surpresa.

— Ele viu a mãe de novo? — perguntou Eoin, ainda apegado a esse detalhe.

— Sim, e ela estava muito orgulhosa — sussurrei.

— Conte-me a parte do cão de caça — ordenou ele.

— Você se lembra *mesmo* da história — murmurei.

Eoin ficou em silêncio, percebendo que sua mentira fora descoberta. Eu terminei, presenteando-o com a história do rei Conor jantando na casa de Culann, seu ferreiro, e Setanta matando o cão de caça selvagem de Culann. Setanta havia se comprometido daquele dia em diante a proteger o rei como o cão o fizera, sendo para sempre chamado de Cú Chulainn, o cão de Culann.

— Você é uma ótima contadora de histórias — murmurou docemente Eoin, apertando os pequenos braços em volta de mim, e o nó na minha garganta ficou tão grande que transbordou e escorreu pelo rosto. — Por que você está chorando? Ficou triste que Setanta matou o cão? — Eoin perguntou.

— Não — respondi, encostando o rosto em seu cabelo.

— Você não gosta de cachorro? — perguntou Eoin, chocado, levantando o tom de voz.

— Shh, Eoin. Claro que eu gosto. — Seu desapontamento me fez rir, apesar da emoção presa em minha garganta.

— Setanta *teve* que matar o cão — Eoin me assegurou, ainda convencido de que a história me fizera chorar. — Ou o cão teria matado ele. O doutor diz que matar é errado, mas às vezes é necessário.

Thomas se afastou da janela, um lampejo de relâmpago iluminando os ângulos de seu rosto, e imediatamente recuou, ficando no escuro novamente.

— Eoin — repreendeu suavemente.

— Você é como o cão de caça, doutor. Protege a casa. — Eoin estava irredutível.

— E você é como Fionn. Faz perguntas demais — rebateu Thomas, suave.

— Preciso de um polegar mágico como Fionn. — Eoin levantou as mãos para o ar, dobrando os dedos e esticando os polegares, examinando-os.

— Em vez disso, você terá dedos mágicos. Assim como o doutor. Você fará as pessoas ficarem bem com suas mãos firmes — eu disse, mantendo o tom de voz baixo. Devia ser mais ou menos três da manhã, e Eoin não demonstrava nenhum sinal de sono. O menino estava praticamente vibrando de energia.

Estendi as mãos para alcançar as suas e as trouxe de volta para baixo, reposicionando o travesseiro sob sua cabeça.

— É hora de dormir agora, Eoin — disse Thomas.

— Canta para mim? — pediu Eoin, me olhando com olhos suplicantes.

— Não. Mas vou recitar um poema. Poemas podem ser como canções. Mas você precisa fechar os olhos. É um poema muito, muito longo. É mais como uma história.

— Que bom! — disse Eoin, aplaudindo.

— Sem aplausos. Sem falar. Olhos fechados — eu disse.

Eoin obedeceu.

— Está confortável? — sussurrei.

— Sim — ele sussurrou de volta, mantendo os olhos fechados.

Com a voz suave e baixa, comecei.

— Eu quase não ouço o pássaro chorar, nem sua pressa cinza quando o vento está forte a passar — narrei lentamente, deixando que o ritmo e as palavras embalassem o menino. "Baile e Aillinn" sempre fizeram Eoin dormir. Ele já estava roncando baixinho antes que eu chegasse ao fim, e eu parei, deixando a história desvanecer sem ser terminada.

Thomas se afastou da janela.

— Esse não é o fim.

— Não, Eoin dormiu — murmurei.

— Mas eu queria ouvir — disse calmamente.

— Onde eu parei?

— Eles vêm para onde há um grande observador e tremem com seu beijo e seu amor — disse ele, citando os versos perfeitamente. As palavras em sua boca soaram quentes e eróticas, e eu peguei o fio da meada ansiosamente, querendo agradá-lo.

— Eles conhecem coisas imortais, pois vagam por onde a terra se esvai — recitei, e continuei suavemente pelas estrofes finais, terminando com as palavras que mais amava. — Pois o amante ainda não viveu, mas ansiava por casar, como aqueles que não estão mais vivos.

— Como aqueles que não estão mais vivos — ele sussurrou.

O quarto ficou em silêncio, com o brilho que uma boa história sempre deixa, e eu fechei os olhos e ouvi o pequeno Eoin respirando, quase sem respirar eu mesma, sem querer que o momento passasse depressa.

— Por que você está chorando? Você não respondeu para ele.

Examinei minha resposta brevemente, sem saber o que revelar, antes de decidir pela versão mais simples das minhas emoções complicadas.

— Meu avô me contou essas histórias. Ele me contou sobre o cão de Culann. Agora estou contando para Eoin. Um dia ele vai contar para sua neta histórias que eu contei a ele.

Eu contei para você. Você me contou. Só o vento sabe o que realmente veio primeiro.

Thomas se afastou da janela, emoldurado pela luz fraca, esperando que eu continuasse, e eu tentei explicar o grande tumulto em meu peito.

— Estar deitada aqui ao lado dele. Sua doçura. Seus braços em volta do meu pescoço. Eu percebi como... estou... feliz. — A verdade era estranha, fazendo com que parecesse falsa. Eu tinha saudade do meu avô. Tinha saudade da minha vida. Estava com medo. Apavorada. No entanto, uma parte de mim foi tomada por gratidão pelo menino ao meu lado e pelo homem de vigia na janela do meu quarto.

— Você está feliz e chora? — Thomas questionou.

— Tenho chorado muito ultimamente. Mas dessa vez foram lágrimas de alegria.

— Hoje em dia não há muitos motivos para ser feliz na Irlanda.

— Eoin é motivo suficiente para mim — respondi, e novamente fiquei maravilhada que isso fosse verdade.

Thomas ficou em silêncio por tanto tempo que meus olhos ficaram pesados e o sono tomou conta de mim.

— Você está tão diferente, Anne. Mal a reconheço — murmurou Thomas. O sono fugiu, assustado pelo meu coração acelerado e pelo som da voz dele. O sono não voltou e Thomas não saiu. Continuou de guarda, olhando para as árvores escuras e a pequena estrada vazia, esperando uma ameaça que nunca veio.

Quando o amanhecer apareceu por entre as árvores, Thomas pegou a criança adormecida, mole e solta, dos meus braços. Observei os dois saindo, a cabeça vívida de Eoin nos ombros de Thomas, seus bracinhos pendurados nas costas dele.

— Vou colocá-lo de volta na cama dele antes que Brigid acorde. Ela não precisa saber. Tente dormir agora, Anne — disse Thomas, cansado. — Acho que estamos protegidos dos Tans por enquanto.

Sonhei com páginas que giravam ao redor da minha cabeça. Eu pegava uma e a segurava contra o peito, mas a perdia quando tentava ler o que estava escrito. Persegui os pedaços brancos e esvoaçantes no lago, sabendo que a água poderia borrar as palavras que não tinha lido. Observei as páginas se aproximando da ondulação, provocando-me por um momento com a possibilidade de resgate, apenas para afundarem lentamente sob a superfície. Era um sonho que eu tinha. Sempre achei que vinha da minha necessidade de escrever as coisas, preservá-las, dar-lhes vida eterna, mesmo que apenas em uma página. Acordei ofegante, me lembrando de que o diário de Thomas Smith, aquele que terminava com um aviso ao seu amor, podia perfeitamente estar no fundo do Lough Gill. Estava na minha sacola, com a foto de Garvagh Glebe dobrada entre as páginas. Eu tinha me esquecido disso; estava lá embaixo da urna com as cinzas de Eoin.

Uma onda de tristeza e de arrependimento me prendeu entre os travesseiros. Como eu tinha sido tola, descuidada. Thomas Smith vivia naquele livro, e agora ele se fora. Somos partículas, pedaços de vidro e poeira. Somos tão numerosos quanto os grãos de areia que cobrem as praias, um indistinguível do outro. Nascemos, vivemos, morremos. E o ciclo continua eternamente. Tantas vidas vividas. E, quando morremos, simplesmente desaparecemos. As gerações se passam e ninguém saberá que *existimos*. Ninguém se lembrará da cor dos nossos olhos ou da paixão que ressoava dentro de nós. Um dia, todos vamos virar lápides na grama, monumentos cobertos de musgo, e às vezes... nem isso.

Mesmo que eu voltasse para a vida que havia perdido no lago, o livro ainda estaria sumido. Thomas Smith desapareceria para sempre — o sentido de suas palavras e expressões, seus desejos e medos. Sua vida. Perdida. E esse pensamento era insuportável para mim.

19 de março de 1919

A Grande Guerra acabou, mas a guerra da Irlanda está apenas começando. Um armistício foi assinado em 11 de novembro, sinalizando o fim do conflito sangrento e do medo do recrutamento. Mais de duzentos mil garotos irlandeses ainda lutaram, mesmo sem recrutamento, e trinta e cinco mil deles morreram por um país que não reconhece seu direito à autodeterminação.

Talvez aquele caldeirão fervente esteja finalmente pronto para transbordar. Nas eleições gerais de dezembro, os candidatos do Sinn Féin ganharam setenta e três das cento e cinco cadeiras da Câmara dos Comuns do Reino Unido. Nenhum dos setenta e três vai tomar posse de suas cadeiras em Westminster. De acordo com o manifesto assinado por cada membro do Sinn Féin em 1918, a Irlanda formará seu próprio governo, o primeiro Dáil Éireann.

Mick está organizando fugas de prisioneiros políticos, contrabandeando documentos para passar pelas barras, jogando escadas de corda nas paredes e fingindo que as colheres nos bolsos dos casacos são revólveres para assustar os carcereiros. Ele não conseguia parar de rir quando descreveu a fuga de Mountjoy e o fato de que eles pegaram vinte prisioneiros em vez de três.

— O'Reilly estava esperando do lado de fora da prisão com três bicicletas! — ele uivou. — Ele entrou aqui gritando que a prisão toda estava solta.

Mick tirou Eamon de Valera, o recém-eleito presidente da República da Irlanda, da Prisão de Lincoln em fevereiro e descobriu que De Valera tem planos de ir aos Estados Unidos arrecadar dinheiro para apoiar a independência da Irlanda. Não há estimati-

vas de quanto tempo ficará por lá. Nunca vi Mick tão pasmo. Ele se sente abandonado, e não posso culpá-lo. O peso em seus ombros é enorme. Ele dorme ainda menos do que eu. Ele está pronto para uma guerra total, mas De Valera diz que o público não está.

 Tive pouco tempo para coletar informações. A gripe estourou em toda a Europa, e o meu cantinho na Irlanda não foi poupado. Quase nunca sei que dia é, e tento ficar longe de Eoin e Brigid para protegê-los da doença que deve estar impregnada na minha pele e nas minhas roupas. Quando consigo voltar para casa, tiro minhas roupas no celeiro e me banho no lago incontáveis vezes.

 Vi Pierce Sheehan e Martin Carrigan no lago uma ou duas vezes quando remava para ir ver os O'Brien. Sei que eles estão trazendo armas das docas de Sligo. Para onde vão quando saem do lago eu não sei. Se eles me veem, fingem que não me viram; acho que é mais seguro assim, para todos nós.

 Willie, o neto de Peader e Polly O'Brien, faleceu em decorrência da gripe na semana passada. Ele não era muito mais velho que Eoin. O garoto vai sentir falta dele. Eles brincaram juntos algumas vezes. Peader insistiu em jogar as cinzas do menino no lago. A cremação se tornou preferível para impedir a propagação da doença. O barco de Peader apareceu no lado de Dromahair do lago anteontem. Eamon Donnelly o encontrou, mas, infelizmente, Peader não estava dentro. Ele não voltou para casa, e tememos que o lago o tenha levado. Agora a pobre Polly está sozinha. Muita tristeza por todos os lados.

T. S.

8
A MÁSCARA

Só quero ver o que há para ver,
Amor ou engano.
Foi a máscara que envolveu tua mente
E fez bater teu coração,
Não o que está por trás.

— W. B. Yeats

Não tenho certeza se Thomas mandou Brigid ou se ela foi por conta própria, mas ela entrou no meu quarto dois dias depois e declarou que já era hora de eu me levantar e me vestir.
— Quando você não voltou de Dublin, coloquei suas coisas naquele baú ali. Guardei os pertences de Declan. — Sua voz falhou, e ela terminou com pressa. — Tenho certeza de que você vai reconhecer suas roupas. Não são muitas. O doutor foi atender alguns pacientes em Sligo hoje. Ele disse que vai levá-la para comprar outras coisas de que precisar.
Anuí ansiosamente, levantando-me com cuidado da cama. Eu estava melhorando, mas ainda demoraria um pouco para me mexer sem sentir dor.
— Você parece uma cigana com esse cabelo — bradou Brigid, me olhando. — Vai precisar cortar ou prender. As pessoas vão achar que você escapou de um hospício. Mas é isso que você quer que elas pensem, não é? Se as pessoas acharem que você é louca, não vai precisar se explicar.
Tentei alisar meus cachos escuros, envergonhada. Não conseguia me imaginar com o penteado à la Gibson Girl que Brigid usava. Não sabia se era a

moda daquela época, mas eu não iria aderir. O cabelo de Anne estava na altura do queixo em uma das fotos, os cachos caíam suavemente ao redor do rosto. Também não conseguia me imaginar naquele estilo. Meu cabelo era enrolado demais. E, sem o peso do comprimento, ficaria muito armado. Quanto à afirmação de Brigid sobre a loucura, não seria má ideia. Se as pessoas pensassem que eu era louca, *manteriam* distância.

Brigid continuou murmurando amargamente, como se eu não estivesse no quarto.

— Você volta sei lá de onde, nada menos do que baleada, vestindo roupas de homem, e esperava ser recebida de braços abertos.

— Não esperava isso — respondi, mas ela me ignorou, destrancando o baú sob a janela da frente com uma pequena chave que tirou do bolso do avental. Levantou a tampa e, satisfeita que o baú contivesse os itens de que ela se lembrava, virou-se para sair do quarto.

— Acho melhor você deixar Eoin em paz. Ele não se lembra de você, e você só vai magoá-lo com o seu esquecimento — ordenou por cima do ombro.

— Não posso fazer isso — falei, antes mesmo de perceber que as palavras estavam na minha língua.

Ela se virou para olhar para mim, a boca tensa, as mãos pressionando o avental.

— Sim, você pode. E você vai — insistiu, tão fria e irredutível que quase desisti.

— Não vou, Brigid — respondi calmamente. — Vou passar o máximo de tempo que conseguir com ele. Não tente mantê-lo longe de mim. Não faça isso. Sei que você o ama. Mas estou aqui agora. Por favor, não tente nos separar.

Seu rosto se transformou em pedra, seus olhos, em gelo, e ela apertou tanto os lábios que não restou nenhuma suavidade.

— Você o amou e cuidou dele tão bem. Ele é tão bonito, Brigid. Obrigada por tudo que você fez. Nunca serei capaz de expressar quanto sou grata — eu disse em tom suplicante. Mas ela se virou, aparentemente impassível, e saiu do quarto.

Sua raiva era algo físico, sua dor e seu ressentimento eram tão presentes e reais quanto a ferida em meu abdome. Eu precisava ficar me lembrando de que aquela raiva, ainda que fosse direcionada a mim, não era meu fardo.

Percorri o corredor até o banheiro, lavei o rosto, escovei os dentes e penteei o cabelo antes de voltar para o quarto e para o baú que me aguardava. Vasculhei o conteúdo, ansiosa para me livrar daquela camisola, me vestir e sair do quarto em que padeci por dez dias.

Coloquei uma saia preta longa e tentei fechá-la. O cós era muito pequeno ou eu ainda estava muito inchada. Tirei-a e procurei roupas íntimas no baú. A calcinha que eu estava usando quando Thomas me tirou do lago estava úmida, porque eu tinha lavado na pia do banheiro no dia anterior. O restante das minhas roupas estava cuidadosamente dobrado na prateleira de cima do pequeno guarda-roupa, com os buracos de bala habilmente consertados. Mesmo antes de saber que estavam aqui, tinha considerado usá-las, mas sei que a estranheza desse traje iria atrair mais olhares e encorajar perguntas que deveriam ser deixadas de lado. Desenterrei um casaco na altura da coxa com uma faixa grossa na cintura, a gola grande e três grande botões. Debaixo dele, uma saia combinando na altura do tornozelo do marrom mais sem graça que já tinha visto. Encontrei um chapéu de seda marrom enfeitado com uma fita marrom dentro de uma caixa de chapéus esfarrapada e imaginei que os itens tivessem sido usados todos juntos.

Um par de botas baixas, gastas nos dedos e na sola, estava enfiado debaixo da caixa de chapéus. Consegui colocar meus pés nelas e fiquei feliz que serviram, assim não teria que andar descalça. Mas me curvar para amarrá-las estava fora de cogitação. Tirei as botas e continuei explorando.

Peguei uma engenhoca que só podia ser um espartilho. As barbatanas, a amarração e as fivelas penduradas me fizeram estremecer de horror e fascinação. Coloquei-o na cintura, onde ficou todo aberto, parecendo uma pulseira larga, as extremidades sem se tocar. Na parte superior, alargava-se suavemente, proporcionando um pouco de espaço para os seios, com um amontoado de fita abarrotado como um botão de rosa entre eles.

O espartilho pendia mais para baixo na frente e atrás e se erguia ligeiramente nas laterais, liberando os quadris para se movimentar. Claramente, as fivelas barulhentas da frente e das costas foram projetadas para serem presas a meias-calças compridas. Mas o que as mulheres usavam por baixo? A contradição de usar algo tão antiquado e que prendia tanto como um espartilho e, ao mesmo tempo, estar nua onde era mais importante foi hilária para mim, e eu ri enquanto tentava forçar os dois lados de seda a se juntarem. A maior parte das mulheres na Irlanda não tinha uma empregada pessoal — eu estava convencida disso. Então como conseguiam fechar essas coisas malditas? Prendendo o ar e sentindo muita dor, consegui conectar os dois ganchos superiores sob os seios antes de abandonar a engenhoca. Espartilhos e ferimentos a bala no abdome, por menores que fossem, não combinavam. Voltei ao baú na esperança de encontrar algo que pudesse realmente vestir.

Uma blusa branca — de gola grande e mangas compridas, terrivelmente amassada e um pouco amarelada em algumas partes — serviu bem. As mangas estavam um pouco curtas, mas o estilo geral era indulgente e volumoso, e a manga três quartos quase parecia proposital. O casaco e a saia marrons serviram, mas a lã cheirava a umidade e naftalina, e a ideia de usar aquilo por qualquer tempo que fosse era desagradável. Eu parecia a irmã deselegante de Mary Poppins e me perguntei por que a primeira Anne Gallagher escolhera uma cor que não ficava nem um pouco bem nela, considerando que eu era sua sósia.

Tirei o conjunto e a blusa e passei para a próxima.

Um vestido branco com decote quadrado e sem adornos, exceto por alguns pedaços de renda na bainha e no centro, parecia promissor. Outra peça, bordada com a mesma renda, tinha sido claramente feita para ser usada sobre o vestido. Tinha mangas finas na altura do cotovelo e laterais abertas que revelavam o vestido por baixo. Havia também uma faixa grossa para ser amarrada em volta das duas peças. Puxei o vestido sobre a cabeça, entrando na peça fina e elegante, e amarrei a faixa frouxamente em volta da cintura, com o laço nas costas. Precisava ser passado e batia no meu tornozelo, mas servia. Encarei minha imagem no longo espelho oval e percebi com um sobressalto que aquele era o vestido que minha bisavó estava usando na foto com Declan e Thomas. Na foto, minha bisavó usava um chapéu branco de aba redonda enfeitado com flores. O vestido era bonito demais para o dia a dia, mas eu estava aliviada de ter algo que pudesse chamar de meu. Tirei o cabelo do rosto e tentei prendê-lo na nuca.

Uma batida suave na porta me fez abandonar o cabelo e dobrar os dedos do pé contra o piso de madeira, nervosa.

— Entre — respondi, chutando o espartilho no chão, que foi parar embaixo da cama, com uma fivela aparecendo, acusadora.

— Então você achou suas coisas — disse Thomas, suavemente e com os olhos tristes.

Admitir que as coisas tinham sido minhas era mais uma mentira, então chamei a atenção dele para o linho amarrotado.

— Precisa passar.

— Sim... está naquele baú há muito tempo — disse ele.

Assenti e alisei a roupa, meio sem graça.

— Tem mais alguma coisa aí que você pode usar? — ele perguntou, com a voz aflita.

— Algumas coisas — esquivei-me. Eu precisaria vender meu anel e os diamantes dos meus brincos. Não daria para viver com o conteúdo do baú. Thomas claramente concordava com isso.

— Você vai precisar de mais do que o vestido do seu casamento. Poderia usá-lo na missa, suponho — ponderou ele.

— Meu casamento? — falei, surpresa demais para conter a língua. Toquei minha cabeça, pensando no chapéu que Anne usava na foto. Não parecia uma foto de casamento.

— Você não se lembra disso também? — ele perguntou, incrédulo, aumentando o tom de voz, e a suavidade das boas lembranças deixou seus olhos quando respondi com um aceno de cabeça. — Foi um belo dia, Anne. Você e Declan estavam tão felizes.

— Eu não vi nenhum... véu... no baú — comentei estupidamente.

— Você usou o véu de Brigid. Você não gostava muito. Ele era bonito, um pouco fora de moda, mas você e Brigid... — Thomas encolheu os ombros, como se o relacionamento ruim fosse notícia velha.

Mistério resolvido. Respirei fundo e tentei encontrar o olhar de Thomas.

— Vou tirar e colocar o casaco de lá — murmurei, desviando o olhar, desesperada para mudar de assunto.

— Não sei por que Brigid guardou aquilo. É a coisa mais feia que já vi. Mas você está certa. O vestido não vai dar.

— Brigid disse que preciso cortar o cabelo — anunciei. — Mas prefiro não cortar. Só preciso de alguns alfinetes ou elásticos para fazê-lo ficar mais apresentável. E também preciso de ajuda para amarrar as botas.

— Vire-se — ordenou Thomas.

Fiz o que ele mandou, insegura, mas obediente. Sobressaltei quando ele pegou meu cabelo na mão e começou a trançar, entrelaçando os fios até obter uma longa trança. Fiquei muito surpresa, mas permaneci perfeitamente imóvel, aproveitando a sensação de suas mãos no meu cabelo mais uma vez. Ele amarrou a trança e enrolou a ponta algumas vezes, espetando a coisa toda várias vezes com o que pareciam ser grampos.

— Pronto! — exclamou ele.

Senti o coque enrolado na base da minha cabeça e me virei.

— Você é cheio de surpresas, Thomas Smith. Carrega grampos de cabelo no bolso?

Suas bochechas ficaram um pouco rosadas, um rubor tão discreto que eu não teria percebido se não estivesse tão perto dele e olhando tão atentamente.

— Brigid me pediu para entregá-los a você — ele pigarreou. — Minha mãe sempre teve o cabelo comprido. Eu a observei trançá-lo milhares de vezes. Depois do derrame, ela não conseguia mais. Às vezes eu trançava para ela. Não fazia um trabalho excelente. Mas, se você usar aquele chapéu feio com esse casaco horroroso, ninguém vai prestar atenção no seu cabelo.

Eu ri, e seus olhos foram atraídos pelo meu riso.

— Sente-se — ordenou ele, apontando para a cama. Obedeci novamente, e ele pegou as botas. — Não tem nenhuma meia aí? — Ele inclinou a cabeça em direção ao baú.

Sacudi a cabeça.

— Bem, vamos resolver isso o mais rápido possível. Mas agora vamos à bota. — Ele se agachou e eu coloquei o pé dentro da bota levantada. Mantive meu pé descansando em seu peito enquanto ele ajudava a encaixar. — Não posso ajudar com aquilo — murmurou Thomas, com os olhos no espartilho, que, do ângulo em que ele estava, fazia-se totalmente visível.

— Não vou usá-lo tão cedo. Estou muito inchada, e ninguém vai perceber, de qualquer forma.

— Não sei o que falar para eles, Anne — ele disse. — Não posso mantê-la em segredo para sempre. Você precisa me ajudar. Você esteve morta por cinco anos. Ajudaria se tivéssemos uma explicação... mesmo que seja ficção pura.

— Eu estava nos Estados Unidos.

Ele me fuzilou com os olhos.

— Você deixou o seu filho, um bebê, e foi para os Estados Unidos? — Sua voz era tão fria que quase congelei. Desviei o olhar.

— Eu não estava bem. Estava enlouquecendo de tanta dor — murmurei, sem conseguir encará-lo. Eu *estava* nos Estados Unidos. E, quando Eoin morreu, *estava* enlouquecendo de dor.

Ele ficou quieto, e, pelo canto dos olhos, pude ver seus ombros ligeiramente curvados e a imobilidade na inclinação de sua cabeça.

— Brigid disse que parece que escapei de um hospício. Talvez seja isso que devemos contar — continuei, estremecendo.

— Meu Deus — Thomas sussurrou.

— Eu posso fazer esse papel — continuei. — Eu me sinto louca. E Deus sabe que estou perdida.

— Por que você tem que interpretar um papel? É verdade? Qual é a verdade, Anne? É isso que eu quero saber. Quero saber a verdade. Você pode mentir para todo mundo, mas, por favor, não minta para mim.

— Estou tentando com todas as minhas forças — murmurei.

— O que isso quer dizer? — Ele se levantou e me encarou.

— É impossível você acreditar na verdade. Você *não vai* acreditar. Vai achar que estou mentindo. Eu contaria a verdade se achasse que iria ajudar. Mas não vai, Thomas.

Ele deu um passo para trás como se eu tivesse lhe dado um tapa.

— Você falou que não sabia — disse.

— Eu não sei o que aconteceu depois da Revolta da Páscoa. Não sei como cheguei aqui. Não entendo o que está acontecendo comigo.

— Então me conte o que você sabe.

— Vou prometer uma coisa. Se o silêncio é uma mentira, eu sou culpada. Mas as coisas que contei, as coisas que falei até agora para você são verdadeiras. E, se não posso dizer a verdade, não direi mais nada.

Thomas balançou a cabeça, a raiva e a perplexidade estampadas no rosto. Depois se virou e saiu do quarto sem dizer uma palavra, e eu fiquei me perguntando mais uma vez quando essa situação terminaria, quando tudo isso terminaria, quando minha vida se endireitaria. Eu estava mais forte agora, estava bem o suficiente para escapar até o lago. Em breve eu entraria na água e afundaria nela, desejando voltar para casa e deixando Eoin e Thomas para trás. Em breve, mas não agora.

<hr />

— Eles vão me reconhecer? — perguntei, levantando a voz para ser ouvida mesmo com o vento e o barulho do motor. Thomas estava sentado ao volante de um carro que parecia ter saído de *O grande Gatsby*, em direção a Sligo. Eoin estava empoleirado entre nós, cuidadosamente vestido com um pequeno colete e uma jaqueta, seus joelhos ossudos se projetando entre a bainha de seu short comprido e a parte de cima de suas meias altas e escuras. Ele estava usando o mesmo tipo de quepe que usou a vida toda, a aba puxada para baixo sobre os olhos azuis. O carro era um conversível — um perigo na chuvosa Irlanda —, mas o céu estava aberto, a brisa suave e a viagem agradável. Eu não tinha saído de casa desde o dia no lago, e meus olhos estavam vidrados na paisagem familiar. A população da Irlanda não aumentou em cem anos, deixando o cenário praticamente inalterado, geração após geração.

— Você está preocupada que alguém *possa* reconhecê-la? — respondeu Thomas, em tom interrogativo.

— Estou — admiti, cruzando o olhar com o dele rapidamente.

— Você não é de Sligo. Poucos a conhecem. E quem conhece... — Ele deu de ombros, sem terminar a frase, e seus olhos se afastaram de mim em contemplação. Thomas Smith não mordia os lábios ou franzia a testa quando estava preocupado. Seu rosto estava imóvel, como se pensasse tão profundamente que nenhum eco cruzava seu rosto e interferia em suas feições. Era bem estranho que, em questão de dias, eu pudesse reconhecer sua postura, o jeito como se curvava com a cabeça ligeiramente inclinada e suas feições calmas. Será que Eoin tinha pegado seus trejeitos? Era por isso que eu conhecia Thomas Smith tão bem? Teria Eoin absorvido os hábitos do homem que entrara em sua vida e criara o menino que Declan deixara órfão? Eu reconhecia pequenas semelhanças — a postura ampla, os olhos baixos, as ruminações serenas. Essas semelhanças me fizeram sentir saudade de meu avô.

Sem pensar, peguei a mão de Eoin. Seus olhos azuis me fitaram, e sua mão apertou a minha e tremeu. Então ele sorriu, uma revelação que acalmou um desejo e deu origem a outro.

— Estou com um pouco de medo de ir às compras — sussurrei em seu ouvido. — Se você segurar minha mão, vai me ajudar a ser corajosa.

— Nana ama fazer compras. Você não gosta?

Eu gostava. Geralmente. Mas o medo em meu estômago, ampliado pela ideia de espartilhos com alças penduradas, roupas estranhas e minha completa dependência de Thomas, aumentava conforme Sligo surgia. Olhei ao redor, maravilhada, tentando achar a catedral para me orientar. Meu peito começou a queimar.

— Tenho brincos... e um anel. Acho que podemos vender ambos por um bom preço — deixei escapar, e só então pensei melhor no que havia dito. Eu não sabia nada sobre o anel. Afastei o pensamento da cabeça e tentei de novo. — Tenho algumas joias e gostaria de vendê-las para ter meu próprio dinheiro. Você poderia me ajudar com isso, Thomas?

— Não se preocupe com dinheiro — cortou Thomas, olhando para a frente.

Um médico do interior pago em galinhas e leitões ou sacos de batata não poderia estar completamente despreocupado com dinheiro, e minha apreensão aumentou ainda mais.

— Quero meu próprio dinheiro — insisti. — Também preciso arrumar um emprego. — Emprego. Meu Deus. Eu nunca tinha trabalhado. Escrevia histórias desde o momento em que consegui formar uma frase. E escrever não era um trabalho. Não para mim.

— Você pode ser minha assistente — disse Thomas, com o maxilar apertado e os olhos na estrada.

— Eu não sou enfermeira! — Eu era? *Ela* era?

— Não, mas é capaz de seguir instruções e de me dar uma mão de vez em quando. É tudo de que eu preciso.

— Quero meu próprio dinheiro, Thomas. Vou comprar minhas próprias roupas.

— Nana disse que você deveria chamar o Thomas de dr. Smith — disse Eoin, entrando na conversa. — E disse também que ele deveria chamar você de sra. Gallagher.

Ficamos em silêncio. Eu não tinha ideia do que falar.

— Mas sua avó é sra. Gallagher também. Ficaria confuso, não? — rebateu Thomas. — Além disso, Anne era minha amiga antes de ser a sra. Gallagher. Você chama sua amiga Miriam de srta. McHugh?

Eoin cobriu a boca, mas deixou escapar uma risada abafada.

— Miriam não é uma senhorita, ela é uma praga — rebateu ele.

— Sim... bem, Anne também é. — Thomas olhou para mim e desviou o olhar, mas suas sobrancelhas se arquearam, suavizando suas palavras.

— Tem uma joalheria ou uma casa de penhores em Sligo? — insisti, não querendo deixar o assunto passar, praga ou não. Dizia-se casa de penhores em 1921? A histeria continuava crescendo dentro de mim.

Thomas inspirou fundo, e todos nós pulamos com a estrada esburacada.

— Tenho três pacientes para visitar. Nenhuma das paradas vai demorar muito, mas vou deixar você e Eoin na parte baixa da Knox Street. Fique perto da sua mãe, Eoin, e ajude-a. Há um penhorista perto do Royal Bank. Daniel Kelly. Ele vai ser justo com você. Quando terminar, suba até a loja de departamentos Lyons. Você vai conseguir encontrar tudo que precisa lá.

Eoin estava pulando no banco entre nós, obviamente empolgado pela menção da loja de departamentos.

— Encontro vocês lá quando terminar — prometeu Thomas.

Atravessamos o rio Garavogue pela Ponte Hyde — uma ponte sobre a qual eu tinha andado fazia menos de duas semanas — e fiquei boquiaberta. O campo não tinha mudado, mas os tempos certamente sim. As ruas, não pavimentadas e livres do trânsito e do congestionamento de 2001, pareciam muito mais largas, e os edifícios, muito mais novos. O Museu Memorial Yeats ficava na esquina, mas não era mais um museu. As palavras *Royal Bank* estavam escritas em destaque na lateral. Alguns carros e uma van de entrega passavam, barulhentos, pela rua. Quase todos eram pretos e todos eram antigos, e carroças puxadas por cavalos eram comuns. A maior parte do tráfico era de pedestres, com roupas elegantes e o passo rápido. Havia algo nas roupas — a formalidade dos ternos e gravatas, coletes e relógios de bolso, vestidos e saltos, chapéus e casacos compridos — que dava a tudo um decoro que contribuía para o meu senso de surreal. Era um cenário de filme, e nós éramos atores.

— Anne? — Thomas cutucou suavemente. Tirei os olhos das vitrines, da calçada ampla e dos postes de luz, dos carros antigos e das carroças, das pessoas que estavam todas... havia muito tempo... mortas.

Estávamos estacionados em frente a um pequeno estabelecimento a apenas duas portas do imponente Royal Bank. Três bolas douradas caíam suspensas de um mastro de ferro forjado ornamentado, e lia-se "Kelly & Co." no vidro, em uma fonte barroca que ninguém mais usava. Eoin se contorcia impaciente ao meu lado, ansioso para sair do carro. Coloquei a mão na maçaneta com as palmas úmidas e a respiração curta.

— Você disse que ele seria justo. Mas eu não faço ideia do que seria justo, Thomas — soltei, protelando minha descida.

— Não aceite menos de cem libras, Anne. Não sei onde você conseguiu diamantes, mas aqueles brincos valem muito mais que isso. Não venda seu anel. Quanto à loja de departamentos, tenho uma conta na Lyons. Use-a. Eles sabem que Eoin é meu. — Thomas imediatamente emendou sua declaração. — Eles sabem que Eoin mora comigo e não vão fazer perguntas. Coloque sua compra na minha conta, Anne — repetiu com firmeza. — Compre um sorvete para o menino e guarde o resto do seu dinheiro.

30 de novembro de 1919

Há vários meses, em uma rápida viagem a Dublin, passei uma noite angustiante na Great Brunswick Street, trancado na sede do detetive examinando documentos que apresentavam a operação secreta de inteligência do Castelo e que nomeavam seus informantes — conhecidos como G-Men — na Irlanda. Um dos homens internos de Mick, um detetive que trabalhou no Castelo, mas fornecia informações ao Sinn Féin, colocou Mick dentro da seção de registros, e Mick me trouxe com ele "apenas pela diversão". Ele não precisava de mim para encorajá-lo, mas parecia querer companhia. Em questão de horas, fomos capazes de obter uma imagem muito clara de como as informações passavam na Divisão G e por quem.

Mick encontrou o documento compilado sobre ele e deu uma boa risada da foto granulada e dos elogios desanimados feitos à sua perspicácia.

— Não tem nenhum documento seu, Tommy — disse ele. — Você está limpinho, rapaz. Mas não se nos pegarem aqui.

Levamos um susto quando uma janela da sala em que estávamos se quebrou, fazendo com que nos escondêssemos atrás das estantes, rezando para que ninguém viesse investigar. Podíamos ouvir os vândalos bêbados do lado de fora e um policial os enxotando. Depois, quando tudo parecia estar seguro, Mick começou a sussurrar, não sobre o que tínhamos descoberto ou sobre o conteúdo dos documentos, mas sobre a vida, o amor e as mulheres. Eu sabia que ele estava tentando me distrair e deixei, para retribuir o favor.

— Por que você não se firmou com ninguém, doutor? Por que não se casou com uma linda garota do condado de Leitrim e fez alguns bebês de olhos azuis? — perguntou ele.

— E por que você não fez isso, Mick? Temos praticamente a mesma idade. As garotas o amam. Você as ama — respondi.

— E você não? — zombou ele.

— Sim, eu as amo também.

Ele riu, um grande som feliz, e eu hesitei diante de sua desconsideração barulhenta pela nossa situação.

— Quieto, seu idiota! — silenciei-o.

— Você é um bom amigo, Tommy. — Seu acentuado sotaque de Cork ficava ainda mais pronunciado quando ele sussurrava. — Arranjamos tempo para o que é importante. Deve ter alguém em quem você não consegue parar de pensar.

Então pensei em Anne. Eu pensava nela mais do que devia. Na verdade, eu pensava nela o tempo todo e fui rápido em negar.

— Ainda não a encontrei. E duvido que vá um dia.

— Ah! Disse o homem que evitava os avanços de uma das mulheres mais bonitas de Londres — provocou Mick.

— Ela era casada, Mick. E estava mais interessada em você — retruquei, sabendo que ele falava de Moya Llewelyn-Davies, que era de fato muito bonita e muito casada. Eu a conheci quando acompanhei Mick a Londres, ocasião em que ele tentava escrever uma proposta para o presidente americano. Ele esperava que o presidente Wilson prometesse seu apoio e jogasse uma luz sobre a questão irlandesa. Nascida na Irlanda, Moya se interessou pelo conflito anglo-irlandês e pela empolgação e intriga que o cercavam. Ela ofereceu sua propriedade próxima a Dublin, em Furry Park, para Mick usar como uma casa segura, e ele aceitou.

— Não no começo, rapaz. Ela dizia que eu era pálido, barulhento e fumava demais. Ela gostava da sua aparência. Era óbvio. Só começou a se interessar por mim quando percebeu que eu era Michael Collins e você era apenas um médico do interior — provocou Mick, me agarrando, lutando e se atracando do jeito que ele costumava fazer quando a tensão era demais.

— E o que exatamente um médico do interior está fazendo escondido neste buraco empoeirado com um homem procurado?

— *perguntei, com a garganta coçando de tanta poeira e os braços doendo por tentar impedir que Mick mordesse minha orelha, que era o que ele sempre fazia se conseguisse lutar com você no chão.*

— Ele está cumprindo seu dever com a Irlanda. Por amor ao seu país. E por um pouco de diversão — respondeu, ofegante, quase derrubando uma pilha de documentos.

Foi divertido, e eu escapei ileso, minhas orelhas também. Ned Broy, o homem de Mick, veio até nós antes do amanhecer, e nós saímos sem que ninguém soubesse de nada. Exceto Mick. Naquela noite, Michael Collins soube de coisas muito importantes. Terminei meus negócios em Dublin e voltei para Dromahair, para Eoin e Brigid e para as pessoas que precisavam que eu fosse um médico do interior mais do que um soldado no exército de Mick. Eu não tinha ideia até então do que aquela noite significaria na sua guerra. Na nossa guerra.

Foi com base naqueles documentos que Mick elaborou seu próprio plano para destruir a inteligência britânica na Irlanda de dentro para fora. Pouco depois de nossa noite na seção de registros, Mick formou seu próprio esquadrão militarizado de elite. Um grupo de homens muito jovens — mais jovens que eu e Mick —, todos incrivelmente leais e completamente comprometidos com a causa. Alguns os chamam de os doze apóstolos. Alguns os chamam de assassinos. Eles seguem Mick e fazem o que ele diz. E suas ordens são implacáveis.

Há coisas que acho que Mick não quer discutir comigo, e coisas que não quero saber, mas eu estava lá naquela noite na Great Brunswick Street e vi os nomes naqueles documentos. Quando os assassinatos dos G-Men começaram a acontecer em Dublin, eu sabia por quê. Há rumores de que os alvos eram avisados antes de serem eliminados. Eles eram orientados a se afastar, a renunciar. A parar de trabalhar contra o IRA, o Exército Republicano Irlandês, que é como a resistência irlandesa está sendo chamada agora. Não são mais os Voluntários, a Irmandade Republicana Irlandesa ou o Sinn Féin. Somos o Exército Republicano Irlandês. Mick encolhe os ombros e diz que já é hora de sermos vistos como um só. Alguns dos G-Men ouvem os avisos. Alguns não. E alguns morrem. Não gosto disso. Mas entendo. Não é vingança, é estratégia. É guerra.

T. S.

9

SUA BARGANHA

Quem fala sobre o fuso de Platão;
O que o faz girar?
A eternidade pode diminuir,
O tempo a se desenrolar.

— W. B. Yeats

Com a mão de Eoin agarrada à minha, empurrei a porta da casa de penhores, a campainha tocou acima de minha cabeça e eu me vi dentro de um baú de tesouros, entre coisas pitorescas e curiosas, valiosas e variadas: aparelhos de chá e trens de brinquedo, armas e utensílios de ouro e muito mais. Eoin e eu paramos, atordoados e boquiabertos com tudo aquilo. O cômodo era longo e estreito, e, na outra extremidade, um homem com uma camisa branca impecável estava pacientemente em pé atrás do balcão de madeira. Sua gravata preta estava enfiada no colete escuro bem abotoado, e ele usava óculos minúsculos de aro dourado. Tinha a cabeça larga e o cabelo ondulado e grisalho. Uma barba bem cuidada e um bigode cobriam a parte inferior de seu rosto.

— Bom dia, senhora — ele disse. — Está procurando algo em especial?

— Ah, não, senhor — gaguejei, afastando o olhar das paredes cheias de esquisitices complexas, prometendo a mim mesma e a Eoin que voltaríamos um dia só para olhar. Eoin, relutante em ceder, estava com os olhos grudados em um modelo de carro que parecia com o de Thomas.

— Bom dia, Eoin. Onde está o médico hoje? — perguntou o penhorista, chamando a atenção do menino. Eoin suspirou profundamente e me deixou empurrá-lo em direção ao balcão.

— Bom dia, sr. Kelly. Ele foi visitar alguns pacientes — respondeu Eoin, que parecia tão crescido que me deixou tranquila. Pelo menos um de nós não estava apavorado.

— Ele trabalha demais — comentou o penhorista, que não tirava os olhos de mim, curioso e pensativo. Ele estendeu a mão, claramente esperando que eu a apertasse. E foi o que fiz, embora ele não tenha apertado de volta como eu esperava. Agarrou meus dedos e me puxou para a frente, muito delicadamente, levando as juntas dos meus dedos em direção aos lábios e dando um beijo suave, para depois me soltar. — Não tivemos o prazer, senhora.

— Esta é minha mãe — disse Eoin, com suas pequenas mãos agarrando as bordas do balcão, na ponta dos pés, contente.

— Sua mãe? — repetiu, confuso, o sr. Kelly, franzindo a testa.

— Sou Anne Gallagher. Prazer em conhecê-lo — eu disse, sem dar nenhuma explicação. Eu podia ver as rodas girando por trás dos pequenos óculos, as perguntas que imploravam para serem feitas. Ele acariciou a barba uma, duas e mais uma vez antes de apoiar as mãos no balcão e limpar a garganta.

— Como posso ser útil, sra. Gallagher?

Não o corrigi, mas tirei o anel do dedo. O camafeu contra a ágata escura era pálido e adorável, a faixa delicada de ouro, a filigrana finamente detalhada. Não pude deixar de pensar que meu avô entenderia minha situação.

— Gostaria de vender minhas joias, e me disseram que o senhor seria justo comigo.

O homem pegou uma lupa de joalheiro e fez uma grande encenação ao examinar o anel antes de acariciar a barba mais uma vez.

— A senhora disse joias — se esquivou ele, sem mencionar um valor. — Tem mais alguma coisa para me mostrar?

— Sim. Pensei que poderia vender meus brincos — respondi, tirando os brincos de diamante das orelhas e colocando-os no balcão entre nós.

Suas sobrancelhas peludas saltaram, e ele ergueu a lupa de novo. Demorou-se um pouco mais nos brincos, sem dizer nada. Cada um deles tinha dois quilates e era incrustado em platina. Tinham custado quase dez mil dólares em 1995.

— Não posso pagar o que eles valem. — O homem suspirou, e foi a minha vez de ficar surpresa.

— Quanto o senhor *pode* pagar? — pressionei gentilmente.

— Posso pagar cento e cinquenta libras. Mas conseguirei vendê-los em Londres por muito mais. A senhora terá seis meses para devolver o empréstimo antes de eu vendê-los — explicou ele. — Seria sensato ficar com eles, senhora.

— Cento e cinquenta libras é mais que suficiente, sr. Kelly — eu disse, ignorando seu conselho. Os brincos não significavam nada para mim, e eu precisava de dinheiro. Esse pensamento fez a histeria borbulhar em minha garganta. Eu precisava de dinheiro. Tinha milhões de dólares em um tempo e um lugar que ainda não existiam. Respirei fundo, me mantendo firme, e me concentrei na tarefa que estava diante de mim. — E o anel? — perguntei com firmeza.

O penhorista tocou o camafeu de novo. Ao vê-lo hesitar por um longo tempo, Eoin tirou do bolso seu próprio tesouro e o colocou em cima do balcão. Ele mal conseguia enxergar por cima do móvel, mas prendeu o penhorista com um olhar esperançoso.

— Quanto vai me dar pelo meu botão, sr. Kelly?

O sr. Kelly sorriu e pegou o botão, observando-o através da lupa como se fosse muito valioso. Demorei para relacionar uma coisa à outra e já tinha começado a reclamar quando o penhorista franziu a testa.

— *S McD* — ele leu. — O que é isso, Eoin?

— É muito valioso — respondeu o menino.

— Eoin! — repreendi-o suavemente. — Me desculpe, sr. Kelly. Não vamos vender o botão. Não tinha percebido que Eoin estava com ele.

— Ouvi dizer que Seán Mac Diarmada riscou seu nome em alguns botões e moedas. Esse é um deles? — perguntou o sr. Kelly, ainda estudando a pequena bugiganga de latão.

— Não sei nada sobre isso, sr. Kelly. Mas o botão é uma lembrança. Pode nos dar licença por um momento?

O sr. Kelly inclinou a cabeça e se virou de costas, ocupando-se com as malas atrás dele. Nós nos afastamos do balcão, e eu me ajoelhei na frente de Eoin.

— Eoin, você sabe o que é esse botão?

— Sim, era do doutor. Um amigo deu para ele, e ele deu para mim. Gosto de levá-lo no bolso para dar sorte.

— Por que você queria vender algo tão precioso?

— Porque... você precisa de dinheiro — explicou Eoin, com os olhos arregalados e suplicantes.

— Sim. Mas o botão é mais importante que o dinheiro.

— Nana disse que você não tem um centavo. Disse que você é uma mendiga que não tem casa nem vergonha — contou Eoin. — Eu não quero que você seja uma mendiga. — Seus olhos brilharam e seus lábios tremeram. Engoli o nó de raiva que se formou em minha garganta e me lembrei novamente de que Brigid era minha tataravó.

— Você não deve nunca, jamais se separar desse botão, Eoin. Esse é o tipo de tesouro que dinheiro nenhum pode substituir, porque ele representa a vida das pessoas que se foram, pessoas que importavam e deixaram saudade. Entendeu?

— Sim — disse Eoin, assentindo. — Mas eu tive saudade *de você*. Eu daria o meu botão para ficar com você.

Meus olhos ficaram úmidos e meus lábios tremeram como os dele.

— Alguém muito sábio me disse que nós carregamos as pessoas que amamos em nosso coração. Nós nunca as perdemos, desde que nos lembremos como é ser amados por elas.

Puxei-o em minha direção, abraçando seu pequeno corpo com tanta força que ele se contorceu e riu. Soltei-o e enxuguei a lágrima que estava pendurada no meu nariz.

— Prometa que vai parar de carregar esse botão no bolso. Coloque-o em um lugar muito seguro e guarde-o como um tesouro — eu disse, empregando o máximo de severidade que pude em minha voz.

— Prometo — Eoin disse simplesmente. Eu me levantei e nós caminhamos de volta para o balcão e o homem que fingia não nos observar.

— Minha mãe não vai me deixar vender o botão, sr. Kelly.

— Acho isso sábio, jovem.

— O dr. Smith falou para a minha mãe não vender o anel também.

— Eoin — sussurrei, envergonhada.

— É mesmo? — perguntou o sr. Kelly.

— Sim, senhor — confirmou Eoin, assentindo.

O sr. Kelly levantou seu olhar na minha direção.

— Bem. Acredito que ele esteja certo. Sra. Gallagher, pago cento e sessenta libras pelos diamantes. E você fica com seu anel. Lembro-me de um jovem que entrou aqui anos atrás e comprou essa peça — disse, esfregando o polegar sobre o camafeu, reflexivo. — Era mais do que ele podia pagar, mas estava determinado a comprá-lo. Ele me disse que era para a garota com quem queria se casar e fez um acordo: o relógio de bolso dele pelo anel. — Colocou o anel em minha mão e fechou meus dedos sobre ele. — O relógio não valia muito, mas ele era um grande negociador.

Encarei o sr. Kelly, surpresa e com remorso. Não era de admirar que Thomas tivesse sido tão inflexível. Eu tentara vender a aliança de casamento de Anne.

— Obrigada, sr. Kelly. Eu nunca tinha ouvido essa história — sussurrei.

— Bem, agora ouviu — respondeu ele gentilmente. Uma lembrança deslizou por suas feições, e seus lábios franziram em reflexão. — Sabe... ainda devo ter aquele relógio de bolso. Parou de funcionar logo depois que fizemos negócio. Coloquei-o de lado, achando que só precisaria de alguns ajustes. — Ele abriu gavetas e destrancou objetos curiosos. Um momento depois, gritou triunfante, puxando de uma gaveta forrada de veludo uma longa corrente presa a um relógio de ouro simples.

Meu coração parou, e pressionei a palma trêmula contra a boca para abafar minha surpresa. Era o relógio que Eoin usara durante a maior parte de sua vida. Esse relógio sempre o fizera parecer antiquado — a corrente caída e o medalhão dourado —, mas ele nunca o trocara por um modelo mais novo.

— Vê isso, rapazinho? — O sr. Kelly mostrou a Eoin como soltar a trava da tampa, revelando o mostrador embaixo.

Eoin assentiu, feliz, e o penhorista olhou para o relógio franzindo as sobrancelhas.

— Bem, olhem só para isso! — disse o sr. Kelly, maravilhado. — Está funcionando. — Ele checou seu próprio relógio, que estava pendurado no bolsinho do colete. Com uma pequena ferramenta, ajustou a hora no relógio de Declan Gallagher e observou satisfeito os pequenos ponteiros se moverem. — Acho que você deveria ficar com ele, rapazinho — disse o sr. Kelly, empurrando o relógio no balcão até ficar ao alcance de Eoin. — Afinal de contas, pertencia ao seu pai.

O pequeno Eoin e eu saímos da casa de penhores com muito mais do que quando havíamos chegado. Além das cento e sessenta libras e do relógio de Declan — que Eoin segurava com força, embora eu o tivesse prendido no colete —, um par de brincos de ágata com minúsculos camafeus pendurados estava preso nos meus lóbulos. Percebi tarde demais que a maioria das mulheres provavelmente não tinha furos nas orelhas em 1921. O sr. Kelly insistiu que os brincos combinavam tanto com o anel que eu devia ficar com eles. Fora tão gentil e generoso que suspeitei que tinha dado a ele um ótimo negócio mesmo. Mas eu ainda usava o anel de Anne, e nunca poderia recompensá-lo por isso. O penhorista me salvou de cometer um erro terrível e me contou uma história ainda mais preciosa que o próprio anel.

Peguei-me intrigada com os desdobramentos vertiginosos a respeito do relógio de Declan. Se eu não tivesse ido à casa de penhores com Eoin, o sr. Kelly teria dado o relógio a ele algum dia? Eoin tinha o relógio durante todos os anos em que o conheci. Eu estava mudando a história ou sempre fizera parte dela? E como Eoin conseguiu o anel de Anne? Se ela tinha morrido e nunca foi encontrada, ela não o estaria usando?

De repente, percebi que eu não tinha a menor ideia de para onde estava indo. Eu estava segurando a bolsinha de dinheiro com a mão direita e com a esquerda segurava a mão de Eoin, deixando que ele me guiasse, com a mente cem quilômetros — ou anos — na frente.

— Eoin, você sabe onde fica a loja de departamentos? — perguntei timidamente.

Ele riu e soltou minha mão.

— Logo ali, bobinha!

Estávamos do outro lado da rua de uma fileira de vitrines enormes — ao menos seis —, todas com um toldo vermelho-escuro que ostentava o nome da loja, "Henry Lyons & Co. Ltd., O Armazém de Sligo", em letras claras. Nas vitrines, chapéus e sapatos eram exibidos em pedestais, e vestidos e ternos vestiam manequins de rosto pálido. O alívio tomou conta de mim por alguns segundos, antes que o medo dominasse de novo.

— Vou simplesmente pedir ajuda — disse em voz alta para me encorajar, e Eoin assentiu.

— A sra. Geraldine Cummins, amiga de Nana, trabalha aqui. Ela gosta de ajudar.

Meu estômago embrulhou, e por um momento achei que ia vomitar. A amiga de Brigid com certeza sabia de Anne Gallagher. A verdadeira Anne Gallagher. A Anne Gallagher original. Tomei fôlego, enquanto Eoin me puxava para a frente, claramente ansioso pelas maravilhas da enorme loja.

Um grupo de homens estava reunido em torno do grande conjunto de vitrines logo à direita da entrada. Estavam com as costas voltadas para a rua, os braços cruzados, olhando para algo dentro da vitrine. Estiquei o pescoço, tentando ver o que tinha atraído a multidão. Quando me aproximei, um dos homens abandonou o lugar, me dando uma visão clara antes que o lugar fosse ocupado por outra pessoa. Eles estavam lendo um jornal. Alguém havia grudado o *Irish Times* no interior da vitrine da loja de departamentos com as páginas abertas para permitir que os pedestres pudessem ler através do vidro.

Diminuí o passo, curiosa e atraída pelas palavras, mas Eoin avançou. Fui impelida pela porta, pacientemente mantida aberta por um homem, que tirou o chapéu para mim quando passei. Todos os pensamentos sobre jornais e notícias foram substituídos por admiração e pavor enquanto olhava as prateleiras altas e os corredores largos, as vitrines e a decoração, tentando descobrir por onde exatamente começar. Não havia nenhuma música de fundo nem luzes florescentes. Havia lustres suspensos no alto, espalhando uma luz quente no piso de madeira polido, e eu rodei em volta de mim mesma para me orientar. Estava no departamento masculino e precisava explorar.

— Roupas, meias, um par de botas novas, um par de sapatos, um chapéu, um casaco e uma dúzia... duas dúzias... de outras coisas — murmurei, tentando fazer uma lista que me impedisse de ir chorar em um canto. Eu não tinha ideia do quanto meu dinheiro podia comprar. Espiei a etiqueta do sobretudo pendurado à minha direita. Dezesseis libras. Comecei a fazer cálculos mentais e desisti imediatamente. Eu ia apenas comprar o máximo que podia com cem libras. Esse seria o meu limite. As outras sessenta libras seriam minha reserva de emergência até eu ganhar mais dinheiro ou até eu acordar. O que viesse primeiro.

— Nana sempre sobe as escadas, que é onde os vestidos ficam — disse Eoin, me cutucando, e eu o deixei mostrar o caminho mais uma vez.

Subimos uma ampla escadaria que dava para o primeiro andar, revelando chapéus elaborados, tecidos coloridos e ar perfumado.

— Olá, sra. Geraldine Cummins — gritou Eoin, acenando para uma mulher mais ou menos da idade de Brigid, que estava atrás de um mostruário de vidro próximo. — Esta é minha mãe. Ela precisa de ajuda.

Outra mulher o silenciou ruidosamente, como se estivéssemos em uma biblioteca e não no meio de prateleiras de roupas. Geraldine Cummins saiu de trás do mostruário de vidro e veio em nossa direção, com uma postura majestosa e um corpo rechonchudo.

— Olá, sr. Eoin Gallagher — ela cumprimentou com calma. Estava bem penteada e trajava um vestido azul-marinho com uma faixa larga, seu enorme busto coberto por um laço caído do mesmo tom, as mangas até os cotovelos e a parte debaixo do vestido esvoaçante na altura dos tornozelos. O cabelo era uma bela touca cinza com ondas envernizadas que abraçavam seu rosto redondo, e ela me encarava sem piscar, com os braços cruzados e os pés unidos, como um soldado em posição de atenção.

Ela não parecia surpresa em me ver, como o sr. Kelly, e me perguntei se Brigid tinha viajado até Sligo na minha convalescença. Decidi que aquilo não importava, contanto que a mulher me ajudasse e eu não tivesse que responder a nenhuma pergunta.

— Como posso ajudá-la, sra. Anne Gallagher? — perguntou ela, sem perder tempo com apresentações educadas e conversa fiada.

Comecei a recitar minha lista, esperando que ela preenchesse as lacunas.

Ela levantou a mão, convocando uma jovem de pé ao lado de uma enorme prateleira de chapéus.

— Vou levar o sr. Eoin Gallagher comigo. A srta. Beatrice Barnes vai ajudá-la.

Percebi que Eoin chamava Geraldine Cummins pelo nome completo porque ela chamava todos assim, inclusive com o título. Beatrice Barnes veio correndo em nossa direção com um sorriso prestativo colado em seu lindo rosto.

— Srta. Beatrice, essa é a sra. Anne Gallagher. Você vai ajudá-la. Confio na sua prudência.

Beatriz assentiu enfaticamente, e Geraldine se virou, estendendo a mão para Eoin.

— A-Aonde vai levá-lo? — perguntei, certa de que bons pais não entregavam seus filhos a um completo estranho. Eoin a conhecia, mas eu não.

— Ao departamento de brinquedos lá em cima, claro. E depois iremos à drogaria Ferguson's para um passeio. — Ela olhou sorrindo para Eoin e duas covinhas profundas apareceram em suas bochechas cheias de pó. Quando encontrou meu olhar novamente, parou de sorrir. — Meu turno acabou. Vou trazê-lo de volta em uma hora e meia. Isso deve dar a você bastante tempo para fazer suas compras sem esse rapazinho na barra da sua saia.

Eoin pulou na ponta dos pés, segurando a mão dela com entusiasmo antes de abaixar o rosto e os ombros.

— Obrigado, sra. Geraldine Cummins — ele disse. — Mas o doutor me disse para ficar perto da minha mãe e ajudá-la.

— E você vai ajudar muito mais sua mãe se vier comigo — retrucou a sra. Cummins rapidamente.

Eoin olhou para mim com esperança e dúvida em seu sorriso.

— Vá em frente, Eoin. Divirta-se. Vou ficar bem — menti.

Assisti Eoin se afastar de mãos dadas com a mulher mais velha, e quis desesperadamente que ele voltasse. Ele já estava mostrando para ela seu relógio de bolso, tagarelando sobre nossa recente aventura na casa de penhores.

— Vamos começar, sra. Gallagher? — disse Beatrice, em voz alta e com os olhos brilhantes.

Assenti, insistindo que ela me chamasse de Anne, e comecei a gaguejar minha lista de necessidades mais uma vez, olhando os preços enquanto caminhávamos, apontando as coisas de que gostava e as cores que preferia. Os vestidos custavam em média sete libras, e a maneira como Beatrice tagarelava sobre vestidos de festa e vestidos de casa, roupas de inverno e de verão, sem falar nos chapéus, sapatos e bolsas, começou a me deixar tonta.

— Vai precisar de chemises, espartilhos, calcinhas e meias também? — ela perguntou discretamente, embora não houvesse ninguém perto de nós.

— Sim, por favor — eu disse, decidindo que era hora de mentir um pouco se quisesse conseguir alguma coisa. — Estive doente por muito tempo, sabe? Acho que faz tanto tempo que não compro nenhuma roupa que não sei meu tamanho nem o que está na moda. Nem sei ao certo do que uma senhora precisa — continuei, e não foi difícil fazer meus olhos lacrimejarem pateticamente. — Espero que você consiga me dar alguns conselhos, tendo em mente que um guarda-roupa inteiro novo pode sair caro. Preciso do básico, nada mais.

— Claro! — disse ela, dando um tapinha no meu ombro. — Vou levá-la a um provador e vamos começar. Tenho um bom olho para tamanho. Isso vai ser muito divertido.

Quando ela voltou, seus braços estavam cheios de babados brancos.

— Temos algumas sedas artificiais lindas que acabaram de chegar de Londres e calcinhas que vão até acima dos joelhos — explicou baixinho. — Temos também novos espartilhos que amarram na frente e são muito confortáveis.

— Uma imagem minha na mesa de trabalho, usando calça de algodão com cordão e regata, passou pela minha mente, e eu engoli a bolha de pânico que queria se libertar.

A "seda artificial" parecia raiom, e eu me perguntei se seria fácil de lavar, mas fiz o meu melhor para vestir o espartilho, apreciando a relativa facilidade dos laços frontais e o longo babado que caía até metade das minhas coxas. Ele foi pensado para ser usado por baixo da chemise, que servia como um vestido de gola quadrada e fornecia pouco apoio ou sustentação para os seios, mas era macio e confortável. Entrei na calcinha sobre a qual Beatrice tinha sussurrado e decidi que poderia ser pior.

Experimentei um vestido azul-escuro com decote quadrado e mangas transparentes até os cotovelos. As linhas eram retas e simples, com um pouco mais de volume na bainha da saia para que balançasse suavemente alguns centímetros acima dos tornozelos. Uma faixa deu forma ao vestido, e Beatrice me estudou com os lábios franzidos.

— A cor ficou boa. O estilo também. Seu pescoço é lindo. Você pode usar esse vestido com joias para ir a um jantar ou só ele e um chapéu para ir à missa. Vamos colocar o cor-de-rosa igual a esse na pilha.

Duas blusas de algodão, uma cor-de-rosa e outra verde, com lapelas que formavam um grande V acima dos botões, podiam ser usadas com a saia cinza longa que Beatrice insistiu ser uma saia lápis. Em seguida, experimentei dois vestidos de casa, um pêssego e outro branco, com pontinhos marrons. Ambos tinham bolsos fundos na altura das coxas e mangas compridas e retas que terminavam em punhos grossos. Eles tinham um estilo simples, com decote redondo que contornava a clavícula e cós pregueado que separava o corpete da saia, de comprimento até a canela. Beatrice colocou um chapéu de palha branca e aba larga, decorado com flores de pêssego e rendas, na minha cabeça e me declarou perfeita. Ela acrescentou dois xales às minhas compras, um verde-claro e outro branco, e me repreendeu quando tentei dizer não.

— Você nasceu na Irlanda, não nasceu? Viveu toda a sua vida aqui. Você sabe que tem que ter xales.

Beatrice me trouxe um longo casaco de lã e um chapéu cinza-chumbo combinando, decorado com um buquê de rosas pretas e uma fita de seda preta. Ela o chamou de chapéu cloche. Em vez da dura aba circular e da copa redonda do chapéu de palha, o chapéu cloche era confortável e se alargava em meu rosto de maneira envolvente, seguindo a linha da minha cabeça. Eu adorei e continuei a usá-lo ao passar para o próximo item.

Comecei a fazer uma pilha. Além das roupas e da lingerie, eu precisaria de quatro pares de meias, um par de sapatos marrons de salto baixo, um par de sapatos pretos modelo boneca de salto médio e um par de botas pretas para os meses mais frios. Eu podia usar também as velhas botas de Anne para caminhadas mais longas ou tarefas domésticas. Recusei mentalmente a ideia de tarefas domésticas, me perguntando do que uma mulher era normalmente incumbida em 1921. Thomas tinha empregados, mas me disse que queria que eu o ajudasse com os pacientes. Tranquilizei-me de que as botas seriam suficientes para isso também.

Eu estava registrando tudo mentalmente — quatro pares de meia por uma libra, sapatos e xales três libras cada. Os vestidos de algodão custavam cinco libras cada, as botas e os vestidos de linho eram sete, as chemises e calcinhas custavam uma libra a peça, e a saia, quatro. As blusas custavam duas libras e meia, o espartilho um pouco mais, os chapéus custavam o mesmo que os vestidos de algodão, e o casaco de lã custava quinze libras só ele. Eu devia estar chegando perto de noventa libras e ainda precisava comprar produtos de higiene pessoal.

— Você vai precisar de um ou dois vestidos de festa. O doutor sempre é convidado para a casa de pessoas ricas — insistiu Beatrice, franzindo a sobrancelha. — E você tem joias? Temos algumas belas bijuterias que parecem quase reais.

Mostrei a ela meu anel e meus brincos e indiquei que era só isso. Ela assentiu, mordendo o lábio.

— Você precisa de uma bolsa também. Mas acho que isso pode esperar. Quando o inverno chegar, você vai querer ter mais um casaco de lã — acrescentou ela, olhando para o casaco feio e fora de moda que eu estava usando quando entrei na loja. — Esse não é o casaco... mais bonito... que eu já vi. Mas vai servir.

— Não vou a nenhuma festa com o doutor — protestei. — E o casaco vai ter que servir. Vou ter meus xales e meu casaco. Vou ficar bem.

Ela inspirou fundo, como se tivesse falhado comigo, mas acenou com a cabeça, concordando.

— Certo. Vou embrulhar e encaixotar suas compras enquanto você termina de se vestir.

26 de outubro de 1920

Os Black and Tans e a Divisão Auxiliar — forças britânicas atuando na Irlanda — estão por toda parte e parecem não responder a ninguém. Arame farpado e barricadas, veículos blindados e soldados com baionetas patrulhando as ruas são comuns agora. Em Dromahair está mais calmo do que em Dublin, mas ainda sentimos aqui. A Irlanda toda está sentindo. No mês passado, na pequena Balbriggan, os Tans e a Divisão Auxiliar atearam fogo em metade da cidade. Casas, lojas, fábricas e partes inteiras da cidade foram completamente queimadas. As forças da Coroa disseram que foi em represália à morte de dois Tans, mas as represálias são sempre excessivas e indiscriminadas. Eles querem acabar conosco. Mas muitos de nós já estão acabados.

Em abril, a Prisão de Mountjoy estava cheia de membros do Sinn Féin cujo único crime era associação política. Os presos políticos estavam misturados aos presos comuns, e, em protesto às suas prisões, muitos deles iniciaram uma greve de fome. Em 1917, um preso político, membro da Irmandade, entrou em greve e foi alimentado à força. A forma brutal com que ele foi "alimentado" custou sua vida. À medida que as multidões do lado de fora da Prisão de Mountjoy aumentavam, a atenção nacional também crescia, até que o primeiro-ministro, Lloyd George, ainda sentindo a fisgada da indignação mundial pela greve de fome de 1917, se rendeu às reivindicações, deu a eles o status de prisioneiros de guerra e os transferiu para o hospital para se recuperarem. Pude atendê-los no Hospital Mater em caráter oficial, como um representante médico nomeado pelo próprio lorde French. Eu me ofereci. Os homens estavam fracos e magros, mas foi uma batalha vencida, e todos sabiam disso.

O Dáil, governo irlandês recém-formado composto pelos líderes eleitos que se recusaram a ocupar suas cadeiras em Westminster, foi proibido pela administração britânica. Mick e outros membros do conselho — aqueles que não estavam presos — continuaram a agir em segredo, estabelecendo um governo funcional e fazendo o melhor que podiam para criar um sistema sob o qual uma Irlanda independente pudesse funcionar. Mas prefeitos, funcionários públicos e juízes locais que exercem cargos mais públicos não podem se esconder tão facilmente quanto os oficiais do Dáil. Um por um, eles foram presos ou assassinados. O prefeito de Cork, Thomas MacCurtain, foi baleado em sua casa, e seu substituto eleito, Terence MacSwiney, foi preso durante uma invasão à prefeitura de Cork não muito tempo depois de tomar posse. O prefeito MacSwiney, assim como os dez homens que foram presos com ele, decidiu fazer greve de fome para denunciar a manutenção ilegal da prisão de funcionários públicos. Essa greve, assim como a de abril, atraiu atenção nacional. Mas não porque terminou bem. Terence MacSwiney morreu ontem na Inglaterra, na Prisão de Brixton, setenta e quatro dias depois de iniciar a greve de fome.

Todos os dias temos mais uma história terrível, outro acontecimento imperdoável. O país inteiro está sob intensa pressão, mas ainda há um estranho sentimento de esperança misturado ao medo. É como se toda a Irlanda estivesse despertando, e nossos olhos estivessem fixos no mesmo horizonte.

T. S.

10
OS TRÊS MENDIGOS

Você que vagou por toda parte
Pode desvendar o que há em minha mente.
Aquele que menos deseja é quem mais consegue,
Ou consegue mais aquele que mais deseja?

— W. B. Yeats

Beatrice estava esperando por mim quando saí do provador, com o cabelo um pouco bagunçado. Eu estava usando um dos vestidos de algodão e um chapéu novo que cobria a pior parte dos meus cabelos. Beatrice deixou os sapatos marrons para que eu usasse quando saísse da loja também, me poupando de ter que amarrar as botas de Anne. Ela embrulhou o casaco velho de Anne, o chapéu e as botas com o restante das compras. Minha aparência estava muito melhor do que quando chegara, mas estava com dor na lateral do corpo e minha cabeça latejava de tanto esforço. Estava feliz que a aventura estivesse quase terminada.

Beatrice tagarelava ao meu lado, perguntando sobre minha higiene pessoal. Disse a ela que precisava de um xampu e de algo para amaciar os cachos. Ela assentiu, como se "xampu" fosse um termo conhecido.

— Preciso de produtos para as minhas... regras? — Era a palavra mais antiga que eu conhecia para falar sobre menstruação. Mas Beatrice assentiu de novo, claramente entendendo do que eu estava falando.

— Temos absorventes higiênicos e cintos menstruais em um expositor discreto com uma caixinha de dinheiro ao lado para que as mulheres não precisem comprá-los em público. A maioria delas se sente mais confortável assim. Mas vou colocar nas suas compras quando ninguém estiver olhando e acrescentar ao seu total — murmurou ela. Achei melhor não perguntar o que era um cinto menstrual. Eu descobriria.

Com as duas coisas mais importantes já abordadas, segui-a até o departamento de cosméticos no andar de baixo, vasculhando os produtos empilhados e expostos e apontando alegremente para os nomes que reconhecia — Vaselina, sabonete Ivory, creme hidratante Pond's. Beatrice começou a fazer um recibo, escrevendo os itens em uma lista organizada e colocando minhas compras em uma caixa rosa-clara, que me lembrou uma caixa de padaria. Ela adicionou um creme Pond's de rápida absorção às minhas aquisições.

— Esse creme hidratante é para passar à noite, e o de rápida absorção de manhã — instruiu. — Não vai deixá-la brilhando e funciona bem com o pó. Você precisa de pó?

Sacudi os ombros, e ela franziu os lábios, estudando minha pele.

— Bege, branco, rosa ou creme? — perguntou.

— O que você acha? — me esquivei.

— Bege — disse ela, confiante. — LaBlache é meu pó facial preferido. É um pouco mais caro, mas compensa. E talvez um ruge rosa-claro? — Ela pegou um tubinho de trás do vidro e desrosqueou a tampa de metal. — Viu?

A cor era forte demais para o meu gosto, mas ela me tranquilizou.

— Vai ficar muito suave nas suas bochechas e nos seus lábios. Ninguém vai notar que você está usando. E, se notarem, não admita.

Esse parecia ser o objetivo, parecer que você não estava usando nenhuma "tinta", o que me pareceu bom.

— Chegou um creme para cílios novo. Usávamos Vaselina e cinzas para fazê-los ficar maiores. Bem, não mais. — Ela desrosqueou outro potinho, não maior que um protetor labial, e me mostrou o líquido preto lá dentro. Não se parecia com nenhum rímel que eu já tinha visto.

— Como se faz para passar? — perguntei.

Beatrice se aproximou, pediu para eu ficar parada, passou o dedo indicador na gosma e depois no polegar. Com absoluta confiança, esfregou a ponta dos meus cílios entre a ponta escurecida de seus dedos.

— Perfeito. Seus cílios já são longos e escuros, você nem precisa. Mas estão mais destacados agora.

Ela piscou e jogou o creme no pacote. Acrescentou um xampu de óleo de coco que jurou que iria deixar meus cabelos luxuosos e um talco para "me deixar fresca", além de um pequeno vidro de perfume que não me fez espirrar. Peguei também um tubo de pasta de dente, uma escova de dentes, uma caixinha de "fio dental" de seda e um conjunto de escova e pente de cabelo. Quando perguntei onde poderia pagar, Beatrice me olhou com estranheza.

— Já está pago, Anne. O doutor está esperando por você na entrada. Suas compras estão com ele também. Pensei que você só estivesse sendo comedida.

— Eu gostaria muito de pagar por essas coisas, Beatrice — insisti.

— Mas... já está feito, sra. Gallagher — gaguejou ela. — Suas compras foram colocadas na conta dele. Não quero causar nenhum rebuliço.

Eu também não queria causar nenhum rebuliço, mas fiquei constrangida. Respirei fundo para reprimir o sentimento.

— Estes itens não foram adicionados à nota dele. — Peguei a caixa rosa nos braços. — Vou pagar pelos meus produtos de higiene pessoal — insisti.

Ela parecia querer discutir, mas assentiu com a cabeça, desviando para a caixa registradora perto da entrada e para o funcionário bigodudo que lá aguardava. Entregou a ele a nota dos meus produtos de higiene.

— A sra. Gallagher vai pagar por estes produtos, sr. Barry — explicou, tirando a caixa de minhas mãos para que eu pudesse pegar a grossa bolsinha de dinheiro que o sr. Kelly havia me dado.

— O dr. Smith me mandou colocar as compras da sra. Gallagher na conta dele — disse o sr. Barry, franzindo a testa.

— Entendo. Mas vou pagar por estes itens — informei com firmeza, franzindo a testa também.

O funcionário olhou para mim, depois para a porta e novamente para mim. Segui seu olhar e me deparei com Thomas me observando, a cabeça ligeiramente inclinada, uma mão segurando a de Eoin e a outra no bolso da calça.

Podia-se ver a protuberância do pirulito na bochecha de Eoin, e o palito que saía de seus lábios franzidos.

— Quanto é o total, por favor? — perguntei, voltando minha atenção ao funcionário.

O homem bufou em desaprovação, mas registrou os itens na caixa registradora, o barulhinho feliz sinalizando cada novo valor.

— São dez libras, senhora — ele grunhiu, e eu pincei o que pareciam ser duas notas de cinco libras do meu dinheiro. Precisaria estudar as notas quando tivesse mais privacidade. — Acabamos de embrulhar os outros itens que a senhora comprou — disse o sr. Barry, pegando meu dinheiro e colocando na caixa registradora. Indicou a pilha de pacotes atrás dele e acenou para um menino, que se aproximou e começou a empilhar as caixas nos braços. — Pode ir na frente, sra. Gallagher — disse o sr. Barry, apontando para a porta.

Eu me virei e caminhei em direção a Thomas. Senti-me corada e desconfortável, a "mendiga que não tinha vergonha" liderando uma procissão real. Beatrice vinha atrás de mim, carregando meus produtos e duas caixas de chapéu, enquanto o menino e o sr. Barry faziam malabarismos com o restante dos pacotes atrás deles.

Thomas segurou a porta e indicou com a cabeça o carro estacionado próximo à calçada.

— Coloque as compras no banco de trás — instruiu, mas seu olhar estava voltado para quatro homens que caminhavam rapidamente em direção à loja. Eles usavam uniforme cáqui, botas altas, cinto preto e chapéu glengarry. Os chapéus me lembraram escoceses e gaitas de fole, mas esses homens não estavam carregando gaitas. Eles carregavam armas.

— Você parece uma linda rainha, mãe! — gritou Eoin, alcançando a saia do meu vestido com os dedos grudentos. Peguei sua mão para impedi-lo, ignorando o jeito como sua palma grudou na minha. Thomas começou a nos empurrar para dentro do carro, sem tirar os olhos dos soldados que se aproximavam.

Quando o sr. Barry viu os homens, empurrou os pacotes sobre o banco traseiro e pediu a Beatrice e ao menino que voltassem para a loja.

Depois que entrei, Thomas fechou a porta e caminhou rapidamente até a frente do veículo. Com um rápido puxão na manivela, o carro, já aquecido e preparado, ligou. Thomas se posicionou atrás do volante e fechou a porta na mesma hora em que os homens pararam em frente à grande vitrine que exibia as páginas abertas do *Irish Times*. Com a parte de trás de seus rifles, começaram a bater na enorme vitrine, estilhaçando-a e fazendo o jornal esvoaçar e cair em meio aos cacos. Um soldado se abaixou e colocou fogo nas páginas com um palito de fósforo. As pessoas que estavam do mesmo lado da rua que eles pararam de andar, assistindo ao vandalismo.

— O que vocês estão fazendo? — O sr. Barry empurrou a porta, com a boca escancarada e as bochechas vermelhas.

— Diga ao sr. Lyons que ele está fomentando a rebelião e a violência contra a Polícia Real Irlandesa e a Coroa. Da próxima vez que ele exibir o jornal, vamos quebrar todas as vitrines — disse um deles, com sotaque britânico e em voz alta, para que a multidão que se aglomerava do outro lado da rua pudesse ouvir. Com um chute final nas páginas fumegantes, os homens continuaram a descer a rua em direção à Ponte Hyde.

Thomas estava petrificado, com as duas mãos no volante, e o carro roncava impacientemente. Seu maxilar estava cerrado com tanta força que um músculo pulava perto da orelha. As pessoas começaram a atravessar a rua correndo para ver o estrago e comentar entre si, e o sr. Barry foi providenciar a limpeza.

— Thomas? — sussurrei. Os olhos de Eoin estavam arregalados, seu lábio inferior tremendo. O pirulito havia caído de sua boca, ficando esquecido ao lado de seus pés.

— Doutor? Por que os Tans fazem isso? — perguntou Eoin, com lágrimas iminentes. Thomas deu tapinhas na perna de Eoin, soltou o afogador e ajustou as alavancas do volante, e nós saímos de perto da loja de departamentos, deixando a destruição para trás.

— O que foi aquilo, Thomas? — perguntei. Ele ainda não tinha respondido a Eoin, e sua boca continuava apertada, os olhos, sombrios. Havíamos atravessado a Ponte Hyde atrás de quatro policiais e saído de Sligo, de volta a Dromahair. Quanto mais nos afastávamos da cidade, mais Thomas relaxava. Ele suspirou e lançou um rápido olhar na minha direção antes de fixar novamente o olhar na estrada diante de nós.

— Henry Lyons envia um motorista a Dublin todos os dias para pegar o jornal. Ele o coloca na vitrine para que as pessoas saibam o que está acontecendo em Dublin. A ação está em Dublin. A batalha por toda a Irlanda está sendo travada em Dublin. E as pessoas querem saber sobre isso. Os Tans e os Auxiliares não gostam que ele divulgue o jornal.

— Os Auxiliares?

— A Divisão Auxiliar, Anne. Eles são um comando separado da polícia regular. São ex-oficiais do exército e da marinha britânicos que não têm mais nada para fazer agora que a Grande Guerra acabou. O único trabalho deles é esmagar o Exército Republicano Irlandês.

Eu me lembrava disso da minha pesquisa.

— Eles não eram Tans? — Eoin perguntou.

— Não, rapazinho. Os Auxiliares são ainda piores que os Tans. Você pode reconhecer um Auxiliar pelo chapéu... e pelo cinturão de arma. Você viu o chapéu deles, não viu, Eoin? — pressionou Thomas.

Eoin acenou com a cabeça tão enfaticamente que seus dentes bateram.

— Fique longe dos Auxiliares, Eoin. E dos Tans. Fique bem longe de todos eles.

Então, permanecemos em silêncio. Eoin mordia os lábios e tirava a sujeira do pirulito que havia recuperado do chão, precisando do conforto de volta em sua boca.

— Vamos lavá-lo quando chegarmos em casa, Eoin. Você vai ver. Vai ficar bom de novo. Por que você não mostra para Thomas o seu relógio e conta a história que o sr. Kelly nos contou? — incitei, tentando distraí-lo. Tentando distrair a todos nós.

Eoin desenrolou a longa corrente de seu bolso, estendendo o relógio oscilante na frente do rosto de Thomas para se certificar de que ele o visse.

— O sr. Kelly me deu, doutor. Ele disse que era do meu pai. Agora é meu. E ainda funciona!

Thomas ergueu a mão esquerda do volante e pegou o relógio. Surpresa e tristeza retorceram seus lábios.

— Estava guardado na gaveta do sr. Kelly. Ele o tinha esquecido completamente até entrarmos na loja — acrescentou Eoin.

Os olhos de Thomas encontraram os meus, e tive certeza de que ele já conhecia a história do anel.

— Fiquei com o relógio do meu pai e minha mãe ficou com o anel dela, você viu? — Eoin deu um tapinha na minha mão.

— Sim, eu vi. Você vai ter que cuidar muito bem desse relógio. Guarde-o com o botão em um lugar seguro — disse Thomas.

Eoin me olhou com uma expressão de culpa. Ele estava com medo de que eu fosse contar ao doutor sua tentativa de vender o tesouro. Observei-o enrugar o nariz de tanto pavor. Ajudei-o a guardar o relógio no bolso, olhando para ele e tentando tranquilizá-lo com um sorriso.

— Você sabe ler as horas, Eoin? — perguntei.

Ele negou com a cabeça.

— Então vou ensiná-lo. Assim você consegue usar o relógio.

— E quem ensinou *você* a ler as horas? — perguntou ele.

— Meu avô — respondi suavemente. Meu rosto deve ter transparecido tristeza, porque o garotinho deu um tapinha em minha bochecha com seus dedos sujos, me confortando.

— Você tem saudade dele?

— Não mais — eu disse, com a voz estremecida.

— Por quê? — Ele ficou tão chocado quanto eu havia ficado muito tempo antes.

— Porque ele ainda está comigo — sussurrei, repetindo as palavras que meu avô dissera enquanto me embalava em seus braços. E de repente o mundo mudou, e a luz surgiu, e eu me perguntei se meu avô sabia quem eu era o tempo todo.

⌒⌒

Ajudei Eoin a lavar as mãos e nos arrumamos juntos para o jantar. Eu tinha perdido os grampos do cabelo, e os cachos caíam soltos ao redor do rosto e nas costas. Soltei tudo, umedeci os dedos e moldei cada cacho o melhor que pude antes de puxá-los quase todos para trás em um rabo de cavalo frouxo e prendê-lo com um pedaço de elástico que havia encontrado no baú de Anne. Eu não queria mais nada a não ser cair de cara na cama. Minha lateral gritava, minhas mãos tremiam, e eu não tinha apetite, mas, pela primeira vez, sentei-me à mesa com minha família.

Brigid se sentou em um silêncio sepulcral durante o jantar, com as costas rígidas. Ela mastigava minúsculas porções de comida, mal movimentando o maxilar. Seus olhos se arregalaram e se estreitaram em fendas quando nos viu chegar com os braços cheios de embrulhos, caixas de sapato e de chapéu, que foram levados para o meu quarto. Não deu atenção ao relato empolgado de Eoin sobre a vitrine estilhaçada nem sobre o pirulito que a sra. Geraldine Cummins comprou para ele e os brinquedos maravilhosos que ele tinha visto nas prateleiras. Brigid acomodou o menino ao seu lado na mesa, com Thomas na ponta e eu do lado oposto, na frente de Eoin, deixando um lugar vazio entre mim e Thomas. Era um posicionamento estranho, mas evitava que Brigid me olhasse e me deixou o mais longe possível de Eoin e Thomas.

Eleanor, a irmã mais velha de Maeve, pairava perto da porta da cozinha, aguardando, para o caso de precisarmos de alguma coisa. Sorri para ela e elogiei a comida. Eu não estava com muito apetite, mas o jantar estava delicioso.

— Não vamos precisar de mais nada, Eleanor. Pode ir para casa. Anne pode tirar a mesa e limpar tudo quando terminarmos — ordenou Brigid.

Depois que a garota pediu licença, Thomas olhou para Brigid com as sobrancelhas levantadas.

— Redistribuindo as tarefas, sra. Gallagher? — perguntou.

— Ficarei feliz em fazer isso — interrompi. — Preciso contribuir.

— Você está exausta — disse Thomas. — E Eleanor vai voltar para casa preocupada o caminho todo se fez algo errado e desagradou Brigid, porque ela sempre limpa tudo depois do jantar e leva as sobras para a família.

— Eu só acho que Anne tem uma grande dívida com você, que deveria começar a pagar o quanto antes — Brigid rebateu, com o rosto vermelho e a voz elevada.

— Eu mesmo lido com as minhas dívidas e com aqueles que estão em dívida comigo, Brigid — disse Thomas em tom baixo, mas rude. Ela estremeceu, e ele suspirou.

— Primeiro eram dois mendigos, agora são três? — lamentou Brigid. — É isso que nós somos?

— Mamãe não é uma mendiga que não tem vergonha, Nana. Não mais. Ela vendeu os brincos dela. Agora ela é rica — disse Eoin, contente.

Brigid empurrou a cadeira para trás e se levantou abruptamente.

— Vamos, Eoin. É hora de tomar banho e dormir. Diga boa-noite ao doutor.

Eoin protestou, embora seu prato estivesse vazio havia algum tempo.

— Eu quero que minha mãe me conte sobre o cão de Culann — ele tentou persuadir.

— Hoje não, Eoin — disse Thomas. — Foi um longo dia. Vá com sua avó.

— Boa noite, doutor — disse Eoin, triste. — Boa noite, mãe.

— Boa noite, Eoin — disse Thomas.

— Boa noite, meu doce menino — acrescentei, soprando-lhe um beijo, que o fez sorrir, e ele beijou a própria palma e soprou o beijo de volta para mim, como se fosse a primeira vez que fazia algo parecido.

— Eoin — ordenou Brigid.

Ele seguiu a avó para fora da sala, com os ombros caídos e a cabeça baixa.

— Vá para a cama, Anne — ordenou Thomas, depois que o som dos passos deles cessou. — Você está quase dormindo em cima da sopa. Eu cuido disso.

Ignorei-o e me levantei, empilhando os pratos.

— Brigid tem razão. Você me acolheu. Sem perguntas... — comecei.

— Sem perguntas? — ele interrompeu. — Perguntei várias vezes, se é que você se lembra.

— Sem exigências — emendei. — E, quando não estou apavorada, me sinto extremamente grata.

Ele se levantou e pegou os pratos.

— Eu faço o serviço pesado. Você pode lavar.

Trabalhamos em silêncio, nenhum de nós se sentindo muito confortável na cozinha, embora eu suspeitasse de que nossos motivos fossem diferentes. Eu não sabia o lugar de nada, e Thomas não ajudou muito. Perguntei-me se ele já tinha lavado um prato ou preparado uma refeição.

Eu estava surpresa com o luxo: uma geladeira enorme, uma pia grande, dois fornos embutidos, fogão elétrico com oito bocas e uma despensa — que Thomas chamava de ucharia — do tamanho da sala de jantar. O espaço do balcão era vasto, com cada superfície limpa e bem cuidada. Eu já conhecia a casa, e o conforto não era típico de uma residência comum em 1920, especialmente na Irlanda rural. Eu tinha lido no diário de Thomas sobre a riqueza que ele herdara e a responsabilidade que sentia com isso.

Recolhi toda a comida dos pratos e coloquei em uma tigela, com medo de jogar fora. Os porcos não comiam os restos? Eu sabia que Thomas tinha porcos, ovelhas, galinhas e cavalos de que os O'Toole cuidavam. Lavei os pratos e os pires, empilhando-os uns sobre os outros em uma bacia, mas não fui capaz de encontrar nada que se parecesse com detergente. Thomas limpou a sala de jantar, guardou as sobras na geladeira e colocou o pão e a manteiga na despensa. Limpei as bancadas, admirando as superfícies de madeira pesada e gasta, bem utilizadas por mãos mais hábeis que as minhas. Estava certa de que Brigid desceria para verificar meu trabalho, mas, até que eu tivesse alguma instrução prática, esse era o melhor que eu poderia fazer.

— Por que você está com medo? — perguntou Thomas, em voz baixa, me observando terminar.

Fechei a torneira e sequei as mãos, satisfeita por termos limpado o suficiente para manter os ratos longe.

— Você disse que, quando não está apavorada, se sente extremamente grata. Por que está apavorada? — ele pressionou.

— Porque tudo é muito... incerto.

— Brigid tem medo de que você pegue Eoin e vá embora. Por isso ela está se comportando assim — disse Thomas.

— Eu não vou... Eu nunca iria.... Para onde eu iria? — gaguejei.

— Depende. Onde você esteve? — ele indagou, e eu me esquivei da pergunta que ele insistia em me fazer.

— Eu nunca faria isso com Eoin, com Brigid ou com você. Essa é a casa de Eoin — eu disse.

— E você é a mãe dele.

Eu queria confessar que não era, que não tinha direitos sobre ele além de amor. Mas não o fiz. Confessar isso seria como cortar meu acesso à única coisa que me importava. Então, confessei a única verdade que podia.

— Eu o amo tanto, Thomas.

— Eu sei que você o ama. A única coisa que sei é isso. — Ele suspirou.

— Prometo que não vou levar Eoin de Garvagh Glebe — afirmei, olhando em seus olhos.

— Mas pode prometer que *você* não vai embora? — perguntou Thomas, encontrando a fenda na minha armadura.

— Não — sussurrei, balançando a cabeça. — Não posso.

— Então talvez seja melhor você ir embora, Anne. Se é para ir, que seja agora, antes que mais estragos sejam feitos.

Ele não estava bravo ou me acusando. Seus olhos estavam tristes, e sua voz, suave. Quando as lágrimas me subiram pela garganta e brotaram nos olhos, ele me puxou suavemente e me abraçou, acariciando meus cabelos e dando tapinhas nas minhas costas, como se eu fosse uma criança. Mas eu não relaxei nem deixei as lágrimas caírem. Meu estômago embrulhou e eu me senti sufocada. Me afastei, com medo de que o pânico que arranhava meus calcanhares e escorria pela palma das minhas mãos se libertasse em sua presença. Virei-me e saí da cozinha o mais rápido que pude, segurando os pontos na lateral, focada somente em encontrar a segurança de uma porta fechada.

— Anne, espere — chamou Thomas, mas uma porta bateu e vozes agitadas de um casal encheram a cozinha. Eles estavam arrumados, mas suas roupas eram um pouco esfarrapadas. Aglomeraram-se ao redor de Thomas, impedindo-o de me perseguir, enquanto eu escapava pelo corredor em direção ao quarto.

— Nossa Eleanor disse que a sra. Gallagher dispensou ela, doutor! Ela chorou todo o caminho de casa, estou arrasada. Se tiver algum problema, o senhor vai me contar, não vai, dr. Smith? — disse a mulher, chorando.

— Você sempre foi tão bom conosco, doutor. Mais que bom, mas, se a menina não souber o que ela fez de errado, como vai consertar? — acrescentou o homem. Os O'Toole interpretaram a saída adiantada de Eleanor exatamente como Thomas dissera que iriam.

Pobre Thomas. Devia ser difícil estar sempre certo. Ele estava certo a respeito de tantas coisas. Se eu fosse embora, deveria ir agora. Ele estava certo sobre isso também.

Eu só não sabia como.

28 de novembro de 1920

Sentei-me com Mick em Dublin no sábado passado e comemos ovos com bacon em um lugar chamado Café Cairo, na Grafton Street. Mick sempre se comporta como se estivesse em uma competição, enfiando a comida na boca com os olhos grudados no prato, concentrado na tarefa de se reabastecer para poder continuar. Nunca deixa de me surpreender quão livremente ele se move pela cidade. Ele em geral usa um terno cinza e elegante e chapéu-coco, pedala sua bicicleta com frequência, sorri, acena e conversa com as mesmas pessoas que o estão caçando. Ele se esconde à vista de todos e anda em círculos, literal e figurativamente, ao redor de todos.

Mas ele estava inquieto no sábado passado, impaciente. E a certa altura empurrou o prato de lado e inclinou-se sobre a mesa na minha direção, até nossos rostos estarem a meros centímetros de distância.

— Está vendo aqueles cockneys nas mesas do fundo, Tommy? Não olhe agora. Espere um pouco e deixe o guardanapo cair.

Tomei um gole demorado do café preto que estava à minha frente e derrubei meu guardanapo no chão enquanto apoiava a xícara de volta. Ao abaixar para recuperá-lo, percorri com os olhos as mesas ao longo da parede oposta. Soube instantaneamente de quais homens ele falava. Eles usavam terno e gravata, não uniformes. Seus chapéus estavam mais puxados para a direita do que para a esquerda, atraindo seu olhar, enquanto os olhos deles o alertavam para desviar o olhar rapidamente. Não sabia se eram cockneys, mas eram britânicos. Havia cinco em uma mesa e mais alguns em outra. Talvez fosse a maneira como inspecionavam o ambiente ou como falavam em meio à fumaça de cigarro, mas eles estavam juntos e eram um problema.

— Não estão todos aí. Mas eles vão embora amanhã — disse Mick.

Não perguntei o que ele quis dizer. Seus olhos estavam vagos, sua boca voltada para baixo.

— Quem são eles? — perguntei.

— São chamados de Gangue do Cairo, porque sempre se encontram aqui. Lloyd George mandou que viessem a Dublin para me pegar.

— Se você sabe quem são, não é possível que eles saibam quem você é, e que você e eu estejamos prestes a ser assassinados? — murmurei perto da borda da xícara. Tive que abaixá-la de novo. Minhas mãos estavam tremendo. Não de medo. Pelo menos não por mim. Por ele. E eu estava bravo com o risco que ele estava correndo.

— Tive que me despedir deles — disse Mick suavemente, encolhendo os ombros. Seu nervosismo tinha ido embora. Havia passado para mim. Ele colocou o chapéu e se levantou, contando algumas moedas pelo nosso café da manhã. Nenhum de nós olhou para trás ao sair dali.

Na manhã seguinte, nas primeiras horas antes do amanhecer, catorze homens foram mortos a tiros em Dublin, muitos deles membros da unidade especial enviada para cuidar de Michael Collins e seu esquadrão.

À tarde, as forças da Coroa estavam em alvoroço. Chocados com o golpe contra seus oficiais, enviaram carros blindados e caminhões militares a Croke Park, onde Dublin estava enfrentando Tipperary em uma partida de futebol. Quando os vendedores de ingressos viram os carros blindados e os caminhões militares, correram para dentro do parque. Os Tans os perseguiram, alegando que eram membros do Exército Republicano Irlandês. Uma vez dentro do estádio, os Black and Tans abriram fogo contra a multidão de espectadores.

Pessoas foram pisoteadas. Outras, baleadas. Sessenta feridos. Treze mortos. Passei a noite oferecendo meus serviços aos feridos, me sentindo culpado por minha parte no caos, fervendo de raiva por ter chegado a esse ponto e cheio de desejo de que tudo isso acabasse.

T. S.

II
ANTES QUE O MUNDO FOSSE CRIADO

Se eu deixar os cílios escuros
E os olhos mais brilhantes
E os lábios mais escarlates,
Ou perguntar se estou bem
De espelho em espelho,
Não é vaidade alguma;
Estou procurando o rosto que eu tinha
Antes que o mundo fosse criado.

— W. B. Yeats

Thomas bateu à minha porta depois que os O'Toole foram embora, claramente para se assegurar de que estava tudo bem. Assisti ao casal passar pela minha janela com os braços carregados de pão, carneiro, batatas e molho, que Eleanor havia preparado para o jantar.

Eu estava enterrada em minhas cobertas, com o rosto escondido e a luz apagada. A porta não estava trancada, e, depois de um momento, Thomas a abriu com cuidado.

— Anne, quero ver como está seu ferimento — disse ele, se aproximando da soleira.

Fingi estar dormindo, mantendo os olhos inchados fechados e o rosto enterrado. Depois de um momento ele saiu, fechando a porta delicadamente. Ele disse que eu deveria ir embora. Considerei pôr as roupas que estavam na prateleira de cima, me vestindo para a vida que eu havia perdido, e sair na ponta dos pés para o lago. Eu roubaria um barco e voltaria para casa.

Imaginei o amanhecer e eu sentada no barco roubado no lago, esperando retornar a 2001. E se nada acontecesse? E se Thomas tivesse que me resgatar novamente? Eu, vestida com minhas roupas estranhas, sem nenhum lugar para ir? Ele pensaria que sou realmente louca e não me deixaria chegar perto de Eoin. Resmunguei, e esse pensamento roubou minha coragem e acelerou meu coração. Mas e se funcionasse? E se eu pudesse ir para casa?

Eu realmente queria isso?

O pensamento me surpreendeu. Eu tinha um apartamento lindo em Manhattan. Tinha dinheiro suficiente para passar a vida inteira com conforto. Tinha respeito. Reconhecimento. Minha assessora devia estar preocupada. Minha editora, aflita. Minha agente poderia até sofrer. *No entanto, mais alguém sofreria?*

Eu tinha milhares de leitores fiéis e nenhum amigo íntimo. Tinha centenas de conhecidos em dezenas de cidades. Tinha saído com vários homens diversas vezes. Até transei com dois deles. Dois amores, e eu tinha trinta anos. A palavra "amores" me fez estremecer. Não teve amor envolvido. Eu sempre fui casada com o meu trabalho, apaixonada pelas minhas histórias e comprometida com os meus personagens, e nunca quis mais ninguém e mais nada. Eoin era a minha ilha em um mar de solidão. Um mar que eu havia escolhido. Um mar que eu amava.

Mas Eoin havia partido, e descobri que eu não tinha vontade nenhuma de cruzar o oceano se ele não estivesse esperando por mim do outro lado.

༄

No dia seguinte, Thomas saiu antes que eu me levantasse e voltou para casa à noite, depois que eu tinha me deitado. Troquei minhas bandagens com facilidade, confiante de que Thomas não precisaria cuidar delas novamente, mas claro que ele não concordou. Quando ele bateu à porta, eu ainda não havia apagado a luz e estava sentada à pequena mesa. Fingir que estava dormindo não seria possível.

Eu sabia que o aniversário de Eoin era na segunda-feira e queria fazer alguma coisa para ele. Encontrei papel na gaveta do escritório de Thomas, alguns lápis e uma caneta-tinteiro, que eu não tinha ideia de como usar. Maeve me ajudou a colocar um fio longo e grosso no centro de uma grossa pilha de papel para amarrar as páginas e fazer uma lombada. Eoin dançou ao redor, sabendo que seria para ele, e eu o deixei ajudar a passar cola no fio para endurecê-lo e deixá-lo mais forte. Quando secou, dobrei as páginas ao meio sobre a costura. Agora eu tinha que criar uma história só para ele. Ele não veria o produto final até segunda-feira, dali a três dias.

Agora Thomas estava à minha porta, e eu não queria vê-lo. A lembrança de suas palavras fazia meu peito queimar. Eu não tinha ido embora como ele mandara, e temia o momento em que teria de encará-lo novamente, sem respostas, sem explicações e sem um convite para permanecer debaixo desse teto.

Eu vestia o suéter e a calça que estava usando no dia em que Thomas me tirou do lago. Não esperava companhia, e meu único pijama era a volumosa camisola que se enroscava em meu corpo e me enforcava durante a noite. Eu ainda estava flertando com o futuro, com a ideia de ir embora. Além disso, usar essas roupas me fazia sentir mais eu mesma, e eu precisava ser Anne Gallagher, a escritora, para criar uma história especial para um garotinho perfeito.

Thomas bateu de novo e gentilmente virou a maçaneta.

— Posso entrar? — perguntou. Ele estava com a maleta de médico nas mãos, o profissional zeloso até o fim.

Assenti sem desviar o olhar da pequena pilha de papéis que estava usando para anotar minhas ideias antes de colocá-las nas páginas que as aguardavam.

Ele parou atrás de mim. Senti o calor de sua presença em minhas costas.

— O que é isso?

— Estou fazendo um livro para o aniversário de Eoin. Escrevendo uma história que nunca foi contada. Algo só para ele.

— Você está escrevendo? — Alguma coisa em sua voz fez meu coração acelerar.

— Sim.

— Você sempre pediu para Declan ler para você. Dizia que as letras se mexiam quando tentava ler. Pensei que achasse difícil escrever também — ele disse lentamente.

— Não. Não tenho dificuldade para ler nem escrever — sussurrei, pousando o lápis.

— E você é canhota — observou Thomas, surpreso.

Assenti com a cabeça, hesitante.

— Acho que eu nunca soube disso. Declan era canhoto. Eoin também é.

Thomas ficou em silêncio por alguns segundos, pensativo. Esperei, temerosa de retomar minha escrita e ele notar mais alguma coisa.

— Preciso ver seu ferimento, Anne. Já deve estar suficientemente cicatrizado para tirar os pontos.

Levantei-me, obediente.

Ele franziu as sobrancelhas enquanto corria os olhos pela minha roupa e de volta aos meus cabelos soltos.

— A condessa Markievicz usa calças — deixei escapar, na defensiva. A condessa Markievicz era uma figura importante na política irlandesa, uma mulher nascida em berço de ouro, mas que estava mais interessada na revolução. Tinha sido presa depois da Revolta da Páscoa e gozava de certa notoriedade e respeito entre as pessoas, especialmente entre aquelas que simpatizavam com a causa da independência da Irlanda. O fato de ter se casado com um conde polonês só a tornava ainda mais interessante.

— Sim, ouvi dizer. Foi ela quem lhe deu essas? — rebateu ele, com os lábios torcidos em desdém. Ignorei-o e caminhei até a cama, esticando-me com cuidado sobre a colcha macia. Eu tinha visto Maeve passando-a. Na ocasião, ela me deu uma aula rápida sobre o manuseio do ferro, embora insistisse que eu não precisaria passar minhas roupas. Elas já haviam sido passadas e penduradas no enorme armário de madeira no canto.

Levantei o suéter para deixar as bandagens à mostra, dobrando a barra sobre os seios, mas a cintura da calça ainda cobria parte da bandagem. Desabotoei-a e a abaixei alguns centímetros, com os olhos fixos no teto. Thomas tinha me visto com menos roupa. Bem menos. Mas desnudar minha pele assim era diferente; era como se eu estivesse fazendo um striptease, e, quando ele limpou a garganta, seu desconforto aumentou o meu. Ele arrastou a cadeira da mesa para o lado da cama e se sentou, tirando da maleta uma pequena tesoura, algumas pinças e um frasco de iodo. Retirou a bandagem que eu colocara no dia anterior, limpou a área e, com mãos firmes, começou a arrancar os pontos.

— Beatrice Barnes me informou, quando estávamos na loja de departamentos, que há várias coisas de que você ainda precisa. Já que você teve que usar as calças da condessa Markievicz, estou inclinado a acreditar nela.

— Eu não pretendia que você pagasse minhas compras — retruquei.

— E eu não pretendia que você pensasse que eu quero que vá embora — ele rebateu suave e lentamente, certificando-se de que eu o entendia.

Engoli em seco, determinada a não chorar, mas senti uma lágrima traidora escorrer pela lateral do rosto e desaparecer nas dobras da orelha. Antes de Eoin morrer, não tinha chorado muito na vida. Agora eu chorava constantemente.

— Meu carro está cheio de pacotes. Vou trazê-los quando terminar aqui. Beatrice me garantiu que agora você tem tudo de que precisa.

— Thomas...

— Anne — ele respondeu no mesmo tom, levantando brevemente os olhos azuis para mim antes de continuar a tirar os pontos. Senti sua respiração suave na minha pele e fechei os olhos para conter o frio na barriga e me impedir de curvar os dedos dos pés. Eu gostava do toque dele. Gostava da cabeça dele inclinada sobre o meu corpo. Gostava dele.

Thomas Smith era o tipo de homem que poderia entrar e sair de uma sala silenciosamente, sem chamar muita atenção. Ele era bonito se alguém fosse parar para contemplar cada característica sua — olhos azuis profundos, mais taciturnos que brilhantes. Longas linhas no rosto quando dava um breve sorriso. Dentes brancos e retos atrás de lábios bem-feitos que se erguiam acima de uma covinha no queixo, que era o ápice do maxilar bem definido. No entanto, tinha ombros ligeiramente curvados e um ar de melancolia que fazia as pessoas respeitarem seu espaço e sua solitude, mesmo quando o procuravam. Seus cabelos eram escuros, mais pretos que castanhos, embora o reflexo da barba que fazia todas as manhãs fosse decididamente avermelhado. Era magro, e os músculos aparentes davam estrutura ao seu corpo. Não era alto. Não era baixo. Não era um homem grande. Não era um homem pequeno. Não era barulhento ou invasivo, mesmo quando se movia e agia com confiança inata. Ele era simplesmente Thomas Smith, tão comum quanto seu nome, e ainda assim... nada comum.

Eu poderia escrever histórias sobre ele.

Ele seria o personagem que cativaria o leitor aos poucos, fazendo-os amá-lo somente porque era bom. Decente. Confiável. Talvez eu escrevesse histórias sobre ele. Talvez... um dia.

Eu gostava dele. E seria fácil amá-lo.

Tomei consciência disso repentinamente, um pensamento fugaz que se estabeleceu em mim com asas de borboleta. Nunca havia conhecido alguém como Thomas. Nunca ficara intrigada por homem nenhum, nem mesmo os homens que deixei entrar temporariamente em minha vida. Nunca sentira essa atração, essa pressão, esse desejo de conhecer e ser conhecida. Não até agora, não até Thomas. Agora eu sentia todas essas coisas.

— Conte-me a história — murmurou Thomas.

— Hum?

— A história que você está escrevendo para o livro de Eoin. Gostaria de ouvi-la.

— Ah. — Pensei por um momento, colocando os fios das minhas ideias em frases. — Bom... é sobre um menino que viaja no tempo. Ele tem um barquinho, um barquinho vermelho, e o leva para a água... em Lough Gill. O barquinho é apenas um brinquedo de criança, mas, quando ele o coloca na água, fica tão grande que o menino pode entrar nele. Ele rema pelo lago, mas, quando chega do outro lado, está sempre em outro lugar. Nos Estados Unidos durante a Revolução, na França com Napoleão, na China quando a Grande Muralha foi construída. Quando quer voltar para casa, ele só precisa encontrar o lago ou riacho mais próximo, colocar o barquinho na água e entrar nele.

— E ele está novamente em Lough Gill — terminou Thomas, com voz alegre.

— Sim. De volta para casa — eu disse.

— Eoin vai adorar.

— Pensei em escrever a primeira história, a primeira aventura, e depois ele pode continuar acrescentando outras, dependendo do que despertar seu interesse.

— E se você der a ele o livro que você já fez, com as páginas em branco, para ele preencher com histórias, e eu ajudar você a fazer outro? — Thomas se endireitou, abaixou meu suéter e guardou seus instrumentos. A operação estava concluída. — Sou um bom artista. Certamente posso desenhar um menininho em um barco vermelho.

— Eu escrevo e você desenha? — perguntei, satisfeita.

— Sim, vai ser mais fácil fazer isso com as páginas soltas. Quando terminarmos, organizamos o texto com as imagens correspondentes. No fim, costuramos e colamos.

— Não temos muito tempo.

— Então vamos começar, condessa.

⁂

Thomas e eu trabalhamos até as primeiras horas da manhã da sexta-feira e do sábado — como ele conseguia trabalhar o dia todo e fazer um livro infantil durante quase toda a noite estava além da minha compreensão. Ele criou um sistema para que o texto e as imagens ficassem alinhados quando os costurássemos, e eu comecei a conceber a história, mantendo-a concisa, limitando a narrativa a um pequeno parágrafo por página. Thomas acrescentou esboços simples a lápis abaixo dos parágrafos, intercalando uma página inteira de imagem aqui e ali para tornar o livro mais divertido. Ele me deu uma caneta-tinteiro com um pequeno reservatório na ponta, onde se inseriam tabletes de tinta e poucas gotas de água. Tive que segurar a caneta para evitar que respingasse na página. Minha falta de habilidade para usar uma caneta-tinteiro me fez recorrer ao lápis, e Thomas traçou minhas palavras com tinta, com a língua entre os dentes e os ombros curvados sobre a página.

Brigid, Eoin, Thomas e eu fomos à missa no domingo; Thomas disse que faltar três domingos consecutivos na missa causaria um rebuliço quase tão grande quanto voltar dos mortos. Que era o que eu tinha feito. Eu estava ansiosa para ver a capela de Ballinagar novamente, mas estava apavorada com a atenção que iria atrair. Tomei um cuidado extra com minha aparência, sabendo que seria julgada por ela. Decidi usar o vestido rosa com o chapéu cloche creme que Beatrice enviou para casa por Thomas. Ela enviou também uma caixa de bijuterias, brincos que combinavam com vários trajes, alguns pares de luvas e uma bolsa cinza-chumbo neutra que combinava com qualquer coisa.

Beatrice também incluiu nos pacotes um kit de depilação, idêntico ao de barbear de Thomas — uma caixinha com lâminas e um cabo grosso com uma extremidade larga, tudo acondicionado em uma pequena lata com uma águia estampada na tampa. Gostaria de saber se Thomas havia notado que eu pegara emprestado seu kit algumas vezes e parado de pegar quando comprei o meu. A navalha era grande e pesada em comparação com aquela à qual eu estava acostumada, mas, com cuidado e atenção, consegui usar. Eu não sabia se as mulheres dessa época se depilavam, mas, se Thomas havia fornecido minha própria lâmina, não poderia ser algo inédito.

Experimentei os cosméticos, começando pelo creme de rápida absorção, depois passei o pó, o ruge e a tinta para os cílios e fiquei agradavelmente surpresa com o efeito. Eu parecia mais jovem e atraente, e Beatrice estava certa sobre o tom rosa nas minhas bochechas e nos meus lábios — sutil, mas atraente.

Meu cabelo continuou a ser a parte mais difícil do traje, e decidi fazer uma trança francesa, moldando os cachos no lugar e prendendo a ponta da trança em um coque na nuca. Prendi o coque com alguns alfinetes longos e rezei para que se fixassem. Usei um espartilho pela primeira vez, prendendo as meias nas alças compridas, e me senti tão cansada e sem fôlego depois de me vestir que prometi que nunca mais o usaria novamente.

Brigid bufou quando me sentei no banco traseiro com Eoin, deixando o banco da frente para ela, mas o semblante de Eoin iluminou-se consideravelmente.

— A missa é muito longa, mãe — sussurrou ele, avisando-me. — E Nana não me deixa sentar com meus amigos. Mas, se você sentar comigo, talvez não seja tão chato.

— Um dia você vai gostar. Pode trazer muita paz estar cercado de pessoas de quem você gosta e que gostam de você. É para isso que serve uma igreja. É uma oportunidade para se sentar e pensar sobre todas as coisas maravilhosas que Deus fez e contar todas as bênçãos que recebemos.

— Eu conto muito bem — disse Eoin, esperançoso.

— Então você não vai ficar nem um pouco entediado.

Passamos por Dromahair e pelos campos, seguindo a mesma estrada — embora não pavimentada — que eu tinha percorrido com as instruções de Maeve O'Toole ecoando em meus ouvidos. Quando vi a igreja, foi como ver um rosto familiar, e me peguei sorrindo apesar de minhas apreensões. Paramos entre carros com estilos e formatos semelhantes, e Thomas abriu a porta e saiu, levantando Eoin do banco de trás e ajudando Brigid a descer, antes de fazer o mesmo por mim.

— Brigid, pegue Eoin e entre. Preciso falar com Anne por um momento — instruiu Thomas.

Eoin e Brigid franziram a testa ao mesmo tempo, mas Brigid pegou a mão do menino e começou a cruzar o gramado em direção às portas abertas que recebiam o fluxo de congregantes que chegavam em carros, caminhões de entrega e, às vezes, carroças puxadas por cavalos.

— Vi o padre Darby hoje de manhã. Ele estava realizando os últimos ritos para Sarah Gillis, a avó da sra. O'Toole.

— Ah, não.

— A mulher era tão velha que estava rezando para ir embora — disse ele. — Ela tinha uns cem anos. Sua passagem é uma bênção para a família.

Assenti com a cabeça, me lembrando da longevidade que Maeve herdaria.

— Mas não era apenas sobre isso que eu precisava falar com você. Pedi ao padre Darby que fizesse um anúncio hoje no púlpito. Ele faz isso todas as semanas, piqueniques da igreja, anúncios de morte, anúncios de nascimentos, pedidos de ajuda para este ou aquele paroquiano. Você conhece o tipo — explicou Thomas. Ele tirou o chapéu e o colocou novamente na cabeça. — Pedi a ele que anunciasse que você voltou para casa depois de uma longa doença, e que está morando em Garvagh Glebe com seu filho. Achei que seria mais fácil do que tentar contar às pessoas uma de cada vez. E ninguém pode acompanhar o discurso do padre Darby com perguntas, embora eles possam tentar quando a missa acabar.

Assenti lentamente, nervosa e aliviada.

— E agora?

— Agora... precisamos entrar — disse ele, com um sorriso irônico.

Eu recuei, e Thomas ergueu meu queixo para encontrar meu olhar sob a aba do chapéu.

— As pessoas vão falar, Anne. Vão falar e especular sobre onde você esteve, com quem e o que esteve fazendo. O que elas não sabem podem inventar. Mas, no fim, nada disso importa. Você está aqui, por mais impossível que possa parecer. E ninguém pode contestar isso.

— Estou aqui, por mais impossível que possa parecer — repeti, anuindo.

— O que você vai ou não vai falar para preencher as lacunas depende inteiramente de você. Vou estar ao seu lado, e uma hora... elas vão perder o interesse.

Assenti com a cabeça de novo, mais firme agora, e encaixei o braço no dele.

— Obrigada, Thomas. — Minhas palavras eram insignificantes perto de quanto ele havia feito por mim, mas ele deixou meu braço encaixado no seu e entramos na igreja juntos.

8 de julho de 1921

Ela é a mesma. Mas há algo diferente.

Sua pele tem o mesmo brilho, seus olhos, a mesma inclinação. O nariz, o queixo e o formato de seus ossos finos do rosto não mudaram. Seu cabelo cresceu tanto que chega a tocar o meio das costas. Mas continua escuro e enrolado. Ela é magra como eu me lembrava e não muito alta. Sua risada me faz querer chorar — uma lembrança ganha vida, o som de uma época mais doce, de uma velha amiga e uma nova dor. Nova dor porque ela voltou, e eu havia desistido dela. Não a encontrei. Ela nos encontrou e, estranhamente, não está brava. Não está arrasada. É quase como se ela não fosse Anne.

Sua voz continua a mesma, musical e baixa, mas ela fala devagar agora, quase suavemente, como se não tivesse certeza de si mesma. E as histórias que ela conta, a poesia que sai de seus lábios com tanta facilidade! Eu poderia ficar ouvindo por horas, mas é tão diferente da garota que eu conhecia. A velha Anne parecia cuspir suas palavras como se não conseguisse libertá-las rápido o suficiente; era impetuosa e cheia de ideias. Não conseguia ficar parada. Declan ria e a beijava para desacelerá-la. E ela tentava beijá-lo de volta quando terminava seu argumento.

Anne está quieta agora, uma calma interior que é muito diferente, como uma senhora satisfeita, embora eu me pergunte se é porque ela se reencontrou com Eoin. Ela o observa com tanto amor e devoção, com tanta fascinação, que fico envergonhado de duvidar dela. Sua alegria em estar com ele me deixa com raiva dos anos que ela perdeu. Ela também deveria sentir raiva. Deve-

ria estar triste. Deveria ter cicatrizes. Mas não. A única cicatriz visível é a do tiro que levou, e isso ela não explica.

Ela se recusa a me contar onde esteve ou o que aconteceu. Tentei imaginar cenários plausíveis e não consegui. Ela foi ferida na Revolta da Páscoa? Alguém a encontrou e cuidou dela? Perdeu a memória e só recuperou cinco anos depois? Ela realmente esteve nos Estados Unidos? É uma espiã britânica? Tem um amor? Ou a morte de Declan a arruinou? As possibilidades — ou a falta delas — me deixam maluco. Quando a pressiono para obter respostas, ela parece ficar realmente apavorada. Então o pavor faz seus lábios e mãos tremerem, e ela não consegue me encarar. E eu desisto e adio as perguntas que devem ser respondidas. Um dia.

Ela tem furos nas orelhas — e diamantes, até vendê-los —, mas não tem a lacuna entre os dentes da frente. Notei isso na primeira vez que ela pediu para escová-los, e não sei o que fazer com isso. Talvez minha memória esteja falha, mas a perfeita linha reta e branca de dentes me parece errada.

Quando a tirei do lago, ela respondeu imediatamente pelo nome, mas não me chamou pelo meu. Estremeço de pensar o que poderia ter acontecido se eu não estivesse por lá. Eu voltava de uma visita a Polly O'Brien do outro lado do lago, era a primeira vez que estava ali em anos. Foi um total acaso que eu estivesse ali. Ouvi um estalo inconfundível e nada mais. Minutos depois, ela gritou, me conduzindo até ela. E tem me conduzido até agora, e não sei o que fazer a respeito.

Quando ela não está por perto, não consigo respirar normalmente até voltar a vê-la. Brigid acha que Anne vai fugir com Eoin se tiver a oportunidade. Também temo isso e, embora me sinta atraído como nunca, não confio nela. Se ela partir, será muito difícil. Pelo bem de Eoin, não quero espantar Anne daqui. E, para ser honesto, não suportaria vê-la partir.

Fui para Dublin em junho para fazer rondas pelas prisões de lá. Usei minhas credenciais médicas para examinar os presos políticos que Mick estava negociando libertar. Lorde French havia renunciado às suas funções, mas a autorização que ele deu depois da greve de fome ainda me autoriza a entrar na maioria das prisões. Negaram-me a visita a alguns prisioneiros, o que geralmente quer dizer que eles estavam em condições precárias demais para uma inspeção oficial. Ameacei e mostrei meus papéis, insistindo que me fosse permitido fazer meu trabalho, o que me levou a mais algumas portas, mas recebi um não em todas elas. Tomei especial nota de onde os homens estavam sendo mantidos, reuni o maior número de informações possíveis sobre seus carcereiros e me certifiquei de que Mick soubesse quais prisioneiros estavam em maior perigo de não conseguir sair.

    Levei três dias para fazer essa ronda, escrever os relatórios e elaborar os esquemas. Mick já estava pondo em prática alguns planos de fuga quando saí. Ainda não voltei. Mas, com os rumores de uma trégua — trégua que Anne previu que viria —, preciso saber o que Mick está achando disso tudo. Ele foi excluído das negociações entre De Valera e Lloyd George, embora Mick tenha comandado o governo e a guerra enquanto De Valera esteve nos Estados Unidos por dezoito meses, levantando dinheiro, afastado do inferno que é a Irlanda, da linha de frente de uma guerra travada sem ele.

T. S.

12

UMA PRIMEIRA CONFISSÃO

Por que esses olhos questionadores
Tão fixos em mim?
O que eles podem fazer além de me evitar
Se a noite vazia responder?

— W. B. Yeats

— Você é muito bom. Essas ilustrações são maravilhosas — eu disse no domingo à noite, depois que Eoin foi levado para a cama.

— Quando eu era criança, passava muito tempo doente. Se não estava lendo, estava desenhando — explicou Thomas, com os olhos no desenho que estava criando, um homem olhando na direção de um lago onde um barquinho flutuava ao longe. O livro estava terminado, mas Thomas ainda estava desenhando. Eu já havia costurado as páginas acabadas e colado a costura grossa na lombada da capa encadernada em um tecido que Thomas havia retirado de um livro antigo. A capa era de um tecido todo azul, que servia perfeitamente aos nossos propósitos. Thomas escreveu *As aventuras de Eoin Gallagher* na frente com sua caligrafia ornamentada e desenhou um barquinho sob o título. Criamos três viagens diferentes para Eoin: uma de volta à época dos dinossauros, uma à construção das pirâmides e uma ao futuro, onde os homens andavam sobre a Lua. O barco de Eoin tinha que navegar pela Via Láctea para retornar para casa, e Thomas ficou muito impressionado com a minha imaginação. Com a minha contribuição, os desenhos do foguete e do viajante espacial ficaram obviamente visionários.

— Você morou nesta casa? — perguntei. Levantei-me e comecei a arrumar o espaço para que pudesse embrulhar nosso presente.

— Morei. Meu pai morreu antes de eu nascer. — Seus olhos buscaram os meus, avaliando se ele estava me dizendo coisas das quais eu já sabia.

— E sua mãe se casou com um inglês — acrescentei.

— Sim, esta casa era dele. Esta terra. Minha mãe e eu nos tornamos parte da classe proprietária. — Seu tom era irônico. — Passei a maior parte da infância olhando pela janela do quarto em que você está dormindo agora. Eu não podia brincar nem ir lá para fora. Isso me faria tossir e meu peito chiar. Às vezes eu até parava de respirar.

— Asma? — perguntei, distraída.

— Sim — ele disse, surpreso. — Como você sabe? Não é um termo conhecido. Meus médicos chamavam de broncoespasmo, mas encontrei um artigo em uma revista médica publicada em 1892 que introduziu o termo. Vem do grego *aazein*, que significa ofegar ou respirar com a boca aberta.

Não comentei nada. Esperei, torcendo para que ele continuasse.

— Pensei que, se aprendesse bastante, poderia me curar, já que ninguém parecia capaz de fazer isso. Eu sonhava correr pela estrada, correr, correr e nunca mais parar. Sonhava com hurling e luta. Sonhava com um corpo que não se cansasse antes de mim. Minha mãe tinha medo de me deixar ir para a escola, mas não brigava comigo nem ditava o que eu deveria ler ou estudar. Ela até perguntou para o dr. Mostyn se eu podia olhar seus livros de anatomia quando mostrei interesse. Eu os lia e relia. E às vezes o médico se sentava comigo para responder às minhas perguntas. Meu padrasto contratou um tutor, e eu gostava dele também. Ele mandou buscar revistas médicas e, entre desenhar e ler Wolfe Tone e Robert Emmet, me tornei um pouco como um especialista médico.

— Você não está mais doente.

— Não. Eu gosto de pensar que me curei com doses regulares de café, que ameniza os sintomas logo em seguida. Mas, além de me manter afastado das coisas que parecem acentuar as crises, como feno, certas plantas e fumaça de cigarro, acredito que tenha superado isso. Quando eu tinha quinze anos, minha saúde estava boa o suficiente para que eu fosse para o colégio interno St. Peter, em Wexford. E o resto da história você conhece.

Eu não conhecia. Não mesmo. Mas permaneci em silêncio, embrulhando o livro de Eoin em papel pardo e amarrando-o firmemente com um longo pedaço de barbante.

— O que você achou do anúncio do padre Darby hoje de manhã? — perguntou Thomas, em um tom perfeitamente controlado. Eu sabia que ele não estava falando do anúncio que fez todas as cabeças se virarem em minha direção. Mantive os olhos pousados no colo quando o padre Darby me deu as boas-vindas, como Thomas pediu que ele fizesse. Eoin, gostando da atenção, ficou inquieto e começou a acenar para as pessoas, enquanto Brigid, sentada a seu lado, beliscava sua perna com força para contê-lo. Olhei para ela irritada com o vergão que deixou na perna do menino. As bochechas dela brilharam de vergonha, e ela apertou o maxilar. Minha raiva se transformou em desespero. Brigid estava sofrendo. Durante o anúncio, ela não tirou os olhos da representação da crucificação nos vitrais, e seu desconforto era tão grande quanto o meu. Ela relaxou um pouco quando o padre Darby começou a falar sobre questões políticas e prendeu a atenção dos fiéis com a notícia de uma trégua que havia sido negociada entre o recém-formado Dáil, o parlamento não reconhecido da Irlanda, e o governo britânico.

— Meus queridos irmãos e irmãs, espalhou-se a notícia de que amanhã, 11 de julho, Eamon de Valera, presidente da República da Irlanda e do Dáil Éireann, e Lloyd George, primeiro-ministro da Inglaterra, assinarão uma trégua entre os nossos países, pondo fim a esses longos anos de violência e iniciando um período de paz e negociação. Vamos rezar pelos nossos líderes e pelos nossos compatriotas, para que a ordem seja mantida e a liberdade na Irlanda seja finalmente alcançada.

Gritos e exclamações ecoaram, e, por um instante, o padre Darby ficou em silêncio, deixando a notícia recair sobre seu rebanho jubiloso. Espiei Thomas, rezando para que ele tivesse esquecido minha previsão. Ele estava olhando na minha direção, com o rosto pálido.

Olhei para ele por um momento e depois desviei os olhos, com falta de ar e arrependida. Não tinha ideia de como iria me explicar.

Ele não tocou no assunto depois da missa. Nem no jantar. Discutiu a notícia com benevolência com Brigid e depois com alguns homens que passaram para falar com ele. Debateram na sala de estar sobre o que essa trégua realmente significava, sobre a Partição e sobre cada membro do Exército Republicano Irlandês ter um alvo nas costas. Conversaram tão alto e por tanto tempo, fumando cigarros que faziam Thomas sufocar, que ele finalmente sugeriu que fossem para o terraço dos fundos, onde o ar estava fresco e agradável e a conversa não atrapalharia o descanso do restante da casa. Brigid e eu não fomos convidadas a participar da conversa, e, por fim, ajudei Eoin a se preparar para dormir. Passei bastante tempo no quarto dele, contando histórias e recitando Yeats, até que ele finalmente mudou para "Baile e Aillinn", a única história com a qual se importava.

Quando fui para o meu quarto de mansinho para terminar o livro de Eoin, os homens já tinham ido embora e Thomas estava lá, sentado à minha mesa, esperando por mim. Mesmo assim, falamos de coisas leves.

— Eu sei que você não é a Anne de Declan — disse Thomas tranquilamente.

Fiquei em silêncio, com o coração acelerado, esperando recriminações. Ele se levantou, contornou a mesa e parou na minha frente, ainda a um braço de distância. Eu queria avançar em sua direção. Queria ficar mais perto. Ficar perto dele fazia minha barriga tremer e meu peito apertar. Ele me fazia sentir coisas que nunca havia sentido antes. E, mesmo temendo o que ele iria dizer em seguida, eu queria avançar em sua direção.

— Eu sei que você não é mais a Anne de Declan, porque a Anne de Declan jamais olharia para mim do jeito que você olha. — As últimas palavras foram ditas de maneira tão simples que fiquei em dúvida se tinha entendido certo.

Nossos olhares se encontraram e se fixaram, e eu engoli em seco, tentando desfazer o nó na garganta. Mas fui pega com a mesma certeza de quando ele me tirara do lago.

— E se você continuar me olhando desse jeito, Anne, vou beijá-la. Não sei se confio em você. Nem mesmo sei quem você é metade do tempo. Mas não consigo resistir quando você me olha desse jeito.

Eu o queria também. Queria que ele me beijasse, mas ele não se aproximou, e seus lábios não pressionaram os meus.

— Eu não posso ser apenas Anne? — perguntei, quase implorando.

— Se você não é a Anne de Declan, então quem é você? — sussurrou, como se não tivesse me ouvido.

Suspirei, baixando os ombros e os olhos.

— Talvez eu seja a Anne de Eoin — respondi simplesmente. Sempre fui a Anne de Eoin.

Ele assentiu e deu um sorriso triste.

— Sim. Talvez você seja. Finalmente.

— Você era apaixonado... por... mim, Thomas? — ousei, me sentindo de repente corajosa. Minha falta de vergonha me fez estremecer, mas eu precisava saber como ele se sentia em relação à Anne de Declan.

Suas sobrancelhas se ergueram em lenta surpresa, e ele deu um passo para trás, afastando-se de mim. Fiquei triste por isso e ao mesmo tempo aliviada.

— Não. Eu não era. Você sempre foi de Declan. Sempre — Thomas disse.

— E eu amava Declan.

— E se eu não fosse... de Declan... você iria querer... que eu fosse sua? — pressionei, tentando não escorregar ao usar o pronome errado.

Thomas balançava a cabeça enquanto falava, como se negasse as palavras conforme as pronunciava.

— Você era selvagem. Você queimava tanto que nenhum de nós podia evitar se aproximar, só para aproveitar o calor. E você era... Você é... tão linda. Mas não. Eu não desejava ser consumido por você. Não queria ser queimado.

Eu não sabia o que sentir, alívio ou desespero. Não queria que Thomas a amasse, mas *queria* que ele gostasse de mim. E as duas coisas de repente se entrelaçaram.

— Declan conseguia suportar o calor — Thomas continuou. — Ele amava isso. Ele amava você. Muito. Você o iluminava por dentro, e eu sempre achei que você sentisse o mesmo por ele.

Não sair em defesa de Anne seria um erro. Eu não podia deixar que Thomas duvidasse dela, nem mesmo para me salvar.

— Tenho certeza que sim. Tenho certeza de que Anne Finnegan Gallagher sentia o mesmo — afirmei com a cabeça baixa.

Ele ficou em silêncio, mas senti sua agitação, mesmo me recusando a encará-lo.

— Eu não entendo. Você fala como se fossem duas pessoas diferentes — pressionou ele.

— Nós somos — gaguejei, lutando para manter a compostura.

Ele deu um passo à frente, depois outro, chegando perto o suficiente para levantar meu queixo e procurar meus olhos, com seus dedos suaves no meu rosto. Vi minhas emoções — tristeza, perda, medo, incerteza — refletidas em seu olhar.

— Nenhum de nós é o mesmo, Anne. Alguns dias eu mal me reconheço no espelho. Não foi o meu rosto que mudou; foi o jeito como vejo o mundo. Vi coisas que me modificaram para sempre. Fiz coisas que distorceram minha visão. Ultrapassei linhas e tentei encontrá-las de novo, e acabei descobrindo que todas as minhas linhas haviam desaparecido. E, sem linhas, tudo se confunde.

Sua voz estava tão triste, suas palavras tão pesadas, que eu só podia olhar para ele de volta, comovida em lágrimas e silenciada por sua tristeza.

— No entanto, quando olho para você, ainda vejo a Anne — sussurrou ele. — Sua feição está nítida e iluminada. Os rostos ao seu redor estão desbotados e opacos... eles estão desbotados e opacos há anos. Mas você... você está perfeitamente iluminada.

— Eu não sou ela, Thomas — eu disse, precisando que ele acreditasse em mim, mas sem ousar explicar. — Neste momento eu quase queria ser. Mas não sou aquela Anne.

— Não, você tem razão. Você mudou. Você não queima mais meus olhos como antes. Agora eu não preciso desviar o olhar.

Respirei fundo e prendi o ar com sua confissão — o som ecoou entre nós. Ele se inclinou gentilmente para soltá-lo, roçando minha boca contra a dele. Seus lábios eram tão suaves e tímidos que escaparam sem nem me deixar retribuir. Eu o segui, frenética para trazê-los de volta, e ele hesitou, com a testa pressionada contra a minha, as mãos nos meus ombros, deixando minha respiração ofegante estender o convite antes de aceitá-lo e retornar. Suas mãos deslizaram nas minhas costas enquanto sua boca abaixava e permanecia tão real, tão presente, tão impossível, me deixando sentir o calor e a pressão de seu beijo.

Nossas bocas se moviam em um círculo de carícias cada vez maior, roçando e deslizando, uma cutucada e uma pausa, deleitando-se com o peso de um lábio contra o outro. Repetidas vezes, e mais uma vez. Conquistando e persuadindo, incitando e desvendando, até que as batidas do meu coração ressoaram em minha boca e estremeceram em minha barriga. *Preciso, preciso, preciso*, ofegava. *Mais, mais, mais*, rugia. O cão de Culann uivou um aviso na porta. Nós dois recuamos sem fôlego, maravilhados, com os olhos arregalados, as mãos agarradas, os lábios entreabertos.

Por um momento, ficamos só olhando um para o outro, a centímetros de distância, nossos corpos cheios de energia, rugindo. Então, aumentamos a distância, liberando um ao outro. O ressoar em meu peito e o fluxo do meu sangue diminuíram devagar.

— Boa noite, condessa — murmurou Thomas.

— Boa noite, Setanta — eu disse, e um sorriso passou pelos seus lábios enquanto ele se virava para sair do quarto. Eu estava caindo no sono quando me dei conta de que ele não pediu uma explicação sobre a trégua.

Nas semanas seguintes eu me movi em uma espécie de névoa, vagando pela realidade e por uma existência que era ilógica e absolutamente inegável ao mesmo tempo. Parei de me questionar sobre o que tinha acontecido comigo — e aceitei cada dia como era.

Quando alguém tem um sonho ruim, parte do inconsciente se assegura de que a vigília convocará a realidade e banirá o pesadelo. Mas não era um sonho ruim. Tornou-se um doce santuário. E, embora aquela voz teimosa ainda sussurrasse que eu acordaria, parei de me preocupar se estava dormindo ou não. Aceitei a situação com minha imaginação de criança, perdida em um mundo que havia criado e temerosa de que a história chegaria ao fim e eu voltaria à minha vida anterior, onde Eoin, a Irlanda e Thomas Smith não existiam mais.

Thomas não me beijou de novo, e eu não lhe dei nenhum sinal de que queria ser beijada. Havíamos estabelecido algo que não estávamos prontos para explorar. Declan havia partido, e Anne também. Pelo menos a Anne que ele pensava que eu fosse. Mas Thomas ainda estava preso entre a lembrança deles e a perspectiva que tinha de mim, e eu estava presa entre um futuro que era meu passado e um passado que poderia ser meu futuro. Então instituímos um círculo cada vez mais estreito de descobertas, conversas sobre o tudo e o nada, sobre isso e aquilo, sobre o agora e o antes. Eu fazia perguntas, e ele as respondia livremente. Ele fazia perguntas, e eu tentava não mentir. Eu estava feliz de uma forma que não fazia sentido, contente de uma maneira que questionava minha sanidade e cercada de pessoas que me faziam feliz por estar viva, se é que eu estava viva.

Thomas me levava com ele uma ou duas vezes por semana ou quando achava que precisaria de ajuda, e eu fazia meu melhor para ajudá-lo. Eu tinha sido criada por um médico; sabia o básico de primeiros socorros e não tinha tendência a surtos ou desmaios ao ver sangue, e isso era tudo que eu tinha para oferecer. Mas Thomas parecia achar que era suficiente. Quando podia, me deixava em casa para passar um tempo com Eoin, que começaria a escola no outono.

Eoin me apresentou a todos os animais em Garvagh Glebe e me disse seus nomes — os porcos, as galinhas, a ovelha e a linda égua marrom, que estava esperando um potro. Nós começamos a fazer longas caminhadas ao longo da costa e da estrada, pelas colinas verdes e pelos muros baixos de pedra. Eu perambulava pelos campos de Leitrim com Eoin tagarelando a meu lado. A Irlanda era cinza e verde, salpicada com o amarelo do tojo que crescia desordenado nas colinas e vales, e eu queria conhecê-la intimamente.

Às vezes Brigid vinha também, primeiro porque temia que Eoin e eu desaparecêssemos, e depois porque parecia gostar do exercício. Ela começou a ser mais suave comigo, infinitesimalmente, e às vezes era impelida a falar sobre os dias em que era uma menina e vivia em Kiltyclogher, no norte de Leitrim, me dando um vislumbre de sua vida. Ela parecia ficar surpresa que eu a ouvisse tão atenta, que me importasse com suas histórias, que quisesse conhecê-la realmente. Descobri que ela tinha dois filhos e uma filha, todos mais velhos que Declan, e uma menina enterrada em Ballinagar. Eu não tinha visto a lápide e me perguntei se o túmulo da criança era apenas um pedaço de grama com uma pedra em cima para marcar seu local de descanso.

Sua filha mais velha estava nos Estados Unidos, em New Haven, Connecticut. Seu nome era Mary, e ela havia se casado com um homem chamado John Bannon. Tinham três filhos, netos que Brigid não conhecia, primos que Eoin nunca mencionara. Os dois filhos de Brigid não tinham se casado. Um, Ben, era condutor de trem em Dublin, e o outro, Liam, trabalhava nas docas de Sligo. Desde que eu chegara a Garvagh Glebe, nenhum dos dois tinha vindo visitá-la. Eu ouvia as atualizações de Brigid sobre cada um dos filhos e me agarrava a suas palavras, tentando absorver coisas que eu deveria saber, coisas que Anne *saberia*, e me esforçando ao máximo para blefar quanto ao resto.

— Você é gentil com ela. Com Brigid — observou Thomas um dia quando voltamos de nossa caminhada e o encontramos já em casa. — Ela nunca foi gentil com você.

Talvez a diferença entre a "verdadeira" Anne Gallagher e eu fosse que Brigid era sua sogra, enquanto era minha tataravó. O sangue de Brigid corria em minhas veias. Ela era parte de mim — que tamanho essa parte tinha só meu DNA diria, mas ela pertencia a mim, e eu queria conhecê-la. A primeira Anne talvez não tivesse o mesmo senso de pertencimento.

Thomas foi passar alguns dias em Dublin em meados de agosto. Ele queria me levar junto, e Eoin também, mas mudou de ideia no fim. Parecia relutante em partir e ansioso para ir, mas me fez prometer, enquanto colocava sua maleta médica e uma pequena mala no banco de trás de seu Ford T, que eu ainda estaria em Garvagh Glebe quando ele voltasse.

— Não vá embora, Anne — pediu ele, com o chapéu nas mãos e medo nos olhos. — Prometa que vai ficar por perto. Me prometa para que eu possa fazer o que preciso em Dublin sem que minha cabeça fique voltando para cá.

Assenti, com uma centelha de medo. Se eu não tinha ido embora ainda, isso deixava dúvidas se iria um dia. Talvez Thomas tenha visto a centelha nos meus olhos, embora tênue, pois inspirou profundamente e segurou o ar, ponderando, considerando, e o soltou em uma rajada de submissão.

— Eu não vou — disse ele. — Vou esperar um pouco mais.

— Thomas, vá. Vou estar aqui quando você voltar. Prometo.

Ele olhou por um momento para minha boca, como se quisesse beijá-la, provar que era verdade, mas Eoin veio correndo da casa e se atirou sobre ele, exigindo carinho e pedindo um presente de Dublin se se comportasse bem enquanto Thomas estivesse fora. Thomas o levantou com facilidade e o abraçou antes de fazer suas próprias promessas.

— Vou trazer um presente se você cuidar da sua avó e da sua mãe. E não a deixe chegar perto do lago — recomendou a Eoin, erguendo seus olhos azul-claros na minha direção enquanto colocava o menino de volta no chão.

Meu coração deu um salto, e uma lembrança me invadiu, trazendo com ela uma sensação de déjà-vu e uma frase tropeçando na minha mente.

— Não chegue perto da água, amor. O lago vai levá-la para longe de mim — murmurei, e Thomas inclinou a cabeça.

— O quê? — perguntou ele.

— Nada. Apenas algo que li uma vez.

— Por que a mamãe não pode chegar perto do lago? — perguntou Eoin, confuso. — Nós sempre vamos lá. Caminhamos na margem e pulamos pedras. A mamãe me ensinou.

Eoin me ensinou a pular pedras uma vez. Outro círculo vertiginoso do que veio antes.

Thomas franziu a testa, ignorando a pergunta do menino, e suspirou de novo, como se sua cabeça e seu estômago estivessem em guerra um com o outro.

— Thomas, vá. Tudo vai ficar bem enquanto você estiver fora — eu disse, firme.

22 de agosto de 1921

Dirigi para Dublin com as mãos no volante e o coração na garganta. Tive pouco contato com Mick desde que De Valera voltou e lorde French foi substituído como governador-geral. Eu não era de muita valia para Mick no esquema das coisas. Era apenas uma caixa de ressonância para ele. Um amigo. Um financiador e um guardador de segredos que fez o que pôde, onde pôde. Mesmo assim, estive longe por muito tempo e, apesar da trégua, estava preocupado.

Encontrei Mick e Joe O'Reilly, assistente pessoal de Mick, no Devlin's Pub. Eles estavam amontoados na sala dos fundos, que Mick tinha tomado como escritório. A porta era deixada entreaberta para que ele pudesse ver se alguma encrenca se aproximava. A saída dos fundos proporcionava uma fuga rápida. Mick ficava no Devlin's mais do que em seu próprio apartamento. Ele raramente ficava tanto tempo em um lugar, e, se não fosse pela lealdade dos cidadãos comuns, que sabiam exatamente quem ele era e nunca disseram uma palavra, apesar da recompensa sobre sua cabeça, ele teria sido capturado há muito tempo. Sua reputação assumiu proporções épicas, e eu temia que grande parte do problema com o presidente do Dáil se devesse à popularidade de Mick. Fiquei alarmado quando ele me contou que Dev (De Valera) estava pensando em mandá-lo aos Estados Unidos para "deixá-lo fora da luta".

Eu não podia acreditar no que estava ouvindo. Mick era a luta, e eu disse isso a ele tantas vezes. Sem ele, nossa rebelião irlandesa é simbolismo e sofrimento em vão — assim como todas as outras rebeliões irlandesas dos últimos cem anos.

Joe O'Reilly concordava comigo, e me perguntei pela primeira vez a idade dele. Jovem. Ele devia ser mais novo que eu. Mas o homem estava acabado. Mick também. O estômago o incomodava; a dor era tão intensa que suspeitei de que fosse úlcera e o fiz prometer que ajustaria a dieta.

— *Dev não vai me mandar embora, ele não vai conseguir nenhum apoio para isso. Mas pode me mandar para Londres, doutor. Ele está dizendo que vai me mandar para negociar os termos de um tratado* — *disse Mick.*

Falei para Mick que achava isso uma boa notícia, até ele me contar que De Valera queria ficar em Dublin.

— *Ele tem se encontrado com Lloyd George há meses por causa da trégua, e agora quer recuar quando é hora de negociar um tratado? Dev não é idiota. Ele é esperto. Está brincando de marionetes* — *Mick alegou.*

— *Então você é o bode expiatório.* — *Não era difícil chegar a essa conclusão.*

— *Eu sou. Ele quer que eu assuma a queda quando isso falhar. Não vamos ter tudo que queremos. É provável que não consigamos nada do que queremos. E com certeza não teremos uma República da Irlanda sem divisão entre norte e sul. Dev sabe disso. Ele sabe que a Inglaterra tem o poder de nos esmagar em um conflito cara a cara. Nós temos três, talvez quatro mil combatentes. E é isso. Ele não sabe nada sobre a estratégia que montamos.*

Os calcanhares de Mick se cravaram no chão, agitados, e tudo que eu podia fazer era ouvir enquanto ele andava e falava de seus medos.

— *Nós jogamos sujo e com poucos recursos. Contamos com o povo irlandês para nos esconder, nos abrigar, nos alimentar e manter a boca fechada. E eles fizeram tudo isso. Caramba, e como fizeram! Mesmo quando fazendas foram queimadas em Cork no ano passado e estabelecimentos incendiados em todos os condados. Quando represálias aconteceram em Sligo e padres foram baleados na cabeça pelos Auxiliares por se recusarem a apontar dedos para seus paroquianos. Quando jovens que não tinham nada a ver com* o Domingo Sangrento foram torturados e enforcados porque alguém tinha que pagar, ninguém falou, ninguém se voltou.

Mick caiu em uma cadeira e deu um longo gole na cerveja escura à sua frente, enxugando a boca antes de continuar.

— Tudo que estamos pedindo, tudo que viemos pedindo há séculos, é que eles saiam. Que nos deixem governar a nós mesmos. Lloyd George sabe que declarar guerra total ao povo irlandês não soará bem na corte mundial. A Igreja Católica fez uma declaração de condenação às táticas da Grã-Bretanha. Eles imploraram a George que considerasse uma solução irlandesa. Até mesmo os Estados Unidos foram envolvidos. E esse é o nosso esteio. Mas não podemos continuar assim. A Irlanda não pode.

A Irlanda não pode. E Mick não pode. Joe O'Reilly não pode também. Eles vão ter que ceder.

— Você vai? — perguntei a Mick, e ele acenou com a cabeça.

— Não vejo outro jeito. Vou fazer o meu melhor. Seja lá o que for. Não sou um estadista.

— Graças a Deus — disse Joe O'Reilly, dando um tapinha nas costas dele.

— Dev certamente não mandará você sozinho. Você sabe que Lloyd George terá uma equipe de advogados e negociadores — observei, preocupado.

— Ele quer mandar Arthur também. Ele é de lá e nos representará bem. Haverá outros, tenho certeza.

— Estarei lá também. Em Londres. Se você precisar de mim — eu disse. — Eles não vão me deixar sentar à mesa de negociação, mas você terá meus ouvidos se precisar.

Ele anuiu e suspirou profundamente, como se o simples fato de falar sobre isso já tivesse ajudado. Seus olhos estavam mais límpidos, sua postura, menos agitada. E de repente ele sorriu, uma torção perversa de lábios que me deixou nervoso.

— Ouvi pela minha rede de espiões que você tem uma mulher morando na sua casa, doutor. Uma linda mulher que você não mencionou nas suas cartas. Ela é a razão de você ter ficado longe de Dublin por tanto tempo? O poderoso Thomas Smith foi finalmente fisgado?

Quando contei que era Anne — a Anne de Declan —, ele ficou boquiaberto e sem palavras. Joe não conhecia Declan nem Anne e deu um gole na cerveja em silêncio, esperando que eu explicasse, embora provavelmente tenha gostado do silêncio. Não acho que Joe e Mick ficassem sentados por muito tempo. Joe andava de bicicleta por toda a Irlanda, entregando os despachos de Mick e mantendo as engrenagens lubrificadas.

— Ela está viva há todo esse tempo... e não mandou um recado? — Mick sussurrou.

Contei a ele que a tinha encontrado no lago, com um ferimento a bala na lateral, e ele me encarou, estupefato.

— Ah, Tommy. Tenha cuidado, meu amigo. Muito, muito cuidado. Existem forças em ação que você não pode supor. Espiões vêm em todas as formas e tamanhos. Você não sabe onde ela esteve ou quem a pegou. Isso não me cheira nem um pouco bem.

Assenti com a cabeça, sem palavras, sabendo que ele estava certo. Venho dizendo isso a mim mesmo desde o momento em que a tirei da água. Não contei a Mick que ela sabia da trégua antes de acontecer. E não contei a ele que já estou apaixonado por ela.

T. S.

13
O SEU TRIUNFO

Fiz os desejos do dragão até que vieste
Pois imaginara o amor uma improvisação
Casual, ou um jogo estabelecido.

E então ficaste entre os anéis do dragão.
E zombei, sendo louco, mas o dominaste
E quebrando a corrente libertaste meus tornozelos.

— W. B. Yeats

Prometi a Thomas que tudo ficaria bem enquanto ele estivesse fora, mas era uma promessa que eu não podia cumprir. Dois dias depois que ele partiu, muito depois de a casa ter ficado silenciosa e a escuridão da noite ter tomado conta, Maeve, de camisola e xale, me acordou com sussurros frenéticos.

— Srta. Anne, acorde! Tem um problema no celeiro. O dr. Smith não está, e eu sei que você o ajuda às vezes. Precisamos de bandagens e remédios. Papai disse que talvez precisemos de uísque também.

Saí da cama vestindo o robe azul-escuro que Beatrice pegou para mim e Thomas comprou, apesar de eu ter dito que não, e corri para a clínica de Thomas, enchendo os braços de Maeve com bandagens e tudo o mais que parecia ser útil antes de ir até o armário de bebidas e pegar três garrafas de uísque irlandês, dando um gole rápido em um deles para dar coragem.

Não me deixei pensar sobre o que esperava por mim nem se eu conseguiria fazer alguma coisa a respeito. Em vez disso, corri para a porta dos fundos, atravessei a varanda e a chuva pesada que começara a cair depois que me deitei.

Os estábulos e o grande celeiro ficavam separados da casa por um amplo gramado cercado de árvores, e senti a grama fria e molhada debaixo dos meus pés descalços. Uma lanterna tremeluziu por entre as árvores, acenando para nós, e Maeve correu na frente, deixando cair as bandagens, que não seriam muito úteis se estivessem molhadas.

Um jovem, inconsciente e encharcado, estava deitado no chão do celeiro, cercado por um punhado de homens que não eram muito mais velhos nem estavam muito mais secos. Um deles segurava uma lanterna acima do corpo ferido, e, quando entrei depois de Maeve, todas as cabeças se viraram e todas as armas foram erguidas.

— O doutor ainda está em Dublin, pai. A srta. Anne é tudo que temos — ela disse, amedrontada, como se estivesse com medo de ter cometido um erro. Passei por ela com pressa até chegar ao pai de Maeve, que estava fazendo o possível para conter com sua camisa o sangue que saía da cabeça do jovem, implorando à doce Maria, mãe de Deus, que intercedesse pelo seu filho.

— O que aconteceu? — perguntei, abaixando-me ao lado do menino.

— A cabeça dele. O olho de Robbie se foi — gaguejou Daniel O'Toole.

— Uma bala, senhora. O menino foi baleado — disse alguém na roda que nos assistia de cima.

— Deixe-me ver, sr. O'Toole — exigi. Ele afastou a camisa suja e manchada do rosto do filho. A situação do olho direito dele era crítica. Por milagre, ele gemeu quando virei sua cabeça na direção da luz, avisando-me de que ainda estava vivo. Outro buraco, preto e irregular, abriu-se em sua têmpora, a apenas alguns centímetros da órbita ocular, como se a bala tivesse deslizado pelo olho por um ângulo extremo e atingido o lado da cabeça. Eu não sabia o suficiente sobre ferimentos na cabeça ou sobre o cérebro para dar um palpite melhor, mas, se a bala tinha saído, me parecia uma coisa boa.

Eu sabia que não havia nada que pudesse fazer a não ser tentar estancar o sangramento e mantê-lo vivo até Thomas voltar para casa. Gritei para Maeve me trazer as bandagens e pressionei uma camada grossa de gaze no rosto de Robbie e outra na ferida de saída. O pai dele segurou a gaze enquanto eu envolvia a cabeça do menino com a maior segurança possível, colocando outra camada de gaze até que toda a sua cabeça, da parte dos olhos para cima, estivesse bem enfaixada.

— Precisamos de cobertores, Maeve. Você sabe onde encontrá-los — instruí. Ela assentiu com a cabeça e saiu em um piscar de olhos pela porta, correndo de volta para a casa antes que eu terminasse de falar.

— É melhor tentarmos levá-lo para a casa, senhora? — perguntou Daniel O'Toole. — Onde a mãe pode cuidar dele?

— Quanto menos o movermos, melhor, sr. O'Toole. Ele precisa ser mantido aquecido, e precisamos estancar o sangue. Isso é o melhor que podemos fazer até o médico voltar — respondi.

— E quanto às armas? — alguém murmurou, e eu me lembrei do público gotejante olhando para mim de cima.

— De quantas armas estamos falando? — perguntei.

— Quanto menos você souber, melhor — argumentou um homem na sombra, e eu assenti.

— Podemos escondê-las embaixo do chão. Vou mostrar para você — ofereceu Daniel O'Toole, sem conseguir me olhar.

— É provável que haja Tans atrás de nós. Eles estavam por toda a costa. Não podíamos chegar às cavernas sem levá-los direto ao resto do estoque.

— Cala a boca, Paddy — alguém retrucou.

— Como Robbie foi atingido? — perguntei, controlando o tom de voz, as mãos tremendo.

— Um dos Tans começou a atirar nas árvores para nos assustar. Robbie nem gritou. Ele continuou andando até que todos entrássemos.

Maeve estava de volta com os braços cheios e o rosto branco.

— Srta. Anne, há Tans descendo a estrada. Dois caminhões. A sra. Gallagher está acordada, Eoin também. E eles estão com medo. Eoin está chamando por você.

— Se eles vierem aqui e virem Robbie, saberão. Mesmo se escondermos as armas no sótão e o resto de nós se dissipar, eles saberão. Eles vão revistar este lugar... talvez incendiá-lo... e levarão Robbie — disse o homem com a lanterna.

— Leve Robbie para a sala de arreios — eu disse. — Tem uma cama lá. Encharque-o com o que sobrou do uísque dessa garrafa e coloque-a no chão ao lado da cama. Depois, cubra-o bem para aquecê-lo. Cubra a cabeça dele também, deixando a parte de baixo do seu rosto exposta, como se ele tivesse pegado no sono com o travesseiro sobre a cabeça. Sr. O'Toole, pegue a égua, aquela que está grávida. Deite-a e mexa com ela, como se ela estivesse prestes a dar à luz. O resto de vocês, escondam as armas, se escondam. Vou mantê-los fora o máximo que puder. Maeve, venha comigo — ordenei e corri de volta pela grama, a garota logo atrás de mim. Corri para casa, tirei meu robe ensanguentado e a camisola que estava por baixo e enfiei-os embaixo da cama. Coloquei o vestido que havia usado no dia anterior e parei para borrifar perfume em mim e desfazer a trança solta.

— Senhorita, você tem sangue no rosto e nas mãos! — gritou Maeve quando nos encontramos no corredor, e eu fui para pia da cozinha e esfreguei as mãos e o rosto quando uma batida forte ecoou pela casa. Soldados à porta.

— Vá até Brigid e Eoin. Diga a eles para ficarem lá em cima. Fique com eles, Maeve. Vou ficar bem.

Ela assentiu e sumiu mais uma vez, voando silenciosamente pela enorme escada, enquanto eu caminhava em direção à porta, um personagem na minha própria história. Minha cabeça divagava em enredos e possíveis cenários antes de abrir a porta com a mão trêmula e cumprimentar os homens com rosto de pedra parados na chuva como se eu fosse Scarlett O'Hara entretendo uma dúzia de visitantes.

— Ah, meu Deus! — eu disse, abandonando o sotaque irlandês que usava como armadura desde que acordara em Garvagh Glebe. — Vocês me assustaram! Está horrível aí fora. Eu estava aí também. No celeiro. Temos um potro chegando. Nossa menina está sofrendo. Tive que sentar com ela um pouco. Algum de vocês sabe alguma coisa de criação? — Eu ri, como se tivesse contado uma piada. — Quer dizer, criação de animais, claro — tagarelei, deixando a chuva encharcar a parte da frente do meu vestido e molhar os cachos ao redor do meu rosto antes de dar um passo para trás e abrir o braço, convidando-os a entrar. — O que posso fazer por vocês? O doutor não está. Espero que nenhum de vocês esteja precisando de atendimento médico.

— Vamos precisar revistar a casa, senhora. E os arredores — disse o homem no comando, embora não tenha feito nenhum movimento para entrar. Ele usava um chapéu glengarry e botas altas, e me lembrei do que Thomas havia dito sobre os Auxiliares. Eles não respondiam a ninguém.

— Tudo bem — falei, franzindo a testa. — Mas para quê?

— Temos razões para acreditar que há contrabandistas de armas na floresta ao redor desta casa.

— Ah, meu Deus! — eu disse de novo, e o medo na minha voz era muito real. — Bem, você pode revistar a casa com certeza, capitão. Posso chamá-lo de capitão? — Afastei-me, saindo de seu caminho. — Está chovendo muito para ficarem aí fora. E eu estava até agora no celeiro. Não vi ninguém. E, se todos vocês entrarem no celeiro, nossa pobre égua provavelmente perderá seu potro. Posso acompanhar apenas alguns de vocês até lá para que não a perturbemos?

— Quem mais está na casa, senhora? — perguntou o Auxiliar, rejeitando meu pedido.

— Pelo amor de Deus, capitão! — insisti, batendo o pé. — Estou ficando totalmente encharcada. — Os olhos do homem se abaixaram até meu peito e se levantaram novamente. — Todos vocês, por favor, entrem se forem entrar.

O capitão — ele não reclamou da patente que atribuí a ele — gritou ordens a seis dos homens para que circundassem a casa e aguardassem mais instruções e ao restante dos homens que entrasse com ele. Havia dez homens no total, e quatro entraram ansiosamente no saguão e me deixaram fechar a porta atrás deles.

— Posso pegar seus casacos e chapéus, cavaleiros? — perguntei, sabendo que não aceitariam

— Quantos na casa, senhora? — o capitão perguntou de novo, com os olhos vagando escada acima. Uma lâmpada do corredor de cima e a luz que eu deixara acesa na cozinha eram as únicas luzes acesas na casa. Acendi o lustre no alto, inundando os homens de claridade.

— Meu filho... Ele tem seis anos e está dormindo, então, por favor, revistem em silêncio. Minha sogra e uma empregada. O doutor está em Dublin. Nosso capataz está no celeiro com a égua. O filho provavelmente está com ele, embora possa ter desistido e ido dormir.

— Eles estavam lá quando você saiu?

— Sim, capitão. Mas eu os deixei com uma garrafa de uísque, então não ficaram muito tristes por terem de esperar a égua. — Sorri, conspiratória.

— É americana, senhora? — um dos homens perguntou, e eu o reconheci de Sligo. Era um dos homens que quebraram a vitrine da loja de departamentos Lyons.

— Sim, eu sou. Ainda não dominei o sotaque, infelizmente.

— Não está perdendo nada — disse o homem, e o capitão apontou para as escadas. — Barrett, você e Ross revistam os quartos lá em cima. Walters e eu vamos revistar aqui embaixo.

— Fiquem atentos, por favor, oficiais Barrett e Ross — implorei docemente. — Minha sogra é meio rabugenta. Não gostaria que nenhum de vocês fosse atingido por um atiçador.

Eles empalideceram e hesitaram antes de subir as escadas. Hesitei também, sem saber qual dos homens deveria seguir, e esperando que Brigid mantivesse a cabeça no lugar e ajudasse Eoin a manter a dele. Não tinha dúvidas de que Maeve ficaria bem.

— Posso trazer algo para aquecê-lo, capitão? Chá, conhaque? — perguntei com leveza.

— Não, senhora — respondeu o capitão, caminhando pelo saguão. Fiquei com ele, mantendo a conversa fiada, e ele me ignorou, vasculhando meu quarto, o banheiro e a cozinha até que um homem chamado Walters o chamasse.

— Capitão, o que acha disso?

Meu coração disparou enquanto acompanhava o capitão até a parte de trás da casa, onde Walters estava, na clínica de Thomas, olhando para os armários e gavetas abertos, que tinham sido claramente revirados.

— Senhora?

— Sim, capitão? — eu disse inocentemente.

— O resto da casa está em ordem. Quem precisou de cuidados médicos?

— A égua, capitão — eu ri. — Eu estava procurando láudano. O doutor esconde de mim. Ele tem medo de que eu goste. Mas meu pai me disse que, se você colocar um pouquinho na língua do cavalo, ele se acalma na hora. Já tentou colocar láudano na língua de um cavalo, capitão?

Ele me olhou em dúvida.

— Estou vendo que não. É mais fácil falar do que fazer.

— Conseguiu encontrar? — perguntou ele.

— Não. Não encontrei. Mas fiz uma bagunça, não é?

— Acho que vamos precisar ver essa égua, senhora.

— Sim, senhor. Deixe-me pegar meu xale, por favor.

Andei pela casa, respirando pelo nariz para manter a calma, sorrindo enquanto os dois policiais desciam as escadas. Não tinha havido comoção, e rezei para que Eoin estivesse dormindo o tempo todo.

Tirei um xale do meu armário e enfiei os pés nas botas de Anne, amarrando-as o mais rápido que pude. Não queria que o capitão revistasse sem mim. Queria que seus olhos vissem o quadro que eu já havia pintado. Só rezei para que os homens do celeiro e as armas tivessem sumido havia muito tempo.

Caminhamos em meio à garoa. Alguns cadetes foram até a beira do gramado, vasculhando as árvores, e alguns permaneceram na casa. Uma lanterna ainda tremeluzia do celeiro, e eu tropecei propositalmente, estendendo a mão para o capitão. Ele diminuiu a velocidade, e eu segurei seu braço com um sorriso agradecido.

— Bem, tivemos uma aventura, não tivemos? — eu disse. — O doutor vai ter histórias para ouvir quando voltar para casa. E, com sorte, também teremos um novo potro.

— Quando o doutor vai voltar, sra...?

— Gallagher — respondi. — Amanhã ou depois de amanhã. Ele costumava ir a Dublin bem mais quando lorde French era governador-geral. O falecido pai do doutor era amigo de lorde e lady French. Conhece lorde French, capitão?

— Não tive o prazer, sra. Gallagher — respondeu o capitão, mas senti seu tom um pouco mais suave. Thomas provavelmente não ia querer que eu compartilhasse essa informação, mas, dadas as circunstâncias, uma amizade com um legalista britânico poderia tranquilizar o capitão.

Quando entramos no celeiro, Daniel O'Toole conduzia a égua banhada em suor em círculos, parando de vez em quando para murmurar algo antes de começar a andar novamente. Sua camisa ainda estava coberta de sangue, e seu braço, as mangas da camisa enroladas até o cotovelo, estavam manchados também.

Ele estremeceu de surpresa aos nos ver — um ato convincente, embora eu tivesse certeza de que o medo em seu rosto era genuíno.

— Como está a égua, sr. O'Toole? — perguntei, alegre, como se os homens ao meu redor fossem simplesmente visitas especiais. Ao notar o sotaque americano, os olhos de Daniel dispararam em minha direção.

— Estou fazendo ela caminhar um pouco, sra. Gallagher. Às vezes ajuda.

— Você está coberto de sangue, homem — retrucou o capitão.

— Ah, sim, estou — o sr. O'Toole concordou com sinceridade. — Parece pior do que realmente é. A bolsa dela estourou quando eu a examinava. Mas eu senti a pequena cabeça, eu senti. Dois pequenos cascos dianteiros também.

— Está sozinho aqui, sr. O'Toole? — gritou o capitão, claramente não interessado nos detalhes do nascimento de um potro.

— Meu filho Robbie está no beliche dos fundos. Está dormindo agora. Ele bebeu um pouco a mais, sim. Mas já está quase amanhecendo, capitão. Ficamos acordados com a égua a noite toda.

O capitão não se impressionou e percorreu todo o celeiro, dando ordens a uns de seus homens para subirem até o sótão e a outro para procurar no quarto dos fundos. Prendi a respiração, com medo por Robbie. Suas bandagens poderiam nos entregar. Mas o homem voltou minutos depois, limpando a boca. Vi a imagem da garrafa aberta de um bom uísque irlandês e um policial molhado e exausto se servindo.

— Exatamente como o homem falou, capitão — disse ele, amigável.

— Sra. Gallagher, vamos revistar os campos e a costa pelas próximas horas. Eu recomendaria que a senhora mantivesse seus empregados e sua família dentro de casa. Voltarei amanhã em algum momento para checar novamente.

— Tem certeza de que não aceita algo para beber, capitão? Todos os empregados estarão aqui ao amanhecer, e meu cozinheiro poderia preparar um café da manhã farto para você e seus homens.

Ele hesitou, e me perguntei se tinha ido longe demais. Quanto antes eles saíssem, melhor.

— Não, obrigado, senhora. — O capitão suspirou. Seus homens começaram a sair, e, pouco antes de o capitão se virar para sair, ele inclinou a cabeça. — Sr. O'Toole, já ouviu falar algo a respeito de dar láudano a uma égua em trabalho de parto?

Daniel franziu a testa, e meu coração disparou.

— Nunca tive láudano, capitão, mas, se tivesse, não acho que causaria mal nenhum.

— Hum. A sra. Gallagher está convencida disso.

— Bem, a senhora saberia, capitão. Ela é muito inteligente. — Daniel assentiu com a cabeça, sem nem olhar para o homem. Uma risada histérica borbulhou em minha garganta, e eu segui o capitão para fora do celeiro.

⁂

A chuva parou logo depois que amanheceu, e o sol nasceu em Garvagh Glebe como se a noite anterior tivesse sido de sono tranquilo. Robbie O'Toole nos deu um susto quando cambaleou pelo gramado, desorientado e uivando de dor. Suas pernas e seus pulmões estavam funcionando bem. Nós o levamos para dentro da casa, ao meu quarto. Eu estava com medo de que estivesse infeccionando, mas não ousei remover as bandagens para verificar o ferimento. O sangramento tinha parado e ele estava sem febre, então o mediquei com o mesmo xarope que Thomas tinha dado para mim, e ele caiu em um sono tranquilo e misericordiosamente silencioso.

Os homens que estavam com Robbie tinham desaparecido noite adentro, e as armas haviam sido escondidas em um porão localizado logo abaixo de onde Daniel O'Toole passeava com a égua grávida — ela não estava nem perto de dar à luz, o que se apresentou como mais uma preocupação se os Tans voltassem. Mas por ora tínhamos escapado do pior, e os O'Toole, exceto Robbie, estavam reunidos na cozinha em Garvagh Glebe. Maggie, a mãe da tripulação, ficou de vigia de seu filho mais velho, e fiz o possível para manter sua ninhada lá dentro, assim como o capitão havia instruído. Ele voltou ao pôr do sol, informando que uma patrulha continuaria na área. Agradeci-o como se ele e seus homens estivessem nos mantendo protegidos e acenei para ele como se fosse um velho amigo.

Eu tinha perguntas para Daniel e sabia que ele tinha perguntas para mim também, mas ambos ficamos quietos, passando pelo dia da melhor forma possível, com os olhos e os ouvidos atentos para a volta de Thomas. Ao anoitecer, Daniel levou seus filhos para casa, tão exaustos quanto eu depois de uma noite sem dormir, e Maggie permaneceu em Garvagh Glebe com Robbie. Brigid me encurralou brevemente, fazendo uma torrente de perguntas sobre os Tans, o que eles queriam e por que Robert O'Toole estava deitado na minha cama, ferido. Não contei a ela sobre os homens no celeiro nem sobre as armas que eles estavam escondendo. Declarei-me inocente e lhe disse que nenhum de nós sabia o que tinha acontecido. Robbie havia sido atingido por uma bala perdida, e estávamos cuidando dele.

Ela reclamou muito, amaldiçoando os ingleses e o Exército Republicano Irlandês, resmungando sobre tréguas que não eram tréguas, médicos que não estavam em casa e mulheres que guardavam segredos perigosos. Ignorei a última parte e rezei mais forte para Thomas voltar. Eu estava dormindo em sua cama vazia no quarto ao lado do de Eoin porque tinha sido expulsa do meu.

Thomas voltou nas primeiras horas da manhã, quatro dias depois de ter partido. Maggie O'Toole o barrou assim que chegou, e ele removeu as bandagens de Robbie, esterilizou e irrigou a ferida o melhor possível e fechou-a novamente, dizendo a Maggie que Robbie tivera a sorte dos irlandeses. Talvez seu olho direito não enxergasse mais, mas ele iria sobreviver. Daniel O'Toole apareceu não muito tempo depois de Thomas e contou a ele a emoção que perdera. Os O'Toole esqueceram de mencionar que eu estava dormindo na cama dele, e Thomas entrou e se deitou ao meu lado, me acordando e assustando a nós dois.

— Meu Deus, Anne! — ele disse, ofegante. — Não vi que você estava aí. Achei estranho que minha cama não estivesse feita, mas imaginei que, com tudo que aconteceu, tivessem esquecido. Achei que você estivesse no quarto de Eoin.

— Como está Robbie? — perguntei, tão aliviada por vê-lo que senti vontade de chorar.

Thomas me contou o que tinha dito a Maggie e Daniel, acrescentando que, se não infeccionasse, iria cicatrizar, e ele se recuperaria.

Ficamos em silêncio por um momento, nossos pensamentos pesados com o que poderia estar por vir.

— Daniel me contou que você articulou o plano todo — disse Thomas suavemente. — Ele disse que Liam e Robbie e o restante dos meninos teriam morrido se não fosse você. Isso sem falar de Garvagh Glebe. Os Tans já incendiaram casas por menos, Anne.

— Acho que eu sou uma boa atriz — murmurei, envergonhada e satisfeita com seu elogio.

— Daniel disse a mesma coisa. E disse também que você soava como uma verdadeira americana. — Ele meditou por um momento. — Por que americana?

— Fiz tudo que pude para levá-los a pensar que eu não era uma ameaça. Tudo que pude para distraí-los. Se eu não fosse irlandesa, iria me importar com o Exército Republicano Irlandês? Deixei-os entrar sem protesto, conversei como uma garota estúpida e inventei tudo na hora. Achei que tudo estivesse acabado quando descobriram que a clínica tinha sido vasculhada.

— O láudano? — perguntou Thomas, contraindo os lábios.

— Sim. O láudano. Daniel O'Toole também não é um mau mentiroso.

— O que fez você pensar na égua? Foi uma ideia brilhante. O sangue, a distração, tudo.

— Uma vez eu... li... uma história sobre uma família em Louisville, no Kentucky, em meados de 1800, que criava e vendia cavalos para as pessoas mais ricas dos Estados Unidos. — Eu estava mentindo de novo, mas era uma mentira inocente. Eu não tinha lido um livro assim. Tinha escrito. Thomas me encarou com os olhos pesados de cansaço, esperando que eu continuasse. — Tinha uma cena em que a família usava o nascimento de um potro para distrair as autoridades... mas não eram armas que eles estavam escondendo, eram escravos. A família fazia parte da Underground Railroad.

— Isso... é... incrível — sussurrou ele.

— O livro era baseado em uma história real também — acrescentei.

— Não, Anne. Você. Você é incrível.

— E você está exausto — sussurrei, observando seus olhos se fecharem e sua face relaxar. Ficamos deitados, virados um para o outro na grande cama, como velhos amigos em uma festa do pijama.

— Eu sabia que não devia ir. Senti isso o tempo todo que estive fora. Saí de Dublin às duas da manhã. Dei meu relatório ao chefão e dirigi direto para cá — murmurou Thomas.

— Descanse, Setanta — recomendei, querendo acariciar seu cabelo, tocar seu rosto, mas me contentei em observá-lo dormir.

25 de agosto de 1921

Liam Gallagher, irmão de Declan, vários anos mais velho que ele, foi quem decidiu trazer as armas para Garvagh Glebe. Eu sabia fazia algum tempo que Mick estava usando o acesso de Liam às docas de Sligo para mover a carga debaixo do nariz dos Tans. Quando a maré estava alta, eles desciam o longo canal do mar até o lago e escondiam as armas nas cavernas da costa, distribuindo-as para o interior. Ben Gallagher, o filho mais velho de Brigid, é condutor na rota de Cavan a Dublin, e não tenho dúvidas de que frequentemente existem armas guardadas em seu trem. Mick falou há um tempo sobre uma remessa de armas que daria ao Exército Republicano Irlandês outro nível de poder de fogo, mas até agora a remessa não tinha se concretizado.

As armas que Liam e seus garotos trouxeram para Garvagh Glebe estão agora empilhadas em um espaço de dez por dez sob as ripas de madeira do chão do celeiro. Daniel e eu esculpimos o espaço e o revestimos com pedras anos atrás. A não ser que você saiba onde fica o alçapão, é difícil encontrá-lo; um pequeno mecanismo de trava de molas nos cantos internos dispensa a presença de uma maçaneta.

Ben e Liam mantiveram-se afastados por todos esses anos. Suspeito que tenha sido por culpa e sentimento de impotência, mais do que qualquer outra coisa. Eles ficaram aliviados quando sua mãe se mudou para Garvagh Glebe com Eoin. Nenhum dos dois tinha condições de amparar a ela ou ao menino. Há dois tipos de pessoas na Irlanda — fazendeiros com famílias enormes e adultos solteiros. Com a emigração sendo uma das únicas opções viáveis de encontrar trabalho, homens e mulheres que não querem deixar a Irlanda estão esperando mais do que nunca para se casar. O medo de não conseguir sustentar uma família faz os homens não se comprometerem com nada a não ser com sua própria sobrevivência e as mulheres a não os receber em sua cama.

Brigid fala sobre seus filhos. Sente saudade deles. Ela escreve cartas implorando que venham visitá-la em Garvagh Glebe. Eles não vêm muito. Depois que Anne retornou, não os vi nem ouvi falar de nenhum deles. Até agora.

Liam visitou a mãe esta noite. Ele jantou conosco, conversou com a mãe e evitou conversar com Anne, embora seu olhar se voltasse na direção dela constantemente. Ela também parecia desconfortável com ele, sentada em silêncio ao lado de Eoin, com os olhos voltados para o prato. Eu me pergunto se é a semelhança com Declan que a machuca ou as perguntas não respondidas que pairam na sua cabeça. No entanto, ela conquistou Daniel. Ele está convencido de que ela salvou a todos. Liam não parece estar certo disso.

Quando o jantar terminou, Liam me pediu para conversar em particular, e fomos ao celeiro, nossas vozes baixas e nossos olhos bem abertos enquanto examinávamos a escuridão para nos certificar de que não havia ninguém ouvindo.

— Vou esperar os Tans e os Auxiliares suspenderem a patrulha — ele disse. — Eles deveriam estar recuando, embora todos saibam que a trégua é apenas uma desculpa para redobrarem os esforços. Nós também não estamos sentados sem fazer nada, doutor. Estamos estocando. Planejando. Nos *preparando para crescer novamente. Em três dias as armas serão movidas, e eu vou fazer o possível para não colocá-los nessa situação novamente.*

— Poderia ter terminado muito mal, Liam — eu disse, não para reprimi-lo, mas para lembrá-lo.

Ele anuiu tristemente, os ombros curvados, as mãos enfiadas nos bolsos.

— Poderia, doutor. E ainda pode.

— Por quê, Liam?

— Eu não confio em Anne, Thomas. Nem um pouco. Ela aparece e de repente os Tans estão atrás de nós. Nós estamos contrabandeando armas há anos. No dia em que você a tirou do lago, tivemos que abandonar as armas nas cavernas da costa em vez de descarregá-las na doca de O'Brien, como sempre fizemos. Tínhamos duas dúzias de Tans esperando por nós na doca. Se não houvesse neblina, teríamos afundado.

— Quem contou a você que eu a tirei do lago, Liam? — Mantive meu tom de voz baixo, mas sinais de alerta estavam ressoando em minha cabeça.

— Eamon Donnelly. Ele achou que eu deveria saber, por ser da família e tudo o mais — ele respondeu, na defensiva.

— Hum. Do jeito que Daniel conta, se Anne estivesse trabalhando para os Tans, você não teria sobrevivido — eu disse.

— Aquela mulher não é Anne — rebateu Liam. — Não sei quem ela é. Mas não é a nossa Anne. — Ele esfregou os olhos como se quisesse apagá-la, e, quando falou de novo, o cansaço tomou o lugar da obstinação. — Você tem cuidado da minha mãe e do meu sobrinho. Você cuida de muita gente, Thomas. Todo mundo sabe disso. E nenhum de nós jamais será capaz de recompensá-lo. Mas você não deve nada a Anne. Você precisa se livrar dela. Quanto antes, melhor.

Liam saiu sem se despedir de Brigid. Anne levou Eoin para o quarto dele sem dizer boa-noite para mim. Transferi Robbie para um leito na clínica para que Anne não precisasse dormir na minha cama. Esse pensamento aperta meu corpo e solta minha mente. Da minha mesa, posso ouvi-la no quarto ao lado, contando a Eoin a lenda de Niamh e Oisín e a Terra da Juventude.

Parei de escrever para ouvir, encantado mais uma vez com sua voz e suas histórias.

Não estou mais assombrado por Anne, e sim encantado.

Liam diz que ela não é Anne. Ele está fora de si. Contudo, lá no fundo, metade de mim está convencida de que ele está certo, o que me faz tão tolo quanto ele.

T. S.

14

EU SOU DA IRLANDA

*"Eu sou da Irlanda,
Da Terra Sagrada da Irlanda,
E o tempo voa", exclamou ela.
"Venha, por caridade,
Venha dançar comigo na Irlanda."*

— W. B. Yeats

Liam Gallagher, irmão de Declan Gallagher e filho de Brigid, foi o homem que atirou em mim no lago. Ele era um dos homens no barco. Aquele que erqueu o braço, apontou uma arma para mim e apertou o gatilho.

Parte de mim acreditava que eu tinha viajado no tempo, para 1921, como uma estranha maneira de me salvar de algo em 2001. Mas Liam Gallagher era tão real em 1921 quanto tinha sido aquele dia no lago, antes mesmo de eu saber onde estava. Remei para longe da costa em 2001, para outro mundo. E, naquele mundo, Liam Gallagher tentou me matar.

Ele devia estar entre os homens no celeiro, os homens que trouxeram as armas. Mas minha atenção estava voltada para Robbie, meu medo e minha apreensão estavam focados na ameaça a Garvagh Glebe e às pessoas que ela abrigava, e eu não tinha visto nenhum dos homens de perto. Mas Liam estava lá e me viu. E hoje à noite voltou para um jantar com rosbife, batatas e cenouras caramelizadas, como se aquele dia no lago nunca tivesse acontecido.

E talvez não tivesse.

Considerei pela enésima vez que poderia estar enganada, que o trauma da viagem no tempo talvez tivesse distorcido minha visão e alterado os eventos. Mas eu tinha uma cicatriz grande e rosa na lateral do corpo como prova do contrário. E Liam Gallagher era traficante de armas.

Ele já estava sentado à mesa quando entrei na sala de jantar naquela noite. Ele e Brigid me ignoraram, e Eoin deu um tapinha na cadeira ao lado, feliz que eu me sentaria a seu lado pela primeira vez. Quase caí na cadeira, enjoada e chocada. Thomas chegou alguns momentos depois e foi puxado para uma conversa com Liam, deixando-me encolhida em um silêncio sepulcral.

Pedi licença o mais rápido que pude, mas Eoin pegou minha mão e pediu que eu lhe desse banho e contasse uma história. Brigid concordou ansiosa, claramente querendo passar mais tempo com o filho. Agora estou no quarto de Eoin, no escuro, observando-o dormir, com medo de ficar sozinha, com medo de me mexer.

Terei que contar a Thomas. Terei que contar que Liam atirou em mim. Mas ele vai querer saber por que eu não disse nada antes. Se eu fosse Anne Gallagher, reconheceria Liam. E Liam reconheceria Anne. E, no entanto, ele tentou matá-la. A mim. A nós.

Um gemido de terror escapou dos meus lábios, e Eoin se mexeu. Pressionei a mão contra a boca para abafar minha angústia. Liam não estava com medo. Ele se sentou à mesa de frente para mim e conversou com sua mãe e com Thomas, comendo toda a comida do prato e repetindo. Ele se sentia seguro; eu estava em Garvagh Glebe fazia quase dois meses e não tinha feito nenhuma acusação.

E, se eu fizesse, seria a minha palavra contra a dele, e era eu quem tinha mais a explicar.

Passei a noite toda na cadeira do quarto de Eoin, com medo de voltar ao meu. Thomas me encontrou lá na manhã seguinte. Eu estava curvada em uma posição não natural, com o pescoço rígido e o vestido amarrotado. Ele se inclinou sobre a cadeira e tocou meu rosto. Acordei ofegante e me debatendo, e ele me silenciou, colocando a mão em minha boca.

— Sua cama estava arrumada. Fiquei preocupado — disse Thomas suavemente. — Eu pensei... — Ele se endireitou, sem terminar a frase.

— O que aconteceu? — perguntei. Eu não era a única que ainda estava vestida com as roupas da noite anterior.

— Robbie piorou. Ele precisa de um hospital. Acho que está com edema no cérebro, talvez sejam fragmentos de ossos. Não tenho equipamento nem experiência para fazer o que precisa ser feito. Vou levá-lo a Dublin.

— Posso ir com você? — perguntei. Eu não queria ficar novamente. Ainda não. Não com Liam Gallagher ainda à espreita. Quando as armas desaparecessem, talvez ele desaparecesse também, e eu não teria mais nada a temer.

Minha pergunta surpreendeu Thomas.

— Você quer ir comigo para Dublin?

— Você dirige e eu faço o possível para cuidar de Robbie.

Ele assentiu lentamente, como se estivesse considerando.

— Eu quero ir também — murmurou Eoin de sua cama. — Eu ajudo a cuidar de Robbie.

— Dessa vez não, Eoin — ponderou Thomas, sentando-se na cama do menino e puxando-o para um abraço rápido. — Vou sentir saudade, rapazinho. Tudo que eu mais queria era levar você comigo para todos os lugares aonde vou. Mas Robbie está muito doente. Não vai ser um passeio de que você vai gostar.

— E a mamãe vai gostar? — perguntou Eoin, confuso.

— Não. Ela também não vai gostar. Mas eu posso precisar da ajuda dela.

— Mas estamos trabalhando no nosso livro — protestou Eoin. — Ela está escrevendo uma nova aventura para Eoin Gallagher.

O livro de aniversário fora um grande sucesso. Eu já havia escrito outro e estava trabalhando no terceiro. Eoin havia pedido aventuras no Japão, em Nova York e em Tombuctu.

— Você está deixando espaço para ilustrações? — Thomas perguntou.

— Na parte de baixo. Mas você nunca vai nos alcançar, doutor — disse ele, triste.

— Eu vou, prometo. E você pode tentar fazer algumas ilustrações também — sugeriu Thomas. — Seus desenhos sempre me fazem sorrir.

Eoin bocejou e assentiu. Rejeitado e ainda com sono, ele rolou na cama, e Thomas puxou os cobertores até seus ombros. Beijei a bochecha de Eoin, sussurrei minha devoção e saímos do quarto.

— Precisamos partir o mais rápido possível. Vou pedir para Daniel me ajudar a colocar Robbie no carro. Você consegue ficar pronta em quinze minutos? — perguntou Thomas.

Assenti ansiosamente e caminhei pelo corredor, fazendo uma lista mental.

— Anne?

— Sim?

— Leve também um vestido bonito. Aquele vermelho. Há uma mala no armário embaixo das escadas.

Fiz que sim com a cabeça sem questioná-lo e corri para o meu quarto.

※

A viagem entre Dromahair e Dublin levou muito mais tempo do que em 2001. Estradas de terra, velocidades mais baixas e um paciente no banco traseiro, tudo contribuiu para uma percurso estressante. Contudo, o trânsito era mínimo, e não era eu quem estava atrás do volante, desviando dos carros que vinham na direção contrária e rezando por salvação, como havia feito uma vida antes. Paramos para abastecer, e tive que descer do carro, porque o tanque de gasolina, para minha surpresa, ficava embaixo do banco da frente. Thomas notou minha surpresa e franziu a testa, perguntando:

— Onde mais seria?

Chegamos a Dublin três horas e meia depois que saímos de Dromahair. Eu devia estar preparada para as roupas e os carros, as ruas e os sons, mas não estava. Thomas observou com alívio a ausência de postos de controle — o sinal mais evidente da trégua. Eu só conseguia assentir e olhar, tentando absorver tudo. Eram nove horas de uma manhã de sexta-feira, e Dublin estava encardida, arruinada e completamente irreconhecível até nos aproximarmos do centro. As fotos antigas que eu havia estudado eram agora cenários movimentados; as fotos em preto e branco estavam cheias de vida e cor. A Sackville seria renomeada O'Connell Street — eu me lembrava disso —, e o Pilar de Nelson ainda não havia sido explodido. O correio era uma casca queimada, e meus olhos se agarraram aos seus restos mortais. Pelo que me lembrava dos mapas de Dublin de 1916 — um dos quais ainda estava pendurado na parede do meu escritório —, achei que não estávamos na rota mais curta para o Hospital Mater. Suspeitei que Thomas quisesse avaliar minha reação à zona de guerra. Se meu espanto o confundiu, ele guardou isso consigo.

Passamos por uma fileira de casas geminadas elegantes, e Thomas apontou na direção delas.

— Vendi a velha casa em Mountjoy e comprei outra, três casas abaixo. Sem lembranças ruins lá.

Assenti, grata por não ser esperado que eu me lembrasse de uma casa que era familiar a Anne. Paramos em frente ao Mater. As colunas altas e a entrada imponente não eram muito diferentes das fotos do Correio Geral antes da Revolta da Páscoa. Fiquei com Robbie no carro, estacionado na entrada da frente, enquanto Thomas correu para dentro para buscar uma maca e ajuda.

Ele voltou em poucos minutos com uma freira em um hábito branco acompanhada por dois homens e uma maca. Thomas deu uma breve explicação sobre o estado de Robbie e pediu por um cirurgião específico, e a freira assentiu, dizendo que eles fariam o melhor possível. Ela parecia conhecê-lo, referindo-se a ele como dr. Smith, e estalou a língua e deu instruções aos auxiliares. Estacionamos o carro, e eu passei o resto do dia andando pelos corredores e esperando notícias. Enfermeiras com longos aventais brancos e chapéus delicados caminhavam pelos corredores, empurrando pacientes em cadeiras antigas e camas com rodinhas, e, ainda que a medicina tivesse evoluído dramaticamente em oitenta anos, a atmosfera de um hospital em funcionamento não tinha mudado. Havia a mesma sensação de competência frenética, de tristeza com camadas de alívio e, acima de tudo, o cheiro forte de finais trágicos. Eoin passou toda a sua vida adulta em um hospital. De repente entendi por que ele não quis morrer em um.

Thomas pôde assistir à cirurgia e, às seis da tarde, se juntou a mim no refeitório do hospital, onde eu havia comprado pão e sopa, que havia muito esfriara, para nós dois.

Comi minha parte debruçada sobre as páginas de uma nova história para Eoin. Decidi que deveria plantar a semente do Brooklyn em sua cabecinha. Nesse episódio, Eoin Gallagher atravessava Lough Gill e ia parar no porto de Nova York, olhando para a Estátua da Liberdade. Ele atravessava a Ponte do Brooklyn em uma página, andava até a esquina da Jackson Street com a Kingsland Avenue em outra e caminhava pelos corredores do antigo Hospital Greenpoint, construído em 1914, onde meu avô trabalhou até fechar, no começo dos anos 80. Incluí uma página em que o jovem aventureiro assistia aos Dodgers jogarem no Ebbets Field, sentado na arquibancada superior que pairava sobre o campo esquerdo, ouvindo Hilda Chester tocar o sino de vaca quando Gladys Gooding não estava tocando órgão. Descrevi os arcos de tijolos, o mastro da bandeira e o anúncio de Abe Stark na parte inferior do placar que dizia: "Acerte o sinal, ganhe um terno".

Eu nunca tinha ido ao Ebbets Field. Foi demolido em 1960. Mas Eoin o amava e o tinha descrito para mim com riqueza de detalhes. Ele dizia que o beisebol nunca fora o mesmo depois que os Dodgers deixaram o Brooklyn.

Mas sempre falava isso com um sorriso nostálgico, o tipo de sorriso que dizia: "Fico feliz por ter estado lá".

Esbocei um desenho de Coney Island com o pequeno Eoin comendo um cachorro-quente e olhando para a roda-gigante, outra coisa que meu avô amava. Não era tão bom quanto as ilustrações de Thomas, mas servia.

Quando Thomas se sentou ao meu lado com uma xícara de café preto na mão, declarando que a cirurgia de Robbie tinha sido um sucesso, eu li a história para ele. Ele ouviu, os olhos distantes, os cabelos despenteados.

— Beisebol e Brooklyn, hein? — murmurou.

— Eoin disse que queria uma aventura em Nova York — expliquei. O Ebbets Field tinha sido finalizado antes de 1921. Eu tinha certeza das datas, mas a atenção dele me fez estremecer.

— Eoin quer uma aventura em Nova York. E você? Quer uma aventura em Dublin, Anne? — ele perguntou suavemente.

— O que você tem em mente, dr. Smith?

Ele pousou sua xícara, pegou um pedaço do pão duro e mergulhou na sopa fria. Mastigou lentamente, com os olhos ainda em mim, ponderando. Quando engoliu, tomou mais um gole de café e suspirou, como se tivesse tomado uma decisão.

— Tem alguém que eu quero que conheça.

⁓

Beatrice Barnes, a bonita vendedora da loja de departamentos Lyons, havia escolhido um vestido vermelho justo, com decote canoa, mangas curtas e a cintura levemente baixa. Ele balançava ao redor das minhas pernas e me fazia sentir como se devesse invadir Charleston como uma melindrosa — o que eu não iria fazer —, mas eu não podia criticar seu gosto e seu olhar. O vestido me serviu perfeitamente, e a cor fez minha pele vibrar e meus olhos brilharem. Ela incluiu também um batom vermelho e um par de luvas de seda que envolviam meus antebraços até os cotovelos, deixando apenas a parte de cima dos braços descoberta. Eu as calcei e tirei imediatamente. Agosto, mesmo na Irlanda, era quente demais para usar luvas de seda compridas, qualquer que fosse a moda. Reparti o cabelo para o lado, prendi-o em um nó frouxo na altura do pescoço e soltei alguns cachos na direção da clavícula. Pó, tinta para os cílios e ruge vermelho nos lábios faziam parecer que eu tinha me arrumado, e me afastei do espelho, esperando agradá-lo. Thomas bateu à porta, e eu gritei para ele entrar. Ele entrou, recém-barbeado e com o cabelo penteado para trás em ondas. Estava vestindo um terno de três peças preto, gravata sobre uma camisa branca imaculada e um casaco longo e preto sobre o braço.

— Lá fora está úmido. Você vai querer um casaco por cima do vestido — sugeriu ele, indo em direção ao armário onde tinha pendurado minhas coisas.

O cômodo era bem decorado em tons ricos e móveis escuros. Nada ostentoso, mas nada barato. Toda a casa era mobiliada da mesma maneira, atemporal e despretensiosa, acolhedora mas ligeiramente distante, como um mordomo cortês. Como o próprio Thomas.

— Não há toque de recolher. Dublin está celebrando a trégua — ele disse, com os olhos pousados em meu rosto, e tive que alterar mentalmente minha descrição. Ele nem sempre era distante. E eu sorri, acolhendo o calor de seu olhar.

— E *nós*, estamos celebrando? — perguntei.

— Suponho que sim. Você se importa de andar? Não é longe.

— De jeito nenhum.

Ele me acompanhou até a porta, me ajudou com o casaco e ofereceu seu braço. Mas, em vez de pegá-lo, enrosquei meus dedos nos dele. Ele respirou fundo, e seus olhos brilharam suavemente, fazendo minha pulsação acelerar e meu coração estremecer. Saímos para a noite e descemos a rua, de mãos dadas, nossos passos ecoando em um ritmo marcado.

A névoa pairava baixa, fazendo os postes de luz parecerem velas atrás de um tecido, como manchas mornas. Thomas não caminhava devagar, mas a passos largos, seu longo casaco preto fazendo-o se misturar estranhamente com a névoa, apenas mais uma sombra que se fundia dentro e fora. As meias, presas às minhas pernas pelas alças do espartilho e com as quais eu não estava acostumada, eram uma fina proteção contra a umidade, mas achei gostosa a sensação do ar contra minha pele. Eu não tinha levado meu chapéu, pois não queria que meu cabelo ficasse achatado, mas Thomas usava seu quepe, o estilo que parecia lhe favorecer, o tipo que Eoin havia usado sua vida inteira. Ficava acima de seus olhos azuis profundos, um quepe alegre e infantil, tão diferente do homem. Notei que muitos homens usavam chapéu-coco, um chapéu de estilo mais refinado. Mas Thomas raramente usava um. Era como se ele gostasse da declaração que o quepe parecia dar: "Sou apenas um cara comum. Não há nada para ver aqui".

— Estamos indo ao Hotel Gresham. Um amigo meu se casou hoje. Já que estamos na cidade, achei que deveríamos comparecer à celebração. Perdemos a cerimônia em St. Patrick, mas a festa está apenas começando.

— Esse amigo é a pessoa que você gostaria que eu conhecesse?

— Não — ele disse, e sua mão apertou a minha. — Dermot Murphy é um cara e tanto. Mas esta noite ele só terá olhos para Sinead. Você deve se lembrar de Sinead.

Eu tinha certeza de que não me lembrava de Sinead, e engoli o nervosismo. Saímos da Parnell e entramos na O'Connell, e o Gresham apareceu, com vista para a rua. Era o ponto principal do centro da cidade, vívido e bem iluminado, seus ocupantes se derramando na noite enevoada apenas para voltar e começar de novo.

Fomos recebidos como a realeza, nossos casacos apanhados com rápida eficiência, e conduzidos por um conjunto de escadas largas a um salão privado. Luzes piscantes e batidas de música nos atraíam para a vasta extensão onde uma banda tocava e pessoas dançavam em um chão cercado por pequenas mesas cheias de homens e mulheres em seus trajes de casamento. Um enorme bar rodeado por banquinhos e lâmpadas suspensas ficava logo depois da pista de dança, e Thomas fez uma pausa para examinar o salão, com a mão na parte inferior das minhas costas.

— Tommy! — alguém gritou, e algumas vozes se juntaram, criando um refrão que vinha do canto esquerdo superior.

Ele olhou para mim e fez uma careta, e eu abaixei a cabeça, tentando não sorrir. Ele tirou a mão de mim e endireitou os ombros.

— Ele sempre me chama de Tommy. E aí todos acham que podem me chamar assim também. Eu pareço um Tommy para você?

Um flash disparou de repente, nos cegando, e Thomas e eu estremecemos, recuando. Fizemos uma pausa no lugar certo, e o fotógrafo, posicionado na frente da entrada para capturar os convidados quando chegassem, colocou a cabeça para fora de uma câmera que mais parecia um acordeão com um olho e deu um sorriso.

— Vocês vão gostar de como essa ficou, pessoal. Não é sempre que tiro uma foto tão natural.

Segundos depois, fomos cercados por vários homens dando tapinhas nas costas de Thomas e cumprimentando-o com gritos de boas-vindas por sua aparição surpresa.

— Achei que você tivesse voltado para casa, doutor! — era o alegre refrão, até que os homens foram embora e outra pessoa entrou na batalha.

— Apresente-nos a senhora, Tommy — disse o homem, e eu encontrei o olhar especulativo de Michael Collins. Ele estava com as mãos enfiadas nos bolsos e se equilibrava nos calcanhares, enquanto sua cabeça se inclinava para o lado. Ele era jovem. Eu conhecia sua história, *a* história, os detalhes básicos de sua vida e de sua morte. Mas sua juventude me chocou do mesmo jeito.

Estendi a mão, fazendo o possível para não tremer e gritar como uma fã em um show de rock, mas o significado do momento, o peso do passado e a importância daquele homem fizeram meu coração disparar e meus olhos brilharem.

— Sou Anne Gallagher. É uma honra conhecê-lo, sr. Collins.

— Anne Gallagher, puta que pariu — ele disse, cada sílaba deliberada. Então assobiou longa e lentamente.

— Mick — repreendeu Thomas.

Michael Collins parecia um pouco envergonhado e meneou a cabeça pedindo desculpas por sua linguagem, mas continuou a me estudar, segurando minha mão.

— O que você acha do nosso Tommy, Anne Gallagher?

Comecei a responder, mas ele apertou minha mão e balançou ligeiramente a cabeça, me avisando:

— Se você mentir para mim, eu vou saber.

— Mick — Thomas o advertiu novamente.

— Quieto, Tommy — murmurou ele, com o olhar fixo no meu. — Você o ama?

Respirei fundo, sem conseguir desviar o olhar dos olhos escuros de um homem que não viveria para fazer seus votos de casamento, que não veria seu aniversário de trinta e dois anos, que nunca saberia quão verdadeiramente extraordinário era.

— Ele é fácil de amar — respondi suavemente, cada palavra me ancorando em um tempo e um lugar que não eram os meus.

Collins gritou e me ergueu nos braços, como se eu tivesse acabado de torná-lo um homem muito feliz.

— Ouviu isso, Tommy? Ela ama você. Se ela tivesse dito não, eu lutaria com você por ela. Vamos tirar uma foto — ele ordenou, apontando para o fotógrafo sorridente. — Precisamos registrar a ocasião. Tommy tem uma garota.

Eu não conseguia olhar para Thomas, não conseguia respirar, mas Michael Collins estava no comando, e ele nos envolveu em torno de si e passou um braço por cima do meu ombro, sorrindo para a câmera como se tivesse acabado de derrotar os britânicos. Eu estava inundada pela sensação de que já tinha visto e feito tudo isso antes. Quando o flash disparou, compreendi. Lembrei-me da foto que tinha visto de Anne em um grupo ao lado de Michael Collins e da foto de Thomas e Anne, a sugestão de intimidade na linha de seus corpos e no ângulo de seus olhares. Aquelas não eram fotos da minha bisavó.

Eram fotos minhas.

— Thomas Smith era... apaixonado por Anne? — eu havia perguntado ao meu avô.

— Sim e não — respondeu Eoin.

— Uau. Temos uma história aí — exclamei.

— Sim, temos — Eoin sussurrou. — Uma história maravilhosa.

E agora eu entendia.

26 de agosto de 1921

Nunca vou me esquecer desse dia. Anne foi dormir e eu continuo sentado, olhando para o fogo como se ele contivesse outras respostas, diferentes e melhores. Anne me contou tudo. E ainda assim... não sei nada.

Liguei para Garvagh Glebe antes de sairmos para o Hotel Gresham, sabendo que os O'Toole estariam esperando notícias sobre o estado de Robbie. Há dois telefones em toda Dromahair, e um deles está em Garvagh Glebe. Racionalizei as despesas com linhas telefônicas; um médico precisa ser facilmente acessível. Mas ninguém mais tinha telefone na área rural. As pessoas não me ligavam, elas me buscavam. As únicas ligações que eu recebia eram de Dublin.

Maggie estava esperando sem ar do outro lado da linha enquanto o operador me conectava, e pude ouvi-la chorar quando disse que "meu paciente" havia passado bem pela cirurgia e que o edema havia diminuído substancialmente. Ela estava rezando o rosário quando passou o telefone a Daniel, que me agradeceu muito, embora soubesse que não era preciso especificar pelo quê, e então, estranhamente, ele me deu uma atualização sobre o potro, que só era esperado para as próximas duas semanas.

— *Fomos ver como ele estava esta tarde, doutor... e o potro sumiu* — *disse Daniel, com a voz baixa e cheia de significado.*

Levou um tempo para que eu entendesse.

— *Alguém esteve no celeiro, doutor. Ele sumiu. Ninguém sabe onde está. Liam passou para ver Brigid, e tive que contar. Ele está chateado. Ele tinha planos para o potro, como você sabe. Agora que ele se foi... precisamos descobrir quem pegou. Conte à srta. Anne, doutor. Liam tem certeza de que ela já sabe. Mas eu não consigo imaginar como.*

Fiquei em silêncio, em choque. As armas tinham sumido, e Liam estava culpando Anne. Daniel ficou em silêncio por um momento também, deixando que eu processasse sua metáfora. Eu disse a ele que iríamos investigar melhor quando voltássemos de Dublin. Ele concordou e nós desligamos.

Depois disso, eu quase disse a Anne que não iríamos ao Gresham, mas, quando entrei no quarto e a vi, graciosa e adorável, os cabelos cacheados frouxamente presos, o olhar caloroso, o sorriso ansioso, mudei de ideia mais uma vez.

Ela segurou minha mão, e eu caminhei meio entorpecido e totalmente despreparado para o risco que estava correndo. Tudo que eu sabia era que queria que Mick a conhecesse. Para me tranquilizar. Para me absolver. Era uma loucura levar Anne para vê-lo. Não sei o que me compeliu a fazer isso ou o que o levou a tirar uma confissão de seus lábios vermelhos. Era o seu jeito, eu conhecia bem. Ele era completamente não convencional, mas nunca deixava de me surpreender.

Ele perguntou o que ela achava de mim, se me amava, e com uma pequena hesitação, o tipo que vem quando se admitem coisas pessoais publicamente, ela disse que sim. O mundo girou, meu coração saltou e eu quis puxá-la de volta para a noite, onde poderia manter Mick seguro e beijá-la como um bobo.

Sua cor era forte, seus olhos, brilhantes, e ela não conseguia me olhar nos olhos. Parecia tão atordoada e deslumbrada quanto eu, embora Mick exerça esse efeito nas pessoas. Ele insistiu que tirássemos uma foto, depois a persuadiu a ir para a pista de dança, apesar de seus protestos. "Eu não sei dançar, sr. Collins!", ouvi-a dizer, embora ela sempre tenha dançado freneticamente, arrastando Declan para junto de si sempre que havia música.

Mick compensou qualquer habilidade que ela achava que não tinha ao trazê-la para perto e dançar dois passos simples para cada lado ao ritmo do ragtime, o que os mantinha praticamente no mesmo lugar. E ele conversava com ela com os olhos fixos nos dela, como se quisesse conhecer todos os seus segredos. Eu entendia esse desejo. Observei-a balançar a cabeça e responder com grande seriedade. Fiz o que pude para não interromper, para salvá-lo, salvá-la, salvar a mim mesmo. Foi uma loucura.

Fui puxado para a mesa do canto, Joe O'Reilly ao meu lado. Tom Cullen colocou uma bebida na minha mão, enquanto o recém-libertado Sean MacEoin, que eu tinha visto e examinado na prisão de Mountjoy em junho, me empurrou para uma cadeira. Eles estavam entusiasmados, a calma da trégua e o fato de não terem mais que se esconder e lutar tornaram-nos barulhentos e soltos em suas conversas e celebrações. Eu só conseguia ficar em êxtase. Há quanto tempo eles não podiam se sentar no casamento de um amigo sem que houvesse guardas parados nas portas, vigiando as patrulhas, as batidas, as prisões?

Mick trouxe Anne de volta para a mesa do canto também, e ela se sentou ao meu lado e deu um longo gole na minha bebida, fazendo uma careta ao colocá-la de volta na mesa.

— Dance com ela, Tommy. Já a monopolizei por tempo demais — ordenou Mick. Seus olhos estavam fundos e seu humor não era tão jubiloso quanto o de seus homens. Eles haviam sido libertos temporariamente de seus fardos. Ele não, e sua nomeação para participar das negociações do Tratado, para bancar o fantoche, não lhe caíra bem.

Levantei-me e estendi a mão para Anne. Ela não recusou, mas pediu paciência com suas habilidades, assim como havia feito com Mick.

Ela estava leve em meus braços, seus cachos roçavam meu rosto, sua respiração fazia cócegas no meu pescoço. Eu sabia dançar muito bem. Não porque eu quisesse. Na verdade, era o oposto disso. Eu não sentia nenhuma pressão para impressionar ninguém, não tinha desejo de ser notado e encarei a dança com a mesma atitude que encarava quase tudo na vida. Dançar era apenas uma habilidade a ser aprendida e, no caso de uma dança tradicional irlandesa, um desafio.

Anne seguia meu ritmo, pisando o menos possível, balançando contra mim, seu pulso batendo, seu lábio preso entre os dentes em sinal de concentração. Estendi a mão e o soltei com a ponta do polegar, e seus olhos encontraram os meus, me olhando com aquele jeito nada parecido com Anne. Não falamos sobre sua confissão, sobre o sentimento crescente entre nós. Não mencionei as armas desaparecidas em Garvagh Glebe.

Então, houve um estalo e alguém gritou, e eu empurrei Anne para trás de mim. Risos se seguiram imediatamente. Não era uma arma, era champanhe, que borbulhava e transbordava de uma garrafa recém-aberta. Dermot Murphy ergueu seu copo e fez o tradicional brinde sobre a morte na Irlanda. A morte na Irlanda significava uma vida na Irlanda, não uma vida como imigrante em outro lugar.

Copos se erguerem em concordância, mas Anne ficou imóvel.

— *Que dia é hoje?* — *perguntou ela, com uma nota de pânico na voz.*

Respondi que era sexta-feira, 26 de agosto.

Ela começou a murmurar, como se estivesse tentando se lembrar de algo importante.

— *Sexta-feira, dia 26, 1921. Dia 26 de agosto de 1921. Hotel Gresham. Alguma coisa acontece no Hotel Gresham. Uma festa de casamento. Quem está se casando? Os nomes deles de novo?*

— *Dermot Murphy e Sinead McGowan* — *respondi.*

— *Murphy e McGowan, festa de casamento. Hotel Gresham* — *ela gaguejou.* — *Você precisa tirar Michael Collins daqui, Thomas. Imediatamente.*

— *Anne...*

— *Imediatamente!* — *ordenou ela.* — *E depois precisamos pensar em como tirar todos daqui também.*

— *Por quê?*

— *Diga a ele que é Thorpe. Acho que era esse o nome. Vão começar um incêndio e a porta estará bloqueada para que ninguém saia.*

Não perguntei como ela sabia. Simplesmente me virei, agarrando sua mão, e caminhei até a porta onde Mick estava bebendo e rindo com os olhos semicerrados.

Inclinei-me e falei em seu ouvido, Anne pairando atrás de mim. Disse a ele que havia uma ameaça de incêndio criminoso provocado por um homem chamado Thorpe — eu não tinha ideia de quem era — e que o salão precisava ser evacuado imediatamente.

Michael virou a cabeça e me olhou nos olhos com uma expressão tão cansada que senti meus ossos tremerem. Então ele voltou à posição de alerta, e o cansaço desapareceu.

— *Meninos, preciso de um homem em cada saída. Agora. Podemos ter alguns incendiários no local.*

A mesa ficou limpa logo em seguida; copos foram esvaziados e abaixados novamente, e cabelos foram colocados para trás, como se a vigilância exigisse certa aparência. Os homens se espalharam, movendo-se em direção às portas, mas Mick ficou ao meu lado, esperando um veredito. Um momento depois, ouviu-se um grito. Gearóid O'Sullivan estava chutando a porta da entrada principal, que parecia estar bloqueada. Exatamente como Anne havia dito.

Mick me olhou e depois olhou brevemente em direção a Anne, com a testa franzida, os olhos preocupados.

— *Essa está aberta* — *gritou Tom Cullen atrás do bar.*

— *Você não pode sair por aí!* — *gaguejou o garçom.*

Cullen gritou por cima dele:

— *Todos precisam sair! Vamos. Primeiro as garotas, senhores. Estamos bem. Apenas um pouco de precaução para garantir que o Gresham não esteja pegando fogo... de novo.* — *O Gresham, situado no centro de Dublin, já vira sua cota de destruição em seus cem anos. Mick estava caminhando em direção à saída com o chapéu na mão; Joe estava a seu lado, esforçando-se para acompanhá-lo.*

Houve algumas risadas nervosas, mas todos da festa passaram rapidamente, saindo pela porta em direção à escuridão úmida da noite de agosto. Até o garçom percebeu que ficar seria tolice. Fui o último a sair, empurrando Anne e O'Sullivan — que abandonara os esforços para arrombar a outra porta — para fora antes de examinar o salão mais uma vez, certificando-me de que não havíamos deixado ninguém para trás. A fumaça começou a sair pelas frestas.
T. S.

15
ANTES QUE O TEMPO ME TRANSFIGURASSE

Embora eu me proteja da chuva
Debaixo de uma árvore cortada,
Minha cadeira esteve mais próxima ao fogo
Em cada companhia
Que falava sobre amor ou política,
Antes que o tempo me transfigurasse.

— W. B. Yeats

Foi o brinde do noivo — morte na Irlanda — que despertou minha memória. Eu tinha lido sobre um ataque em uma festa de casamento quando pesquisei sobre o Hotel Gresham. Planejava ficar hospedada lá quando voltasse para Dublin após minha peregrinação em Dromahair. Escolhi o Gresham por sua história e por sua localização central durante a Revolta da Páscoa em 1916 e os anos tumultuados que se seguiram. Tinha visto fotos de Michael Collins de pé na entrada, encontrando contatos em seu restaurante e bebendo em seu pub. Li que Moya Llewelyn-Davies, uma das mulheres que se apaixonaram por ele, ficou hospedada no Gresham depois de sair da prisão.

A trama do Gresham — mais um atentado à vida de Michael Collins — foi apenas uma de muitas. Mas o fato de ter acontecido depois da trégua e de tantas pessoas terem sido alvo o tornou notável. O governo britânico negou veementemente qualquer conhecimento ou responsabilidade na conspiração.

Alguns acreditaram que foi uma tentativa de minar o processo de paz, ordenada por pessoas que lucravam com o conflito. Um agente duplo britânico conhecido apenas pelo nome Thorpe também era suspeito. Michael Collins apontou para ele em relatos. Mas ninguém soube com certeza.

Eu não sabia se tinha salvado vidas ou apenas me incriminado. Não sabia se tinha mudado completamente a história ou apenas modificado algumas coisas ao soar o alarme. Pelo que sabia, eu sempre fizera parte dessa história. Mas, fosse assim ou não, fiquei firme no meio disso tudo. E, por mais inocente que fosse, meu conhecimento prévio do incêndio ainda era impossível de explicar.

Enquanto corria ao lado de Thomas, com o coração batendo forte e levantando a saia para poder acompanhá-lo, eu sabia que só tinha piorado as coisas para mim. Michael Collins se inclinou e falou no meu ouvido, enquanto esperávamos seus homens verificarem as portas.

— Eu não quero matá-la, Anne Gallagher. Mas eu vou. Você sabe que eu vou, não sabe? — disse ele.

Assenti com a cabeça. Estranhamente, eu não estava com medo. Apenas virei a cabeça e encontrei seu olhar.

— Não sou um homem bom — admitiu ele, severamente. — Fiz coisas terríveis, pelas quais terei que responder. Mas sempre as fiz por um bom motivo.

— Não sou uma ameaça a você ou à Irlanda, sr. Collins. Dou a minha palavra.

— Só o tempo dirá, sra. Gallagher. Só o tempo dirá — respondeu ele.

Michael Collins estava certo. Só o tempo *diria*. Só o tempo *poderia* dizer. E o tempo não me defenderia.

Os membros da festa de casamento subiram a viela em direção à O'Connell, juntando-se aos hóspedes que agora fluíam pela entrada principal. A névoa e a fumaça estavam se fundindo e se recriando, distorcendo as formas e os gritos dos culpados e inocentes. E ninguém sabia quem era quem. Michael Collins e sua comitiva desapareceram na noite, amontoando-se em carros que vieram do nada e saíram fazendo barulho com os pneus.

O som dos caminhões de bombeiro e da equipe de emergência se aproximavam de duas direções, e Thomas começou a se movimentar entre as pessoas, criando uma triagem do outro lado da rua do hotel, verificando se algum hóspede tinha inalado fumaça, mandando aqueles que pareciam em pior estado para as ambulâncias de St. John que haviam entrado em cena e liberando outros para garantir mais vagas. Enquanto eu tentava ficar fora do caminho e manter Thomas sob a minha vista, começou a chover, o que ajudou o trabalho dos bombeiros. Espectadores curiosos e a multidão aglomerada correram para se proteger, limpando efetivamente a área. Nossos casacos ainda estavam dentro do Gresham, ou seja, perdidos, pelo menos por enquanto. Meu vestido estava encharcado, meu cabelo, escorrendo. Thomas tirou o paletó e colocou-o sobre meus ombros e mais tarde me encontrou esperando por ele, aninhada debaixo do paletó, enquanto a última ambulância se afastava do hotel.

— Não há nada mais que eu possa fazer aqui. Vamos embora — disse ele. Sua camisa estava colada à pele, e ele afastou o cabelo do rosto, passando as mãos nas bochechas manchadas de fuligem, tirando a água que voltaria a cair ali.

A água escorria dos beirais, fugindo da fúria do céu e encontrando abrigo nas rachaduras e fendas, e cobria as ruas e os edifícios com um cobertor úmido.

Ele segurou minha mão enquanto corríamos pelas ruas, me firmando nos saltos vermelhos que nos tornavam lentos e me faziam escorregar, mas eu sentia sua tensão contra minha palma, irradiando de seus dedos e esculpindo a linha do maxilar.

Chegamos a seu bairro e Thomas parou de repente, praguejando. Ele me puxou para um recuo, fora da chuva, e começou a procurar nos bolsos.

— A chave da casa ficou no casaco — ele disse.

Enfiei a mão no bolso do paletó que estava usando antes de perceber que ele se referia ao sobretudo que ainda estava pendurado na chapelaria do Gresham.

— Vamos voltar. Talvez alguém consiga nos levar até a chapelaria ou recuperar o casaco para nós — sugeri, dando pulinhos no lugar para me manter aquecida. O recuo nos abrigava do pior da chuva, mas não do frio, e não poderíamos ficar lá a noite toda.

Thomas balançou a cabeça devagar, os lábios contraídos, a expressão pensativa.

— Um dos bombeiros que examinei disse que o fogo começou na chapelaria, Anne. Todos os casacos estavam embebidos em gasolina. A porta foi trancada e os respiradouros, abertos. A chapelaria fica ao lado do salão onde a festa de casamento estava sendo realizada. Ou você não conhecia essa parte da trama? — Ele olhou para mim e depois desviou os olhos, a água pingando da mecha de cabelo em sua testa, sua expressão tão obscura quanto as sombras onde nos encontrávamos. Sua voz estava baixa, perfeitamente nivelada, mas impregnada de uma expectativa sombria.

Eu não tinha como me defender. Nada que eu dissesse iria melhorar as coisas, então não disse nada. Ficamos em silêncio debaixo do abrigo, olhando para a tempestade. Aproximei-me dele para que nossos corpos se pressionassem um contra o outro ao longo do meu lado direito. Eu estava com frio. Sentia-me miserável. E eu sabia que ele se sentia pior que eu. Ele enrijeceu, e meus olhos dispararam na direção de seu rosto, capturando a linha do maxilar. Estava cerrado, o músculo pulsando como um relógio, me avisando de que eu tinha segundos para começar a falar.

Mas não comecei. Virei a cabeça com um suspiro e olhei para o dilúvio, me perguntando se a neblina podia me levar de volta para casa, como a neblina do lago que tinha me trazido até ali.

— Falei com Daniel no início da noite — Thomas continuou, seu tom frágil. — Ele disse que as armas desapareceram, Anne. Liam acha que você pode saber algo sobre isso também. Na verdade, ele está convencido de que você não é Anne Gallagher.

— Por quê? — perguntei, sem fôlego, pega desprevenida. — Por que eu saberia alguma coisa sobre as armas de Liam? — Agarrei-me àquela falsa acusação.

— Porque você sabe coisas que não deveria saber — retrucou Thomas. — Meu Deus, mulher! Não sei mais o que pensar.

— Não tive nada a ver com as armas e seu desaparecimento. Não tive nada a ver com o incêndio no Gresham ou com qualquer outra coisa — eu disse, tentando manter a compostura. Saí do recuo e comecei a andar novamente, indo em direção à sua casa na praça. Estávamos quase lá, e eu não sabia mais o que fazer.

— Anne! — gritou Thomas, e pude ouvir sua frustração desesperada. Sua desconfiança era a coisa mais difícil de suportar. Eu entendia, até mesmo simpatizava com isso. Mas era corrosivo e exaustivo, e eu estava perigosamente perto de desmoronar. Não queria machucar Thomas. Não queria mentir para ele. Mas eu não sabia como lhe dizer a verdade. Naquele momento, tudo que eu queria era fugir, fechar o livro dessa história impossível.

— Eu quero ir para casa.

— Espere a chuva diminuir — disse Thomas. — Vou dar um jeito.

Não percebi que tinha falado isso em voz alta, mas não diminuí o passo.

— Não posso viver assim — falei, sem ter a intenção, mais uma vez.

— Assim como? — zombou Thomas, incrédulo, seus passos encontrando os meus.

— Assim — lamentei, deixando a chuva disfarçar as lágrimas que começaram a escorrer em meu rosto. — Fingindo ser alguém que não sou. Sendo punida por coisas que não consigo explicar e culpada por coisas sobre as quais nada sei.

Thomas agarrou meu braço, mas eu me soltei, tropeçando e afastando-o. Não queria que ele me tocasse. Não queria amá-lo. Não queria precisar dele. Eu queria ir para casa.

— Eu não sou a Anne Gallagher que você pensa que sou — insisti. — Não sou ela!

— Então quem é você? Hein? Não faça jogos, Anne — disse ele, movendo-se ao meu redor, me impedindo. — Você me pergunta coisas que deveria saber. Nunca fala de Declan. Nunca fala da Irlanda! Não como costumava falar. Você parece perdida na maior parte do tempo, e está tão diferente, tão mudada, que parece que estou vendo você pela primeira vez. E, caramba, como eu gosto do que vejo. Eu gosto de você. — Ele passou a mão impacientemente pelo rosto, enxugando a chuva dos olhos. — E você ama Eoin. Você ama o garoto. E, toda que vez que estou convencido de que você é realmente outra pessoa, vejo o modo como você olha para ele, o modo como o observa, e me sinto um maldito lunático por duvidar de você. Mas algo aconteceu com você. Você não é a mesma. E não quer me dizer nada.

— Me desculpe, Thomas — chorei. — Você está certo. Eu não sou a mesma Anne. Ela se foi.

— Pare. Pare de falar isso — implorou ele, erguendo o rosto para o céu, como se implorasse a Deus por paciência. Com as mãos fechadas nos cabelos, deu alguns passos em direção à longa fileira de casas ao longo da praça, tomando distância entre nós.

As luzes de sua casa acenavam freneticamente, nos provocando. Uma sombra se moveu por trás das cortinas, e Thomas congelou, observando a silhueta escura contra a tépida mancha de luz.

— Alguém já está lá — disse Thomas. — Alguém está na casa. — Ele amaldiçoou e suplicou aos céus mais uma vez. — Por que agora, Mick? — disse baixinho, mas eu ouvi. Thomas se virou em minha direção, puxando-me para o seu lado, mantendo-me perto, apesar de tudo. Eu perdi o controle.

Passei os braços em volta dele e enterrei o rosto em seu peito, agarrando-me a ele — e à impossibilidade de nós — antes que nosso tempo acabasse. A chuva tamborilava na calçada, contando os segundos, e Thomas me acolheu em seu corpo, seus lábios pressionando meus cabelos, seus braços me envolvendo, enquanto murmurava meu nome.

— Anne. Ah, garota. O que eu faço com você?

— Eu amo você, Thomas. Você vai se lembrar disso, não vai? Quando tudo isso acabar? — perguntei. — Nunca conheci um homem melhor que você. — Eu precisava que ele acreditasse nisso, se não pudesse acreditar em mais nada.

Senti um tremor sacudi-lo, e seus braços se apertaram em volta de mim. Era um sinal de seu desespero, de sua turbulência. E, por mais um momento, eu o abracei, e então deixei meus braços caírem enquanto me afastava. Mas Thomas não me soltou, não completamente.

— É Mick. Lá dentro. Ele vai exigir respostas, Anne — advertiu Thomas, com a voz cansada. — O que você quer fazer?

— Se eu responder a todas as suas perguntas, promete que acredita em mim? — implorei, olhando para ele através das minhas lágrimas.

— Não sei — confessou Thomas, e vi sua frustração se desintegrar, levada pela chuva, deixando a resignação em seu rastro. — Mas posso prometer uma coisa. Seja lá o que me contar, vou fazer o possível para protegê-la. E não vou rejeitá-la.

— Foi Liam quem atirou em mim no lago — despejei. Era a verdade de que eu mais tinha medo, a verdade que pertencia a esse tempo e lugar, e a verdade que Thomas poderia ser capaz de explicar, até mesmo entender.

Thomas congelou. Em seguida, ergueu as mãos de meus braços e segurou meu rosto, como se precisasse me manter imóvel enquanto examinava meus olhos para ver se era verdade. Ele deve ter ficado satisfeito com o que viu, porque assentiu devagar, com a expressão séria. Não perguntou por quê, como ou quando. Não pediu esclarecimentos de forma alguma.

— Vai me contar tudo? Sobre Mick também? — perguntou ele.

— Sim — sussurrei, me rendendo. — Mas é uma história... longa... e impossível, e vai demorar um pouco para contá-la.

— Então vamos sair desta chuva. — Ele me aconchegou em seu corpo e fomos em direção à sua casa, em direção à luz suave que brilhava nas janelas. — Espere — ordenou e subiu as escadas para a porta da frente sem mim. Bateu à sua própria porta, em um ritmo claramente preestabelecido, e a porta se abriu.

Michael Collins deu uma olhada em nós dois e apontou para as escadas.

— Vamos conversar quando vocês estiverem secos. Joe acendeu o fogo. A sra. Cleary deixou pão e torta de carne na despensa. Joe e eu nos servimos, mas ainda tem bastante. Vão. Foi uma noite infernal.

A sra. Cleary era a governanta de Thomas em Dublin. Joe O'Reilly, o braço direito de Mick, parecia envergonhado. O fato de a casa pertencer a Thomas e de Michael Collins estar dando ordens não passou despercebido por ele, mas eu não precisava de nenhum incentivo adicional. Subi as escadas com os sapatos rangendo e os dentes batendo e corri até o quarto que Thomas havia designado para mim. Tirei o paletó e o vestido vermelho, esperando que a sra. O'Toole pudesse consertá-los, como tinha feito com meu robe azul manchado de sangue. Nossas roupas estavam cobertas por uma camada de fuligem e cheiravam a fumaça, assim como meus cabelos e minha pele. Vesti meu robe, juntei minhas coisas e tomei um banho quente. Se Michael Collins achasse que eu estava demorando demais, pior para ele. Esfreguei o cabelo e a pele, enxaguei e esfreguei tudo mais uma vez. Quando finalmente desci, meu cabelo ainda estava molhado, mas o restante estava limpo e seco. Os três homens estavam amontoados em torno da mesa da cozinha, falando em vozes que se aquietaram quando ouviram meus passos.

Thomas se levantou, seu rosto livre da sujeira, mas não da preocupação. Ele vestia uma calça limpa e seca e uma camisa branca. Não se preocupou em abotoar a gola, e as mangas estavam arregaçadas, revelando a força de seus antebraços e a tensão em seus ombros.

— Sente-se, Anne. Aqui. — Michael Collins deu um tapinha no assento vazio ao seu lado. A mesa da cozinha era perfeitamente quadrada, com uma cadeira em cada lado. — Posso chamá-la de Anne? — perguntou ele. Levantou-se, enfiou as mãos nos bolsos e sentou-se de novo, agitado.

Sentei-me a seu lado, obedientemente, sentindo que o fim estava próximo, como se eu tivesse sido pega em um sonho do qual estava prestes a acordar. Joe O'Reilly sentou-se à minha direita. Collins, à minha esquerda. Thomas sentou-se de frente para mim, seus olhos azuis preocupados e estranhamente ternos, seus dentes cerrados ao perceber que ele não poderia me salvar do que estava prestes a acontecer ali. Eu queria tranquilizá-lo e tentei sorrir. Ele engoliu em seco e balançou a cabeça uma vez, como se pedisse desculpas por não ter devolvido minha oferta.

— Diga-me uma coisa, Anne — começou Michael Collins. — Como você sabia o que ia acontecer hoje no Gresham? O Tommy aqui tentou fingir que não foi você quem o avisou. Mas Tommy é um péssimo mentiroso. É por isso que gosto dele.

— Você conhece a história de Oisín e Niamh, sr. Collins? — perguntei suavemente, deixando minha boca encontrar conforto no som de seus nomes: *usheen* e *neev*. Eu tinha aprendido a história em gaélico, falando a língua antes de aprender a escrevê-la.

Surpreendi Michael Collins. Ele esperava uma resposta, e, em vez disso, eu lhe fizera uma pergunta. Uma pergunta estranha.

— Conheço — disse ele.

Fixei o olhar nos olhos claros de Thomas, na promessa que ele fizera de não me rejeitar. Eu tinha pensado em Oisín e Niamh mais de uma vez desde que voltara no tempo; as semelhanças de nossas histórias não passaram despercebidas por mim.

Comecei a recitar a história do jeito que havia aprendido, em gaélico, deixando as palavras irlandesas embalarem a mesa em um calmo silêncio. Contei a eles que Niamh, princesa de Tír na nÓg, a Terra da Juventude, encontrou Oisín, filho do grande Fionn, nas margens do Loch Leane, não muito diferente da forma como Thomas havia me encontrado. Collins bufou e O'Reilly se moveu, mas Thomas continuou parado, olhando nos meus olhos enquanto eu contava a antiga história em uma língua tão antiga quanto.

— Niamh amava Oisín. Ela pediu que ele fosse com ela. Que confiasse nela. E prometeu fazer o que estivesse ao seu alcance para fazê-lo feliz — eu disse.

— Foi uma maneira estranha de responder à minha pergunta, Anne Gallagher — murmurou Michael Collins, mas havia uma suavidade em seu tom, como se meu gaélico tivesse acalmado suas suspeitas. Certamente uma pessoa que falasse a língua dos irlandeses jamais poderia trabalhar para a Coroa. Ele não me impediu quando eu continuei a contar a história.

— Oisín acreditou em Niamh quando ela descreveu seu reino, um lugar que existia separado de seu próprio mundo, e ele seguiu com ela, deixando sua terra para trás. Oisín e Niamh foram muito felizes por muitos anos, mas Oisín sentia saudade de sua família e de seus amigos. Sentia saudade dos campos verdes e do lago. Ele implorou a Niamh que o deixasse voltar, mesmo que somente para uma visita. Niamh sabia o que aconteceria se ela o deixasse voltar, e seu coração se partiu porque ela sabia que Oisín não entenderia a menos que visse a verdade com seus próprios olhos.

Minha garganta doeu e fiz uma pausa, fechando os olhos contra o azul do olhar de Thomas para reunir coragem. Eu precisava que Thomas acreditasse em mim, mas não podia ver o momento em que ele parasse de acreditar.

— Niamh disse a Oisín que ele poderia ir, mas que deveria ficar montado em Moonshadow, seu cavalo, e que não poderia deixar seus pés tocarem o solo irlandês. E ela implorou que ele voltasse para ela — prossegui.

— Pobre Oisín. Pobre Niamh — sussurrou Joe O'Reilly, sabendo o que viria depois.

— Oisín viajou por vários dias até voltar às terras do pai. Mas tudo estava mudado. Sua família se fora. Sua casa também. As pessoas tinham mudado. Os castelos e os grandes guerreiros do passado haviam partido — eu disse.

— Oisín desmontou de Moonshadow, tão chocado que se esqueceu daquilo que Niamh havia implorado que ele se lembrasse. Quando seus pés tocaram o chão, ele se transformou em um homem muito velho. O tempo em Tír na nÓg era muito diferente do tempo em Éire. Moonshadow correu dele, deixando-o para trás. Oisín nunca voltou para Niamh ou para a Terra da Juventude. Em vez disso, ele contou sua história para quem quisesse ouvir, para que as pessoas conhecessem sua própria história e soubessem que descendiam de gigantes e guerreiros.

— Sempre me perguntei por que ele não podia voltar, por que Niamh nunca foi buscá-lo. Por causa da sua idade? Talvez a bela princesa não quisesse um homem velho — ponderou Collins, cruzando as mãos atrás da cabeça, sério.

— *Cád atá á rá agat a Aine?* — murmurou Thomas em gaélico, e eu olhei em seus olhos novamente, com o estômago tremendo, a palma das mãos úmida. Ele queria saber o que eu realmente estava querendo dizer.

— Assim como Oisín, há coisas que você não vai entender a menos que as vivencie você mesmo — adverti.

Joe esfregou a testa, mostrando cansaço.

— Podemos falar em inglês? Meu irlandês não é tão bom quanto o seu, Anne. Uma história que eu já conheço é uma coisa. Uma conversa é outra. E eu quero entender.

— Quando Michael era criança, seu pai previu que ele faria grandes coisas pela Irlanda. Seu tio previu algo muito similar. Como eles poderiam saber algo assim? — perguntei, voltando ao inglês mais uma vez.

— *An dara sealladh* — murmurou Michael, com os olhos em mim. — Vidência. Alguns dizem que há um toque disso na minha família. Eu acho que era o orgulho de um pai por seu filho.

— Mas o tempo provou que seu pai estava certo — disse Thomas, e Joe assentiu com a cabeça, com o rosto cheio de devoção.

— Não posso explicar o que sei. Vocês querem que eu dê explicações que não farão sentido. Vou parecer louca, e vocês terão medo de mim. Eu disse que não sou uma ameaça a vocês ou à Irlanda. E essa é a única garantia que posso dar. Não posso explicar como sei, mas vou contar o que sei, se isso ajudar. Eu sabia que as portas estariam trancadas e que haveria um incêndio apenas alguns minutos antes de acontecer. Quando Murphy fez seu brinde... eu simplesmente.... soube. Eu também sabia que a trégua seria assinada antes. Eu sabia a data e contei a Thomas, ainda que ele não soubesse nada a respeito de um acordo.

Thomas assentiu lentamente.

— Ela contou, Mick.

— Eu sei que em outubro você vai ser mandado a Londres para negociar os termos do acordo com a Inglaterra, sr. Collins. O sr. De Valera vai ficar. E, quando você retornar com o acordo assinado, o povo da Irlanda vai apoiá-lo esmagadoramente. Mas De Valera e alguns membros do Dáil, aqueles que lhe são leais, não vão. Em pouco tempo a Irlanda não lutará mais contra a Inglaterra. Nós vamos lutar um contra o outro.

Michael Collins, com os olhos cheios de lágrimas, pressionou o punho contra os lábios. Levantou-se devagar, enterrando as mãos nos cabelos, uma angústia a que era terrível assistir. Então, com uma emoção violenta, pegou o pires e a xícara e os atirou contra a parede. Thomas entregou-lhe outros, que tiveram o mesmo destino. O prato que continha uma única fatia de torta de carne foi em seguida, fazendo chover pedaços de batata e massa de torta pela cozinha. Eu não conseguia levantar o olhar de sua cadeira vazia enquanto ele tratava de dar fim a tudo que pudesse espatifar. O tremor na barriga migrou para minhas pernas, e, por baixo da mesa, meus joelhos tremiam incontrolavelmente. Quando ele se sentou novamente, sua emoção estava contida e seus olhos, duros.

— O que mais você pode me contar? — perguntou ele.

26 de agosto de 1921
(continuação)

Se eu não tivesse visto, se não tivesse ouvido, não acreditaria. Anne entrou na cova do leão e acalmou a fera sem nada além de uma história contada em irlandês perfeito e um poço de conhecimento que deveria tê-la condenado, não salvado.

A Irlanda abandonou há muito suas raízes pagãs, mas minha Anne tem sangue druida. Estou convencido disso. Está em seus olhos suaves e em sua voz ronronante, na magia que ela tece com as palavras. Ela não é uma condessa, é uma bruxa. Mas não há maldade nela, nenhuma má intenção. Talvez tenha sido isso, no fim, que conquistou Mick.

Ele fez uma dezena de perguntas, e ela respondeu sem hesitação quando podia e com uma calma negação quando alegava que não podia. E eu a observei — pasmo, chocado, orgulhoso. Mick não queria saber onde ela estivera ou como fora parar no lago — essas perguntas eram minhas.

Ele queria saber se a Irlanda iria sobreviver, se Lloyd George sustentaria o fim do Tratado, se a Partição seria derrotada e se os britânicos realmente deixariam o solo irlandês de uma vez por todas. Contudo, quando Mick perguntou se seus dias estavam contados, ela hesitou.

— O tempo não o esquecerá, sr. Collins, nem a Irlanda — ela respondeu. — É tudo que posso dizer.

Acho que ele não acreditou nela, mas também não a pressionou. E eu fiquei muito grato por isso.

Quando Mick e Joe finalmente saíram, de fininho pelos fundos, e entraram em um carro que os esperava, ela respirou aliviada, deitando a cabeça na mesa da cozinha e agarrando-se às beiradas. Seus ombros tremeram, mas ela chorou em silêncio. Tentei levantá-la, confortá-la, mas suas pernas vacilaram e ela tombou. Então a peguei no colo, carregando-a da cozinha para a cadeira de balanço próxima ao fogo, para o lugar onde a sra. Cleary tricotava à noite quando eu lhe pedia que vigiasse homens ou materiais.

Anne se enrolou em mim, me deixando abraçá-la. Prendi a respiração com medo de assustá-la, de que ela fugisse. Ou que eu me assustasse e fugisse. Ela sentou-se em cima das pernas e virou o rosto até que ele descansasse em meu ombro. Senti suas lágrimas e sua respiração quente através da minha camisa, fazendo com que desejasse abraçá-la com mais força, trazê-la para mais perto, ficar mais perto dela. Minha exalação forte agitou seu cabelo, a respiração que eu estava segurando, e eu apertei meus braços e afundei meus calcanhares. Nossos pesos juntos intensificaram o som da cadeira de balanço contra o piso de madeira, ecoando a batida do meu coração, me lembrando de que eu estava vivo, mente e corpo, e ela também. Minha mão seguiu o ritmo da cadeira ao acariciar as costas dela, enquanto balançávamos para a frente e para trás. Não falamos, mas havia uma conversa acontecendo entre nós.

A janela mais próxima ao fogo sacudiu de repente, fazendo-a ofegar e erguer sua cabeça sutilmente.

— Shh — eu a acalmei. — É só o vento.

— Que história ele está querendo contar? — murmurou ela, com a voz áspera de emoção. — O vento conhece todas as histórias.

— Me diga você, Anne — sussurrei. — Me diga você.

— Eu tive um professor que me dizia que ficção é o futuro. Não ficção é o passado. Uma pode ser moldada e criada. A outra não — disse ela.

— Às vezes são a mesma coisa. Tudo depende de quem está contando a história — eu disse. E de repente eu não me importava mais. Não me importava onde ela estivera ou quais segredos guardava. Só queria que ela ficasse.

— Meu nome é Anne Gallagher. Não nasci na Irlanda, mas a Irlanda sempre esteve dentro de mim — começou ela, como se estivesse recitando mais um poema, contando outra história. Nossos olhos se agarraram ao fogo, seu corpo se agarrou ao meu, e eu deixei suas palavras me levarem mais uma vez. Era a lenda de Oisín e Niamh, na qual o tempo não era plano e linear, mas disposto em camadas e intercortado, um círculo que traçou seu caminho repetidas vezes geração após geração, compartilhando o mesmo espaço, senão a mesma esfera.

— Eu nasci nos Estados Unidos em 1970, filha de Declan Gallagher, batizado em homenagem ao avô paterno, e Hannah Keefe, uma garota de Cork que foi passar um verão em Nova York e nunca mais voltou para casa. Ou talvez ela tenha voltado. Talvez a Irlanda a tenha chamado de volta quando o vento e a água os levaram embora — sussurrou ela. — Eu mal me lembro deles. Eu tinha só seis anos, como Eoin agora.

— Em 1970? — perguntei, mas ela não respondeu. Simplesmente continuou, sem pressa, a cadência e o fluxo de sua voz acalmando minhas perguntas, mesmo com minha cabeça se rebelando contra meu coração.

— Nós trocamos de lugar, Eoin e eu — disse ela, inexplicavelmente. — Quem é o pai e quem é o filho?

Ela ficou em silêncio por um instante, contemplativa, e eu continuei balançando, parado em um lugar enquanto meus pensamentos iam em todas as direções.

— Meu avô faleceu recentemente. Ele foi criado em Dromahair, mas saiu de lá muito jovem e nunca voltou. Não sei por quê... mas estou começando a acreditar que ele fez isso por mim. Que ele conhecia esta história, a história que estamos vivendo agora, antes mesmo de eu nascer.

— Qual era o nome do seu avô? — perguntei, com o pavor tomando conta da minha boca.

— Eoin. Seu nome era Eoin Declan Gallagher, e eu o amava muito. — Sua voz falhou, e eu rezei para que seu relato passasse de parábola a confissão, que ela abandonasse a contadora de histórias e fosse somente a mulher em meus braços. Mas ela continuou, e sua agitação crescia a cada palavra. — Ele me fez prometer que traria as cinzas dele de volta à Irlanda, a Lough Gill. E foi o que eu fiz. Vim para a Irlanda, para Dromahair, e remei até o lago. Me despedi e espalhei suas cinzas na água. Mas a neblina ficou tão densa que não consegui voltar. Não conseguia mais ver a costa. Ficou tudo branco, como se eu tivesse morrido e não soubesse. Um barco apareceu do nada, com três homens a bordo. Gritei para eles, chamando sua atenção e pedindo ajuda. A próxima coisa que vi foi um deles atirando em mim e eu caindo na água.

— Anne — implorei. Eu precisava que ela parasse. Não queria ouvir mais nada. — Por favor, shh — pedi. Enterrei o rosto em seus cabelos, abafando meu gemido. Eu podia sentir seu coração batendo forte contra o meu; a maciez de seus seios não conseguiu mascarar seu terror. Ela acreditava no que estava me contando, em cada palavra, por mais impossível que fosse.

— Então você veio, Thomas. Você me encontrou. Me chamou pelo nome, e eu achei que estivesse salva, que tudo estivesse acabado. Mas era só o começo. Agora estou aqui, em 1921, e não sei como voltar para casa — chorou ela.

Eu só conseguia acariciar seus cabelos e balançar para a frente e para trás, desesperado para esquecer tudo que ela havia acabado de falar. Ela não desmentiu nem zombou do que tinha falado, mas sua tensão diminuiu lentamente à medida que éramos embalados pelo movimento da cadeira, perdidos em nossos próprios pensamentos.

— Eu atravessei o lago e não posso mais voltar, não é? — murmurou ela, e estava claro o que queria dizer. Palavras ditas não voltavam atrás.

— Parei de acreditar em fadas há muito tempo, Anne. — Minha voz estava dura, como um sino de morte ecoando no silêncio.

Ela ainda estava enrolada em meu colo, mas se ergueu do meu peito para que pudesse olhar nos meus olhos, os fios ondulantes de seus cabelos criando uma suave confusão em torno de seu lindo rosto. Eu queria afundar as mãos naqueles cabelos, puxar sua boca para a minha e beijá-la, afastando assim a loucura e a miséria, a dúvida e a desilusão.

— Eu não espero que você acredite em fadas, Thomas.

— Não? — Minha voz saiu mais áspera do que eu pretendia, mas eu tinha que me afastar dela antes de ignorar o uivo em meu coração e o aviso em minhas veias. Eu não podia beijá-la. Não agora. Não depois de tudo que fora dito. Levantei-me e a coloquei gentilmente em pé. Ela me encarava com os olhos firmes, o verde transformando-se em dourado à luz do fogo.

— Não — respondeu ela suavemente. *— Mas você pode tentar acreditar... em mim?*

Toquei seu rosto, incapaz de mentir, mas sem querer feri-la. No entanto, meu silêncio era resposta suficiente. Ela se virou e subiu as escadas, dando-me um suave boa-noite. E agora estou sentado aqui, olhando para o fogo, escrevendo tudo neste diário. Anne confessou tudo... e eu ainda não sei nada.

T. S.

16
TOM, O LUNÁTICO

Cantou o velho Tom, o lunático,
Que dorme debaixo do dossel:
Que mudança desviou meus pensamentos
E olhos que tinham uma visão tão perspicaz:
O que transformou em pavio fumegante
A pura luz imutável da natureza.

— W. B Yeats

    Li em algum lugar que uma pessoa nunca vai saber quem realmente é a não ser que priorize o que ama. Sempre amei duas coisas acima de tudo e, a partir dessas duas coisas, formei minha identidade. Uma identidade surgiu daquilo que meu avô me ensinou. Estava envolvida em seu amor por mim, nosso amor um pelo outro e a vida que tivemos juntos. Minha outra identidade se formou a partir do meu amor por contar histórias. Tornei-me uma autora obcecada por ganhar dinheiro, entrar nas listas de mais vendidos e estar sempre pensando no próximo romance. Perdi uma identidade quando perdi meu avô, e agora tinha perdido a outra. Eu não era mais Anne Gallagher, a autora de best-sellers do *New York Times*. Eu era Anne Gallagher, nascida em Dublin, viúva de Declan, mãe de Eoin, amiga de Thomas. Assumi várias identidades que não eram minhas, e elas começaram a me irritar e desgastar, mesmo quando eu me esforçava ao máximo para usá-las bem.
    Nas semanas que se seguiram, Thomas manteve distância, me evitando quando era possível e permanecendo educadamente reservado quando não era.

Tratava-me como a Anne de Declan novamente, embora soubesse que eu não era. Contei a ele uma verdade que ele não podia aceitar, então ele me envolveu com firmeza no papel dela, recusando-se a me colocar em outro. Às vezes eu o pegava me olhando como se eu estivesse morrendo de uma doença incurável, com o semblante abatido e triste.

Thomas voltou a Dublin e trouxe um Robbie O'Toole curado de volta a Garvagh Glebe. Ele tinha um tapa-olho sobre o olho que havia perdido, uma cicatriz na lateral da cabeça e uma leve fraqueza no lado esquerdo. Movia-se lentamente, como um jovem que havia envelhecido. Seus dias de contrabando de armas e emboscadas de Tans haviam ficado para trás.

Ninguém falou de Liam ou das armas desaparecidas, mas o potro enfim nasceu, tornando todos nós honestos. Felizmente, o capitão Auxiliar não voltou a Garvagh Glebe, e quaisquer suspeitas e acusações levantadas contra mim foram silenciosamente arquivadas. Ainda assim, eu dormia com uma faca debaixo do travesseiro e pedi que Daniel O'Toole colocasse um cadeado na porta do meu quarto. Liam Gallagher podia se sentir seguro em relação a mim, mas eu não me sentia segura em relação a ele. Haveria um ajuste de contas, eu tinha certeza disso. A preocupação me deixava cansada e as dúvidas tiravam meu sono.

Pensei sobre o lago incansavelmente. Imaginava-me empurrando um barco para as águas e nunca mais voltando. Eu caminhava todos os dias na margem, considerando a ideia. E todos os dias eu me afastava, sem querer tentar. Sem querer deixar Eoin. Sem querer deixar Thomas. Sem querer me deixar, essa nova Anne. Eu sofria por meu avô — o homem, não o menino. Lamentava por minha vida — a autora, não a mulher. Mas a decisão era fácil de tomar. Aqui, eu amava. E, no final, eu queria amar mais do que queria voltar.

Os próximos anos, que viriam e passariam — anos que para mim já haviam passado —, pesavam muito sobre mim também. Eu sabia o que estava por vir para a Irlanda. Não sabia com todas as minúcias de detalhes, mas conhecia seu destino acidentado. Os conflitos. A luta e as turbulências sem fim. E me perguntava qual a razão de tudo isso. As mortes e o sofrimento. Havia um tempo de luta, mas havia um tempo para parar de lutar também. O tempo não tinha se mostrado útil — não no caso da Irlanda — para que tudo se resolvesse.

Eoin era a luz no túnel sempre escuro que se fechava ao meu redor. Mas até mesmo essa alegria era ofuscada pela verdade. Amá-lo não era desculpa para mentir para ele. Eu era uma impostora, e toda a minha devoção não mudava a realidade. Minha única defesa era que eu não tinha a intenção de prejudicar ou enganar. Eu era vítima das circunstâncias — improváveis, impossíveis, inevitáveis —, e só podia tirar o melhor proveito disso.

Eoin e eu preenchemos vários livros com expedições e aventuras a lugares longínquos. Thomas fez a conexão entre minha confissão em Dublin e as histórias de Eoin — eu entrara em um barco em Lough Gill e fora parar em outro mundo, assim como o pequeno Eoin em suas histórias. Thomas encarou as palavras e depois olhou para mim, uma luz de compreensão inundando seu rosto. Depois disso, sumiu, e só voltou para ilustrar as histórias quando eu e Eoin já tínhamos ido dormir.

Quando não estávamos escrevendo histórias, comecei a ensinar Eoin a dizer as horas e a ler e a escrever. Ele era canhoto, assim como eu. Ou talvez eu fosse canhota assim como ele. Mostrei a ele como segurar o lápis e formar as letras em pequenas fileiras para que ele estivesse pronto quando começasse a escola, o que aconteceria antes que nós dois gostaríamos. Na última segunda-feira de setembro, Thomas, Eoin e eu caminhamos em silêncio até a escola, Eoin arrastando os pés, insatisfeito com nosso destino.

— Você não pode me ensinar em casa, mãe? — Eoin gemeu baixinho. — Eu ia gostar muito mais.

— Preciso que sua mãe me ajude nas minhas visitas, Eoin. E você vai estar com amigos. Seu pai e eu nos conhecemos quando éramos crianças. Você pode perder a chance de fazer um amigo para a vida toda se for ensinado em casa — disse Thomas.

Eoin parecia cético. Ele já tinha alguns bons amigos e provavelmente percebeu que poderia vê-los sem precisar ir à escola. Além disso, Thomas não me levava em suas visitas desde que retornáramos de Dublin; ele não queria ficar sozinho comigo.

Vendo que Eoin não estava convencido, Thomas apontou para uma cabaninha por entre as árvores em uma pequena clareira, uma cabana que eu já tinha visto antes, mas nunca havia dado muito atenção a ela. Estava claramente abandonada, e a folhagem começava a tomar conta dela.

— Está vendo aquela cabana, Eoin? — perguntou Thomas.

Eoin assentiu, mas Thomas continuou andando, e nós o acompanhamos. Estava chuviscando.

— Uma família já viveu naquela cabana. Uma família como nós. Mas então veio a peste da batata, e a família começou a passar fome. Alguns deles morreram. Outros foram para os Estados Unidos procurar trabalho para que pudessem comer. Havia casas abandonadas por toda a Irlanda. Você precisa ir à escola para aprender a fazer uma Irlanda melhor para o seu povo, para que as famílias não morram. Para que nossos amigos não precisem partir.

— Não tinha *nenhuma* comida, doutor? — perguntou Eoin.

— Tinha comida, só não tinha batata — respondeu Thomas com os olhos no horizonte, como se ainda pudesse ver a peste que assolara o país setenta anos antes.

— E eles não podiam comer outra coisa? — perguntou Eoin, e eu poderia tê-lo beijado por sua curiosidade. Eu realmente não sabia a resposta, e era esperado que soubesse. Eu deveria saber melhor essas histórias. A pesquisa que eu havia feito era centrada na guerra civil e não nas décadas que a precederam. Escutei atentamente, me virando para olhar para a pequena cabana, que estava em ruínas e abandonada.

— As batatas não cresciam — explicou Thomas. — Havia uma doença na plantação. As pessoas estavam acostumadas a alimentar suas famílias durante todo o ano com as batatas que cultivavam em seus pequenos jardins. Como as batatas não cresceram, elas não tinham mais nada para comer no lugar. A maioria das famílias tinha um porco, mas sem as batatas não conseguiam alimentar seus porcos com os restos. Assim, os porcos morreram ou foram comidos antes que ficassem magros demais. E depois as famílias não tinham mais nada. Os grãos ainda cresciam nos campos dos proprietários ingleses, mas eram vendidos e enviados para fora da Irlanda. As famílias não tinham dinheiro para comprar grãos nem terra suficiente, tampouco recursos necessários para cultivar seus próprios grãos. Havia gado e ovelhas, mas pouquíssimas pessoas os possuíam. As vacas e as ovelhas engordavam com os grãos e também eram enviadas para fora do país. As carnes e a lã eram vendidas a outros países, enquanto as pessoas mais pobres, a maioria das pessoas na Irlanda, ficavam cada vez mais famintas e cada vez mais desesperadas.

— As pessoas não podiam roubar? — disse Eoin, hesitante. — Eu roubaria comida se Nana estivesse com fome.

— Isso porque você a ama muito e não ia querer vê-la sofrer. Mas roubar não é a solução.

— E qual *era* a solução? — perguntei baixinho, como se fosse uma pergunta filosófica, um desafio, e não uma indagação verdadeira.

Os olhos de Thomas estavam voltados para mim enquanto ele falava, como se ele quisesse me lembrar, reacender o fogo da causa que outrora ardera tanto em Anne Gallagher.

— Por séculos, os irlandeses foram espalhados ao vento... Tasmânia, Índias Ocidentais, Estados Unidos. Comprados, vendidos, criados e escravizados. A população da Irlanda foi reduzida à metade pela servidão por contrato. Durante a fome, outro milhão de pessoas morreu nesta ilha. Aqui em Leitrim, a família da minha mãe sobreviveu porque o proprietário teve pena de seus arrendatários e suspendeu os aluguéis durante o pior período da peste. Minha avó trabalhava para o proprietário, era empregada na casa dele. E ela comia na cozinha uma vez por dia e trazia as sobras para os irmãos e irmãs. Metade da família emigrou. Dois milhões de irlandeses emigraram durante a fome. O governo britânico não se importava. A Inglaterra fica logo ali. Era mais fácil enviar seus próprios trabalhadores quando partíamos ou morríamos de fome. Nós realmente éramos, realmente *somos*, substituíveis. — Thomas não soava amargo. Ele soava triste.

— E como combatemos eles? — perguntou Eoin, com o rosto corado pela seriedade da história, pela tristeza de tudo aquilo.

— Aprendemos a ler. Pensamos. Aprendemos. Nos tornamos melhores e mais fortes, ficamos juntos e dizemos: "Chega. Vocês não podem nos tratar assim" — disse Thomas suavemente.

— É por isso que eu vou para a escola — afirmou Eoin, sério.

— Sim, é por isso que você vai para a escola — concordou Thomas.

A emoção obstruiu minha garganta e ameaçou escapar pelos olhos, e eu lutei contra ela.

— Seu pai queria dar aulas na escola, Eoin. Você sabia disso? Ele tinha consciência de como era importante. Mas ele não conseguia sentar quieto. Nem sua mãe — acrescentou Thomas, me olhando.

Não tive resposta; sentar-me quieta sempre foi fácil para mim. Eu podia me sentar e sonhar, minha mente me levava até que eu não estivesse mais dentro de mim, mas em uma viagem. As diferenças entre mim e a outra Anne aumentavam a cada dia.

— Quero ser médico como você, Thomas. — Eoin puxou a mão de Thomas, olhando para cima com seriedade, para além da aba de seu quepe.

— Você vai ser, Eoin. É exatamente o que você vai ser — tranquilizei-o, encontrando minha voz. — Você vai ser um dos melhores médicos do mundo. E as pessoas vão amá-lo por você ser sábio, gentil e tornar a vida delas melhor.

— Vou tornar a Irlanda melhor? — Eoin perguntou.

— Você vai tornar a Irlanda melhor para mim. Todos os dias — eu disse, ajoelhando-me para que pudesse apertá-lo antes que ele entrasse no pátio da escola. Ele jogou os bracinhos em volta de mim e me apertou forte, dando um beijo no meu rosto, depois repetiu a ação com Thomas. Então o observamos enquanto corria para o grupo de meninos no pátio, jogando o chapéu e a mochila de lado e se esquecendo de nós quase imediatamente.

— Por que você diz a ele coisas que podem não acontecer? — perguntou Thomas.

— Ele será médico. E será sábio e gentil. Ele vai crescer e se tornar um homem maravilhoso — respondi, me emocionando mais uma vez.

— Ah, condessa — suspirou Thomas, e meu coração saltou com a ternura. Ele se virou e começou a descer a rua, lançando um último olhar para a pequena escola e para os cabelos brilhantes de Eoin, e eu fiz o mesmo. — Não é difícil acreditar que ele vai ser esse homem. Afinal ele é filho de Declan — comentou Thomas enquanto caminhávamos.

— Ele é mais seu filho que de Declan. Ele pode ter o sangue de Declan, mas tem o seu coração e a sua alma.

— Não diga isso — protestou Thomas, como se a ideia fosse uma traição.

— É verdade. Eoin se parece muito com você, Thomas. Suas maneiras, sua bondade, a forma como ele lida com os problemas. Ele é seu.

Thomas balançou a cabeça, resistindo; sua lealdade exigia que ele não recebesse nenhum crédito.

— Você se esqueceu de como Declan era, Anne? Ele era a personificação da luz. Assim como Eoin.

— Não posso esquecer o que nunca conheci, Thomas — relembrei-o suavemente. Senti-o estremecer e engoli a frustração de volta para meu peito. Caminhamos em silêncio por vários minutos, suas mãos enfiadas nos bolsos, seu olhar no chão. Mantive os braços cruzados, o olhar para a frente, mas estava atenta a cada passo que ele dava e a cada palavra que queria dizer. Quando ele finalmente falou, foi como se uma barreira estourasse.

— Você diz que não pode esquecer o que nunca conheceu. Mas você é irlandesa, Anne. Você tem a risada de Anne Gallagher. Tem a coragem dela. Tem seus cabelos escuros e enrolados e seus olhos verdes. Você fala a língua da Irlanda e sabe as lendas e as histórias de seu povo. Então você pode me dizer que é outra pessoa, mas eu *sei* quem você é.

Eu podia ver o lago por entre as árvores. O céu tinha ficado escuro e pesado com a chuva, perseguindo as nuvens até que se encolhessem em água, presas entre as águas e o vento. Meus olhos ardiam e meu peito apertava. Afastei-me dele e segui meu próprio caminho até o lago. A grama sussurrou as palavras *eu sei quem você é*.

— Anne, espere.

Voltei-me para ele.

— Eu me pareço com ela, eu sei! Eu vi as fotos. Somos quase idênticas. As roupas dela servem em mim, os sapatos também. Mas somos pessoas diferentes, Thomas. E você certamente vê isso.

Ele começou a sacudir a cabeça negando, negando e negando.

— Olhe para mim! Sei que é difícil acreditar. Eu mesma muitas vezes não acredito. Fico tentando acordar. Mas ao mesmo tempo tenho medo de acordar, porque, se isso acontecer, você terá desaparecido. Eoin terá desaparecido. E eu vou estar sozinha de novo.

— Por que você está fazendo isso? — gemeu ele, fechando os olhos.

— Por que você não olha para mim? — implorei. — Por que você não me vê?

Thomas ergueu a cabeça e começou a me estudar. Ficamos parados na grama ao lado da estrada, nossos olhos fixos um no outro, nossas vontades se chocando. Então ele deu um longo suspiro e colocou as mãos nos cabelos, virando-se de costas para mim e retornando depois, ainda mais perto, como se quisesse me beijar, me sacudir, me fazer desistir.

Eu me sentia como ele.

— Seus olhos estão diferentes do que me lembro, um verde diferente. O verde do mar em vez do verde da grama. E seus dentes estão mais retos — sussurrou ele.

Minha bisavó não tivera o luxo de usar aparelhos caros. Thomas fixou o olhar em minha boca e engoliu em seco. Em seguida, tocou meu lábio superior e tirou a mão imediatamente. Quando falou de novo, sua voz estava mais suave, relutante, como se estivesse admitindo algo doloroso.

— A Anne de Declan tinha uma lacuna entre os dentes da frente. Notei quando você escovava os dentes que essa lacuna tinha desaparecido. Você costumava assobiar por essa lacuna e alegava que esse era o seu único talento musical.

Eu ri, liberando sentimentos angustiantes do meu peito.

— Eu definitivamente não consigo assobiar entre os dentes — falei, dando de ombros, como se isso não importasse. Mas importava tanto que eu mal conseguia respirar.

— Você tem a mesma risada, a risada de Eoin — continuou Thomas. — Mas tem a firmeza de Declan também. É realmente estranho. Como se ambos tivessem voltado... em você.

— E eles voltaram, Thomas. Você não entende?

Seu rosto tremeu de emoção, e ele balançou a cabeça de novo, como se fosse muito difícil acreditar e ele não conseguisse assimilar. Mas continuou, como se falasse consigo mesmo.

— Você se parece tanto com a velha Anne — ele estremeceu, como se não acreditasse que estava mesmo diferenciando uma da outra — que ninguém jamais duvidaria que você é ela. Mas ela era muito mais... afiada. — Ele se apegou à palavra como se não conseguisse pensar em uma melhor, e eu me retraí, sentindo o rosto ficar quente.

— Eu sou muito inteligente.

— É mesmo? — Seus lábios se contraíram, e o humor afastou a tensão de seu rosto.

Senti a indignação queimar na garganta. Ele estava rindo de mim?

— Não estou falando de sua inteligência, Anne. A velha Anne era afiada em tudo. Não tinha a sua tranquilidade. Era... intensa. Enérgica. Passional e, francamente, cansativa. Talvez ela sentisse que tinha que ser assim. Mas a sua suavidade é linda. Olhos suaves. Cachos suaves. Voz suave. Um sorriso caloroso e suave. Não tenha vergonha disso. Resta pouca suavidade na Irlanda. É uma das razões pelas quais Eoin ama tanto você.

Minha raiva se dissipou, e meu peito inflou com uma sensação totalmente diferente.

— Você é boa e sabe disso — meditou ele. — Você soa como uma de nós, como a mesma Anne. Mas às vezes escorrega. Você esquece... e então soa como a garota que alega ser.

— A garota que alego ser — murmurei. Eu havia achado, apenas por um momento, que tínhamos superado a descrença. Mas talvez não. — Você acreditar ou não acreditar não torna isso menos verdade, Thomas. Preciso que você finja que sou exatamente quem eu digo que sou. Você pode fazer isso? Porque, independentemente de você acreditar ou não, de achar que estou mentindo, que sou louca ou doente, eu sei de coisas que ainda não aconteceram, e não sei metade das coisas que você acha que eu deveria saber. Não sou Anne Finnegan Gallagher. E você sabe disso. No fundo você sabe. Não sei o nome dos seus vizinhos nem dos lojistas da cidade. Não sei arrumar meu cabelo nem usar essas meias infernais, cozinhar, costurar, dançar Riverdance, pelo amor de Deus.

— Puxei a alça do espartilho debaixo da saia e ela estalou contra minha perna.

Thomas ficou em silêncio por um longo momento, pensando, com os olhos nos meus. Então seus lábios se curvaram de novo e ele começou a rir, sua mão pairando perto da boca, como se quisesse parar, mas não conseguisse.

— Que diabos é Riverdance? — perguntou, ofegante.

— Uma dança irlandesa, você sabe. — Com os braços esticados para os lados, comecei a chutar com os calcanhares e a arrastar os pés, em uma imitação muito pobre de *Lord of the Dance*.

— Riverdance, é? — Ele gargalhou.

Começou a chutar com os calcanhares também, a deslizar o pé e a pisar com as mãos nos quadris, rindo enquanto eu tentava copiá-lo. Mas eu não conseguia. Ele estava maravilhoso, exuberante, descendo a pequena estrada e dançando em direção à casa, como se ouvisse violinos em sua cabeça. O médico taciturno, o desconfiado Thomas, se foi, e, quando trovejou e a chuva começou a cair sobre nós, fomos transportados de volta a Dublin, para a chuva e a cadeira de balanço, e a intimidade que eu destruí com verdades impossíveis.

⁓

Não voltamos para a casa. Brigid e pelo menos quatro O'Toole estariam lá. Thomas me puxou para o celeiro, para o cheiro de feno limpo e o relinchar da égua e seu novo bebê. Ele trancou a porta depois que entramos, me apoiou contra a parede e colocou a boca perto da minha orelha.

— Se você é louca, eu também sou. Vou ser Tom, o Lunático, e você pode ser a Jane Louca — disse ele. Sorri pelas suas referências a Yeats, ainda que meu pulso estivesse acelerado e meus dedos se enrolassem em sua camisa. — A verdade é que eu *me sinto* louco. Tenho enlouquecido lentamente no último mês — disse ele, ofegante. Sua respiração bateu em meu cabelo e fez cócegas na minha orelha. — Eu não sei o que é certo e o que é errado. Não consigo enxergar além do amanhã ou da próxima semana. Parte de mim ainda está convencida de que você é a Anne de Declan, e me parece completamente errado me sentir do jeito que eu me sinto.

— Não sou a Anne de Declan — apontei com urgência, mas ele continuou, as palavras saindo de seus lábios, tão próximos que virei o rosto para que pudessem roçar minha bochecha.

— Não consigo imaginar para onde você vai ou onde esteve. Mas estou com medo por você e aterrorizado por mim e Eoin. Então, se você me pedir para parar, Anne, eu paro. Eu me afastarei e farei o melhor para ser o que você precisa que eu seja. E quando... se... você se for, farei o meu melhor para explicar tudo a Eoin.

Pressionei a boca em seu pescoço cheio de veias e puxei a pele macia entre meus lábios, querendo marcá-lo, absorver a pulsação que latejava abaixo de sua orelha. Seu coração batia forte sob minhas mãos, que pressionavam seu peito, e algo dentro de mim se cristalizou, como se naquele momento uma escolha tivesse sido feita e eu tivesse entrado em um passado que seria meu futuro.

Em seguida, sua boca estava na minha, e suas mãos seguravam meu rosto com tanto afã que minha cabeça bateu na parede e os dedos dos meus pés se curvaram e flexionaram, puxando-me para cima, na ponta dos pés, para que eu pudesse alinhar meu corpo ao seu. Por longos momentos, foi um choque e um deslizar de bocas que aprendiam a dançar novamente, de línguas que provocavam cantos ocultos e um frenesi que dava lugar ao silencioso fervor. Seus lábios deixaram os meus para aconchegarem-se na base do meu pescoço; ele deslizou o rosto ao longo do decote da minha blusa antes de cair de joelhos, suas mãos segurando meus quadris do jeito que ele tinha segurado meu rosto momentos antes, exigindo minha atenção. Ele se ajoelhou ali, seu rosto voltado para a minha parte mais íntima, beijando por cima da minha roupa, criando um calor úmido que serpenteava, sussurrava, chamava por ele.

Emiti um som que ecoaria na minha cabeça por muito tempo depois de o momento passar, um gemido que implorava por permanência ou conclusão, e ele me puxou para o chão, suas mãos subindo em meus quadris, envolvendo meu tronco, até que eu estivesse deitada debaixo dele. Ele pegou minha saia nas mãos e eu cerrei os punhos nas ondas amassadas de seus cabelos e trouxe sua língua para a minha, o calor se espalhando da minha barriga para a pressão das nossas bocas e a mistura da nossa respiração.

E então ele se moveu contra mim, indo e vindo dentro de mim como as ondas que batem nas margens de Lough Gill, suave e persistente, vindo e recuando e vindo novamente, até que eu só pudesse sentir o líquido batendo e a maré se alongando. Minha boca esqueceu como beijar, meu coração esqueceu como bater, meus pulmões esqueceram por que precisavam de ar. Thomas não esqueceu de nada, me levantou em sua direção, trazendo vida ao meu beijo, persuadindo meu coração a bater como o dele, lembrando meus lábios de formar o nome dele. Acariciou meus cabelos e seu corpo se acalmou, enquanto a onda recuava e me deixava sem fôlego, e todas as coisas esquecidas foram lembradas.

1º de outubro de 1921

Muitas vezes me perguntei se nós, irlandeses, seríamos quem somos se os ingleses tivessem simplesmente sido mais humanos. Se tivessem sido razoáveis. Se tivessem nos permitido prosperar. Fomos despojados de nossos direitos e educados no escárnio. Eles nos trataram como animais, e mesmo assim não cedemos. Desde os dias de Cromwell, temos estado sob as botas da Inglaterra, e ainda somos irlandeses. Nossa língua foi proibida, e ainda assim a falamos. Nossa religião foi eliminada por toda parte, e ainda a praticamos. Quando o resto do mundo experimentou uma espécie de reforma, abandonando o catolicismo por uma nova escola de pensamento e ciência, nós não cedemos. Por quê? Porque isso teria significado que os ingleses venceram. Somos católicos porque eles nos disseram que não podíamos ser. O que você tenta tirar de um homem, ele vai querer ainda mais. O que você disser a ele que não pode ter, ele vai desejar ardentemente. A única rebelião é termos nossa própria identidade.

A identidade de Anne é sua própria rebelião, e ela se recusa a abandoná-la. Por um mês, me vi em uma briga constante com meu coração, com minha cabeça — com ela —, ainda que mal lhe tenha dirigido a palavra. Silenciosamente eu chantageei, pedi, implorei e persuadi, e ela se manteve firme, insistente em seu absurdo.

Eu disse ao meu coração que não poderia tê-la, e o irlandês dissidente em meu sangue se levantou e disse que ela era minha. No momento em que me rendi, abraçando o impossível, o destino tentou levá-la mais uma vez. Ou talvez o destino tenha simplesmente tirado o véu de meus olhos. Anne estava brincando com

Eoin perto do lago, entrando e saindo das suaves ondas que se formavam, com a saia levantada de modo que teria chocado Brigid se os tivesse chamado para jantar ela mesma. Levantei-me, querendo apenas olhar para ela por um instante, desfrutar do brilho de suas pernas claras contra o fundo cinza do lago. Ela fez meu coração doer da melhor maneira possível, e eu a observei dançar com Eoin enquanto eles riam sob a luz que se esvaía, seus cachos caindo e suas pernas cheias de energia chutando a água. Em seguida, Eoin, com os braços ao redor da bola vermelha que ganhara dos O'Toole em seu aniversário, tropeçou e caiu, ralando seus joelhos na areia pedregosa e perdendo a bola. Anne o levantou, e eu comecei a descer o barranco, meu devaneio interrompido pelas lágrimas dele. Mas Eoin estava menos preocupado com seu machucado do que com a bola que flutuava para longe. Ele gritou, apontando, e imediatamente Anne o colocou de volta no chão e correu para recuperá-la antes que estivesse além do alcance.

Ela entrou correndo no lago, com os joelhos erguidos, segurando a saia para protegê-la do inevitável. A bola flutuava fora de seu alcance. Anne se distanciou um pouco mais, esforçando-se para alcançá-la, e a bola a atraiu ainda mais para o fundo. Comecei a correr, tomado por um medo irracional, gritando para que ela desistisse da bola. Ela avançou ainda mais, soltando a saia e mergulhando da cintura para baixo, caminhando em direção à esfera vermelha oscilante.

Eu estava longe demais. Gritava para ela voltar enquanto corria pela margem e, por um instante, sua imagem falhou, como se fosse uma miragem no lago. Era como se eu estivesse olhando através de um vidro, o branco de seu vestido se transformando em névoa, o escuro de seu cabelo se transformando em sombras noturnas.

Eoin começou a gritar.

O som ecoou na minha cabeça enquanto eu corria em direção à forma de Anne que se desfazia, gritando para que ela voltasse, para que ficasse. A bola vermelha continuou a boiar para longe, como o sol no horizonte, e eu me atirei na água, em direção ao lugar onde ela estava, tentando alcançar a ínfima sugestão de Anne que ainda permanecia. Meus braços voltavam vazios. Gritei seu nome e tentei encontrá-la de novo, insistente, e meus dedos tocaram um pedaço de tecido. Agarrei-me ao pano, puxando-o para mim como uma salvação, repetidas vezes, até que minhas mãos estivessem tomadas pelo vestido de Anne.

Eu não conseguia ver a margem nem distinguir a água do céu. Estava preso entre o agora e o depois, com os pés na areia movediça, envolto em um completo branco. Podia senti-la, suas costas, suas pernas, mas não conseguia vê-la. Apertei os braços em torno de sua forma, me recusando a renunciar, e comecei a andar em direção aos gritos de Eoin — uma sirene em meio à névoa —, trazendo-a de volta para mim. Então a ouvi dizer meu nome, um murmúrio na névoa, e o branco começou a se dissipar, a margem se mostrou e Anne ficou inteira em meus braços. Segurei seu corpo contra meu peito o mais alto possível, mantendo-a fora da água e das mãos do tempo. Quando caímos na areia pedregosa, nos abraçamos, e Eoin se juntou a nós, agarrando-se a Anne e a mim.

— Aonde você foi, mãe? — gritou ele. — Você me deixou! O doutor me deixou também!

— Shh, Eoin — acalmou Anne. — Estamos todos bem. Estamos aqui. — Mas ela não negou o que o menino havia testemunhado. Deitamos, ofegantes, pernas, braços, roupas, sensação de segurança, até que nosso coração começou a se aquietar e a sensação de realidade voltou. Eoin sentou-se, seu medo já esquecido, e apontou feliz para a bola inocente, que havia encontrado o caminho de volta para a margem.

Ele se desenroscou, liberando-nos de seus braços agarrados e de suas perguntas sem resposta. E então saiu, pegando sua bola e indo em direção ao aterro. Brigid estava cansada de esperar para o jantar e nos chamou por entre as árvores que separam a casa do lago. Mas ela teria que esperar um pouco mais.

— Você estava lá, entrando na água — sussurrei. — E então começou a desvanecer... como um reflexo em um vidro grosso, e eu sabia que você ia desaparecer. Você estava indo embora, e eu nunca mais iria vê-la novamente. — Eu havia chegado a um acordo com o impossível. Havia me juntado à rebelião de Anne.

Anne ergueu o rosto, pálido e solene, e encontrou meus olhos no crepúsculo. Ela procurou em minha expressão o brilho batismal do novo crente, e eu comecei a prestar testemunho.

— *Você realmente não é Anne Finnegan, não é mesmo?*

— *Não, Thomas.* — *Anne balançou a cabeça, com os olhos vidrados em mim.* — *Não sou. Anne Finnegan Gallagher era minha bisavó, e eu estou muito, muito longe de casa.*

— *Meu Deus, garota. Me desculpe.* — *Passei os lábios sobre sua testa e suas bochechas, seguindo os rios que ainda estavam em seu rosto e escorriam em direção à sua boca. Depois, beijei-a suave e castamente, com medo de quebrá-la, a boneca de papel que corria risco de se desintegrar no lago.*

T. S.

17
UMA TERRÍVEL BELEZA NASCEU

Ele também deixou o seu papel
Nesta comédia inconsequente;
Ele também mudança trágica sofreu
E transformou-se inteiramente:
Uma terrível beleza nasceu.

— W. B. Yeats

Como o sol saindo de trás das nuvens, tudo mudou a partir do momento em que ele acreditou em mim. A tempestade recuou, a escuridão se dissipou, e eu tirei o peso que estava carregando em meus ombros, aquecida pela aceitação repentina.

Thomas também tinha se libertado. Ele fora libertado por seus próprios olhos e começou a carregar meus segredos comigo, colocando o peso deles em seus ombros sem reclamar. Ele tinha um milhão de perguntas, mas nenhuma dúvida. Na maioria das noites, quando a casa estava em silêncio, ele ia silenciosamente até meu quarto, rastejava até minha cama, e, com vozes abafadas e as mãos dadas, falávamos sobre coisas impossíveis.

— Você disse que nasceu em 1970. Que mês? Que dia?

— Dia 20 de outubro. Vou fazer trinta e um anos. Embora... tecnicamente, não possa envelhecer se ainda não existo. — Eu sorri enquanto levantava e abaixava as sobrancelhas repetidas vezes.

— É depois de amanhã, Anne — ele me repreendeu. — Você ia me contar que é seu aniversário?

Dei de ombros. Não era algo que iria anunciar. Acreditava que Brigid sabia a data de aniversário da Anne "real", e duvidava que fossem iguais.

— Você é mais velha que eu — disse ele, sorrindo, como se minha idade avançada fosse uma punição por esconder informações dele.

— Sou?

— Sim. Faço trinta e um no Natal.

— Você nasceu em 1890. Eu nasci em 1970. Você ganhou de mim por oitenta anos, velhinho — provoquei.

— Estou na terra dois meses a menos que você, condessa. Você é mais velha.

Eu ri e sacudi a cabeça, e ele se apoiou no cotovelo, olhando para mim.

— O que você fazia? O que a Anne de 2001 fazia? — Ele disse "2001" com cuidadosa admiração, como se não conseguisse acreditar que tal época fosse existir um dia.

— Eu contava histórias — respondi. — Escrevia livros.

— Sim, claro. Claro que você escrevia livros — ele sussurrou, e sua admiração me fez sorrir. — Eu devia ter adivinhado. Que tipo de histórias você escrevia?

— Histórias de amor. De magia. Romances históricos.

— E agora você está vivendo isso.

— O amor ou a magia? — sussurrei.

— A parte histórica — murmurou ele, me olhando com olhos brilhantes e suaves. Depois se inclinou e me beijou antes de se afastar. Havíamos descoberto que o beijo interrompia as conversas, e nós dois estávamos tão famintos pela troca de palavras quanto um pelo outro. As palavras faziam os beijos significarem mais quando finalmente voltávamos a eles. — Do que você sente falta? — perguntou ele. Sua respiração fez cócegas na minha boca, fazendo meu estômago estremecer e meu peito doer.

— Música. Sinto falta de música. Eu escrevia enquanto ouvia música clássica. É a única coisa que soa como as histórias. E nunca atrapalha. Escrever tem a ver com emoção. Não há mágica sem ela.

— Como você escrevia ouvindo música? Você conhece muitos músicos? — perguntou ele, confuso.

— Não. — Eu ri. — Não conheço nenhum. A música é gravada e reproduzida, e você pode ouvi-la quando quiser.

— Como um gramofone?
— Sim. Como um gramofone. Mas muito, muito melhor.
— Quais compositores?
— Claude Debussy, Erik Satie e Maurice Ravel são meus favoritos.
— Ah, você gosta dos franceses — provocou ele.
— Não. Gosto do piano. Do período. A música deles é bonita e enganosamente descomplicada.
— O que mais? — perguntou ele.
— Sinto falta das roupas. São muito mais confortáveis. Principalmente as roupas íntimas.

Ele ficou quieto na escuridão, e me perguntei se o havia envergonhado. Ele me surpreendia de vez em quando. Era apaixonado, mas reservado; ardente, mas calado. Eu não tinha certeza se isso era de Thomas ou se era comum ao homem da época, em que certa dignidade e decoro ainda eram esperados.

— E muito menores também — murmurou ele, limpando a garganta.
— Você notou. — A doce dor começou de novo.
— Eu tentei não notar. Suas roupas e os furos nas suas orelhas e milhões de outras pequenas coisas eram fáceis de racionalizar e ignorar quando sua própria presença era tão inacreditável.
— Acreditamos no que faz mais sentido. Quem eu sou não faz sentido — eu disse.
— Conte-me mais. Como é o mundo daqui a oitenta anos?
— O mundo está cheio de conveniências. Comida rápida, música rápida, viagens rápidas. E, por causa disso, ele se tornou um lugar muito menor. As informações são facilmente compartilhadas. Ciência e inovação crescem a passos largos no próximo século. Os avanços médicos são surpreendentes; você estaria no céu, Thomas. Descobertas com vacinas e antibióticos são tão milagrosas quanto uma viagem no tempo. Quase.
— Mas as pessoas ainda leem — murmurou ele.
— Sim. Ainda bem. Elas ainda leem livros. — Eu ri. — "Não há melhor fragata que um livro para nos levar a terras distantes" — citei.
— Emily Dickinson — pontuou ele.
— Ela é uma das minhas favoritas.
— Você ama Yeats também.
— Amo Yeats acima de tudo. Você acha que consigo encontrá-lo algum dia? — perguntei, metade séria, metade brincando. A ideia de encontrar William

Butler Yeats acabara de me ocorrer. Se pude encontrar Michael Collins, poderia encontrar Yeats com certeza, o homem cujas palavras me fizeram querer ser escritora.

— Pode ser arranjado — murmurou Thomas.

As sombras no meu quarto eram suaves e iluminadas pela lua, atenuando, mas não obscurecendo, a expressão de Thomas. Suas sobrancelhas estavam franzidas, e eu analisei o pequeno sulco entre os olhos, encorajando-o a liberar o pensamento preocupante que pairava ali.

— Tem alguém esperando por você, Anne? Alguém nos Estados Unidos que a ama acima de tudo? Um homem? — sussurrou ele.

Ah. Então era esse o medo. Comecei a balançar a cabeça antes mesmo que as palavras deixassem meus lábios.

— Não. Não tem ninguém. Talvez fosse ambição. Talvez egocentrismo. Mas nunca fui capaz de dar a ninguém a energia e o foco que dava ao meu trabalho. A pessoa que mais me amou no mundo não existe mais em 2001. Ele está aqui.

— Eoin — disse Thomas.

— Sim.

— Essa é a coisa mais difícil de imaginar... Meu rapazinho cresceu e se foi. — Ele suspirou. — Não gosto de pensar nisso.

— Antes de morrer, ele me disse que amava você quase tanto quanto me amava. Disse que você era como um pai para ele, e eu nunca soube. Ele o guardou em segredo, Thomas. Eu não sabia nada sobre você até aquela última noite. Ele me mostrou fotos minhas e suas. Eu não entendi. Achei que eram fotos da minha bisavó. Ele também me deu um livro. O seu diário. Li os primeiros registros. Li sobre a Revolta da Páscoa. Sobre Declan e Anne. E sobre como você tentou encontrá-la. Gostaria agora de ter lido tudo.

— Talvez seja melhor você não ter lido — murmurou ele.

— Por quê?

— Porque você saberia de coisas que ainda não escrevi. É melhor deixar algumas coisas por descobrir. É melhor deixar alguns caminhos desconhecidos.

— Seu diário terminou em 1922. Não lembro a data exata. O livro estava completo, até a última página — confessei, com pressa. Era algo que tinha me incomodado... aquela data. O fim do diário parecia ser o fim da nossa história.

— Então haverá outro. Eu escrevo diários desde menino. Tenho uma prateleira deles. Leituras fascinantes, todos — disse ele, com expressão irônica.

— Mas você deu aquele a Eoin. Aquele era o único que ele tinha — argumentei.

— Ou talvez aquele fosse o único que você precisava ler, Anne — ele propôs.

— Mas eu não li. Não tudo. Nem cheguei perto de ler tudo. Não li nenhum registro depois de 1918.

— Então talvez fosse o único que Eoin precisava ler — raciocinou ele, lentamente.

— Quando eu era garota, implorei que ele me levasse à Irlanda. Ele disse que não, que não era seguro — relatei. Pensar no meu avô fazia meu peito doer. A perda dele era assim. De repente, uma memória sua passava na ponta dos pés, me lembrando de que ele se fora e de que eu nunca mais estaria com ele. Pelo menos... não do jeito que ele era, não do jeito que éramos.

— Você pode culpá-lo, Anne? O menino viu você desaparecer no lago.

Ficamos ambos em silêncio, a lembrança do espaço em branco entre as épocas fazendo com que chegássemos mais perto um do outro e nos agarrássemos. Deitei a cabeça em seu peito, e seus braços me envolveram.

— Serei como Oisín? — murmurei. — Vou perder você, assim como ele perdeu Niamh? Tentarei voltar à minha antiga vida e descobrirei que não posso, que trezentos anos se passaram? Talvez minha antiga vida não exista mais, minhas histórias, meu trabalho. Tudo que conquistei. Talvez eu seja um dos desaparecidos — eu disse.

— Desaparecidos? — perguntou Thomas.

— Todos nós desaparecemos. Um dia o tempo nos leva.

— Você *quer* voltar para casa, Anne? — perguntou Thomas. Sua voz era gentil, mas eu podia sentir a tensão no peso de seus braços.

— Você acha que eu tenho escolha, Thomas? Eu não escolhi vir. E daí se não posso escolher se volto ou não? — Minha voz estava tímida e pequena; eu não queria acordar o tempo ou o destino com minhas reflexões.

— Não vá até o lago — ele implorou. — Se você ficar longe do lago... — Sua voz foi sumindo. — Sua vida pode ser aqui, Anne. Se você quiser, sua vida pode ser aqui. — Eu podia ouvir a tensão em sua voz, sua relutância em me pedir para ficar, embora tivesse certeza de que era o que ele queria.

— Uma das melhores coisas de ser escritora, de ser uma contadora de histórias, é o fato de que isso pode ser feito em qualquer tempo ou lugar — sussurrei. — Só preciso de um lápis e um pouco de papel.

— Ah, garota — murmurou ele, protestando contra minha resignação, mesmo que seu coração batesse forte contra meu rosto. — Eu amo você, Annie de Manhattan. Amo. Tenho medo de que o amor só nos traga dor, mas não muda a verdade agora, muda?

— E eu amo você, Tommy de Dromahair — respondi, superficialmente e sem vontade de falar sobre dores ou verdades duras.

Seu peito retumbou de tanto rir.

— Tommy de Dromahair. Isso eu sou. E nunca serei nada além disso.

— Niamh foi tola, Thomas. Ela devia ter avisado ao pobre Oisín o que aconteceria se ele colocasse os pés em solo irlandês.

As mãos dele subiram até meus cabelos, e ele começou a afrouxar minha trança. Tentei não gemer enquanto ele separava meus cachos, espalhando-os sobre meus ombros.

— Talvez ela quisesse que ele escolhesse — argumentou Thomas, e eu sabia que era o que ele esperava de mim, sem sua pressão.

— Então talvez ela devesse ter avisado o que estava em jogo para que ele pudesse escolher... — continuei, repreendendo-o, e esfreguei os lábios em seu pescoço. Ele prendeu a respiração e eu também, gostando de sua resposta.

— Estamos discutindo por causa de um conto de fadas, condessa — sussurrou ele, com as mãos apertando meus cabelos.

— Não, Thomas, estamos vivendo um.

Ele me arrastou para baixo de si abruptamente, e o conto de fadas ganhou nova vida e fantasia. Thomas me beijou até que eu começasse a flutuar, flutuar, flutuar, para então começar a descer, descer, descer e mergulhar nele, enquanto ele me recebia de volta.

— Thomas? — gemi entre seus lábios.

— Sim? — murmurou ele, seu corpo vibrando sob as minhas mãos.

— Eu quero ficar — disse, ofegante.

— Anne — suplicou ele, engolindo meus suspiros e afastando minhas preocupações com carinhos.

— Sim?

— Por favor, não vá.

⁓

Dia 20 de outubro de 1921 caiu em uma quinta-feira, e Thomas trouxe presentes para casa — um gramofone com uma manivela para dar corda e vários discos clássicos, um casaco longo para substituir aquele que eu havia perdido em Dublin e um livro recém-publicado de poesias de Yeats, que acabara de ser impresso. Ele colocou os presentes no meu quarto em silêncio, provavelmente preocupado que eu ficasse desconfortável com sua generosidade, mas instruiu Eleanor a fazer uma torta de maçã com creme e convidou os O'Toole para o jantar, fazendo da refeição uma celebração. Brigid obviamente não se lembrava de quando era o aniversário da nora e não hesitou quando Thomas insistiu em uma festa.

Eoin estava mais empolgado por mim do que por seu próprio aniversário e perguntou a Thomas se ele ia me segurar de cabeça para baixo para me dar meus "solavancos de aniversário", batendo minha cabeça contra o chão para cada ano da minha vida e mais um para o ano que estava por vir. Thomas riu e disse que solavancos de aniversário eram para meninos e meninas, e Brigid o repreendeu por sua impertinência. Sussurrei a Eoin que ele poderia me dar trinta e um beijos no lugar e um abraço apertado para o ano que viria, e ele subiu no meu colo e me obedeceu.

Os O'Toole não trouxeram presentes, felizmente, mas cada um me fez um voto, revezando-se para distribuí-los a mim depois que a refeição foi consumida, com suas taças erguidas bem ao alto.

— Que você viva cem anos, e depois mais um ano para se arrepender — brincou Daniel O'Toole.

— Que os anjos estejam sempre à sua porta. Que seus problemas sejam menores, e suas bênçãos, maiores — acrescentou Maggie.

— Que seu rosto permaneça belo e seu traseiro nunca fique reto — foi o voto concedido por Robbie, que ainda não havia recuperado o senso do que era apropriado. Eu ri no lenço que Brigid havia adornado com a letra A, e um novo voto foi oferecido às pressas por outro membro da família. O meu voto favorito, aquele oferecido pela jovem Maeve, era de que eu envelhecesse na Irlanda.

Meus olhos encontraram Thomas, meus braços envolveram Eoin e eu silenciosamente rezei por aquele voto com todas as minhas forças, desejando que o vento e as águas me permitissem.

— É a sua vez, doutor — gritou Eoin. — Qual é o seu voto de aniversário?

Thomas se moveu com desconforto e ficou levemente corado.

— Anne ama o poeta William Butler Yeats. Então, talvez, em vez de um voto, eu recite um de seus poemas para entreter os convidados. Um poema perfeito de aniversário, chamado "Quando fores velha".

Todos riram, e Eoin pareceu confuso.

— Você está velha, mãe? — perguntou ele.

— Não, meu querido. Eu não envelheço — respondi.

Todos riram de novo, mas as irmãs O'Toole apressaram Thomas, implorando pelo poema.

Thomas se levantou e, com as mãos nos bolsos e os ombros ligeiramente curvados, começou.

— Quando fores velha e grisalha e estiveres cansada... — Quando Thomas enunciou "velha e grisalha" todos riram novamente, mas eu conhecia bem o poema, cada palavra, e senti o coração derreter em meu peito. — Quando fores velha e grisalha e estiveres cansada — repetiu ele acima das risadas. — E cabeceares junto ao fogo, pega este livro e lê lentamente, e sonha com o doce olhar e as sombras densas que nos teus olhos havia; quantos amaram teus momentos de graça, e amaram tua beleza com falsidade ou devoção, mas apenas um homem amou tua alma peregrina, e amou as dores desse rosto que se altera.

A sala ficou em silêncio, e os lábios de Maggie tremeram, a doçura suave da memória brilhando em seus olhos. Era o tipo de poema que fazia as mulheres mais velhas se lembrarem de como era ser jovem.

Enquanto falava, Thomas olhava para todos, mas o poema era para mim; eu era a alma peregrina com uma face que se alterava. Ele terminou, refletindo sobre como o amor fugiu e "passou por cima das montanhas adiante e escondeu sua face em meio às muitas estrelas". Todos aplaudiram e bateram os pés, e Thomas curvou-se alegremente, aceitando os elogios. Ele procurou o meu olhar antes de se sentar. Quando desviei os olhos, deparei com Brigid me observando, com uma expressão especulativa e as costas rígidas.

— Quando eu era menina, meu avô, que se chamava Eoin também, não me pedia votos no aniversário dele, me pedia uma história — contei, hesitante, ansiosa por uma distração. — Era a nossa tradição especial.

Eoin bateu palmas de alegria.

— Eu amo as suas histórias! — gritou ele.

Todos riram da sua empolgação, mas tive que me segurar para não enterrar o rosto em seus cabelos ruivos e chorar. O amor de Eoin por minhas histórias foi onde tudo começou, e, de alguma forma, o tempo e o destino nos deram mais um aniversário juntos.

— Conte-nos a história de Donal e o rei com orelhas de burro — pediu Eoin, e, com o incentivo de todos, foi exatamente o que eu fiz, mantendo a tradição viva.

§

Thomas não conseguia encontrar Liam. Ele havia deixado seu emprego nas docas logo depois de afirmar que as armas tinham desaparecido, e os homens com quem ele trabalhava não pareciam preocupados com seu paradeiro. Brigid disse que ele tinha ido para Cork, para a cidade portuária de Youghal, mas ela tinha apenas uma carta escrita às pressas, poucas linhas e a promessa de que escreveria, com seu nome assinado na parte inferior. Brigid especulou que ele tinha encontrado um emprego melhor nas docas mais movimentadas, mas sua partida abrupta fizera todos estranharem. Eu não tinha ideia do que Brigid sabia sobre as atividades de Liam, mas dei a ela o benefício da dúvida. Ele era seu filho, e ela o amava. Eu não usaria os atos dele contra ela. Só estava aliviada que ele tivesse ido embora, mas Thomas estava preocupado com o que isso significava.

— Não consigo proteger você de uma ameaça que não entendo — disse ele em certa ocasião, depois de darmos boa-noite a Eoin. Saímos para caminhar no escuro do outono, esmagando as folhas recém-caídas e evitando a margem do lago. Nenhum de nós queria visitar o lago.

— Você realmente acha que eu preciso ser protegida?

— Liam não era o único no barco.

— Não. Havia outros dois também.

— Como eles eram? Consegue descrevê-los?

— Todos eles usavam o mesmo quepe, o mesmo estilo de roupa. Tinham mais ou menos a mesma altura e idade. Acho que um tinha a pele mais clara, olhos azuis e a barba por fazer. O outro era mais pesado, eu acho. Tinha bochechas mais cheias e vermelhas. Não deu para ver a cor do cabelo... e eu estava concentrada em Liam, na arma.

— Já é alguma coisa, eu acho. Embora não me venha ninguém em mente — ele disse, preocupado.

— Liam ficou muito chocado ao me ver. Você acha que foi apenas surpresa ou... medo... que o fez atirar? — questionei.

— Fiquei chocado quando a vi também, Anne. Mas atirar em você nunca passou pela minha cabeça — murmurou Thomas. — Você pode ficar quieta e não dizer nada, mas todos eles sabem que você os viu, e você não está segura. Liam acha que você é uma espiã. Ele parecia um pouco fora de si quando me falou que você não era Anne. Porém ver que ele estava certo só me deixa mais ansioso e desesperado para encontrá-lo. Mick é de Cork. Talvez ele conheça alguém que possa procurar. Eu me sentiria melhor se tivesse certeza de que Liam está em Youghal.

— Você acha que foi ele quem pegou as armas, Thomas? — perguntei, expressando uma suspeita que tivera desde o início. Adivinhar tramas era minha especialidade.

— As armas eram dele mesmo, de sua responsabilidade, pelo menos. Por que ele mentiria sobre as armas terem sumido?

— Para levantar suspeitas sobre mim. Ele sabe o que fez, Thomas. Ele sabe que tentou me matar no lago. Talvez ele queira que eu pareça louca... ou talvez ele saiba que, se me pintar de traidora, de espiã, ninguém vai dar ouvidos se eu o acusar. Era só mudar as armas de lugar quando ninguém estivesse olhando... exatamente como ele pretendia fazer... e depois falar a Daniel que elas tinham desaparecido. Daniel não iria saber. Você não iria saber. E a acusação dele teve o efeito que ele pretendia. Fez você ficar desconfiado de mim, ou mais cauteloso.

— Isso faz tanto sentido quanto qualquer outra coisa. — Thomas ficou em silêncio, pensando, então se sentou, cansado, no muro baixo de pedra que separava o gramado das árvores, descansando a cabeça nas mãos. Quando falou de novo, sua voz estava hesitante, como se temesse minha resposta.

— O que aconteceu com ela, Anne? Com a Anne de Declan? Você sabe tantas coisas. Aconteceu alguma coisa que está com medo de me contar?

Sentei-me a seu lado e peguei sua mão.

— Não sei o que aconteceu, Thomas. Eu contaria se soubesse. Eu nem sabia que Declan tinha irmãos mais velhos e uma irmã. Acho que sou como qualquer irlandês ou irlandesa. Tenho primos nos Estados Unidos também. Achava que Eoin e eu fôssemos os últimos Gallagher. Seu diário... a descrição da Revolta da Páscoa e a participação deles nisso foi a imagem mais completa que já tive dos meus bisavós. Eoin nunca falou deles. Para ele, eles não existiam além de alguns fatos e fotos. Cresci acreditando que Anne morreu na Revolta, ao lado de Declan. Nunca foi uma pergunta. Em 2001, os túmulos deles pareciam os mesmos de agora, sem o líquen. Os nomes deles estão na lápide, lado a lado. As datas não foram alteradas.

Ele ficou em silêncio por um longo tempo, pensando em tudo que isso significava.

— A triste verdade é que, quando as pessoas saem da Irlanda, raramente voltam. — Thomas suspirou. — E nunca sabemos o que acontece com elas. Morte ou emigração. Dá no mesmo. Estou começando a acreditar que só o vento sabe o que aconteceu com Anne.

— *Aithníonn an gaoithe*. O vento sabe tudo — concordei suavemente. — Foi o que Eoin me falou quando eu era pequena. Talvez ele tenha aprendido com você.

— Eu aprendi com Mick. Mas ele diz que o vento é muito fofoqueiro, e, se você não quer que ninguém saiba seus segredos, é melhor contar para uma pedra. Ele diz que é por isso que temos tantas pedras na Irlanda. As rochas absorvem cada palavra, cada som, e nunca contam a ninguém. Isso é bom, porque os irlandeses gostam de tagarelar.

Eu ri. Me fez lembrar da história que Eoin tinha pedido no meu aniversário sobre Donal e o rei com orelhas de burro. Donal contou o segredo do rei a uma árvore porque ficou desesperado para contar a alguém, qualquer pessoa. Algum tempo depois, a árvore foi cortada e usada para fazer uma harpa. Quando a harpa era tocada, as cordas cantavam o segredo do rei.

Havia várias morais para a velha história, mas uma delas é que segredos nunca ficam escondidos. Thomas não tagarelava. Eu duvidava que Michael Collins tagarelasse também. A verdade tinha uma forma de se revelar, e algumas verdades matavam pessoas.

27 de novembro de 1921

Recebi uma carta de Mick hoje. Ele está em Londres com Arthur Griffith e outros da delegação para participar das negociações do Tratado. Metade da delegação irlandesa se ressente da outra metade, e cada parte acha que tem razão. As divisões do grupo foram feitas por De Valera e estão sendo exploradas pelo primeiro-ministro Lloyd George. Mick está perfeitamente ciente disso.

O primeiro-ministro montou uma formidável equipe britânica para representar os interesses ingleses; Winston Churchill está entre eles, e nós, irlandeses, sabemos o que Churchill pensa de nós. Ele era contra o governo interno e o livre comércio e apoiava a presença de Auxiliares para nos manter na linha. É fácil para um soldado como Churchill, com uma história de poder militar por trás dele, esperar e promover certo tipo de guerra, e ele não tem respeito pelos métodos de Mick. Para ele, a questão irlandesa é pouco mais que uma revolta camponesa; somos um bando enfurecido com forcados e tochas acesas. Churchill também sabe que a opinião mundial é uma arma que pode ser usada contra os britânicos, e é muito astuto em enfraquecer a eficácia dessa arma. No entanto, Mick diz que a única coisa que Churchill entende é o amor pelo país, e, se ele puder reconhecer o mesmo amor na delegação irlandesa, uma ponte estreita pode ser construída.

Mick confirmou que as negociações de paz realmente aconteceram em 11 de outubro, notando a data e me pedindo para trazer Anne a Londres, ou a Dublin, quando pudesse.

— Vou viajar para Dublin nos fins de semana sempre que puder, tentando manter os líderes do Dáil atualizados sobre as

negociações. Não quero ser acusado de esconder informações de Dev ou de qualquer um dos outros. Vou fazer o que puder para que a previsão de Anne não se concretize. Mas ela está acertando até agora, Tommy. De certa forma, ela me preparou. Há uma pequena medida de confiança e equilíbrio que surge quando um homem sabe que está condenado. Tenho poucas expectativas de um bom resultado e acho que, por causa disso, estou vendo as coisas como são e não como gostaria que fossem. Traga-a, Tommy. Talvez ela saiba o que eu devo fazer em seguida. Deus sabe que estou perdendo a cabeça. Não sei o que é melhor para o meu país. Homens morreram, homens que eu admirava. Eles morreram por um ideal, por uma causa, e eu acreditava neles. Eu acredito no sonho de uma Irlanda independente. Mas ideias são fáceis. Sonhos são mais fáceis ainda. Pôr em prática é outra coisa. Os britânicos que foram delegados estão confortáveis em seu poder e confiantes de sua posição; Downing Street e as Casas do Parlamento cheiram a autoridade e dominação ancestral, das quais os irlandeses jamais desfrutaram. Lloyd George e sua equipe vão para casa à noite e se encontram para seus estudos particulares, planejando como dividir e conquistar a delegação aqui e a liderança irlandesa em casa. Reunião após reunião, conferência após subconferência, nós andamos em círculos. É tudo um jogo, Tommy. Para nós, é vida ou morte; para os britânicos, é simplesmente manobra política. Eles falam de diplomacia, mas nós sabemos que diplomacia significa dominação. Independentemente disso, sei que minha utilidade expirou. A forma como tenho travado essa guerra pelos últimos anos não será possível depois que eu voltar para a Irlanda. Sou uma entidade conhecida agora. Fui minado, e meus métodos de esconde-esconde, ataque e retirada não serão mais suficientes. Minha foto já foi divulgada pelos jornais da Inglaterra e da Irlanda. Se as negociações fracassarem, terei sorte de sair em segurança de Londres. Ou essa pequena delegação irlandesa desorganizada chega a um acordo, ou a Inglaterra e a Irlanda entrarão em guerra por completo. Não temos homens, recursos, armas nem vontade para isso. Não entre as pessoas normais. Elas querem liberdade. Elas se sacrificaram muito por isso. Mas não querem ser massa-

cradas. E eu não posso, em sã consciência, ser o homem que as condena a esse destino — disse ele.

A carta me fez chorar... chorar por meu amigo, por meu país e por um futuro que parece ser muito sombrio. Fui a Sligo todos os dias para ler o Irish Times colado na vitrine da loja de departamentos Lyons, mas Anne não me perguntou sobre o processo. É como se ela estivesse simplesmente esperando, calma e resignada. Ela já sabe o que vai acontecer, e seu conhecimento é um fardo que ela tenta carregar em silêncio.

Quando eu disse a Anne que Mick pediu por ela, ela concordou prontamente em ajudar com o que pudesse, embora eu tivesse que mostrar a carta para fazê-la acreditar. Parte dela ainda está convencida de que ele a quer morta. Anne derramou lágrimas quando leu seu melancólico resumo, assim como eu fizera, e eu não tinha palavras para consolá-la. Em vez disso, ela se pôs entre meus braços e me confortou.

Eu a amo com uma intensidade de que não me considerava capaz. Yeats escreve sobre estar completamente mudado. Eu estou completamente mudado. E, embora o amor tenha de fato uma beleza terrível, principalmente devido às circunstâncias, só posso me deleitar em toda a sua grandiosidade sangrenta.

Quando não estou preocupado com o destino da Irlanda, estou planejando um futuro que gira em torno dela. Pensando em seus seios brancos e nos arcos altos de seus pés pequenos, na forma como seus quadris se alargam e em como sua pele é uma seda atrás da orelha e na parte interna das coxas. Penso na maneira como ela abandona o sotaque irlandês quando estamos sozinhos e como suas vogais e os Ts suavizados criam uma honestidade entre nós que não existia antes.

O sotaque americano combina com ela. E então começo a pensar que a maternidade combina com ela também, e como sua barriga ficaria grande com nosso filho — alguém para Eoin amar e cuidar. Ele precisa de um irmão. Imagino as histórias que ela contaria às crianças, as histórias que escreveu e as histórias que vai escrever, e as pessoas ao redor do mundo que as lerão.

Então começo a pensar em mudar seu sobrenome. Em breve.

T. S.

18
A CONFIANÇA DELE

Parti meu coração em dois
De tão forte que bati.
O que importa? Porque sei
Que ele é feito de pedra.
Fruto de fonte desolada,
O amor dá um salto em seu curso.

— W. B. Yeats

O barco em que Michael Collins estava atracou com horas de atraso em Dún Laoghaire; eles bateram em uma traineira no mar da Irlanda e chegaram apenas quarenta e cinco minutos antes da reunião de gabinete das onze horas com o Dáil. Michael ligou para Garvagh Glebe de Londres em 2 de dezembro e pediu que Thomas e eu o encontrássemos em Dublin. Viajamos à noite apenas para ficar esperando no cais dentro do Ford T por quatro horas, cochilando e estremecendo enquanto aguardávamos a chegada do barco. Dublin estava infestada de patrulhas de Black and Tans e Auxiliares novamente. Era como se Lloyd George tivesse dado a eles um sinal para que agissem, um lembrete visual final de como a Irlanda seria indefinidamente se não chegassem a um acordo. Fomos parados e revistados duas vezes, uma logo que chegamos a Dublin e outra quando estacionamos no cais de Dún Laoghaire, esperando enquanto eles apontavam a lanterna para nosso rosto, nosso corpo e a maleta médica de Thomas dentro do carro. Eu não tinha documentos, mas era uma mulher bonita na companhia de um médico com um carimbo do governo em seus documentos. Eles nos deixaram passar sem problemas.

Michael fez a viagem de volta a Dublin com Erskine Childers, secretário da delegação. Ele era um homem magro, de traços finos e maneiras eruditas. Eu sabia pela minha pesquisa que era casado com uma americana e, no fim, não apoiaria o Tratado. Mas ele era apenas um mensageiro, não era da delegação, e sua assinatura não seria necessária para forjar um acordo com a Inglaterra. Ele cumprimentou Thomas e a mim com um aperto de mão cansado, mas tinha seu próprio carro esperando, nos dando um momento com Michael Collins antes que ele fosse entregue à Mansion House, onde a reunião aconteceria.

— Conversamos enquanto você dirige, Thomas. Pode não haver outra oportunidade — instruiu Michael, e nós três nos sentamos no banco da frente do carro, com Thomas atrás do volante e eu no meio. Michael parecia que não dormia fazia semanas. Ele sacudiu o casaco e penteou o cabelo enquanto Thomas dirigia.

— Diga-me, Anne — exigiu Michael. — O que acontece agora? O que de bom pode resultar dessa viagem infernal?

Eu tinha passado a noite tentando me lembrar dos detalhes intrincados da linha do tempo e só pude recordar as idas e vindas gerais que ocorreram entre o início das negociações, em 11 de outubro, e a subsequente assinatura do Tratado, ou do Contrato Social, como era às vezes chamado, nos primeiros dias de dezembro. Essa reunião na Mansion House não soou na minha memória como produtiva ou crucial. Havia pouca informação sobre ela, exceto quando era referida em debates subsequentes. Era o começo do fim, mas as brigas só se intensificariam nas próximas semanas.

— Os detalhes são difíceis — comecei —, mas haverá raiva no juramento de fidelidade à Coroa que Lloyd George está exigindo. De Valera vai insistir na associação externa em vez do status de domínio, como os artigos agora dizem...

— A associação externa foi derrubada — interrompeu Michael. — Tentamos isso, mas foi totalmente rejeitado. O status de domínio com um juramento que declara a Coroa chefe de uma série de estados individuais, a Irlanda sendo um deles, é o mais próximo que podemos chegar de uma república. Somos uma nação pequena, e a Inglaterra é um império. O status de domínio é o melhor que vamos conseguir. Eu vejo isso como um passo em direção a uma independência maior no futuro. Podemos nos estabelecer ou podemos ir para a guerra. Essas são as opções — retrucou Michael.

Anuí e Thomas apertou minha mão, me encorajando a continuar. Michael Collins não estava bravo comigo. Estava cansado, e havia discutido cem vezes a mesma coisa nas últimas semanas.

— Tudo que posso dizer, Michael, é que aqueles que o odiavam antes ainda o odeiam. Há pouco que você possa dizer para fazê-los mudar de ideia.

— Cathal Brugha e Austin Stack — Michael murmurou, nomeando seus adversários mais ferozes no gabinete irlandês. — Dev não me odeia... ou talvez odeie. — Ele esfregou o rosto. — De Valera é um nome de peso em toda a Irlanda, e ele é o presidente do Dáil. Tem muito capital político para gastar. Mas não consigo entendê-lo. É como se ele quisesse ditar a direção que o país vai tomar, mas não quisesse se sentar no banco do motorista e dirigir o veículo, caso caíssemos de um penhasco.

— Ele vai se comparar a um capitão cuja tripulação avançou antes da maré e quase afundou o navio.

— Ele vai, é? — perguntou Michael, com o semblante obscurecido. — Um capitão de navio que não se preocupou em zarpar com sua tripulação.

— Acredito que você diga algo em um dos debates sobre ele tentar navegar com o navio em terra firme.

— Ah, isso é ainda mais adequado — retrucou Michael.

— O povo estará com você, Mick. Se o acordo for bom o suficiente para você, será bom o suficiente para nós — disse Thomas.

— Não é bom o suficiente para mim, Tommy. Nem de perto. Mas é um começo. É mais do que a Irlanda jamais teve. — Ele meditou por um momento antes de me fazer as perguntas finais. — Então eu vou voltar a Londres?

— Você vai — respondi, firme.

— De Valera irá a Londres conosco?

— Não.

Collins assentiu, como se já esperasse por isso.

— Os outros vão assinar o Tratado? Sei que Arthur vai, mas e o restante da delegação irlandesa?

— Todos vão assinar. Barton será o mais difícil de convencer. Mas o primeiro-ministro vai dizer que haverá uma guerra em três dias se ele não assinar. — Lloyd George provavelmente estava blefando sobre o prazo, de acordo com os historiadores, mas Barton acreditou nele. Todos acreditaram. E o Tratado foi assinado.

Michael inspirou profundamente.

— Então não há muito que preciso dizer hoje. Estou cansado demais para discutir, de qualquer forma. — Ele bocejou, estalando o maxilar. — Quando você vai se casar com essa garota, Tommy?

Thomas sorriu para mim, mas não disse nada.

— Se você não se casar com ela, eu me caso. — Michael bocejou de novo.

— Você já tem muitas mulheres para administrar, sr. Collins. Princesa Mary, Kitty Kiernan, Hazel Lavery, Moya Llewelyn-Davies... Estou esquecendo alguém? — perguntei.

As sobrancelhas dele se ergueram.

— Bom Deus, mulher. Você é assustadora — ele sussurrou. — Talvez seja melhor Kitty e eu marcarmos uma data. — Ele ficou quieto por alguns segundos. — Princesa Mary? — perguntou, com a testa franzida em confusão.

— Acredito que a condessa Markievicz acuse você de ter um caso com a princesa Mary durante as negociações do Tratado — expliquei, rindo.

— Jesus — ele gemeu. — Como se eu tivesse tempo. Obrigado pelo aviso.

Paramos em frente à Mansion House de Dublin, a sede do parlamento irlandês. Era um belo edifício retangular com janelas imponentes que marcavam a parte exterior clara e se estendiam de cada lado da entrada com dossel. Havia uma multidão formada. Homens se alinhavam na parede à esquerda do prédio ou subiam nos postes para ter uma visão melhor. O lugar estava repleto de curiosos e pessoas bem relacionadas.

Michael Collins colocou seu chapéu com firmeza na cabeça e saiu do carro. Vimos a imprensa se aglomerar e a multidão gritar quando ele foi visto, mas ele não diminuiu o passo e não sorriu ao cruzar o pátio de paralelepípedos em direção à escada com vários de seus homens atrás, agindo como guarda-costas. Reconheci Tom Cullen e Gearóid O'Sullivan do casamento no Gresham. Eles também estavam esperando no Dún Laoghaire e nos seguiram de perto enquanto vínhamos à Mansion House. Joe O'Reilly acenou para nós antes que todos fossem engolidos pela multidão.

∞

Michael Collins voltou a Londres, e Thomas e eu ficamos em Dublin, sabendo que a delegação estaria de volta em breve. Mick retornou em 7 de dezembro; o pobre homem estivera em um barco e um trem por mais horas que na semana anterior. Ele e os outros foram recebidos por um comunicado à imprensa em todos os jornais afirmando que o presidente De Valera convocara uma reunião de emergência de todo o gabinete "diante da natureza do Tratado proposto com a Grã-Bretanha", sinalizando ao povo que a paz era incerta e que o acordo que eles acabaram de assinar não tivera o seu apoio. Como havia feito apenas alguns dias antes, Mick chegou a Dún Laoghaire e entrou em outra série de reuniões — dessa vez com um governo irlandês dividido —, sem descanso, sem trégua, sem pausa.

Depois de longas discussões em sessões fechadas, e de o gabinete ter votado por quatro a três a favor da união por trás do Tratado, De Valera emitiu outra declaração à imprensa afirmando que os termos do Tratado conflitavam com os desejos da nação — uma nação que ainda não tinha sido consultada — e que ele não podia recomendar sua aceitação. E isso foi apenas o começo.

Em 8 de dezembro, Mick apareceu na porta de Thomas em Mountjoy Square parecendo perdido e em estado de choque. Thomas pediu que ele entrasse, mas ele simplesmente ficou lá, parado. Mal conseguia levantar a cabeça, como se pensasse que as recriminações feitas por De Valera e outros membros do gabinete haviam transbordado e contaminado sua reputação, mesmo entre seus amigos.

— Uma mulher cuspiu em mim, Tommy, do lado de fora do Devlin's Pub. Ela me disse que eu traí meu país. Disse que, por minha causa, eles morreram por nada. Seán Mac Diarmada, Tom Clarke, James Connolly e todos os outros morreram em vão. Ela disse que eu os traí e a todos os outros quando assinei o Tratado.

Juntei-me a Thomas na porta e tentei fazer Michael entrar, assegurando-lhe que ele tinha feito o que podia, mas ele se virou e desabou no degrau de cima em vez de entrar. Já estava escuro, e os postes da rua já estavam acesos, mas a noite estava fria. Eu trouxe um cobertor e coloquei sobre seus ombros, e Thomas e eu nos sentamos no degrau ao seu lado, mantendo uma vigília silenciosa em torno de seu coração partido. Quando ele de repente desabou de exaustão e angústia, deitando a cabeça nos braços como uma criança derrotada, ficamos com ele. Ele não me pediu respostas ou previsões. Não queria saber o que aconteceria depois ou o que ele deveria fazer. Ele simplesmente chorou, os ombros sacudindo e as costas curvadas. Depois de um tempo, enxugou os olhos, levantou-se cansado e subiu na bicicleta.

Thomas o seguiu, implorando que ele fosse para Garvagh Glebe no Natal se não conseguisse ir para casa em Cork ou para Garland ver Kitty. Michael agradeceu baixinho e acenou para mim, sem fazer promessas. Então saiu pedalando noite adentro, apenas dizendo que havia trabalho a ser feito.

Acordei com um grito, e por um momento estava de volta a Manhattan, ouvindo o barulho dos carros de polícia e das ambulâncias, barulhos comuns na vida da cidade. As formas das sombras no quarto e os sons de Garvagh Glebe me tiraram da sonolência e me trouxeram à consciência, e eu me endireitei, o coração batendo forte, os membros tremendo. Havíamos chegado em casa de Dublin depois do jantar, e Thomas já fora imediatamente chamado para ver um paciente. Eoin estava irritado, Brigid estava cansada, e eu coloquei o menino para dormir com uma história e alguns subornos. Então, eu mesma caí na cama, preocupada, e peguei no sono pensando em Thomas e em sua agenda sem fim.

Saí correndo do meu quarto e subi as escadas para ver Eoin, identificando-o como a origem do grito. Encontrei Brigid no corredor e ela hesitou, deixando-me assumir a frente.

Eoin estava se debatendo na cama, agitando os braços, o rosto molhado de lágrimas.

— Eoin — eu disse, sentando-me a seu lado. — Acorde! Você está tendo um pesadelo. — Ele estava rígido e era difícil segurá-lo, seu pequeno corpo pressionado entre o sonho e a realidade, e eu o sacudi, dizendo seu nome, dando tapinhas em suas bochechas geladas. Todo o seu corpo estava frio. Comecei a esfregar as mãos vigorosamente por seus membros trêmulos, tentando aquecê-lo e acordá-lo.

— Ele costumava fazer isso quando era bem pequeno — disse Brigid, preocupada. — Na maioria das vezes não conseguíamos acordá-lo. Ele se agitava, e o dr. Smith simplesmente o segurava até ele se acalmar.

Eoin deu outro grito de gelar o sangue, e Brigid deu um passo para trás com as mãos no ouvido.

— Eoin — insisti. — Eoin, onde você está? Está me ouvindo?

Seus olhos se abriram.

— Está escuro — ele reclamou.

— Acenda a luz, Brigid. Por favor.

Ela correu para fazer o que eu pedi.

— Doutor! — gritou Eoin, seus olhos azuis percorrendo o quarto em busca de Thomas. — Doutor, cadê você?

— Shh, Eoin — tentei acalmá-lo. — Thomas ainda não voltou.

— Onde está o doutor? — perguntou, soluçando. Ele não estava choramingando. Estava chorando. Seus lamentos faziam meus olhos se encherem e derramarem.

— Ele vai voltar para casa logo, Eoin. Nana está aqui. Eu estou aqui. Está tudo bem.

— Ele está na água! — ele gemeu. — Ele está na água!

— Não, Eoin. Não — eu disse, mesmo que meu coração tenha congelado e pesado no peito. Eu era a culpada pelo pesadelo de Eoin dessa vez. Ele não tinha apenas me visto desaparecer; tinha visto Thomas desaparecer também.

Depois de alguns minutos, o corpo de Eoin ficou mais flexível, mas suas lágrimas continuaram caindo enquanto ele soluçava com a convicção de um coração partido.

Eu o segurei bem perto, passando a mão em suas costas e acariciando seu cabelo.

— Você gostaria de uma história, Eoin? — sussurrei, tentando persuadi-lo a sair do pesadelo e levá-lo ao conforto de acordar.

— Eu quero o doutor — gritou ele. Brigid se sentou na cama de Eoin. Ela usava uma touca para dormir com babados que a deixava parecida com a sra. Noel, e pude ver seu rosto enrugado e preocupado na luz escassa. Ela não tocou em Eoin, mas uniu as mãos como se quisesse que alguém a segurasse também.

— E se você me contar o que o doutor faz para que você se sinta melhor quando tem um pesadelo? — sugeri.

Eoin continuou chorando, como se Thomas nunca fosse voltar.

— Ele canta para você, Eoin — murmurou Brigid. — Quer que eu cante para você?

Eoin sacudiu a cabeça, virando o rosto em meu peito.

— Ele domesticou as águas, domesticou o vento, Ele salvou um mundo agonizante do pecado, eles não podem esquecer, eles nunca vão esquecer, o vento e as ondas ainda se lembram Dele — Brigid balbuciou timidamente. — Ele curou os feridos, os cegos, os coxos, os pobres de coração chamavam Seu nome. Nós não podemos esquecer, nunca vamos esquecer, o vento e as ondas ainda se lembram Dele.

— Não gosto dessa música, Nana — disse Eoin, com a voz entrecortada pelos soluços que o faziam estremecer.

— Por que não? — perguntou ela.

— Porque é sobre Jesus, e Jesus morreu.

Brigid parecia um pouco chocada, e eu senti uma risada inapropriada borbulhando no peito.

— Mas não é uma música triste. É uma música sobre lembrar — protestou ela.

— Eu não gosto de lembrar que Jesus morreu — insistiu Eoin, levantando a voz. Os ombros de Brigid caíram, e eu acariciei sua mão. Ela estava tentando, e Eoin não estava sendo muito receptivo.

— Lembre-se Dele, lembre-se de quando, lembre-se de que Ele virá novamente, quando toda a esperança e amor estiverem perdidos, lembre-se de que Ele pagou por isso — Thomas cantou baixinho da porta. — Eles não podem esquecer, eles nunca vão esquecer, o vento e as ondas ainda se lembram Dele.

Os olhos claros de Thomas tinham olheiras, e suas roupas estavam amarrotadas, mas ele avançou e ergueu Eoin dos meus braços. Eoin se agarrou a ele, enterrando o rosto no pescoço dele. Seus soluços aumentaram novamente, angustiantes e implacáveis.

— O que há de errado, homenzinho? — Thomas suspirou. Eu me levantei, desocupando o lugar para que ele pudesse colocar Eoin de volta na cama. Brigid se levantou também e, com um suave boa-noite, saiu rapidamente do quarto. Eu a segui, deixando Eoin nas mãos capazes de Thomas.

— Brigid?

Ela se virou para mim com o rosto trágico, a boca apertada.

— Você está bem? — perguntei. Ela assentiu rapidamente, mas percebi que estava lutando para manter a compostura.

— Quando meus filhos eram pequenos, às vezes choravam assim durante o sono — disse ela. Fez uma pausa, emaranhada em uma lembrança. — Meu marido, o pai de Declan, não era gentil como Thomas. Era amargo e estava sempre cansado. A raiva era a única coisa que o fazia continuar. Ele afundou; ele *nos* afundou. E não tinha paciência com as nossas lágrimas.

Escutei sem comentar. Era quase como se ela não estivesse falando comigo, e eu não queria assustá-la.

— Não permiti que Eoin chamasse Thomas de pai. Eu não suportava. E Thomas nunca reclamou. Agora Eoin o chama de doutor. Eu não deveria ter feito isso, Anne. Thomas merece mais — sussurrou Brigid. Então olhou nos meus olhos, e havia uma expressão de súplica neles que implorava por absolvição. E eu dei isso a ela de bom grado.

— Thomas quer que Eoin saiba quem era seu pai. Ele é muito protetor com Declan — disse eu, acalmando-a.

Ela fez que sim com a cabeça.

— Sim. Ele é. Ele cuidou de Declan como cuida de todos. — Seus olhos se desviaram de novo. — Meus filhos... especialmente os meninos... herdaram o temperamento do pai. Eu sei que Declan... Declan nem sempre foi gentil com você, Anne. Eu quero que você saiba... Não a culpo por ter ido embora quando você teve a oportunidade. E não a culpo por ter se apaixonado por Thomas. Qualquer mulher sábia se apaixonaria.

Fiquei olhando para minha tataravó, sem palavras.

— Você está apaixonada por Thomas, não está? — perguntou ela, mal interpretando minha expressão atordoada.

Não respondi. Queria defender Declan. Contar a Brigid que Anne não tinha ido embora, que seu amado Declan não tinha levantado a mão para a esposa ou a assustado. Mas eu não sabia qual era a verdade.

— Acho que perdi minha utilidade, Anne — disse Brigid, ainda em tom frágil. — Tenho planos de ir para os Estados Unidos morar com a minha filha. Está na hora. Eoin tem você. Ele tem Thomas. E, como meu querido falecido marido, não tenho mais jeito para lidar com lágrimas.

A emoção cresceu em meu peito.

— Ah, não — lamentei.

— Não? — zombou ela, mas pude sentir a emoção em sua garganta.

— Brigid, por favor, não. Eu não quero que você vá.

— Por quê? — sua voz soou como a de uma criança, como a de Eoin, queixosa e incrédula. — Não há mais nada para mim aqui. Meus filhos estão espalhados. Estou envelhecendo. Estou... sozinha. E não sou mais — ela parou, procurando a palavra certa — necessária.

Pensei no túmulo em Ballinagar, aquele que levaria seu nome nos anos que viriam, e implorei a ela gentilmente.

— Um dia... Um dia seus tataranetos virão aqui, a Dromahair, e subirão a colina atrás da igreja onde seus filhos foram batizados, onde seus filhos se casaram e depois descansaram, e vão se sentar entre as lápides em Ballinagar que levam o nome Gallagher, e saberão que esta foi a sua casa, e, porque foi a sua casa, é a deles também. É isso que a Irlanda faz. Chama seus filhos de volta para casa. Se você não ficar na Irlanda, para quem eles vão voltar?

Seus lábios começaram a tremer, e ela ergueu a mão em minha direção. Eu a peguei. Ela não me puxou para mais perto ou buscou meu abraço, mas a distância entre nós havia sido eliminada. Sua mão parecia pequena e frágil na minha, e eu a segurei com cuidado, a tristeza pesando sobre meus ombros. Brigid não era uma mulher velha, mas sua mão parecia velha, e fiquei com raiva do tempo por tê-la levado embora, por ter levado todos nós embora, um por um.

— Obrigada, Anne — sussurrou ela e, depois de um momento, soltou minha mão. Caminhou até seu quarto e fechou a porta delicadamente.

22 de dezembro de 1921

Os debates continuaram no Dáil por horas a fio, dia após dia. A imprensa parece estar firmemente ao lado do Tratado, mas os primeiros debates eram fechados ao público, contra a vontade de Mick. Ele quer que o povo saiba quais são as divergências, que saiba o que está em jogo e o que está sendo discutido. Mas ele foi derrotado. Pelo menos no começo.

Os debates públicos começaram na tarde do dia 19 e entraram em recesso hoje para o Natal. Na véspera de Natal do ano passado, Mick quase foi preso. Ele ficou bêbado, barulhento e descuidado, chamando muita atenção, e acabamos rastejando para fora de uma janela do segundo andar do Hotel Vaughan's segundos antes de os Auxiliares chegarem. É isso que acontece quando você carrega o peso do mundo em seus ombros; às vezes você perde a cabeça. E Mick perdeu a dele no ano passado.

Este ano, ser preso não é um problema, embora eu ache que ele trocaria com prazer os problemas que está enfrentando agora pelos problemas do ano passado. Ele é um homem dividido entre a lealdade e a responsabilidade, entre a praticidade e o patriotismo, por pessoas por quem ele preferiria morrer a lutar contra. Seu estômago o está incomodando novamente. Repassei a ele as mesmas instruções, remédios e restrições, mas ele me dispensou.

— Fiz meus comentários oficiais hoje, Tommy. Não falei metade das coisas que deveria ter dito, e o que eu disse não foi bem expressado. Arthur (Griffith) disse que foi convincente, mas ele é generoso. Ele se referiu a mim como "o homem que ganhou a guerra", mas eu posso ser o homem que perdeu o país depois de hoje.

Mick queria que eu perguntasse a Anne como ela achava que a votação acabaria. Coloquei-a embaixo do meu braço para que ela pudesse compartilhar o receptor comigo e falasse no transmissor, que eu segurei na minha mão. Fiquei imediatamente distraído com o cheiro de seus cabelos e a sensação de seu corpo pressionado contra o meu.

— Tenha cuidado, Anne — cochichei em seu ouvido. Não gostava da ideia de que outras pessoas pudessem estar ouvindo e se perguntando o motivo do interesse de Mick na opinião dela. Anne sabiamente falou a Mick que "acreditava" que a facção pró-Tratado do Dáil prevaleceria.

— A margem será pequena, Michael, mas estou confiante de que será aprovado — disse ela.

Ele suspirou tão alto que ressoou através do fio, e Anne e eu nos afastamos do receptor para evitar o assobio da estática.

— Se você está confiante, então eu vou tentar ficar confiante também — disse Mick. — Diga-me, Anne, se eu for até aí para o Natal, você vai me contar outra de suas histórias? Talvez Niamh e Oisín? Gostaria de ouvir essa de novo. Vou recitar algo também, algo que vai fazer seus ouvidos queimarem e você rir, e vamos fazer Tommy dançar. Você sabia que Tommy dança, Annie? Se ele a ama como ama a dança, você é uma senhora de sorte.

— Mick — repreendi, mas Anne riu. O som era quente e ondulante, e eu beijei a lateral de seu pescoço, incapaz de me conter, grato por Mick estar rindo também, por sua tensão ter diminuído por um momento.

Anne prometeu a Mick que se ele realmente viesse haveria histórias, comida, descanso e dança. Ela me beliscou enquanto disse "dança". Eu havia mostrado a ela minhas habilidades de dança um dia na chuva. E depois a beijara no celeiro.

— Posso levar Joe O'Reilly? — perguntou Mick. — E talvez um homem para ser meu guarda-costas para que o pobre Joe possa relaxar um pouco?

Anne garantiu que ele podia levar quem quisesse, até a princesa Mary. Ele riu novamente, mas hesitou antes de desligar.

— *Tommy, eu agradeço por isso* — *murmurou ele.* — *Eu iria para casa, mas... você sabe que Woodfield se foi. E eu preciso sair de Dublin um pouco.*

— *Eu sei, Mick. E há quanto tempo eu imploro que você venha?*

No ano passado, Mick não se atreveu a ir a Cork no Natal. Teria sido muito fácil os Tans vigiarem sua família para atacá-lo e prendê-lo. Este ano ele nem sequer tem uma casa para onde voltar.

Há oito meses os Tans incendiaram Woodfield, a casa de infância de Mick, e jogaram seu irmão Johnny na prisão. A fazenda Collins está toda queimada, a saúde de Johnny piorou, e o restante da família está espalhado por Clonakilty, no condado de Cork. Mick carrega esse fardo também.

Anne ficou muito quieta com a menção à casa de Mick em Cork. Quando desliguei o receptor, seu sorriso havia se deformado, embora ela tenha feito o possível para mantê-lo no lugar. Seus olhos verdes estavam brilhando como se ela quisesse chorar, mas não quisesse que eu visse. Ela saiu às pressas da sala, murmurando uma desculpa sobre a hora de dormir e Eoin, e eu a deixei ir, mas consigo ver através dela. Eu vejo através dela agora como vi no lago, no dia em que tudo ficou claro.

Há coisas que ela não me contou. Ela está me protegendo do que sabe. Eu deveria insistir para ela me contar tudo, para que eu possa ajudá-la a carregar o peso do que está por vir. Mas, Deus me ajude, eu não quero saber.

T. S.

19
O BURACO DA AGULHA

Todos esses fluxos que violentamente passam
Saíram do buraco de uma agulha;
Coisas que ainda não nasceram, coisas que já se foram,
Ainda incitam do buraco de uma agulha.

— W. B. Yeats

Michael Collins e Joe O'Reilly chegaram cedo na véspera de Natal com um guarda-costas chamado Fergus a tiracolo e ocuparam os três quartos vazios na ala oeste da casa. Thomas encomendou três camas novas na loja de departamentos Lyons e carregou os estrados e colchões escada acima para os quartos recém-limpos, onde Maggie e Maeve os cobriram com lençóis novos e travesseiros fofos. Thomas disse que Michael não saberia o que fazer com uma cama grande em um quarto só dele, tendo dormido tantas vezes em qualquer lugar onde sua cabeça pousasse e nunca ficando em um mesmo lugar por muito tempo. Os O'Toole estavam fora de si de tanta empolgação, preparando os quartos como se o próprio rei Conor estivesse vindo visitá-los.

Eoin estava frenético enquanto esperava por eles, correndo de uma janela a outra, esperando-os chegar. Ele tinha um segredo que estava louco para compartilhar. Havíamos criado uma nova aventura para a saga de Eoin, uma história em que Eoin e Michael Collins remaram o pequeno barco pelo lago e chegaram à Irlanda do futuro. E a Irlanda em nossa história repousava sob a bandeira tricolor, não mais governada pela Coroa, e os problemas e tribulações dos séculos passados haviam ficado para trás. Escrevi a história em rimas, organizando cada página, e Thomas desenhou o pequeno Eoin e o seu Grande Amigo sentados no topo das falésias de Moher, beijando a pedra Blarney e dirigindo ao longo da Calçada dos Gigantes em Antrim. Em uma página, a dupla inusitada via as flores silvestres e se deparava com os ventos da ilha Clare. Em outra, eles testemunhavam o solstício de inverno em Newgrange, no condado de Meath. Quando começamos a história, não era um presente para Michael, mas, quando terminamos, concordamos que precisava ser.

Era um livrinho lindo, cheio de caprichos irlandeses e anseios esperançosos, com dois rapazes irlandeses, um grande e um pequeno, perambulando pela Ilha Esmeralda. Eu sabia que a Irlanda não conheceria a paz encontrada nas páginas de nosso livro por muito, muito tempo. Mas a paz viria. Viria em camadas, pedaços, capítulos, assim como uma história. E a Irlanda — a Irlanda das colinas verdes e pedras abundantes, da história pedregosa e das emoções turbulentas — perduraria.

Envolvemos o livro em papel e barbante e colocamos embaixo da árvore com o nome de Michael, acrescentando-o aos pacotes que já estavam lá — presentes para cada um dos O'Toole e novos chapéus e meias para todos os homens. Papai Noel viria depois que Eoin fosse dormir. Comprei a réplica do Ford T pela qual Eoin tinha ficado obcecado na casa de penhores de Kelly, e Thomas construiu para ele um veleiro de brinquedo e o pintou de vermelho, assim como o de nossas histórias.

O fotógrafo do casamento no Gresham nos enviou pelo correio cópias das fotos que tirou. Consegui deter o pacote sem que ninguém o visse. Coloquei a foto minha e de Thomas — aquela que Eoin guardaria para sempre — em uma pesada moldura dourada. Não era um presente emocionante para um menino, mas era precioso. Coloquei a outra foto do casamento, aquela com Michael sorrindo ao centro, em outra moldura para dar a Thomas. Aquela fora a noite em que admiti meus sentimentos pela primeira vez, a noite em que confessei tudo, e a lembrança daqueles momentos e o significado da história me deixavam sem fôlego toda vez que eu olhava para a foto.

Garvagh Glebe fora transformada em um resplandecente paraíso de cheiros quentes e superfícies luminosas, de árvores brilhantes e perfumadas amarradas com fitas e decoradas com frutas vermelhas e velas. Não fiquei surpresa de saber que Thomas abria suas portas todos os anos para os vizinhos, contratava músicos e fornecia comida suficiente para encher mil barrigas. As festividades sempre começavam no final da tarde e continuavam até a festa migrar para a

Santa Maria para a missa da meia-noite ou para casa a fim de descansar dos excessos do dia.

Pouco depois das cinco horas, charretes e caminhões agrícolas barulhentos, carros e carroças começaram a descer a pequena estrada em direção à mansão, que estava acesa com luzes e sons. O salão que ficara vazio o ano todo estava decorado, esfregado e encerado, e havia mesas compridas cheias de tortas e bolos, perus e carnes temperadas, batatas e pães preparados de várias maneiras. Não iriam se manter quentes, mas ninguém reclamou. As pessoas festejavam enquanto andavam, riam e se encontravam, as preocupações deixadas de lado por algumas horas. Algumas cercaram Michael Collins enquanto outras o evitaram; as linhas já haviam sido traçadas entre aqueles que achavam que ele havia trazido paz para a Irlanda com seu Tratado e aqueles que pensavam que ele havia causado a guerra civil. A notícia de que ele estava em Garvagh Glebe se espalhou como um incêndio, e alguns ficaram longe por causa disso. Os Carrigan, a família que havia perdido o filho e a casa por obra dos Tans em julho, se recusaram a participar das festividades. As mãos queimadas de Mary haviam cicatrizado, mas seu coração, não. Patrick e Mary não queriam paz com a Inglaterra. Eles queriam justiça para o filho.

Thomas tinha ido fazer um convite pessoal e ver como eles estavam. Eles o agradeceram, mas rejeitaram o convite com uma advertência:

— Não vamos nos curvar à Inglaterra e não vamos dividir o pão com quem o faz.

Thomas ficou preocupado que, mesmo em Dromahair, Michael não tivesse descanso nem trégua, então começou a circular um aviso de sua autoria entre os habitantes da cidade. Não seria permitido debate político ou mesmo discussão em Garvagh Glebe naquele Natal. Aqueles que viessem partilhar de sua hospitalidade o fariam com paz no coração, com o espírito da época, ou não seriam bem-vindos. Até agora as pessoas haviam cooperado, e aqueles que não podiam tinham se mantido afastados.

Thomas me perguntou se eu podia entreter os convidados com a história do nascimento sagrado e acender as velas nas janelas do salão. As velas eram uma tradição, um sinal para Maria e José de que havia lugar para eles lá dentro. Na época das Leis Penais, quando os padres eram proibidos de celebrar missas, a vela na janela era um símbolo do crente, um sinal de que os habitantes daquela casa também receberiam os padres.

Houve lábios tensos e olhos brilhantes enquanto eu contava a história e acendia os pavios. Algumas pessoas lançaram olhares fulminantes e cheios de condenação ao pobre Michael, como se ele tivesse esquecido de toda a dor e perseguição que havia vindo antes. Ele estava com um copo na mão e tinha uma mecha de cabelo escuro caída sobre a testa. Joe estava de um lado, e o homem que ele apresentara apenas como Fergus do outro. Fergus tinha cabelo cor de cenoura, era magro e estava com uma arma nas costas, por baixo do paletó. Não parecia que ele daria trabalho em uma briga, mas seus olhos vazios nunca paravam de se mover. Thomas explicou aos O'Toole que Fergus deveria ter acesso irrestrito à casa e ao terreno e que estava lá para garantir a segurança de Michael, mesmo na pequena Dromahair.

Então os músicos começaram a tocar, o centro do salão se iluminou e a dança começou. A voz do cantor era teatral e estridente, como se ele tentasse imitar um estilo que não era o seu, mas a banda estava empolgada e os ânimos altos, e os casais se formavam e giravam, e depois trocavam de pares. As crianças abriam caminho entre eles, dançando e perseguindo umas às outras. As bochechas de Eoin estavam vermelhas e seu entusiasmo era contagiante, Maeve e Moira tentavam encurralá-lo e a seus colegas para organizar uma brincadeira.

— Você me fez amá-la. Eu não queria isso. Eu não queria isso — lamentava o cantor, de forma pouco convincente, e eu encarei o ponche apimentado em minhas mãos, desejando fugazmente gelo picado.

— Dance comigo de novo, Annie. — Eu sabia quem estava falando antes mesmo de me virar.

— Receio que não seja muito boa, sr. Collins.

— Não é assim que me lembro. Não conhecia você muito bem, mas a vi dançando com Declan uma vez. Você estava maravilhosa. E pare de me chamar de sr. Collins, Annie. Já passamos disso há muito tempo.

Suspirei enquanto ele me puxava em direção aos casais que giravam. Claro que a outra Anne Gallagher sabia dançar. Nossas diferenças continuavam aumentando. Pensei na minha relação estranha com o ritmo. Eu dançava sozinha na minha cozinha minúscula em Manhattan, grata de que ninguém pudesse ver minhas pernas desajeitadas e meus dedos desengonçados, sentindo a música com todo o meu coração, mas incapaz de convertê-la em graça. Eoin sempre dizia que eu sentia demais para dançar bem. *A música está transbordando de você, Annie. Qualquer um pode ver isso.*

Eu acreditava nele, mas isso não me fazia sentir melhor a respeito da minha falta de habilidade.

— Acho que esqueci como se dança — protestei, mas Michael não se intimidou. A música mudou repentinamente, e o cantor desistiu de suas tentativas de modernidade, indo para algo muito mais tradicional. O violino soltou um lamento, e começaram batidas com as mãos e os pés. O ritmo era frenético, os passos eram rápidos demais para que eu pudesse fingir, e eu me recusei a acompanhar Michael Collins. Mas Michael se esquecera de mim completamente. Ele estava observando Thomas, que havia sido empurrado para o centro da pista de dança.

— Vai, Tommy! — Michael gritou. — Mostra como se faz.

Thomas estava sorrindo, e seus pés voavam enquanto os espectadores o aplaudiam. Eu só conseguia ficar olhando, fascinada. O violino gritou e seus pés o acompanharam, batendo e chutando, um herói do folclore irlandês ganhando vida. Então ele puxou Michael, que não estava conseguindo se conter, para o círculo com ele, dividindo o palco. Thomas estava rindo, seu cabelo caía no rosto, e eu não conseguia desviar o olhar. Eu estava zonza de amor e atordoada de desespero.

Eu tinha trinta e um anos. Não era uma garota inocente. Nunca fora uma admiradora risonha ou uma mulher obcecada com atores ou músicos, com homens que não poderia ter, que não conhecia. Mas eu conhecia Thomas Smith. Eu o conhecia e amava. Desesperadamente. Amá-lo e conhecê-lo, porém, era tão impossível quanto amar um rosto em uma tela. Nós éramos impossíveis. Em um momento, em um suspiro, tudo poderia acabar. Ele era um sonho do qual eu poderia facilmente acordar. E eu sabia muito bem que, uma vez que acordasse, não conseguiria voltar ao sonho.

De repente, a futilidade e o medo que tinham me assombrado desde o momento em que Thomas me tirou do lago caíram pesadamente sobre mim, e eu engoli o ponche do meu copo tentando aliviar a tensão. Podia sentir a pulsação latejando em minha cabeça, como um gongo. Saí do salão caminhando rápido, mas, quando cheguei à porta da frente, já estava fugindo das reverberações. Corri para longe da casa e fui para baixo das árvores. O pânico se apoderou de mim, e eu pressionei as mãos contra a casca escamosa de um carvalho imponente, agarrando-o.

A noite estava clara e fria, e eu puxei o ar fresco para os pulmões, lutando contra o zumbido em minha cabeça, desejando que o barulho sob a pele acalmasse e diminuísse. A dura realidade da árvore me ancorou, e eu levantei o queixo para a brisa, fechei os olhos e segurei o tronco com força.

Não demorou muito para que eu ouvisse sua voz atrás de mim.

— Anne? — Thomas ainda estava sem fôlego, as mangas da camisa enroladas até os cotovelos, o cabelo despenteado, o paletó descartado. — Brigid disse que você saiu em disparada de casa, como se sua saia estivesse pegando fogo. O que aconteceu, garota?

Não respondi, não porque não quisesse, mas porque estava à beira das lágrimas, com a garganta tão apertada e o coração tão dolorido que não conseguia falar nada. O lago acenou, e de repente eu queria andar à sua margem, zombar dele e rejeitá-lo, apenas para me assegurar de que poderia. Soltei a árvore e me movi em sua direção, desesperada. Destemida.

— Anne — disse Thomas, pegando no meu braço para me impedir. — Aonde você vai? — Pude sentir o medo em sua voz e me odiei. Odiei-me por causar isso. — Você está com medo. Consigo sentir isso. Me diga o que há de errado.

Olhei para ele e tentei sorrir, passando a mão em seu rosto e os polegares na marca do queixo. Ele pegou meus punhos e virou o rosto, beijando o centro da palma da minha mão.

— Você está agindo como se estivesse se despedindo, condessa. Não estou gostando disso.

— Não. Não é uma despedida. Isso nunca — protestei veementemente.

— Então o quê? — sussurrou ele, movendo as mãos dos meus punhos até minha cintura, puxando-me para ele.

Respirei fundo e pensei na melhor maneira de explicar o sussurro persistente do lago que estava sempre presente na minha felicidade. Na escuridão, os sentimentos eram mais difíceis de ignorar e mais fáceis de desencadear.

— Eu não quero que você desapareça — sussurrei.

— Do que você está falando? — murmurou Thomas.

— Se eu voltar, *você* vai desaparecer. Eu continuarei existindo, onde quer que esteja, mas você vai desaparecer. Você vai desaparecer, Eoin vai desaparecer, e eu não posso suportar isso. — O gongo aumentou novamente, e eu me inclinei para Thomas, descansando a testa em seu peito. Respirei fundo, segurando o ar nos pulmões antes de soltá-lo mais uma vez.

— Então não volte, Annie — ele disse gentilmente, com os lábios no meu cabelo. — Fique comigo. — Eu queria argumentar, exigir que ele soubesse a falibilidade de sua sugestão. Mas, em vez disso, eu o abracei, confortada por sua fé. Talvez fosse mesmo simples. Talvez fosse uma escolha.

Ergui o rosto, precisando de seus olhos e de sua firmeza, precisando que ele soubesse que, se *fosse* uma escolha, eu já tinha feito a minha.

— Eu amo você, Thomas. Acho que já o amava quando você era apenas palavras em uma página, um rosto em uma foto antiga. Quando meu avô me mostrou sua foto e me disse seu nome, eu senti algo. Algo mudou dentro de mim.

Thomas não interrompeu nem professou seu amor. Apenas ouviu, me fitando com o olhar suave, sua boca mais suave ainda, seu toque em minhas costas o mais suave de todos. Mas eu precisava de algo em que me agarrar, então enrolei as mãos em sua camisa, da mesma forma que havia me agarrado à árvore. Sua pele estava quente de tanto dançar, e sua pulsação batia forte sob meus punhos cerrados, me lembrando de que, naquele momento, ele era meu.

— E então as palavras das páginas e o rosto das fotos se transformaram em um homem. Real. Tangível. Perfeito. — Engoli, tentando não chorar. — Eu me apaixonei tão rápido, tão forte e tão completamente. Não porque o amor é cego, mas porque... ele *não* é. O amor não é cego, ele é *ofuscante*. Fulgurante. Olhei para você e, desde o primeiro dia, já o conhecia. Sua fé e sua amizade, sua bondade e devoção. Eu vi tudo isso, e eu me apaixonei completamente. E o sentimento continua a crescer. Meu amor é tão grande, e pleno, e transbordante que não consigo respirar dentro dele. É assustador amá-lo tanto, sabendo quão frágil nossa existência é. Você vai ter que se segurar em mim ou eu vou explodir... ou simplesmente flutuar. Até o céu, até o lago.

Senti um tremor percorrê-lo, de suas mãos gentis até seus olhos indulgentes, e então seus lábios sorriram e pressionaram os meus, uma vez, duas vezes, e mais uma vez. Seu suspiro fez cócegas na minha língua, e eu coloquei as mãos ávidas nele, me rendendo. Então ele murmurou por entre meus lábios, que o procuravam, me beijando enquanto falava.

— Case comigo, Anne. Vou algemá-la a mim para que você não possa flutuar para longe, para que nunca tenhamos que nos separar. Além disso, é hora de você ter um novo sobrenome. É muito confuso continuar chamando você de Anne Gallagher.

De todas as coisas que pensei que ele fosse sugerir, casamento não era uma delas. Afastei-me, com o queixo caído e rindo sem acreditar. Por um momento esqueci os lábios de Thomas e procurei seus olhos. Encontrei-os, claros e sinceros, sob o abrigo dos galhos e da luz da lua de inverno.

— Anne Smith é quase tão comum quanto Thomas Smith — murmurou ele. — Mas, quando você é uma condessa que viaja no tempo, o nome não é tão importante assim. — Seu tom de provocação estava em desacordo com sua proposta, tão séria.

— Nós podemos? Podemos realmente nos casar? — sussurrei.

— Quem pode nos impedir?

— Não posso provar que eu sou... eu.

— E quem precisa de provas? Eu sei. Você sabe. Deus sabe. — Thomas beijou minha testa, meu nariz e cada bochecha antes de parar em minha boca, esperando que eu respondesse.

— Mas... o que as pessoas dirão? O que Brigid dirá?

— Espero que nos deem parabéns. — Ele beijou meu lábio superior, depois o inferior, puxando-o suavemente, me incitando a fazer o mesmo.

— O que Michael dirá? — perguntei, ofegante, me afastando para conseguir conversar. Eu poderia imaginar Michael Collins parabenizando Thomas, enquanto sussurrava avisos em meus ouvidos.

— Mick vai dizer algo ácido e irreverente, tenho certeza. E então vai explodir em lágrimas, porque ele ama tão intensamente quanto odeia.

— O que... — comecei novamente.

— Anne. — Thomas pressionou os polegares nos meus lábios, embalando meu rosto e acalmando meu fluxo de perguntas. — Eu amo você, desesperadamente. Eu quero nos unir de todas as maneiras possíveis. Hoje, amanhã e todos os dias que vierem depois. Você quer se casar comigo ou não?

Não havia nada que eu quisesse mais no mundo. Nem uma única coisa.

Assenti com um movimento de cabeça, sorrindo sob seus polegares, submetendo-me completamente. Ele moveu as mãos, substituindo-as por sua boca mais uma vez.

Por um momento, deliciei-me com a possibilidade de permanência, em seu sabor límpido e voraz. Pude sentir a promessa nos embalando e me permiti ser embalada.

Então o vento mudou e a luz do luar piscou; um galho quebrou e um fósforo brilhou. Um fio de fumaça de cigarro pairou no ar, alertando-nos de que não estávamos sozinhos, pouco antes que uma voz surgisse na escuridão.

— Então é verdade, hein? Vocês dois. Minha mãe disse, mas eu não quis acreditar.

Atirei-me nos braços de Thomas, engolindo um suspiro, e ele me envolveu, me firmando, enquanto dava um passo na direção do estranho.

Pensei que fosse Liam. Seu porte e altura eram semelhantes na escuridão, e o timbre de sua voz era quase idêntico. Mas Thomas, tranquilo e composto, cumprimentou o homem por outro nome, e, com uma onda de alívio, percebi que estava errada. Era Ben Gallagher, o irmão mais velho de Declan, aquele que eu ainda não conhecia.

— Anne — cumprimentou Ben rigidamente, inclinando a cabeça. — Você parece bem. — Sua voz soava formal, desconfortável, sua expressão encoberta pelo quepe. Ele deu uma longa tragada no cigarro antes de se virar para Thomas. — Collins está aqui — falou. — Acho que isso me diz tudo que preciso saber sobre onde reside sua lealdade, doutor. Embora, a julgar pela forma como você estava beijando a esposa do meu irmão, não tenha certeza se lealdade é seu ponto forte.

— Mick é meu amigo. Você sabe disso, Ben — disse Thomas, ignorando a zombaria. Declan tinha partido fazia cinco anos e eu não era sua esposa. — Michael Collins foi seu amigo também. Um dia.

— Um dia tivemos uma causa comum. Agora não mais — murmurou Ben.

— E que causa é essa? — perguntou Thomas, tão baixo que era difícil detectar o veneno, mas eu ouvi. Ben ouviu também, explodindo instantaneamente.

— A maldita liberdade irlandesa, doutor — retrucou ele, jogando o cigarro de lado. — Você está tão confortável na sua mansão com seus amigos poderosos e a esposa do seu melhor amigo que se esqueceu de setecentos anos de sofrimento?

— Michael Collins fez mais pela liberdade irlandesa, pela independência irlandesa, do que você ou eu jamais faremos — rebateu Thomas, a convicção ressoando em sua voz.

— Bem, não é o suficiente. Não foi por esse Tratado que sangramos. Estamos quase lá e não podemos parar agora! Collins cedeu. Quando ele assinou esse acordo, foi uma facada nas costas de cada irlandês.

— Não faça isso, Ben. Não deixe que eles levem isso também — avisou Thomas.

— Levem o quê?

— Os ingleses deixaram sua marca em todos os lugares. Mas não deixe que eles nos dividam. Não deixe que eles destruam famílias e amizades. Se lutarmos uns contra os outros, não nos restará mais nada. Eles terão destruído de verdade a Irlanda. E nós teremos feito o trabalho sujo por eles.

— Então fizemos tudo isso em vão? Os homens que morreram em 1916 e os que morreram desde então? Eles morreram por nada? — gritou Ben.

— Se nos voltarmos uns contra os outros, então, sim, eles terão morrido por nada — respondeu Thomas, e Ben imediatamente começou a balançar a cabeça, discordando.

— A luta ainda não acabou, Thomas. Se não lutarmos pela Irlanda, quem irá?

— Então nossa lealdade é para com a Irlanda? Quanto aos irlandeses, se eles discordarem de nós, devemos destruí-los? Não é assim que deveria funcionar — insistiu Thomas, incrédulo.

— Você lembra como foi, Thomas. As pessoas não nos apoiavam em 1916. Você lembra como elas gritaram, assobiaram e jogaram coisas em nós quando os Tans marcharam conosco pelas ruas depois que nos rendemos. Mas as pessoas mudaram de ideia. Você viu o alvoroço quando começaram a enforcar nossos líderes. Você viu a multidão aplaudindo quando os prisioneiros voltaram da Inglaterra oito meses depois. As pessoas querem liberdade. Elas estão prontas para a guerra, se for necessário. Não podemos desistir de lutar agora. Veja quão longe chegamos!

— Vi homens morrerem. Vi Declan morrer. Não vou começar a atirar nos amigos que me restaram. Não vou. Todas as convicções são boas até se tornarem uma desculpa para guerrear com pessoas com quem você já lutou lado a lado — disse Thomas.

— Quem é você, doutor? — Ben estava horrorizado. — Seán Mac Diarmada deve estar se revirando no túmulo.

— Sou um irlandês. E não vou apontar minha arma contra você ou contra qualquer outro irlandês, com Tratado ou sem Tratado.

— Você é um fraco, Thomas. Anne está de volta... Onde diabos você esteve, afinal? — indagou ele, virando-se para mim furioso e depois voltando seu olhar a Thomas, retomando a discussão. — Ela está de volta e, de repente, você perde sua chama. O que Declan pensaria de vocês dois? — Ben cuspiu aos nossos pés, o som úmido e espesso, depois se virou e acenou para Thomas, dispensando-o, dispensando-nos.

— Sua mãe vai ficar feliz de ver você, Ben. Faz muito tempo que vocês não se veem. Coma. Beba. Descanse. Passe o Natal conosco — disse Thomas, recusando-se a reagir.

— Com ele? — Ben apontou para a fileira de janelas ao longo do lado leste da casa, que revelava a festa em pleno andamento. Michael estava próximo a uma delas, delineado contra a luz, conversando com Daniel O'Toole. — Alguém precisa avisar o chefão aí para não ficar perto de janelas. Nunca se sabe quem está escondido nas árvores.

Thomas endureceu com a ameaça velada, sua mão apertou meu corpo, e eu fiquei grata pelo apoio quando uma voz falou das sombras, acompanhada pelo estalo inconfundível de uma pistola sendo engatilhada.

— Não, nunca se sabe — entoou Fergus, movendo-se em nossa direção. Um cigarro pendia dos lábios do guarda-costas, dando-lhe um ar casual, em completo desacordo com a arma que ele empunhava.

Ben se encolheu e suas mãos se agitaram ao longo do corpo

— Não faça isso — avisou Fergus baixinho. — Você vai arruinar o Natal de muitas pessoas boas.

As mãos de Ben pararam.

— Se você for entrar, vou precisar daquela arma que você está pensando em puxar — insistiu Fergus, calmamente. — Se não for entrar, eu ainda vou pegá-la, só para ter certeza de que você sobreviverá à noite. Depois vou precisar que você comece a caminhar em direção a Dublin. — Ele deixou o cigarro cair e, sem abaixar o olhar, amassou-o na terra com a ponta do sapato. Aproximou-se de Ben e, sem alarde, o revistou, retirando uma faca de sua bota e uma arma de sua cintura.

— A mãe dele está lá dentro. O sobrinho também. Ele é da família — murmurou Thomas.

Fergus assentiu com um único movimento rápido.

— Certo. Então por que ele está aqui fora no meio das árvores vigiando a casa?

— Vim ver minha mãe. Ver minha cunhada, que voltou dos mortos. Ver Eoin e você, doutor. Vim aqui para o Natal dos últimos cinco anos. Não esperava que Collins estivesse aqui. Não tinha decidido se ficaria — argumentou Ben, ofendido.

— E Liam? Liam está aqui também? — perguntei. Senti o tremor em minha voz, e Thomas ficou rígido ao meu lado.

— Liam está em Youghal, em Cork. Ele não virá este ano. Muito trabalho a fazer. Há uma guerra em andamento — respondeu Ben.

— Não aqui, Ben. Aqui não há guerra. Não hoje à noite. Não agora — rebateu Thomas.

Ben acenou com a cabeça, o maxilar cerrado, mas com expressão de nojo, e seus olhos condenavam todos nós.

— Quero ver minha mãe e o menino. Vou passar a noite no celeiro. Depois vou embora.

— Então entre — ordenou Fergus. Ele empurrou Ben para a frente sem abaixar a arma. — Mas fique longe do sr. Collins.

24 de dezembro de 1921

Algo mudou na Irlanda na virada do século. Houve uma espécie de renascimento cultural. Nós cantamos as velhas canções e ouvimos as histórias antigas — coisas que tínhamos ouvido muitas vezes antes —, mas elas eram ensinadas com uma intensidade nova. Olhávamos para nós mesmos e para o outro, e havia uma sensação de antecipação. Havia orgulho, até mesmo reverência, por quem éramos, pelo que poderíamos aspirar e por aqueles de quem descendemos. Fui ensinado a amar a Irlanda. Mick foi ensinado a amar a Irlanda. Não tenho dúvidas de que Ben, Liam e Declan foram ensinados a amá-la também. Mas, pela primeira vez na vida, não tenho certeza do que isso significa.

Depois do nosso confronto com Ben Gallagher, Anne e eu ficamos entre as árvores, abalados com o evento.

— Não gosto deste mundo, Thomas — sussurrou Anne. — Este mundo é algo que a outra Anne claramente entendia e que eu nunca vou entender.

— Que mundo, condessa? — perguntei, embora já soubesse.

— O mundo de Ben Gallagher e Michael Collins, de linhas mutáveis e mudanças de lados. E a pior parte é que... eu sei como termina. Sei o final, e ainda não entendo.

— Por quê? Por que você não entende?

— Porque eu não vivi isso — confessou ela. — Não como você. A Irlanda que eu conheço é uma Irlanda de canções, histórias e sonhos. É a versão de Eoin... Todos nós temos uma, e ainda assim essa versão é suavizada e remodelada porque ele a deixou. Eu não conheço a Irlanda da opressão e da revolução. Não fui ensinada a odiar.

— Não fomos ensinados a odiar, Anne.
— Foram.
— Fomos ensinados a amar.
— Amar o quê?
— A liberdade. A identidade. A possibilidade. A Irlanda — argumentei.
— E o que vocês vão fazer com esse amor? — pressionou ela. Como não respondi, ela respondeu por mim. — Vou dizer o que vocês vão fazer. Vão se voltar uns contra os outros, porque vocês não amam a Irlanda. Vocês amam a ideia da Irlanda. E cada um tem a sua própria ideia do que ela é.

Só consegui balançar a cabeça, ferido, resistente. A indignação pela Irlanda — por cada injustiça — queimou em meu peito, e eu não queria olhar para ela. Ela havia reduzido minha devoção a um sonho impossível. Um pouco depois, ela puxou meu rosto em direção ao seu e beijou minha boca. Silenciosamente implorando pelo meu perdão.

— Me desculpe, Thomas. Eu digo que não entendo e em seguida dou um sermão, como se entendesse.

Não falamos mais sobre a Irlanda, casamento ou Ben Gallagher. Mas as palavras dela continuaram a se repetir na minha cabeça a noite toda, abafando todo o resto.

— E o que vocês vão fazer com esse amor?

Sentei-me na missa da meia-noite com Mick de um lado, Anne do outro e Eoin adormecido em meus braços. Ele começou a bocejar durante a procissão de entrada e dormiu antes da primeira leitura. Alheio a todos os cuidados, ignorante da tensão que curvava a cabeça de Mick e franzia a testa de Anne, Eoin roncava suavemente enquanto o padre Darby recitava a profecia de Isaías. Sua bochecha cheia de sardas estava apoiada em meu peito, em meu coração dolorido, e tive inveja da sua inocência, da sua fé, da sua confiança. Quando Mick se virou para mim no sinal da paz, com a voz suave, o rosto sério, só pude anuir e repetir a bênção: "Que a paz esteja com você", embora a paz fosse a coisa mais distante do meu coração.

O padre Darby disse em sua homilia que é mais fácil um camelo passar pelo buraco de uma agulha do que um rico entrar no *reino de Deus. Também se pode dizer que é mais fácil um camelo passar pelo buraco de uma agulha do que um irlandês parar de lutar.*

Fui ensinado a amar a Irlanda, mas o amor não deveria ser tão difícil assim. Dever, sim. Mas amor, não. Talvez seja essa a minha resposta. Um homem não vai sofrer ou se sacrificar por algo que não ame. No fim, acho que o que conta é aquilo que mais amamos.

T. S.

20

OS PÁSSAROS BRANCOS

Sou assombrado por inúmeras ilhas e muitas praias do Danaan,
Onde o Tempo certamente nos esqueceria, e a Tristeza não mais se aproximaria de nós;
Logo estaríamos longe da rosa e do lírio e seríamos consumidos pelas chamas,
Se ao menos fôssemos pássaros brancos, meu amor, flutuando na espuma do mar!

— W. B. Yeats

Acordei de repente, sem saber o motivo. Fiquei escutando, pois pensei que Eoin tivesse acordado, ansioso para ver se São Nicolau tinha vindo durante a noite, mas, em vez disso, ouvi sons que não pude identificar.

Havíamos chegado em casa da missa da meia-noite nas primeiras horas da manhã, todos dominados e sobrecarregados com seus próprios pensamentos. Thomas levou Eoin para a cama, e eu os segui, ajudando Eoin a colocar o pijama, embora ele cambaleasse, meio adormecido, durante o processo. Ele já estava profundamente adormecido quando puxei as cobertas até seus ombros. Brigid não fora à missa para ficar com seu filho, agora que a casa não estava cheia de convidados. Quando chegamos ela estava na cama, e Ben havia partido ou estava no celeiro. Não perguntei sobre seu paradeiro.

Desejei a Thomas um suave feliz Natal e um feliz aniversário, e poderia dizer que o peguei de surpresa, como se ele tivesse esquecido de si mesmo ou não esperasse que eu me lembrasse. Eu tinha presentes para ele e um bolo na despensa, mas esperaria até o fim do dia para chamar a atenção para seu aniversário.

Ele me puxou para o quarto dele e fechou a porta, arrastando-me com silenciosa veemência, voraz mas reverente, me beijando como se tivesse passado a noite toda pensando em me beijar e não soubesse quando me beijaria novamente. Thomas não era mulherengo. Na verdade, eu tinha a nítida impressão de que ele nunca tivera nada sério com ninguém antes de mim, mas ele beijava com uma confiança nascida do compromisso, não escondendo nada e exigindo tudo em troca. Michael Collins brincou que, se Thomas amasse como dançava, eu era uma mulher de sorte. Thomas amava como dançava, assim como exercia seu ofício de médico, como fazia tudo: com total comprometimento e atenção cuidadosa aos detalhes. Estávamos ambos sem fôlego quando me desvencilhei e desci as escadas na ponta dos pés para o meu quarto.

Thomas, Michael e Joe O'Reilly passaram quase toda a noite na biblioteca, o barulho de suas vozes e a explosão das risadas me aquecendo enquanto eu adormecia.

Agora havia amanhecido, embora o sol nos meses de inverno fosse fraco e vagaroso, e o céu mudava lentamente de um cinza para finalmente encontrar a luz do dia. Vesti o robe azul-escuro que havia deixado na beirada da cama, coloquei os pés em um par de meias de lã e saí do quarto em direção à sala de estar, esperando encontrar Eoin inspecionando os pacotes embaixo da árvore. Em vez disso, encontrei Maeve alimentado o fogo com a língua entre os dentes e uma mancha de fuligem no nariz.

— Você e eu fomos as primeiras a acordar? — sussurrei, me sentindo como uma criança entusiasmada.

— Ah, não, senhora. Eleanor, Moira e mamãe estão na cozinha. O dr. Smith, o sr. Collins, meus irmãos e mais uma dúzia estão no quintal.

— No quintal? — Corri para a janela, espiando entre a neblina densa e o indiferente amanhecer. — Por quê?

— Hurling, senhora! Eles estão no meio de uma partida e tanto. Meus irmãos estavam tão empolgados que nem conseguiram dormir. No Natal passado o doutor deu a eles seus próprios bastões de hurling e prometeu que eles poderiam jogar com os adultos este ano. Ele mandou fazer um bastão pequeno para Eoin também. Ele está aí fora agora, provavelmente atrapalhando — resmungou ela, e eu me lembrei da idosa que ela se tornaria, a Maeve com os óculos grossos que dissera que conhecia bem Anne e chamara Eoin de travesso.

— Eoin está lá fora?

Ela assentiu com a cabeça e sentou-se sobre os calcanhares, limpando as mãos no avental.

— Maeve?

— Senhora?

— Tenho algo para você.

Ela sorriu, esquecendo-se do fogo.

— Para mim?

Fui até a árvore e peguei uma pesada caixa de madeira debaixo dela. Era forrada e acolchoada para proteger os itens frágeis lá dentro. Entreguei-a a Maeve, que a segurou com reverência.

— É meu e do dr. Smith. Abra — pedi, sorrindo. Eu havia visto um conjunto de chá exposto na casa de penhores de Kelly e reconheci a delicada estampa de rosas. Quando contei a Thomas a história, ele insistiu em comprar o jogo todo com os pires, uma jarra e um açucareiro com uma colher.

Maeve abriu a caixa com cautela, prolongando a expectativa o máximo possível. Quando viu as pequenas xícaras de chá aninhadas em cetim rosa, ela ofegou, soando como a jovem dama que estava se tornando.

— Se você quiser um bastão de hurling, posso providenciar também — murmurei. — Nós, garotas, não devemos ficar de fora da diversão só porque somos mulheres.

— Ah, não, senhora. Ah, não. Isto aqui é muito melhor que um pedaço de pau bobo. — Ela estava ofegante de felicidade, tocando as pétalas com os dedos manchados de fuligem.

— Um dia, daqui a anos, quando você estiver mais velha, uma mulher dos Estados Unidos chamada Anne, assim como eu, virá a Dromahair procurando pela família. Ela virá até sua casa para tomar chá e você vai ajudá-la. Achei que você podia precisar do seu próprio jogo de chá para quando esse dia finalmente chegar.

Maeve me encarou, a boca formando um O perfeito, os olhos azuis tão arregalados que preencheram seu rosto magro.

Ela se benzeu, como se minhas previsões a tivessem assustado.

— Você tem a visão, senhora? — sussurrou ela. — É por isso que é tão inteligente? Meu pai disse que você é a garota mais esperta que ele já conheceu.

Balancei a cabeça.

— Não tenho a visão... não exatamente. Sou apenas uma contadora de histórias. E algumas histórias se tornam realidade.

Ela anuiu lentamente, com os olhos fixos nos meus.

— Você sabe a minha história, senhora?

— Sua história é muito longa, Maeve — eu disse, sorrindo.

— Eu gosto mais dos livros grandes — sussurrou ela. — Aqueles com dezenas de capítulos.

— Sua história terá mil capítulos — assegurei.

— Vou me apaixonar?

— Muitas vezes.

— Muitas vezes? — repetiu, emocionada.

— Muitas vezes.

— Nunca a esquecerei, sra. Anne.

— Sei disso, Maeve. E eu nunca a esquecerei também.

⁂

Vesti-me apressadamente, fazendo uma trança frouxa no cabelo e colocando um vestido, botas e um xale. Não queria perder a chance de assistir à partida. Fui criada por um irlandês, mas nunca tinha visto um jogo de hurling, nem uma vez na vida. Eles empunhavam bastões com o rosto feroz em meio à neblina da manhã. Arremessavam e rebatiam, fazendo a pequena bola ir de um extremo a outro do gramado. Eoin empunhava seu próprio bastão, embora tenha sido deixado de lado com uma pequena bola que ele rebatia e perseguia repetidas vezes. Ele correu em minha direção quando me viu saindo da casa, seu nariz tão vermelho quanto o cabelo. Felizmente ele estava usando um casaco e um boné, embora suas mãos estivessem muito geladas quando me abaixei para segurá-las.

— Feliz Natal, mãe! — exclamou ele.

— *Nollaig shona dhuit* — respondi, beijando seu rosto. — Me diga, quem está ganhando?

Ele apontou o nariz para os homens que urravam e se pisoteavam, com as mangas da camisa enroladas e o colarinho desabotoado. Estava claramente imune ao frio e sacudiu os ombros.

— O sr. Collins e o doutor ficam se empurrando, e o sr. O'Toole não consegue correr, então é derrubado toda hora.

Eu ri, observando enquanto Thomas acertava uma bola para Fergus, que habilmente evitou o ataque de Michael Collins, sua boca se movendo tão rápido quanto as pernas. Algumas coisas não tinham mudado, e aparentemente não mudariam, ao longo das décadas. Os insultos claramente faziam parte do jogo. Dois times de dez jogadores cada foram montados entre as famílias vizinhas. Eamon Donnelly, o homem que havia trazido a carroça no dia em que Thomas me tirou do lago, entrou na competição e acenou alegremente para mim antes de dar um golpe na bola. Assisti, fascinada, torcendo por todos e por ninguém em particular, embora estremecesse toda vez que Thomas derrapava na grama e prendesse a respiração quando os bastões se chocavam e as pernas se enroscavam. De alguma forma, todos sobreviveram sem ferimentos graves, e Michael declarou seu time campeão depois de duas horas de uma partida intensa.

Todos correram para a cozinha para comer e beber — café e chá, presunto e ovos e pãezinhos tão melados e doces que fiquei satisfeita após duas mordidas. Os vizinhos se dispersaram rapidamente, voltando para suas famílias e tradições, e, depois que Thomas, Michael, Joe e Fergus se lavaram e se juntaram a nós na sala de estar, nos reunimos em volta da árvore e trocamos presentes. Michael puxou Eoin para seu colo para lerem juntos a história que havíamos escrito. A voz de Michael estava baixa e suave, o tom áspero de seu sotaque de West Cork nas palavras fazendo meu coração doer e meus olhos brilharem. Thomas entrelaçou seus dedos nos meus, acariciando meu polegar em compaixão silenciosa.

Quando a história terminou, Michael encarou Eoin com olhos brilhantes e a garganta arranhada.

— Você pode ficar com isso para mim, Eoin? Pode guardar aqui em Garvagh Glebe para que possamos ler sempre que eu vier visitar?

— Você não quer levar para casa e mostrar para a sua mãe? — perguntou Eoin.

— Eu não tenho casa, Eoin. E minha mãe está com os anjos.

— E seu pai também?

— E meu pai também. Eu tinha seis anos, assim como você agora, quando meu pai morreu — disse Michael.

— Talvez a sua mãe volte como a minha — refletiu Eoin. — Você só tem que desejar muito.

— Foi o que você fez?

— Sim — disse Eoin, assentindo. — O doutor e eu achamos um trevo-de-quatro-folhas. Os trevos-de-quatro-folhas são mágicos, você sabe. O doutor me mandou fazer um pedido, então eu fiz.

As sobrancelhas de Michael se ergueram.

— Você desejou uma mãe?

— Desejei uma família inteira — sussurrou Eoin. Mas todos o ouviram. A mão de Thomas apertou a minha.

— Sabe, Eoin, se sua mãe se casar com o doutor, ele vai ser seu pai — sugeriu Michael, muito inocentemente.

— Por que você nunca segura a língua, Mick? — Thomas suspirou.

— Fergus disse que ouviu uma proposta ontem à noite — insinuou Michael, com um sorriso travesso.

Fergus grunhiu, mas não se defendeu nem censurou Michael.

— Tem uma pequena caixa naquele galho ali. Está vendo? — Thomas direcionou Eoin, que pulou do colo de Michael e olhou para a densa folhagem para onde Thomas estava apontando.

— É para mim? — perguntou Eoin, com entusiasmo na voz.

— Suponho que seja, de certa forma. Pode pegá-la e trazê-la para mim? — pediu Thomas.

Eoin recuperou o tesouro escondido e trouxe para Thomas.

— Estaria tudo bem se sua mãe abrisse, rapazinho?

Eoin assentiu enfaticamente e observou enquanto eu levantava a tampa da pequena caixa de veludo. Dentro havia duas alianças douradas, uma maior que a outra. Eoin olhou para Thomas, esperando uma explicação.

— Pertenciam aos meus pais. Ao meu pai, que morreu antes que eu nascesse, e à minha mãe, que se casou novamente e me deu outro pai, um pai que foi bom e gentil e me amou, embora eu não fosse seu filho de verdade.

— Assim como eu e você — disse Eoin.

— Sim. Assim como nós. Eu quero me casar com a sua mãe, Eoin. Como você se sente a respeito disso?

— Hoje? — perguntou Eoin, encantado.

— Não — começou Thomas em meio a risadas.

— Por que não, Tommy? — pressionou Michael, provocando de todos os lados. — Por que esperar? Ninguém sabe o que o amanhã trará. Case-se com Anne e dê ao rapaz a família dele.

O olhar de Brigid se encontrou com o meu e ela tentou sorrir, mas seus lábios tremiam e ela colocou os dedos na boca para disfarçar a emoção. Perguntei-me se ela estava pensando na sua própria família e fiz uma oração silenciosa para seus filhos.

Thomas tirou o anel da caixa e deu a Eoin, que o pegou e estudou a aliança simples antes de se virar para mim.

— Você vai se casar com o doutor, mãe? — perguntou ele, estendendo o anel na minha direção. Eu sempre usara o anel de camafeu de Anne na mão direita. Para mim era uma herança, não uma aliança de casamento. Fiquei agradecida por poder deslizar o anel da mãe de Thomas no dedo esquerdo sem nenhum constrangimento.

— Serviu — eu disse. — Perfeitamente. Acho que isso significa que a resposta é sim.

Eoin aplaudiu e Michael gritou, agarrando o menino e jogando-o no ar.

— Agora só precisamos do padre Darby — murmurei.

Thomas pigarreou.

— É melhor marcarmos uma data.

— Falei com ele ontem à noite depois da missa, Thomas — disse Mick, sorrindo.

— Você falou? — perguntou Thomas, assustado.

— Falei. Perguntei se ele estava disponível amanhã. Ele disse que pode marcar uma missa nupcial. Estamos todos reunidos para o Natal. Por que não estender a celebração? — disse Mick, tentando convencer.

— Sim, por que não? — soltei. A sala ficou em silêncio, e eu senti o rosto queimar.

— Realmente, por que não? — disse Thomas lentamente, atordoado. Em seguida um sorriso, branco e ofuscante, vincou seu rosto e eu perdi o fôlego. Ele inclinou meu queixo e me deu um beijo, selando o acordo. — Amanhã, condessa — sussurrou.

Eoin gritou, Michael bateu os pés e Joe deu tapinhas nas costas de Thomas. Fergus saiu da sala, constrangido com a exibição e sua participação nela, mas Brigid continuou sentada em silêncio tricotando, com um olhar caloroso e um sorriso genuíno. Os O'Toole voltariam para o jantar de Natal, e então falaríamos das novidades a eles, mas eu já estava contando as horas até me tornar Anne Smith.

⁂

Eu havia me deparado com um relato de uma ocasião em que Michael Collins, Joe O'Reilly e vários outros estavam jantando na propriedade Llewelyn-Davies em Dublin. O nome da propriedade, Furry Park, me trouxe à mente a imagem de uma floresta cheia de bichos de pelúcia que se assemelhavam a Christopher Robin e ao Ursinho Pooh, e me perguntei sobre sua origem. Mas a graça da história termina aí. Foi dito que um homem escalou as árvores em Furry Park e tentou atirar em Michael Collins através da janela da sala de jantar. O guarda-costas de Michael Collins, um homem cujo nome não fora mencionado no relato, descobriu o atirador, marchou com ele sob a mira de uma arma para dentro do pântano, a uma curta distância da mansão, e o matou.

Havia relatos conflitantes; Michael Collins teria estado em outro lugar completamente diferente. Mas os detalhes da história eram estranhamente similares ao que aconteceu naquela noite na ceia de Natal.

Um tiro, abafado e distante, interrompeu as bênçãos da refeição, e nossas cabeças se levantaram como uma só, a oração esquecida.

— Onde está Fergus? — Michael franziu a testa.

A xícara de chá de Brigid se estilhaçou no chão, e, sem dizer uma palavra, ela se levantou de sua cadeira e saiu correndo pela porta, segurando a saia.

— Fiquem aí todos vocês — ordenou Thomas enquanto Mick se levantava em um pulo. — Vou atrás de Brigid.

— Vou com você, doutor — Robbie O'Toole também se levantou, seu olho bom sem vida e seu olho cego coberto.

— Robbie — protestou Maggie, excessivamente protetora com o filho já crescido. Ela quase o perdera e não queria que ele levasse outra bala.

— Conheço todos os rapazes daqui, mãe, e sei da lealdade de cada um. Talvez eu possa ajudar a resolver isso.

Esperamos em um silêncio tenso, olhando para nossos pratos. Eoin veio para o meu colo e escondeu o rosto em meu ombro.

— Não é nada. Não se preocupem agora. Vamos comer. — Maggie O'Toole bateu palmas, pedindo à família que fizesse seus pratos. Depois de uma rápida olhada em mim, eles obedeceram, deliciando-se com o banquete com o apreço de quem já conhecera a fome. Enchi o prato de Eoin também, fazendo-o voltar para sua cadeira. A conversa cresceu entre os jovens, mas os adultos comeram em silêncio, ouvindo se os homens voltavam, aguardando uma confirmação.

— Por que ela correu daquele jeito, Anne? — Michael me perguntou com a voz baixa.

— Só consigo pensar em um motivo — murmurei. — Ela deve pensar que o filho está envolvido.

— Fergus só atiraria se fosse necessário, Anne — protestou Joe.

— Acho que foi necessário — murmurei, com o coração na garganta.

— Meu Deus do céu — murmurou Joe.

— Os meninos Gallagher não estão conosco, então? — Michael suspirou.

— Eles não são os únicos. — Imaginei que, se Fergus tinha contado a Michael sobre a proposta de casamento da noite anterior, também havia contado sobre a presença de Ben Gallagher e seu desagrado em saber que Michael Collins estava em Garvagh Glebe, mas aparentemente não.

Brigid voltou para dentro, pálida mas equilibrada, e pediu desculpas por sua saída apressada.

— Me preocupei por nada — disse ela calmamente, mas não deu nenhuma outra explicação.

Terminamos o jantar, e Thomas e Robbie ainda não tinham voltado. Eoin estava participando de um jogo de charadas com os O'Toole; Michael, Joe e eu escapamos pela porta da frente e para o crepúsculo, incapazes de esperar mais. Encontramos Thomas e Robbie passando por entre as árvores onde o pântano encontrava o lago no lado leste de Lough Gill. Suas roupas estavam molhadas até os quadris de tanto andar no pântano, e eles estavam tremendo e com os lábios apertados.

— O que aconteceu? — perguntou Michael. — Onde está Fergus?

— Ele chegará em breve — respondeu Thomas, tentando nos conduzir em direção à casa.

— Em quem ele atirou, Tommy? — exigiu Michael, recusando-se a ceder, com a voz severa.

— Ninguém de Dromahair, graças a Deus. Não haverá nenhum local sem um pai ou sem um filho — murmurou Thomas. Relutância e arrependimento o envolveram, e ele esfregou os olhos com cansaço. — Fergus disse que o homem tinha um rifle de longo alcance apontado para a casa. Ele estava escondido fazia um tempo, esperando para atirar, pelo que parece.

— Esperando por mim? — perguntou Michael, com a voz sem emoção.

O olho bom de Robbie se moveu nervosamente, e ele estremeceu de maneira violenta.

— Eu o reconheci, sr. Collins. Ele era contrabandista de armas dos Voluntários. Eu o vi algumas vezes com Liam Gallagher. Eles o chamavam de Brody, embora eu não saiba se é seu nome ou seu sobrenome. Os contrabandistas de Liam não se saíram muito bem.

— Como assim? — Michael perguntou.

— Martin Carrigan foi morto pelos Tans em julho, e agora Brody foi morto também. Eles não estavam com a nossa coluna, mas estavam do nosso lado — protestou Robbie, balançando a cabeça, como se não conseguisse entender.

— Os lados estão mudando, rapaz — disse Michael. — E todo homem está se sentindo preso no meio.

— Martin Carrigan era barbudo, Anne, e loiro — disse Thomas, com os olhos fixos nos meus. — Acho que ele pode ser um dos homens do barco no lago em junho. Brody se encaixa na sua descrição do terceiro homem. Eu não me dei conta até Robbie me dizer que eles eram os meninos de Liam.

— O que você está dizendo, Tommy? Que barco? — Michael não estava entendendo. Robbie não respondeu, e Thomas ficou em silêncio, esperando que eu juntasse as peças.

— O que ele está dizendo, Michael, é que o homem em quem Fergus atirou esta noite não estava aqui necessariamente para matar você — eu disse, em choque.

— O quê? — Joe O'Reilly gritou, completamente confuso.

— Pode ser que ele estivesse aqui para me matar — completei.

26 de dezembro de 1921

Eu me casei com Anne hoje. Apesar de todas as semelhanças entre as duas, ela não me lembra mais a Anne de Declan. Ela é a minha Anne, e isso é tudo que vejo. Ela usou o véu de Brigid e o vestido de Anne Finnegan, um anjo de Natal todo de branco. Quando comentei sua escolha, ela simplesmente sorriu e disse:

— Quantas mulheres podem usar o vestido de sua bisavó e o véu de sua tataravó?

Ela carregava ramos de azevinho, os frutos vermelhos vívidos contrastando com suas mãos brancas, e usou o cabelo escuro solto, enrolado na altura dos ombros sob o véu. Ela estava tão linda.

A igreja estava fria, e a festa de casamento foi tranquila e pacata depois de dois dias de alegria e confusão. Achei que Anne iria querer adiar o casamento depois dos eventos da última noite, mas quando sugeri isso ela balançou a cabeça, alegando que, se Michael Collins conseguia continuar em meio ao caos, nós também conseguiríamos. Ela estava calma e seus olhos estavam claros quando peguei sua mão para entrar na capela. Ela se recusou a cobrir o vestido com um casaco ou um xale, e se ajoelhou, tremendo, no altar, enquanto o padre Darby nos conduzia durante a missa nupcial, a liturgia saindo de seus lábios em uma cadência tranquila que foi respondida por todos os presentes. Eu também tremia ao olhar para ela, mas não de frio.

Agarrei-me a cada palavra, desesperado para saborear a cerimônia, para não perder nada. No entanto, nos anos que estão por vir, seria a memória de Anne, seu olhar firme, suas costas eretas, suas promessas seguras que iriam prevalecer. Ela estava tão solene quanto serena, e Maria nos observava através do vitral enquanto os rituais eram realizados.

Quando Anne fez seus votos, abandonou o sotaque irlandês, como se a promessa que estava fazendo fosse sagrada demais para disfarces. Se o padre Darby estranhou suas inflexões ianques, não fez nenhum comentário ou insinuação. Se houve confusão entre os fiéis, eu nunca saberia; nossos olhares estavam fixos um no outro enquanto ela me prometia uma vida inteira, independentemente do que acontecesse.

Quando foi a minha vez, minha voz ecoou na igreja quase vazia e reverberou em meu peito.

— Eu, Thomas, aceito você, Anne, como minha legítima esposa e prometo amá-la e respeitá-la, na alegria e na tristeza, na saúde e na doença, na riqueza e na pobreza, por todos os dias da minha vida, até que a morte nos separe.

Padre Darby nos uniu em casamento e pediu ao Senhor, em Sua bondade, que fortalecesse nosso consentimento e nos cubrisse com Suas bênçãos.

— O que Deus uniu ninguém separa — disse com entusiasmo, e Mick gritou um caloroso "Amém", ecoado por Eoin, sua vozinha categórica e desinibida pela solenidade da ocasião.

Anne mostrou os dois anéis que eu havia lhe dado na manhã de Natal, e padre Darby abençoou as alianças. Fiquei impressionado novamente com o símbolo do círculo. Fé, fidelidade, eternidade. Se o tempo era um círculo eterno, então nunca acabaria. Com mãos frias e um desafio esperançoso, Anne deslizou o anel em meu dedo, e eu fiz o mesmo.

O restante da missa, as orações, a comunhão, as bênçãos e o recesso, ocorreu separado de nós dois, como se tivéssemos caído em um reino onde sons e sutilezas eram silenciados e onde apenas nós existíamos, e o tempo era líquido ao nosso redor.

Então caminhamos para fora da igreja ao lado de Ballinagar, a morte na colina atrás de nós e a vida inteira à nossa frente, o passado e o presente polvilhados de branco. A neve começara a cair, os flocos flutuavam como penas ao nosso redor, pássaros brancos, alados e maravilhosos, circundando acima da nossa cabeça.

Virei o rosto para o céu e os observei chegar, rindo com Eoin, que levantou os braços para cumprimentá-los enquanto tentava pegar um deles com a língua.

— Os céus enviaram pombas — gritou Mick, tirando o chapéu da cabeça e abraçando o céu, deixando a neve cair suavemente em seus cabelos e roupas, adornando-os com gelo. Anne não estava olhando para o céu, mas para mim, com um sorriso largo e o semblante radiante. Eu trouxe seus dedos gelados em direção à minha boca, beijando-os antes de puxá-la para perto, envolvendo-a no xale verde-claro que Maggie O'Toole havia segurado durante a cerimônia.

— Costuma nevar com frequência em Dromahair? — perguntou Anne, ofegante, com a voz cheia de admiração.

— Quase nunca neva — confessei. — Mas... tem sido um ano repleto de milagres, Anne Smith.

Ela sorriu para mim, roubando meu fôlego, e eu me inclinei para beijar sua boca sorridente, sem me importar que tivéssemos espectadores.

— Acho que Deus está abençoando essa união, sr. e sra. Smith! — gritou Mick, e, pegando Eoin em seus braços, começou a valsar e a girar ao nosso redor. Os O'Toole seguiram o exemplo, formando pares e batendo os calcanhares. Joe O'Reilly curvou-se elegantemente em frente a uma Eleanor risonha, e Maeve convenceu um severo Fergus a dar uma volta ao redor do cemitério. Até Brigid e padre Darby se juntaram à dança. No crepúsculo invernal, com nossa cabeça envolta por flocos de neve, nós balançávamos, comprometidos com o momento, um com o outro e com um Natal que ficará para sempre em minha memória.

Anne está dormindo agora, enrolada de lado, e tudo que consigo fazer é observá-la. Sinto meu coração tão grande em meu peito que vou sufocar se não ficar de pé. A luz da lamparina a toca livremente, com ousadia até, escovando seus cabelos e traçando a curva de sua cintura e a protuberância de seu quadril, e estou irracionalmente com ciúme da carícia.

Não consigo pensar que todos os homens amem suas esposas como eu amo Anne. Se amassem, as ruas estariam vazias e os campos não seriam cultivados. A indústria pararia, e os mercados despencariam, e os homens se curvariam aos pés de suas esposas, incapazes de precisar ou notar qualquer coisa além delas. Se todos os homens amassem suas esposas como eu amo Anne, seríamos um bando de inúteis. Ou talvez o mundo conhecesse a paz. Talvez as guerras acabassem e a luta cessasse, pois centraríamos nossa vida em amar e ser amados.

Tínhamos apenas algumas horas de casados, e nosso namoro não era muito mais longo que isso. Sei que a novidade vai passar e a vida vai se intrometer em breve. Mas não foi a novidade dela, a novidade de nós, que me conquistou. É o oposto. É como se sempre tivéssemos estado juntos e fôssemos sempre estar juntos, como se nosso amor e nossa vida surgissem da mesma fonte e, no fim, retornassem a essa fonte, entrelaçados e indistinguíveis. Somos antigos. Pré-históricos e predestinados.

Eu rio de mim mesmo e de minhas reflexões românticas, grato de que ninguém vá ler estas palavras. Sou um homem apaixonado, admirando sua mulher adormecida, macia, nua e bem-amada, e isso me deixou bobo e sentimental. Estendo a mão e acaricio sua pele, passando um dedo por baixo de seu braço, de seu ombro, até sua mão. Ela se arrepia, mas não se mexe, e eu observo, hipnotizado, enquanto sua pele fica lisa novamente, meu toque esquecido. Deixei uma mancha na curva de seu braço. Há tinta em meus dedos. Gostei da aparência, minha impressão digital em sua pele. Se fosse um artista melhor, eu a pintaria com impressões digitais, deixando minha marca em todos os meus lugares favoritos, um testemunho da minha devoção.

Ela abre os olhos e sorri para mim, com as pálpebras pesadas e os lábios rosados, e fico ofegante e patético outra vez. Inútil. Mas completamente convencido.

Ninguém jamais amou como eu amo Anne.

— Venha para a cama, Thomas — ela sussurra, e eu não quero mais escrever, pintar, nem mesmo lavar as mãos.

T. S.

21
A PARTIDA

Querida, eu preciso ir
Enquanto a noite fecha os olhos
Dos espiões domésticos;
Esta música anuncia o amanhecer.

— W. B. Yeats

Os debates sobre o Tratado no Dáil recomeçaram no início de janeiro, e Thomas e eu planejamos ir a Dublin assistir às sessões públicas. Queria levar Brigid e Eoin conosco, mas ela pediu que fôssemos sozinhos.

— Pode ser a única lua de mel que vocês vão ter — pressionou ela. — E Eoin e eu ficaremos bem aqui com os O'Toole.

Implorei a Thomas para não contar a ela que Liam havia atirado em mim — os detalhes eram muito complicados, e fazer essa acusação exigiria que explicássemos minha presença no lago, algo que eu não conseguia fazer. A relação já estava tão cheia de tensão e turbulência que eu não conseguia ver como contar a ela iria ajudar em algo.

— Você confia que ela vai proteger você deles? — perguntou ele, incrédulo.

— Eu confio nela para manter Eoin protegido — argumentei. — Essa é a minha única preocupação.

— Essa é a sua única preocupação? — gritou Thomas, seu tom de voz crescendo a cada palavra. — Bem, não é a minha! Meu Deus, Anne. Liam tentou matá-la. Pelo que sei, Ben tentou matá-la também. Estou muito aliviado que o pobre Martin Carrigan e o infeliz Brody estejam mortos, porque agora só tenho os malditos irmãos Gallagher com quem me preocupar.

Thomas nunca tinha gritado, e sua veemência me surpreendeu. Quando o encarei, pasma, ele agarrou meus ombros, pressionou a testa na minha e gemeu meu nome.

— Anne, você precisa me escutar. Eu sei que você se preocupa com Brigid, mas você tem uma lealdade por ela que ela não retribui. A lealdade dela é para com os filhos, e eu não confio em Brigid no que diz respeito a eles.

— Então o que fazemos? — perguntei.

— Ela precisa saber que eu não vou mais permitir que eles fiquem perto de você e Eoin.

— Ela vai me culpar — murmurei. — Vai pensar que tem que escolher entre nós.

— Ela tem que escolher, condessa. Ben e Liam sempre foram encrenca. Declan era o mais jovem, mas, dos três, ele tinha a cabeça mais no lugar e o maior coração.

— Declan já bateu em Anne alguma vez? — perguntei suavemente.

Thomas recuou, surpreso.

— Por que a pergunta?

— Brigid me disse que entendia por que eu... por que Anne foi embora quando teve a oportunidade. Ela insinuou que Declan não era sempre gentil, que ele e os irmãos herdaram o temperamento do pai.

Thomas me encarou boquiaberto.

— Declan nunca levantou a mão para Anne. Ela teria batido nele de volta. Ela batia nos irmãos dele. Eu sei que Liam tirou sangue dos lábios dela uma vez, mas isso foi depois que ela o acertou na cabeça com uma pá, e ele cambaleou para tentar tirá-la dela.

— Então por que Brigid pensaria que Declan era violento?

— Declan sempre encobriu Ben e Liam. Sei que ele levou a culpa, mais de uma vez, por coisas que eles fizeram. Ele pagava as dívidas deles, resolvia as coisas quando eles estavam com problemas e ajudava-os a encontrar emprego.

— E você acha que Brigid vai tentar encobri-los agora? — Suspirei.

— Eu sei que vai.

E, com essa certeza, Thomas se sentou com Brigid logo depois do nosso casamento e a questionou sobre o paradeiro e as atividades de seus filhos. Quando ela se mostrou reticente em falar sobre eles, ele comunicou a ela, em termos inequívocos, que Liam e Ben não eram mais bem-vindos em Garvagh Glebe.

— Você está completamente imerso nessa luta, dr. Smith. Há anos. Você não é inocente. E não é melhor que meus meninos. Eu seguro minha língua. Guardo seus segredos, o pouco que sei. Mas isso não significa nada para você. Ninguém me conta nada. — Seu queixo começou a tremer, e ela olhou para mim com os olhos cheios de perguntas e acusações. Thomas olhou para ela sobriamente, com o rosto desprovido de emoção.

— Temo que Liam e Ben façam mal a Anne — disse Thomas com a voz baixa, os olhos fixos nos dela. — Tenho motivos para me preocupar?

Ela começou a balançar a cabeça, balbuciando algo incoerente.

— Brigid? — interrompeu ele, e ela ficou em silêncio, com as costas rígidas e a expressão cada vez mais dura.

— Eles não confiam nela — disse Brigid.

— Não me importa — ele respondeu, em fúria, e por um momento vi o Thomas Smith que havia carregado Declan nas costas pelas ruas de Dublin, que se infiltrou no Castelo e nas prisões por Michael Collins, que enfrentava a morte diariamente com os olhos sóbrios e as mãos firmes. Ele era um pouco assustador.

Brigid o viu também. Ela empalideceu e desviou o olhar, as mãos cruzadas no colo.

— Temo que Liam e Ben façam mal a Anne — repetiu ele. — E não posso permitir isso.

Brigid encostou o queixo no peito.

— Vou dizer a eles que fiquem longe — sussurrou ela.

☙

Thomas segurou firme na minha mão enquanto passávamos pela multidão em direção à câmara lotada da Mansion House. Michael garantira que haveria assentos reservados para nós, e passamos por entre congregantes nervosos, que fumavam e se movimentavam, fazendo o local cheirar a cinzeiro e axilas. Pressionei o rosto no ombro de Thomas, em sua solidez limpa, e rezei pela Irlanda, embora já soubesse o que aconteceria.

Thomas foi cumprimentado e saudado, e até mesmo a condessa Markievicz, com sua beleza consumida pelos estragos da prisão e da revolução, estendeu a mão a ele com um leve sorriso.

— Condessa Markievicz, deixe-me apresentar minha esposa, Anne Smith. Ela compartilha de sua paixão por calças — murmurou Thomas, tirando o chapéu. Ela riu, cobrindo a boca de dentes quebrados e faltantes. A vaidade não era abandonada facilmente, mesmo entre aqueles que a evitavam.

— Mas ela compartilha da minha paixão pela Irlanda? — perguntou a condessa, com as sobrancelhas arqueadas sob o chapéu preto.

— Duvido que uma paixão seja idêntica à outra. Afinal ela se casou comigo — sussurrou Thomas, conspiratório.

Ela riu de novo, encantada, e se virou para cumprimentar outra pessoa, libertando-me.

— Respire, Anne — murmurou Thomas, e eu fiz o meu melhor para obedecê-lo, enquanto encontrávamos nossos assentos e a sessão era iniciada. Antes de tudo, a condessa Markievicz chamara Michael Collins de covarde e traidor, e eu mantive minha lealdade firme a ele. Mas não podia deixar de ficar impressionada com a presença dela.

Sempre me perguntei, absorta em pilhas de pesquisas, se a mágica da história se perderia se pudéssemos voltar e vivê-la. Será que envernizávamos o passado e fazíamos de homens comuns heróis e imaginávamos beleza e valor onde havia apenas tristeza e desespero? Ou, como os velhos quando olham para a juventude, lembrando apenas das coisas que viu, o ângulo de nosso olhar não nos deixaria enxergar a situação como um todo? Nunca achei que o tempo oferecesse clareza tanto quanto tira a emoção que colore as memórias. A guerra civil irlandesa aconteceu oitenta anos antes de eu viajar para a Irlanda. Não era tanto tempo assim para que as pessoas já tivessem se esquecido, mas era tempo suficiente para que mais — ou talvez menos — olhos cínicos pudessem olhar para os detalhes da maneira como eles eram.

No entanto, sentada na sessão lotada, vendo aqueles homens e mulheres que antes viviam apenas em fotos e impressos, ouvindo suas vozes em discussões, em protestos, em paixão, eu estava longe de ser objetiva e distante. Tinha sido afetada. Eamon de Valera, o presidente do Dáil, era bem mais alto que todos os outros. Tinha nariz adunco, o rosto fino e sombrio, vestia seu corpo esguio com um preto implacável. Nascido nos Estados Unidos, era filho de mãe irlandesa e pai espanhol e fora tristemente negligenciado e abandonado por ambos. Acima de tudo, Eamon de Valera era um sobrevivente. Sua cidadania americana o salvara da execução após a Revolta, e, quando Michael Collins, Arthur Griffith e uma dezena de outros caíram sob o impacto da guerra civil, Eamon de Valera ainda ficaria em pé. Havia grandeza nele, e eu não estava imune a ela. Sua longevidade política e tenacidade pessoal seriam seu legado na Irlanda.

Ele falava mais do que todos os outros juntos, interrompendo e interferindo, trocando e refutando todas as ideias, exceto a sua. Apresentou um novo documento que havia redigido durante o recesso, uma emenda não muito diferente do Tratado, e insistiu em sua adoção. Quando foi rejeitado por não ser o documento que havia sido debatido em sessão privada, ameaçou renunciar ao cargo de presidente, causando ainda mais confusão quanto à questão. Eu sabia que meus sentimentos em relação a ele estavam sendo influenciados pela minha pesquisa, mas tive que me lembrar que ele não sabia como tudo iria evoluir. Eu tinha a vantagem de saber como a história se desenrolaria e para onde apontaria os dedos da culpa. O comitê claramente o tinha em alta conta; o respeito deles era evidente em sua deferência e em suas tentativas de apaziguá-lo. Porém, onde De Valera era respeitado, Michael Collins era amado.

Sempre que Michael falava, as pessoas se esforçavam para ouvi-lo, mal respiravam, para não perder nada. Era como se nossos batimentos cardíacos estivessem sincronizados, uma batida inaudível pela assembleia. Eu nunca tinha visto nada igual. Eu lera sobre alguns discursos de Michael e até vira uma foto que um fotógrafo conseguira tirar através de uma janela acima da multidão reunida para ouvi-lo falar na College Green, na primavera de 1922. A foto mostrava um pequeno palco cercado por um mar de chapéus, que davam a aparência de pequenas bolas, todas as cabeças cobertas, nada mais visível. Os números eram menores na câmara, mas o efeito era o mesmo; sua energia e convicção exigiam atenção.

Os debates continuaram monótonos. Arthur Griffith, de rosto cinzento e enfermo — ele me lembrava um Theodore Roosevelt mais magro, com as pontas de seu bigode viradas para cima e óculos circulares —, era o mais hábil em responsabilizar De Valera, e, quando veio em defesa de Michael após um ataque particularmente desagradável de Cathal Brugha, o ministro da defesa, a câmara inteira irrompeu em aplausos que não cessaram por vários minutos.

Eu estava errada sobre uma coisa. Aqueles não eram homens e mulheres comuns. O tempo não lhes havia dado um brilho que não mereciam. Mesmo aqueles que eu queria odiar, com base em minhas próprias pesquisas e conclusões, se portavam com fervor e honesta convicção. Eles não eram políticos apenas de aparência. Eram patriotas cujo sangue e sacrifício mereciam o perdão da história e a compaixão da Irlanda.

— A história realmente não faz justiça a eles. Não faz justiça a nenhum de vocês — murmurei a Thomas, que me olhou com seus olhos antigos.

— Vamos tornar a Irlanda melhor? No fim, vamos conseguir? — perguntou ele baixinho.

Eu não achava que a Irlanda iria melhorar em relação a Arthur Griffith, Michael Collins e Thomas Smith. Ela nunca conheceria homens melhores do que eles, mas conheceria dias melhores.

— Vocês vão torná-la mais livre.

— Para mim, é o suficiente — sussurrou.

Na última hora do último dia de debates, Michael Collins encerrou as atividades e pediu ao Dáil uma votação para aceitar ou rejeitar o Tratado.

De Valera, embora já tivesse esgotado seu tempo com a palavra, pediu para falar uma vez mais, avisando que o Tratado "se tornaria um julgamento contra eles próprios". Sua tentativa de uma oratória final floreada foi interrompida.

— Deixe que a nação irlandesa nos julgue agora e nos próximos anos — disse Michael, silenciando-o, e eu senti a dor da dúvida e o peso de uma nação pressionar cada pessoa ali. Um por um, os representantes eleitos de cada distrito votaram. O resultado foi sessenta e quatro a favor do Tratado e cinquenta e sete contra.

Como um trovão distante, gritos ecoaram nas ruas quando o resultado foi anunciado, mas dentro da câmara não houve manifestação de felicidade nem celebrações. O batimento cardíaco coletivo saiu do ritmo e desacelerou, transformando-se em uma cacofonia de ritmos díspares.

— Desejo renunciar imediatamente — entoou De Valera em meio ao caos emocional.

Michael se levantou e, com as mãos plantadas na mesa à sua frente, implorou que todos se acalmassem.

— Em toda transição da guerra para a paz ou da paz para a guerra, há caos e confusão. Por favor, vamos elaborar um plano, formar um comitê aqui e agora para preservar a ordem no governo e no país. Devemos nos manter juntos. Devemos estar unidos — insistiu ele, e por um momento houve uma pausa esperançosa, uma inspiração profunda, uma possibilidade de desafiar o destino.

— Isso é traição — gritou uma voz da galeria, e todas as cabeças se viraram em direção a uma mulher franzina que estava de pé na primeira fila, com as mãos cerradas e a boca trêmula, diante da assembleia. Ela era um espectro de sofrimento do passado não tão distante da Irlanda.

— Mary MacSwiney — sussurrei, quase chorando. Terence MacSwiney, irmão de Mary, era o prefeito de Cork que havia feito greve de fome e morrido em uma prisão britânica. As palavras de Mary destruiriam toda a esperança de uma frente unida.

— Meu irmão morreu pela Irlanda. Ele morreu de fome para chamar a atenção para a opressão de seus conterrâneos. Não pode haver união entre aqueles que venderam nossa alma ao Império e aqueles de nós que não vão descansar até a Irlanda ser uma república.

Collins tentou novamente, em meio a manifestações de apoio e gritos de revolta.

— Por favor, não façam isso — implorou ele.

De Valera o interrompeu, erguendo a voz como um pregador sulista.

— Minhas últimas palavras como presidente são estas. Tivemos uma trajetória gloriosa. Apelo a todos vocês, que apoiam Mary em seus sentimentos, que me encontrem amanhã para discutirmos como seguir em frente. Não podemos fugir da luta agora. O mundo está assistindo. — Sua voz falhou e ele não pôde mais continuar. A câmara se desfez em choro. Homens. Mulheres. Ex-amigos e novos inimigos. E a guerra voltou à Irlanda.

Acordei com vozes e sombras e fiquei ouvindo, sonolenta e atordoada, sozinha na cama de Thomas em Dublin. Havíamos saído da Mansion House no meio da multidão em festa; o clima na câmara não refletia o das ruas, e as pessoas estavam entusiasmadas, regozijando-se com o nascimento do Estado Livre. Alguns dos homens de Mick abraçaram Thomas quando saímos da câmara, visivelmente aliviados que a votação tivesse sido a favor do Tratado, mas a tensão em seus rostos e sorrisos indicava uma aguda consciência dos problemas que viriam.

Não tínhamos visto Michael após o encerramento da sessão. Ele fora engolido por outra rodada de reuniões, dessa vez para arquitetar um plano para prosseguir sem metade do Dáil. Mas, obviamente, Michael havia encontrado Thomas. Reconheci o ruído de seu sotaque que vinha pelas frestas, embora não conseguisse ouvir o que ele estava dizendo. Thomas, com sua voz suave e baixa, estava claramente acalmando o amigo. Esperei para ver se seria chamada para olhar minha bola de cristal, mas ouvi a porta da frente se fechar e um silêncio cair sobre a casa mais uma vez. Saí da cama, coloquei o robe em meu corpo nu e desci as escadas para a cozinha quente e meu marido pensativo. Ele *estaria* pensativo, eu não tinha dúvidas.

Ele estava sentado à mesa da cozinha, joelhos separados, cabeça baixa, café aninhado nas mãos. Servi-me uma xícara, adicionei açúcar e leite até ficar na cor de caramelo e dei um grande gole antes de me sentar à mesa, na frente dele. Ele estendeu a mão, envolveu um dos meus longos cachos em seu dedo e deixou a mão cair de volta em seu colo.

— Michael estava aqui? — perguntei.

— Sim.

— Ele está bem?

Thomas suspirou.

— Ele vai acabar se matando para tentar dar às pessoas o que elas querem enquanto tenta apaziguar os poucos que querem o contrário.

Era exatamente o que ele faria. Nos últimos meses de sua vida, Michael Collins seria lentamente puxado e esquartejado. Meu estômago revirou e meu peito queimou. Eu tinha me preparado para isso. Não pensaria nisso agora. Agora não.

— Você dormiu, Thomas? Ele dormiu? — perguntei.

— Você me esgotou ontem à noite, moça. Dormi profundamente por algumas horas — murmurou ele, tocando um dedo em meus lábios, um toque para me lembrar de nossos beijos, mas se afastou novamente, como se se sentisse culpado pela paz e pelo prazer que eu havia lhe dado. — Mas duvido que Michael tenha dormido — concluiu. — Eu o ouvi remexendo na cozinha às três da manhã.

— Está quase amanhecendo. Aonde ele foi?

— Missa. Confissão. Comunhão. Ele vai à missa mais do que qualquer traidor assassino que conheço — sussurrou ele. — Isso o conforta. Clareia sua mente. Eles zombam dele por isso também. É uma característica irlandesa. Recusamos a comunhão de um homem enquanto o repreendemos por seus pecados. Alguns dizem que ele é muito devoto; outros, que é um hipócrita por pôr os pés em uma igreja.

— E o que você acha? — perguntei.

— Se os homens fossem perfeitos, não precisaríamos ser salvos.

Dei um sorriso triste, e ele não sorriu de volta.

Peguei sua xícara, coloquei-a de lado e me sentei em seu colo, com as mãos levemente espalmadas em seus ombros. Ele não abraçou minha cintura nem me puxou para si. Não enterrou o nariz em meu pescoço nem levantou o rosto para me beijar. Seu desânimo preencheu o espaço vazio entre nós e apertou os músculos de suas coxas, que estavam entre meus joelhos. Comecei a desabotoar sua camisa. Um botão. Dois. Três. Fiz uma pausa para beijar a pele exposta de seu pescoço. Ele cheirava a café e ao sabonete com aroma de alecrim que a sra. O'Toole fazia.

Ele cheirava a mim.

Senti um calor na barriga que expulsou o medo, e rocei o rosto no seu, para a frente e para trás, acariciando-o, minhas mãos continuando o trabalho. Ele precisaria se barbear novamente em breve. Seu maxilar estava áspero e seus olhos tristes, enquanto me observava tirar sua camisa. Quando levantei seus braços para puxá-la, ele envolveu meu queixo com a mão e tomou minha boca para a sua.

— Você está tentando *me* salvar, Anne?

— Sempre.

Ele estremeceu, deixando-me beijar os cantos de sua boca antes de tocar minha língua entre seus lábios. Seu peito estava quente e firme embaixo das minhas mãos, e eu senti seu coração acelerar, a escuridão se separando do amanhecer, quando fechou os olhos e abriu sua boca em direção à minha.

Por um momento nós comungamos em carícias e beijos que se aprofundavam e nos tiravam de nós mesmos para depois nos devolver suavemente. Levantamo-nos e caímos um no outro, bocas saciadas e lentas, lábios lânguidos e exuberantes, línguas emaranhadas que se desvendavam e se uniam.

Em seguida, suas mãos deslizaram por minhas panturrilhas debaixo do robe azul apertado na cintura, agarrando minhas coxas e massageando a carne dos meus quadris. Suas mãos roçavam freneticamente as minhas costelas, circundavam meus seios, segurando e embalando, com adoração insistente. Ele deslizou, levando-me com ele, abandonando a cadeira pelo chão, trocando a miséria por comiseração. Sua boca fez o mesmo caminho de suas mãos, abrindo meu robe e deixando-o de lado até que eu estivesse nua debaixo dele, respirando amor em sua pele e vida em seu corpo e sendo salva em troca.

17 de janeiro de 1922

Em 14 de janeiro, o Dáil se reuniu novamente com o número reduzido quase pela metade depois que De Valera e todos aqueles que se recusaram a reconhecer a votação se retiraram. Arthur Griffith foi eleito presidente do Dáil após De Valera renunciar, e Mick foi nomeado presidente do novo governo provisório organizado nos termos do Tratado.

Anne e eu não ficamos em Dublin depois do debate final e a votação que abalou o Dáil. Estávamos ansiosos para sair de Dublin, voltar para Eoin e para a paz de Dromahair, por mais relativa que fosse. Mas depois voltamos, com Eoin, para assistir ao Castelo de Dublin, símbolo do domínio britânico na Irlanda, ser entregue ao governo provisório.

Mick estava atrasado para a cerimônia oficial. Ele chegou em um carro conversível do governo, vestindo seu velho uniforme dos Voluntários passado e botas brilhantes. As pessoas urravam em aprovação, e Eoin acenava loucamente de onde estava, empoleirado em meus ombros, gritando "Mick, Mick!", como se ele e Michael fossem velhos amigos. Fiquei tão emocionado que não conseguia falar, e Anne chorava abertamente ao meu lado.

Mick mais tarde me contou que lorde FitzAlan, o vice-rei que tinha substituído lorde French, fungou e disse:

— Você está sete minutos atrasado, sr. Collins.

Ao que Mick respondeu:

— Nós estamos esperando há setecentos anos, governador. Você pode esperar sete minutos.

Na terça-feira, assistimos à Guarda Cívica, a nova força policial formada na Irlanda, marchar até o Castelo de Dublin em seu uniforme escuro e quepe com emblema para assumir suas novas funções. Mick diz que eles são os primeiros recrutas, e haverá mais. Metade do país está desempregada, e as candidaturas estão chegando aos montes.

O que quer que as pessoas tenham dito sobre Mick ou sobre o Tratado, assistir à transferência pacífica de poder foi um momento que jamais esquecerei. Em todas as casas, em todas as ruas e nos jornais, os habitantes de Dublin estão maravilhados com a chegada desse dia. E os efeitos do Tratado não são evidentes apenas na cidade. Em todos os lugares da Irlanda, exceto em três bases portuárias, as tropas britânicas estão se preparando para partir. Os Auxiliares e os Black and Tans já se foram.

T. S.

22

CONSOLAÇÃO

Como a paixão pode ser tão profunda
Nunca pensei
Que o crime de nascer
Difama todo o nosso destino?
Mas onde o crime é cometido
O crime pode ser esquecido.

— W. B. Yeats

A esperança e o simbolismo da partida do exército britânico no fim de janeiro foram ofuscados e esquecidos nos meses que se seguiram. Assim como os irlandeses e os britânicos haviam feito durante a calmaria da trégua anglo-irlandesa, as duas facções irlandesas opostas — pró-Tratado e antiTratado — começaram a solidificar freneticamente seus muros e a reunir apoio enquanto tentavam avançar suas posições para o público em geral. O Exército Republicano Irlandês foi dividido ao meio, metade se juntando a Michael Collins e aos apoiadores do Estado Livre, metade se recusando a aceitar o acordo, reunindo-se sob a bandeira dos republicanos, ou seja, daqueles que não se contentariam com nada menos que uma república.

De Valera vinha fazendo campanha ativamente por apoio antiTratado, atraindo grandes multidões de cidadãos profundamente decepcionados com a solução do Estado Livre. Muitos tinham sofrido terrivelmente nas mãos dos britânicos e não estavam dispostos a entrar em acordo com um adversário que não era confiável. Os britânicos eram famosos na Irlanda por terem violado o

Tratado de Limerick de 1691, e muitos que apoiavam De Valera acreditavam que também violariam o Ato do Estado Livre Irlandês.

    Michael Collins começou sua própria campanha, viajando de condado em condado, atraindo milhares de pessoas ávidas por evitar conflitos e mais guerras. Thomas começou a viajar longas distâncias para vê-lo, auxiliá-lo e sentir o clima da população em geral. Em Leitrim e Sligo, assim como em todos os condados da Irlanda, os lados já haviam sido escolhidos e as linhas, traçadas. A tensão nas ruas, que antes era causada pelos Tans e pelos Auxiliares, agora era devida à hostilidade entre vizinhos e à desconfiança entre amigos. Os pesadelos de Eoin aumentaram; os nervos de Brigid estavam à flor da pele, dividida por sua lealdade a Thomas e pelo amor aos filhos. Quando Thomas viajava com Michael, eu ficava em Garvagh Glebe, com medo de deixá-los.

    Conforme fevereiro se transformou em março, e março em abril, a rachadura na liderança da Irlanda se tornou um abismo de onde o caos emergiu. O inferno beliscou os calcanhares do país. Diariamente ocorriam ataques a bancos e postos militares, já que armas e dinheiro eram necessários para derrubar o novo governo. Os jornais foram saqueados ou invadidos, e a máquina de propaganda começou a funcionar para valer. Brigadas antiTratado do Exército Republicano Irlandês — brigadas que se comportavam mais como senhores da guerra — começaram a invadir cidades inteiras. Em Limerick, onde o comando da cidade significava o comando das pontes do rio Shannon e o domínio sobre o oeste e o sul, tanto as forças favoráveis quanto as antiTratado estavam alocadas. O Exército Republicano Irlandês antiTratado tomou posse dos quartéis recém-evacuados pelas tropas britânicas, instalou seu quartel-general em hotéis e ocupou edifícios governamentais. Seria preciso força para desalojá-los, e ninguém queria usar força.

    Em 13 de abril, Michael falou para milhares de pessoas em Sligo em um comício pró-Tratado e foi tirado às pressas do palanque quando começou uma briga na multidão, e tiros ecoaram de uma janela com vista para a praça. Ele foi jogado no banco traseiro de um carro blindado com Thomas e levado para Garvagh Glebe enquanto a ordem era restaurada. Passou a noite em Dromahair com duas dúzias de soldados do Estado Livre cercando a casa para protegê-lo enquanto planejava o próximo passo. Ficamos sentados à mesa com os restos do jantar ao nosso redor. Brigid estava em seu quarto e Eoin jogava bolinha de gude na sala ao lado com Fergus, que não demonstrava misericórdia, mas muita paciência.

— Um navio britânico que estava na costa de Cork foi apreendido por forças antiTratado. Estava cheio de armas. Milhares de armas estão agora nas mãos de homens que querem desestabilizar o Estado Livre. Que diabos um navio cheio de armas estava fazendo na costa de Cork? Os britânicos estão por trás disso — disse Michael, levantando-se para dar a volta na mesa, com a barriga cheia e os nervos tensos.

— Os britânicos? — perguntou Thomas, surpreso. — Por quê?

Thomas parou em frente à janela, espiando a escuridão, e Fergus gritou, exigindo que ele saísse de lá.

— Se eu não conseguir, Thomas, se a Irlanda não conseguir, os britânicos dirão que não têm escolha a não ser voltar para restaurar a ordem. O acordo será anulado e a Irlanda retornará às mãos da Grã-Bretanha. Então, eles mexem nossos pauzinhos em silêncio nos bastidores. Enviei um telegrama a Churchill acusando-o de conluio. Pode não ser ele. Ou Lloyd George. Mas há conluio, não tenho dúvidas.

— E o que Churchill disse? — perguntou Thomas.

— Ele negou abertamente. E perguntou se há alguém na Irlanda disposto a lutar pelo Estado Livre.

O silêncio caiu sobre a sala. Michael retornou à sua cadeira e se sentou, com os cotovelos apoiados nos joelhos e a cabeça entre as mãos. Thomas me encarou com olhos trágicos.

— Eu lutei contra os britânicos, Tommy — Michael disse. — Matei, embosquei e passei a perna. Eu era o ministro da desordem. Mas não tenho estômago para isso. Não quero lutar contra meus compatriotas. Continuo tentando fazer acordos com o diabo, e agora o diabo tem muitas faces. Estou cedendo aqui, fazendo promessas ali, tentando evitar que tudo desmorone, e não está funcionando.

— Lutar pelo Estado Livre significa matar pelo Estado Livre — disse Thomas, com o semblante grave. — Há homens bons dos dois lados. E boas mulheres. As emoções estão afloradas. Os ânimos estão quentes. Contudo, por trás de tudo isso, ninguém quer atirar nos seus. Então nos atropelamos, tramamos, pressionamos e discutimos, mas não queremos matar uns aos outros.

— É muito mais fácil matar quando você odeia a pessoa em quem está atirando — Michael admitiu pesadamente. — Mas até mesmo Arthur Griffith, o homem que defende a resistência pacífica, diz que a força é inevitável.

Arthur Griffith deveria falar no domingo na Prefeitura de Sligo com outros políticos pró-Tratado. Considerando o que acabara de acontecer durante seu próprio discurso, Michael já havia providenciado o envio de tropas para o Estado Livre a fim de manter a paz e permitir que a reunião de domingo acontecesse. O governo provisório aprovara uma lei com o consentimento real que afirmava que uma eleição geral seria realizada antes de 30 de junho. Tanto os pró quanto os antiTratado estavam lutando para se conectar com — ou intimidar — os eleitores.

Fomos interrompidos por Robbie, que estava parado na porta da sala de jantar, com as botas enlameadas, o chapéu nas mãos e o casaco respingado de chuva.

— Doutor, um dos meninos levou alguns estilhaços durante o tiroteio em Sligo. Ele se enfaixou e não disse nada, mas agora está mal. Achei que você poderia dar uma olhada.

— Leve-o até a clínica, Robbie — ordenou Thomas, jogando o guardanapo na mesa e se levantando.

— E diga ao rapaz que é o cúmulo da estupidez ignorar um ferimento quando há um médico por perto — reclamou Michael, balançando a cabeça com cansaço.

— Já fiz isso, sr. Collins — respondeu Robbie. Ele cumprimentou Michael, acenou para mim e seguiu Thomas para fora da sala.

— Eu quero ver, doutor! — gritou Eoin, abandonando Fergus e as bolinhas de gude por um lugar na primeira fila na sala de cirurgia. Thomas não o impediu, e Fergus aproveitou a oportunidade para fazer sua ronda.

Michael e eu ficamos sozinhos, e eu me levantei e comecei a empilhar os pratos, precisando de algo para ocupar a cabeça e as mãos. Michael suspirou, mas continuou sentado.

— Eu trouxe o caos para a sua casa. De novo. Ele me persegue aonde quer que eu vá — disse ele, cansado.

— Não haverá um dia em que você não será bem-vindo em Garvagh Glebe — respondi. — Estamos honrados em ter você aqui.

— Obrigado, Anne — sussurrou ele. — Eu não mereço a sua boa vontade. Sei disso. Por minha causa Thomas quase nunca está em casa. Por minha causa ele está se esquivando de balas e apagando incêndios que não iniciou.

— Thomas ama você — disse eu. — Ele acredita em você. Nós dois acreditamos.

Senti seus olhos em mim e encontrei o seu olhar, inabalável.

— Não costumo errar sobre as coisas, moça, mas estava errado sobre você — murmurou ele. — Thomas tem uma alma atemporal. E almas atemporais precisam de almas gêmeas. Estou feliz que ele tenha encontrado a dele.

Meu coração estremeceu e meus olhos se encheram de lágrimas. Parei meu empilhamento estúpido e pressionei uma mão na cintura, tentando não perder a compostura. A culpa cresceu em meu peito. Culpa e indecisão misturadas com medo e desespero. Todos os dias eu lutava entre minha responsabilidade de alertar e meu desejo de proteger, e todos os dias eu tentava negar as coisas que sabia.

— Preciso lhe dizer uma coisa, Michael. Preciso que você me escute e acredite em mim, se não por você, então por Thomas — disse eu, as palavras como cinzas na garganta, como os restos de Eoin no lago, ondulando ao meu redor. Michael, porém, já estava sacudindo a cabeça, recusando, como se soubesse aonde essas palavras o levariam.

— Sabia que, no dia em que eu nasci — disse ele —, minha mãe trabalhou até o momento do parto? Minha irmã Mary viu que ela estava com dores, que algo estava acontecendo, mas minha mãe nunca reclamou ou descansou. Havia trabalho a ser feito. E ela continuou trabalhando. — Ele não tirou os olhos de meu rosto. — Eu era seu oitavo filho, o mais novo, e ela me pariu durante a noite, sozinha. Minha irmã me contou que ela se levantou quase imediatamente, sem perder um passo. Minha mãe trabalhou desse jeito até o dia em que morreu. Ela era uma força indomável. Amava seu país. Amava sua família.

Michael respirou fundo. Falar dela claramente o machucava. Eu entendia. Não conseguia pensar em meu avô sem dor.

— Ela morreu quando eu tinha dezesseis anos e meu coração se partiu. Mas agora? Agora estou grato de que ela tenha partido. Não gostaria que ela se preocupasse comigo. Não gostaria que ela tivesse que escolher lados, e não gostaria que ela sobrevivesse a mim.

Meu coração rugia em meus ouvidos, e tive que desviar o olhar. Eu sabia que o que acontecia nesta sala já havia essencialmente acontecido antes. Minha presença não era uma variação da história, mas parte dela. As fotos provavam isso. Meu próprio avô fora testemunha disso. Tudo que eu disse ou não disse já fazia parte da estrutura dos eventos; eu acreditava nisso.

Mas eu sabia como Michael Collins tinha morrido.

Sabia onde tinha acontecido.

Sabia quando.

Era algo que eu havia escondido de Thomas e algo que ele nunca me perguntara. Saber disso só tornaria a vida insuportável para ele, e eu mantivera esse conhecimento para mim. Mas guardar esse segredo me fazia sentir uma conspiradora. Corroía meu estômago e assombrava meus sonhos. Eu não sabia quem era o responsável e não podia proteger Michael Collins de um inimigo sem rosto — seu assassino nunca fora nomeado —, mas poderia avisá-lo. Eu precisava.

— Não me conte, Anne — ordenou Michael, adivinhando minha luta interna. — Quando ela chegar, chegou. Sei disso. Sinto isso. Ouvi Banshee chorando em meus sonhos. A morte vem seguindo meus passos há muito tempo. Prefiro não saber quando essa cadela vai me pegar.

— A Irlanda precisa de você — implorei.

— A Irlanda precisava de James Connolly e Tom Clarke. Precisava de Seán Mac Diarmada e Declan Gallagher. Todos nós temos nosso papel a desempenhar e nossos fardos a carregar. Quando eu partir, haverá outros.

Eu só conseguia balançar a cabeça. Haveria outros. Mas nunca mais haveria um Michael Collins. Homens como Michael Collins, Thomas e meu avô eram insubstituíveis.

— Isso pesa sobre você, não é mesmo? Saber de coisas que não pode evitar? — murmurou ele.

Assenti, incapaz de conter as lágrimas. Ele deve ter visto o desespero em meu rosto e a confissão na ponta da minha língua. Eu queria tanto contar a ele, me aliviar. Ele se levantou abruptamente e se aproximou de mim, balançando a cabeça, o dedo erguido em advertência, e pressionou-o em meus lábios, inclinando-se para mim e olhando dentro dos meus olhos.

— Nem uma palavra, moça. — Ele me calou. — Nem uma palavra. Deixe o destino se desvendar como deve ser. Faça isso por mim, por favor. Não quero viver contando os dias que me restam.

Anuí e ele se endireitou, removendo o dedo sem muita confiança, como se temesse que eu não contivesse a língua. Por um momento estudamos um ao outro, discutindo silenciosamente, vontades guerreando e muros sendo erguidos, antes de nós dois exalarmos, tendo chegado a um acordo. Limpei as lágrimas em meu rosto, estranhamente absolvida.

— Você está com aquele olhar, Anne. Tommy já sabe? — perguntou Michael suavemente, o tumulto se dissipando de sua expressão. Recuei, surpresa.

— O-O quê? — gaguejei. Nem eu mesma tinha certeza.

Ele abriu um sorriso amplo.

— Ah, imaginei. Guardo o seu segredo se você guardar o meu. Combinado?

— Não sei do que você está falando — bufei, ainda confusa.

— É esse o espírito. Negar. Desviar. Refutar — sussurrou ele conspiratoriamente, e piscou. — Sempre funcionou para mim.

Ele se virou para sair da sala, não sem antes pegar outra fatia de peru e um pedaço de pão da cesta, o apetite visivelmente restaurado por suas provocações.

— Mas acho que Tommy já sabe. Ele não é de deixar passar as coisas. Além disso, está escrito na sua cara. Você tem rosas nas bochechas e um brilho nos olhos. Parabéns, moça. Eu não estaria mais feliz se fosse meu — brincou ele, piscando de novo.

Michael Collins irá para Cork em 22 de agosto de 1922. As pessoas mais próximas a ele vão implorar que ele reconsidere, que fique em Dublin, mas ele não dará ouvidos. Ele vai morrer em uma emboscada em um vilarejo chamado Béal na mBláth — a boca das flores.

Escrevi sobre o que estava por vir, cada detalhe, cada teoria de que conseguia me lembrar sobre a morte de Michael: 22.8.22. 22.8.22. A data se tornou uma pulsação em minha cabeça, o título de uma história terrível, e, quando uma história me consumia, eu precisava escrevê-la. Era meu compromisso com Michael Collins. Eu ficaria em silêncio à medida que o dia se aproximasse, assim como ele me pedira. Manteria as palavras na boca. Amargas e salobras. Mas não iria, não poderia, ficar quieta no fim. Quando o dia chegasse, eu contaria a Thomas. Contaria a Joe. Trancaria Michael Collins em um quarto, o amarraria e apontaria uma arma para sua cabeça para mantê-lo longe de seu destino. Essas páginas seriam meu seguro, meu plano B. Mesmo se algo acontecesse comigo, elas falariam por mim, e a história de Michael teria um novo fim.

Escrevi até sentir câimbras na mão, desacostumada a compor sem as teclas embaixo dos dedos. Já fazia muito tempo que não escrevia nada sério a mão. Minha caligrafia era horrível, mas a ação me acalmou como mais nada poderia.

Quando escrevi tudo de que conseguia me lembrar, dobrei as folhas em um envelope, fechei-o e coloquei-o na gaveta da cômoda.

Em 14 de abril em Dublin, o edifício Four Courts, ao lado do cais do rio Liffey, foi tomado por forças antiTratado e declarado o novo quartel-general republicano. Vários edifícios ao longo da O'Connell Street, bem como o Kilmainham Gaol, também foram ocupados. Ataques foram feitos em lojas e munições do Estado Livre e as mercadorias estavam sendo estocadas nos prédios ocupados. Foi o começo de um fim prolongado.

— Você poderia ter me avisado sobre isso, hein, Annie? — reclamou Michael, e Thomas lhe lançou um olhar de tamanha censura que ele murchou e passou as mãos pelo cabelo. — Desculpe, moça. Eu esqueço de mim às vezes, né?

Michael deixou Garvagh Glebe às pressas. Seu comboio, incluindo o soldado ferido por estilhaços, atrás dele. Thomas pensou em ficar em casa, mas, no último momento, fez uma mala e se preparou para segui-lo, temendo que uma batalha no Four Courts pudesse acontecer e suas habilidades fossem necessárias.

Eoin ficou amuado, triste por ver o fim da agitação e os nossos visitantes partirem. Ele implorou que Thomas o levasse consigo, para que levasse nós dois, mas Thomas refutou, prometendo que estaria de volta em alguns dias. A ocupação do Four Courts era uma escalada entre os dois lados que prometia derramamento de sangue, e eu não conseguia me lembrar de detalhes suficientes para tranquilizá-lo. Eu simplesmente sabia que uma batalha começaria. O edifício Four Courts sofreria uma explosão causada pelos estoques de munições roubados, e homens morreriam. Mas eu não conseguia me lembrar da linha do tempo ou dos detalhes técnicos.

— Michael está certo, você sabe — eu disse a Thomas, enquanto ele juntava suas coisas. — Estive preocupada. Algumas datas são como luzes constantes na minha cabeça. Alguns detalhes não me deixam em paz. Mas há outras coisas, outros eventos, de que eu deveria me lembrar, mas não me lembro. Vou tentar me lembrar — murmurei.

— Mick ataca aqueles que ama. Considere isso um sinal de confiança e afeto. — Thomas suspirou.

— Foi por isso que você olhou para ele como se quisesse dar um murro em suas orelhas?

— Não me interessa quanto ele ame ou confie em você; ele precisa ter modos.

— Tão feroz, dr. Smith.

Ele sorriu e fechou a mala antes de se aproximar de mim lentamente, com as mãos nos bolsos e a cabeça inclinada em indagação.

— Há mais alguma coisa que você esqueceu de me dizer, condessa? — murmurou ele, aproximando-se tanto que meus seios tocaram seu peito. Eles estavam inchados e apertados, e eu gemi um pouco, querendo abraçá-lo e protegê-los ao mesmo tempo. Seus lábios roçaram meu cabelo e ele tirou as mãos do bolso, subindo-as pelo meu corpo, até seus polegares tocarem minha cabeça. — Você está dolorida. Está linda. E não sangra desde janeiro — murmurou ele, acariciando-me tão suavemente que a dor se tornou saudade.

— Nunca fui muito regulada — eu disse, com o coração batendo forte. — E eu nunca estive grávida, então não tenho certeza.

— Eu tenho — disse ele, inclinando meu rosto para si. Por um momento ele simplesmente me beijou, com cuidado e adoração, como se minha boca segurasse seu filho, e não meu útero. — Estou tão feliz — confessou ele entre meus lábios. — É errado estar tão feliz quando o mundo está de cabeça para baixo?

— Meu avô me falou uma vez que a felicidade é uma expressão da gratidão. E nunca é errado ser grato.

— Onde será que ele aprendeu isso? — murmurou ele, com os olhos tão brilhantes e azuis que eu só conseguia olhar, perdida neles.

— Eoin desejou uma família inteira — eu disse, pensativa de repente. — Não sei como isso vai funcionar. Fico assustada quando tento dar sentido a isso, quando penso a respeito por muito tempo ou tento desvendar tudo na minha cabeça.

Ele ficou em silêncio por um momento, pensativo, sem desviar os olhos de mim.

— O que o seu avô lhe disse sobre fé? — perguntou.

A resposta veio como um sussurro, vibrando pelo meu coração, e eu estava de volta nos braços do meu avô em uma noite de tempestade, em um mundo tão distante e que havia tanto tempo não parecia real.

— Ele me disse que tudo ficaria bem porque o vento já sabia — sussurrei.

— Então é essa a sua resposta, amor.

16 de abril de 1922

Minha cabeça está repleta de pensamentos, e há pouco espaço para escrevê-los. Este diário está cheio, e tenho muito mais a dizer e muito tempo até o amanhecer. Anne me deu um diário de aniversário, que está esperando para ser preenchido na minha mesa de cabeceira em casa.

Acordei suando frio, sozinho na cama. Odeio Dublin sem Anne. Odeio Cork sem Anne, Kerry sem Anne, Galway sem Anne, Wexford sem Anne. Descobri que não me sinto verdadeiramente feliz em nenhum lugar sem Anne.

Foi a chuva que me acordou. Caiu um dilúvio sobre Dublin. É como se Deus estivesse tentando apagar as chamas de nosso descontentamento. Se houver uma batalha pelo Four Courts, não vai ser agora. Mick disse que vão fazer de tudo para evitá-la. Temo que sua relutância em se envolver com a ala antiTratado apenas os encoraje ainda mais. Mas ele não precisa saber o que eu penso. Gostaria de ter ficado em Garvagh Glebe. Eu voltaria agora, mas a chuva não para, as estradas estarão lamacentas, é melhor esperar.

O som da água escorrendo entrou no meu sonho, fazendo-me sonhar com o lago. Eu estava tirando Anne da água novamente. Como a maioria dos sonhos, tudo ficou estranho e desconexo, e de repente Anne desapareceu, deixando-me molhado, com os braços vazios e o fundo do barco manchado com seu sangue. Então comecei a chorar e a gritar, e meu choro se tornou um lamento. O lamento veio de um bebê em meus braços que estava envolto na blusa ensanguentada de Anne. O bebê se transformou em Eoin, agarrando-se a mim, com frio e apavorado, e eu o segurei, cantando para ele, como às vezes faço.

— Eles não podem esquecer, eles nunca vão esquecer, o vento e as ondas ainda se lembram Dele.

Agora não consigo tirar essa música da cabeça. Maldita chuva. Maldito lago. Nunca achei que fosse odiar aquele lago, mas odeio. Esta noite eu o odeio. E odeio Dublin sem Anne.

— Não chegue perto da água, amor — é o que eu sempre sussurro quando nos separamos. E ela assente, os olhos sábios. Desta vez esqueci de lembrá-la. Estava pensando em outras coisas. Nela. Em um filho. Nosso filho, crescendo dentro dela.

Queria que a chuva parasse. Preciso ir para casa.
T. S.

Eu tirei você da água
E a mantive na minha cama.
Uma filha perdida e abandonada
De um passado que não está morto.

De alguma forma, amor de obsessão
Partiu e despedaçou um coração de pedra.
Desconfiança se tornou confissão,
Solenes votos de sangue e ossos.

Mas eu ouço a tensão no vento,
Alma peregrina que o tempo encontrou.
Ele suplica que eu a leve de volta.
Me pede que a siga, docemente afogado.

Não chegue perto da água, amor.
Fique longe da praia e do mar.
Você não pode andar sobre as águas, amor.
O lago vai levá-la para longe de mim.

23
ATÉ QUE O TEMPO O APAGUE

Queridas sombras, agora vocês sabem tudo,
Toda a loucura de uma luta
Com acertos e erros comuns.
A inocência e a beleza
Não têm inimigos, a não ser o tempo;
Levantem-se e peçam que eu acenda um fósforo
E acenda outro até que o tempo o apague.

— W. B. YEATS

Passei a manhã de domingo me sentindo indisposta e cansada, como se admitir a gravidez a Thomas tivesse me liberado para agir conforme minha condição. Eoin acordou resfriado e eu fiquei em casa com ele, enquanto Brigid e os O'Toole foram à missa. O céu estava nublado — uma tempestade estava se formando no leste —, e Eoin e eu fomos para a grande cama de Thomas e lemos todas as aventuras de Eoin, uma por uma, deixando a história de Michael Collins para o final. Eoin estava muito ciente de que havia sido nomeado cuidador do livro de Michael, e mal respirava enquanto líamos, virando as páginas com cuidado para não as amassar ou sujar.

— Devíamos escrever uma história sobre nós — sugeriu ele quando fechei a última página.

— Você, eu e Thomas?

— Sim — murmurou ele, bocejando. Ele tinha tossido durante a noite e claramente precisava de um cochilo. Puxei os cobertores até seus ombros, e ele se aninhou e fechou os olhos.

— E o que devemos fazer? Para onde devemos ir?

— Não me importo. Só quero que estejamos juntos. — Sua doçura trouxe um nó à minha garganta.

— Eu te amo, Eoin.

— Também te amo — murmurou ele.

Observei enquanto ele adormecia, vencida pela necessidade de agarrá-lo e abraçá-lo, de beijar seu rostinho, de dizer quanto ele me fazia feliz. Mas ele já estava roncando baixinho, com a respiração um pouco dificultada pelo resfriado. Conformei-me em beijar sua testa sardenta e roçar meu rosto em seu cabelo ruivo.

Saí do quarto, fechei a porta e desci as escadas. Brigid e os O'Toole haviam voltado da missa, e um almoço leve estava sendo preparado. Eu precisava me vestir e arrumar o cabelo; Robbie queria ir a Sligo ver Arthur Griffith na prefeitura. Thomas havia ordenado que ele fosse minha sombra enquanto estivesse fora, dormindo em Garvagh Glebe à noite e deixando para seus irmãos quaisquer obrigações que o levassem para muito longe de casa. Não tínhamos visto nem ouvido falar de Liam e Ben desde que Thomas deixara clara a sua vontade em dezembro. Passaram-se meses sem a menor ameaça ou incidente, mas Thomas não relaxara suas instruções. Eu sabia que Robbie não iria à reunião eleitoral se eu não fosse com ele. Eu não estava no clima para pessoas e política, mas não me importaria em ouvir Arthur Griffith falar de novo, e odiaria que Robbie perdesse a oportunidade de ouvir um homem verdadeiramente grande.

Descemos a pequena estrada meia hora depois, prometendo a Brigid que não demoraríamos. Eoin ainda estava dormindo, a tempestade havia se afastado e Brigid parecia contente em passar a tarde na frente do fogo, tricotando e ouvindo meu gramofone.

As ruas de Sligo estavam cheias de soldados, e a tensão no ar zuniu em meu peito quando Robbie encontrou um lugar na Quay Street para estacionar a caminhonete dos O'Toole. Um caminhão cheio de forças antiTratado passou rugindo, armado e sombrio, deixando sua presença ser notada. Se o objetivo deles era intimidar, eles conseguiram. Robbie e eu descemos da caminhonete e seguimos em direção ao pátio de paralelepípedos que circundava a prefeitura. As pessoas ao nosso lado corriam, fazendo o possível para ficar longe das ruas, mesmo quando se reuniam do lado de fora do edifício em estilo de palácio, examinando a multidão crescente em busca de problemas. Pelo menos três dezenas de soldados do Estado Livre criaram uma barreira ao redor do prédio, em uma tentativa de proteger as atividades. Outro caminhão cheio de soldados do Exército Republicano Irlandês se aproximou, e todas as cabeças se viraram para observá-los passar. Vi muito rapidamente um rosto que me pareceu familiar.

— Robbie, aquele é Liam? — perguntei, agarrando seu braço. O homem estava à frente do caminhão, olhando para o outro lado da rua, sua silhueta obscurecida por outros homens, seu cabelo coberto por um quepe comum. O caminhão continuou descendo a rua sem que conseguíssemos identificar.

— Não sei, sra. Smith — Robbie hesitou. — Não o vi. Mas talvez isso não tenha sido uma boa ideia.

— Robbie! — alguém gritou, e nos viramos em direção à entrada romanesca arredondada. O sino da torre começou a badalar a hora, um tilintar sombrio no céu encoberto. Como se o sino tivesse acordado a chuva, trovejou e gotas grossas começaram a encharcar os paralelepípedos ao nosso redor.

— Ali está Eamon Donnelly. Ele disse que guardaria um lugar para nós — disse Robbie, e corremos em direção aos degraus de calcário, com a decisão tomada.

A reunião transcorreu sem incidentes. Perdemos alguns discursos do início, mas ouvimos, cativados, Arthur Griffith, que falava sem anotações, com as mãos apoiadas na bengala. Ele não era um orador caloroso e poderoso. Era comedido e comprometido, persuadia as pessoas a votarem a favor do Tratado e dos candidatos que o apoiavam, não porque fosse perfeito ou resolvesse todos os problemas da Irlanda, mas porque prometia o melhor caminho.

Ele teve uma recepção calorosa e foi aplaudido de pé quando terminou. Enquanto a multidão gritava e batia os pés, Robbie e eu deixamos nossos assentos, escapulindo da sala de reuniões à frente da multidão e descendo apressadamente a ampla escadaria com balaustrada de ferro forjado. O prédio era lindo, com cúpulas vidradas e arenito esculpido, e eu não me importaria de olhar mais de perto, mas Robbie estava nervoso e ansioso para ir, e sem perder tempo me conduziu de volta à caminhonete. Ele não relaxou até chegarmos a Garvagh Glebe, uma hora depois.

Ele me deixou na frente da casa para que eu não precisasse andar do celeiro, agradecendo por acompanhá-lo na excursão da tarde.

— Vou ficar fora mais um pouco — avisou ele. — Disse ao meu pai que alimentaria os animais antes da missa. Não alimentei, e ele não vai ficar feliz comigo quando descobrir que fui para a cidade em vez disso. Com sorte ele nunca saberá.

Pulei da caminhonete e acenei para ele em despedida.

A casa estava silenciosa. Atravessei o saguão e entrei no meu quarto. Eu dormia na cama de Thomas, mas o armário dele era muito pequeno para nós dois. Então guardava minhas coisas no quarto do andar térreo e me retirava para lá quando queria escrever ou ficar um pouco sozinha. Teríamos que reconfigurar isso em algum momento, especialmente com um bebê a caminho. Havia meia dúzia de quartos vazios em Garvagh Glebe, espaço suficiente para providenciar uma suíte matrimonial e um quarto para o bebê, mantendo Eoin por perto.

Tirei o chapéu e o casaco, pendurei-os no guarda-roupa e comecei a procurar um suéter na cômoda. As gavetas estavam abertas. As roupas estavam espalhadas, como se alguém tivesse remexido em cada uma delas, procurando por algo, sem se preocupar em cobrir seus rastros. A estreita gaveta de cima, onde guardava minhas joias e as poucas miudezas que havia adquirido em dez meses em Garvagh Glebe, fora completamente virada de cabeça para baixo. Eu a peguei, sem me alarmar, mas confusa, e comecei a restaurar a ordem em minhas gavetas.

— Eoin? — chamei. Ele certamente estaria acordado agora. Ele e Brigid estariam em algum lugar da casa. Ele não estava bem para ir lá fora e obviamente estava procurando algo nas minhas gavetas. Era o único que deixaria essa bagunça.

Terminei de arrumar minhas coisas e fiz um inventário das joias e da pequena pilha de discos de gramofone, tentando descobrir o que ele estaria procurando. Ouvi um passo suave do lado de fora e chamei de novo, sem olhar para cima.

— Eoin? Você mexeu nas minhas gavetas?

— Não foi Eoin — disse Brigid da porta, com uma voz estranha. Ela apertava folhas de papel contra o peito, com o rosto abatido, os olhos selvagens.

— Brigid?

— Quem é você? — ela disse entredentes. — Por que está fazendo isso conosco?

— O que eu fiz, Brigid? — perguntei, e meu sangue começou a ferver. Dei um passo em sua direção, e ela imediatamente deu um passo para trás.

Liam, com um rifle nos braços, parou a seu lado. Ele apontou a arma para o meu peito, com o olhar fixo, a boca severa.

— Brigid — implorei, olhando para a arma. — O que está acontecendo?

— Liam me falou. Desde o primeiro dia. Ele disse que você não era a nossa Anne, mas eu não quis acreditar.

— Não entendo — sussurrei, envolvendo a barriga com os braços. *Meu Deus. O que está acontecendo?*

— Eoin estava procurando algo. Eu o peguei em seu quarto. Repreendi-o e comecei a colocar tudo de volta nas gavetas. O envelope estava no chão — explicou Brigid, com palavras rápidas e voz rouca.

— E você abriu?

Ela assentiu com a cabeça.

— Eu abri e li. Sei o que você está planejando. Você enganou Thomas. Mas não enganou Liam. Ele nos avisou! E pensar que Thomas confiou em você. Ele se casou com você. E você está planejando matar Michael Collins. Está tudo escrito. — Ela estendeu as folhas à sua frente, tremendo tanto que os papéis balançavam.

— Não. Você entendeu mal — eu disse baixinho, meus olhos e minha voz nivelados. — Eu só queria avisá-lo.

— Como você sabe de tudo isso? — gritou ela, sacudindo as folhas novamente. — Você está trabalhando para os Tans. É a única coisa que faz sentido.

— Brigid? Onde está Eoin? — sussurrei, sem nem me preocupar em me defender ou lembrá-los de que os Auxiliares e os Black and Tans tinham ido embora. Ela tirou a pior conclusão possível, e eu não sabia se qualquer coisa que eu dissesse ajudaria no meu caso.

— Não vou dizer! Você não é a mãe dele, é?

Dei um passo em sua direção com a mão estendida, um apelo por calma.

— Eu quero que você vá embora — disse ela, levantando a voz. — Preciso que você vá. Saia desta casa e nunca mais volte. Vou mostrar isto a Thomas. Ele vai saber o que fazer. Mas você tem que sair.

Liam apontou para a porta da frente.

— Vá — disse ele. — Ande.

Caminhei desajeitada para fora do quarto em direção ao saguão. Brigid ficou encostada na parede com os papéis nas mãos. Ignorei Liam, direcionando meus apelos à sua mãe.

— Vamos telefonar para a casa de Dublin. Ligaremos para Thomas e você pode contar tudo a ele. Tudo isso, agora — sugeri.

— Não! Eu quero que você vá embora. Não sei o que vou dizer a Eoin. Ele pensou que a mãe dele tivesse voltado para casa. — Brigid começou a chorar, seu rosto se enrugando como as folhas que ela segurava nas mãos. Ela as deixou cair para enxugar as lágrimas, e Liam se abaixou e as pegou, enfiando-as no cós da calça.

— Eoin está bem, Brigid? Ele está seguro? — perguntei, sem tirar os olhos da ampla escadaria que levava ao segundo andar, onde havia deixado Eoin algumas horas antes.

— E você se importa? — gritou ela. — Ele não é seu filho. Não é nada para você.

— Eu só preciso saber se ele está bem. Não quero que ele ouça você chorando. Não quero que ele veja a arma.

— Eu nunca machucaria Eoin! Nunca mentiria para ele, nunca fingiria ser alguém que não sou! — gritou ela. — Estou protegendo-o de você. Como deveria ter feito assim que você chegou.

— Está bem. Eu vou. Vou sair desta casa. Deixe-me pegar meu casaco e minha bolsa...

A indignação que floresceu em seus olhos e seu rosto era mais assustadora que seu tremor e suas lágrimas.

— *Seu* casaco? *Sua* bolsa? Foi Thomas quem comprou para você. Ele abrigou você. Cuidou de você. E você o enganou! Enganou aquele homem bom e generoso — disse ela, enfurecida.

— Vá — ordenou Liam, apontando o rifle em direção à porta. Eu obedeci, abandonando todas as ações, exceto a que me tirou da casa ilesa. Liam me seguiu, com a arma apontada para minhas costas. Abri a porta e desci os degraus da frente, com Liam bem atrás de mim.

Brigid fechou a porta. Ouvi as travas se fechando, o ferrolho antiquado deslizando para o lugar. Minhas pernas cederam, e eu desabei na grama com as pernas trêmulas.

Não chorei. Estava muito chocada. Simplesmente ajoelhei, com a cabeça encostada no peito, as mãos na grama úmida, tentando formular um plano.

— É melhor você começar a andar — exigiu Liam. E me perguntei se Brigid estava assistindo por detrás das cortinas. Rezei para que Eoin não estivesse. Levantei-me devagar, com os olhos na arma que Liam segurava com tanta facilidade. Ele não havia hesitado em atirar em mim uma vez com dois homens olhando.

— Você vai atirar em mim de novo? — perguntei, com a voz alta e vibrante. Esperava que Robbie ouvisse e interviesse. Senti um lampejo de vergonha e rezei para que Robbie estivesse longe. Não queria que ele morresse.

Os olhos de Liam se estreitaram e ele inclinou a cabeça, pensando, sem abaixar o rifle.

— Acho que sim. Você continua voltando. Você tem nove vidas, menina Annie.

— Annie? Você disse a Brigid que eu era outra pessoa. Contou a ela que você tentou me matar também? — desafiei.

O medo cintilou em seu rosto, e suas mãos apertaram a arma.

— Eu não queria atirar em você. Não da primeira vez. Foi um acidente.

Encarei-o sem entender, sem acreditar, e com mais medo do que estava antes. Do que ele estava falando? Primeira vez? Quantas vezes ele tentou matar Anne Gallagher?

— E no lago? Foi um acidente? — perguntei, desesperada para entender.

Ele se aproximou de mim, nervoso, com o olhar penetrante.

— Achei que fosse a neblina me pregando uma peça. Mas você era real. Brody e Martin viram também. E nós caímos fora de lá.

— Eu teria morrido — eu disse. — Se Thomas não tivesse me achado, eu teria morrido.

— Você já está morta! — gritou ele, mudando de temperamento de repente, e eu vacilei e tropecei para trás. — Agora preciso que você desça por aquelas árvores ali — ordenou ele. Sua mão tremia enquanto apontava para elas, e percebi que ele estava apavorado também. — Ouvi que um dos meus meninos está enterrado no pântano. É para lá que estamos indo, pelo lago.

Eu não iria a lugar nenhum com ele. Não para o pântano. Não para o lago. Não me movi. De repente ele estava em cima de mim, uma mão em punho no meu cabelo e um cano na minha barriga.

— Vire-se e ande — sibilou ele, pressionando a boca e meu ouvido. — Ou vou atirar em você bem aqui, agora.

— Por que está fazendo isso?

— Ande.

Comecei a andar, incapaz de fazer qualquer outra coisa. Sua mão estava tão apertada em meu cabelo que meu queixo foi forçado para cima. Não conseguia ver onde estava colocando os pés e tropecei várias vezes enquanto ele me empurrava em direção às árvores.

— Eu vi você em Sligo hoje com o Robbie caolho. Imaginei que, se Robbie estava com você, era porque Tommy estava fora da cidade. Então pensei em fazer uma visita rápida à minha mãe. Imagine a minha surpresa quando cheguei aqui e a encontrei chorando, chateada, me dizendo que você trabalha para os Tans. Você está trabalhando para os britânicos, Annie? Está aqui para matar Collins?

— Não — eu disse, ofegante, meu couro cabeludo gritando. Tropecei, e ele me puxou para a frente novamente.

— Não me importo se estiver. Só quero que você suma. E você me deu a desculpa perfeita.

Passamos pelas árvores ao longo do lago e começamos a deslizar pelo aterro até a praia. O barco de Eamon fora puxado para a costa, e Liam caminhou em direção a ele, ordenando que eu fosse também.

— Empurre — ordenou Liam, soltando meu cabelo e me empurrando para a frente enquanto nos aproximávamos. Ele manteve a arma apontada para minhas costas, claramente não confiando que eu não fosse fugir. Hesitei, com os olhos na maré ondulante.

— Não — gemi. *Não chegue perto da água, amor.*

— Empurre — gritou Liam.

Eu obedeci, com os membros pesados, o coração em chamas. Empurrei o barco para o lago. A água encheu meus sapatos e eu os tirei, deixando-os. Talvez Thomas os encontrasse e soubesse o que aconteceu.

— Ah, Thomas — sussurrei. — Eoin... meu Eoin. Me perdoe. — A água estava nos meus joelhos. Comecei a chorar.

— Agora entre no barco — comandou Liam, caminhando atrás de mim.

Ignorei-o e continuei a andar, sabendo o que tinha que fazer. A água bateu nas minhas coxas, gelada.

— Entre! — ele gritou e pressionou o cano da arma entre minhas escápulas. Fingi tropeçar, caindo para a frente com os braços estendidos, e larguei o barco. A água gelada me envolveu, cobrindo minha cabeça e enchendo minhas orelhas. Senti a mão de Liam no meu cabelo, agarrando, desesperada. Suas unhas marcaram minha bochecha.

Um tiro foi disparado, estranhamente amplificado pela água, e eu gritei, esperando a dor, esperando o fim. A água inundou meu nariz e minha boca, e eu tentei ficar de pé, sufocando. Mas Liam estava me pressionando para baixo, seu corpo pesava sobre o meu. Lutei, chutei e arranhei, tentando me libertar de seus braços para alcançar a superfície. Para viver.

Por um momento, fiquei leve, livre, encasulada em uma bolha sem ar, e lutei para permanecer consciente. O peso que me pressionava para baixo se transformou em mãos me puxando para a frente, agarrando-me, levantando-me, arrastando-me para a costa de seixos. Caí na areia, sufocando, engasgando, vomitando, enquanto o lago batia em meus pés, penitente. O gosto do lago, a areia entre meus dedos, tudo parecia igual. Mas não havia neblina, nem escuridão, nem céu nublado. O sol acariciou meus ombros trêmulos. Era como se o mundo tivesse girado, inclinando-se em direção ao sol, e me jogado para fora do lago.

— De onde veio, senhorita? Deus Todo-Poderoso. Você me assustou!

Eu ainda não conseguia falar, só via a silhueta do homem acima de mim em razão do sol poente. Não conseguia ver suas feições. Ele apertou minha barriga e eu tossi mais água.

— Sem pressa, você está bem — ele me acalmou, agachando-se ao meu lado, dando tapinhas nas minhas costas. Eu conhecia sua voz. Eamon. Era Eamon Donnelly. Graças a Deus.

— Liam. Onde está Liam? — murmurei. Meus pulmões queimavam e meu couro cabeludo gritava. Deitei a cabeça no chão, grata por estar viva.

— Liam? — perguntou ele. — Você pode me dizer mais, senhorita?

— Eamon — tossi. — Eamon, eu preciso de Robbie e não posso ir para casa.

— Robbie? — perguntou ele, levantando a voz, confuso. — Robbie ou Eamon? Ou Liam? Desculpe, senhorita. Não sei do que ou de quem está falando.

Rolei para o lado, cansada demais para me levantar. Olhei para Eamon com um esforço hercúleo. Mas não era Eamon. Encarei-o, tentando identificar seu rosto, o rosto que não combinava com a voz.

— Jesus! — ele ofegou. — É você, moça. Meu Deus. Mas o que... Onde é que você estava? O-O que... Q-Quando — ele gaguejou, fazendo perguntas que não consegui processar.

— Sr. Donnelly? — gritei, o horror raspando em minha garganta. Ah, não. Não, não, não.

— Isso mesmo. Você alugou o barco de mim, senhorita. Eu não queria que você pegasse o maldito barco. Você sabia que não. Graças a Maria você está bem. Achamos que tivesse se afogado no lago — confessou ele, horrorizado.

— Que dia é hoje? De que ano? — gemi. Não conseguia olhar em volta para me certificar por mim mesma. Não queria ver. Levantei com a ajuda das mãos e dos joelhos, lutando para ficar em pé, e caí de volta na água.

— Aonde você vai? — Jim Donnelly perguntou. Não Eamon Donnelly. Jim Donnelly, que vivia na cabana perto do cais e me alugou um barco. Em 2001.

Atirei-me no lago, desesperada para voltar, mesmo tendo me recusado a admitir que tinha ido embora.

Ele me puxou de volta.

— O que está fazendo? Está louca?

— Que dia é hoje? — gritei, lutando contra ele.

— É 6 de julho — berrou ele, envolvendo os braços em volta do meu corpo, me arrastando de volta para a margem. — É sexta-feira, merda.

— De que ano? — perguntei, ofegante. — De que ano?

— Há? — gaguejou ele. — É 2001. Estamos procurando você há mais de uma semana. Dez dias. Você nunca voltou para a margem. O barco, tudo simplesmente sumiu. A locadora veio e levou seu carro quando o Gardai finalizou as buscas. — Ele apontou para o estacionamento que não existia quando Thomas morava em Garvagh Glebe. Quando Eoin morava em Garvagh Glebe. Quando eu morava em Garvagh Glebe.

— Não — chorei. — Ah, não.

— O Gardai esteve aqui. Eles fizeram buscas no lago com equipamentos. Trouxeram até mergulhadores — disse ele, balançando a cabeça. — O que aconteceu?

— Me desculpe — eu disse. — Realmente não sei o que aconteceu. Realmente não sei.

— Tem alguém para quem eu possa ligar? De onde você saiu? — murmurou ele, tentando me persuadir a voltar para a cabana, para que eu me aquecesse, para fazer a ligação que ele estava desesperado para fazer. Eu queria que ele fosse embora. Mas ele manteve o braço firme em volta dos meus ombros, me guiando para longe do lago. Eu precisava voltar para a água, mergulhar e voltar ao tempo anterior, ao lugar que deixara, à vida que perdera.

Perdida. Desaparecida. Simples assim. Uma respiração, uma submersão, e eu morri e nasci de novo. Liam tentou me matar. E conseguiu. Ele levou a minha vida. Levou o meu amor. Levou a minha família.

— O que aconteceu com você, moça?

Eu só conseguia balançar a cabeça, muito perturbada para falar. Eu já tinha passado por isso. E, dessa vez, Thomas e Eoin não estavam aqui para me ajudar.

26 de abril de 1922

Anne se foi. Ela se foi há dez dias. Voltei a Garvagh Glebe na noite de domingo, dia 16. Minha casa estava um caos. Maggie segurava Eoin, que estava febril e doente, em seus braços. Seu choro tornava cada respiração uma luta. Maggie mal conseguia me olhar, estava tão perturbada, mas murmurou uma palavra — lago — e eu saí pela porta, correndo entre as árvores, até a costa onde Robbie e Patrick estavam vasculhando em busca do corpo de Anne. Robbie, fazendo o possível para explicar o inexplicável, chorou ao relatar os eventos do dia.

Liam tentou forçar Anne com uma arma a entrar no lago, e Robbie atirou nele. Quando Robbie correu até a água para tirar Liam de cima dela, ela havia sumido.

Robbie disse que procurou no lago por uma hora. Tudo que ele encontrou foram os sapatos dela. Ele acha que ela se afogou, mas eu sei o que aconteceu. Ela se foi, mas não está morta. Tento me consolar com isso.

Robbie arrastou Liam de volta para a casa, e Brigid fez o possível para cuidar dele. Liam tem um ferimento de bala no ombro e perdeu muito sangue. Mas vai sobreviver.

Eu quero matá-lo.

Removi a bala, limpei e suturei o ferimento. Quando ele gritou de dor, mostrei a ele a morfina, mas não lhe dei.

— Thomas, por favor — gemeu ele. — Vou contar tudo. Tudo. Por favor.

— E como você vai aliviar minha dor, Liam? Anne se foi — eu disse. — Estou deixando você viver. Mas não vou aliviar sua dor.

— *Aquela não era Annie. Ela não era Annie. Juro, Tommy. Eu estava tentando ajudar você* — gemeu ele.

Brigid afirma que encontrou um "complô" na gaveta de Anne, uma lista de datas e detalhes que descrevem o assassinato de Michael Collins. Brigid não sabe o que aconteceu com as páginas. Disse que Liam pegou e deve ter perdido no lago. Os dois estão convencidos de que Anne é uma impostora. Eles estão certos. E estão terrivelmente enganados. Eu quero colocar as mãos no pescoço de Liam e uivar minha indignação em seus ouvidos.

— *Ela parecia Annie, mas não era Annie* — disse ele, balançando a cabeça, determinado.

Fui inundado por uma terrível ideia repentina.

— *Como você sabe, Liam?* — sussurrei, quase com medo de perguntar, mas com certeza absoluta de que finalmente descobriria a verdade. — *Por que você tem tanta certeza?*

— *Porque Annie está morta. Ela está morta há seis anos* — confessou ele, a pele úmida, os olhos suplicantes. Ouvi Brigid se aproximar, arrastando os pés em direção ao cômodo que uso como clínica, e me levantei, bati a porta e tranquei. Não conseguiria lidar com ela. Ainda não.

— *Como você sabe?* — exigi.

— *Eu estava lá, Thomas. Eu a vi morrer. Ela estava morta. Anne estava morta.*

— *Onde? Quando?* — Eu estava gritando, minha voz tão alta que ecoou em meu cérebro cheio de dor.

— *No Correio Geral. Na semana da Revolta da Páscoa. Por favor, me dê algo, doutor. Não consigo pensar direito com essa dor. Vou contar tudo. Mas você precisa me ajudar.*

Sem alarde ou sutileza, enfiei a seringa em sua perna e injetei morfina, retirando-a e colocando-a de lado enquanto ele relaxava na cama. Seu alívio foi tão pronunciado que ele começou a rir baixinho.

Eu não estava rindo.

— *Fale!* — rugi, e sua risada se transformou em desgosto.

— *Tudo bem, Tommy. Vou contar. Vou contar.*

Ele inspirou profundamente, sua dor diminuindo, sua mente viajando para outro lugar. Algum lugar longe. Eu podia ver em seus olhos e na maneira como sua voz caiu em um ritmo de contador de histórias que ele compartilhava um relato que havia revivido mil vezes em sua cabeça.

— Naquela última noite... no Correio Geral, estávamos todos tentando ser indiferentes. Tentando agir como se não nos importássemos que o telhado estivesse prestes a desabar sobre nós. Todas as entradas estavam em chamas, exceto a da Henry Street, e descer a Henry Street era como passar por um maldito corredor da morte. Homens corriam com suas armas, atirando ao ouvir ruídos e, nesse processo, atirando nas costas uns dos outros. Eu fui o último a ir. Declan tinha ido na frente com O'Rahilly. Eles foram tentar limpar a Moore Street para o restante de nós, mas imediatamente veio a notícia de que todos tinham sido abatidos. Meu irmão mais novo estava sempre tentando bancar a merda de um herói.

Senti a memória crescer, densa e quente, como a fumaça que encheu meus pulmões quando fui para a Moore Street naquele sábado distante, atrás de meus amigos; 29 de abril de 1916 foi o pior dia da minha vida. Até hoje. Hoje foi pior.

— Connolly pediu que eu me certificasse de que todos sairiam do Correio Geral antes que eu evacuasse — continuou Liam, a morfina diminuindo sua cadência. — Aquele era o meu trabalho. Tive que ver homens correndo por suas vidas, um após o outro, desviando de balas e tropeçando em corpos. Foi quando eu a vi. De repente ela estava lá, no Correio Geral, caminhando em meio à fumaça. Ela me assustou, Thomas. Eu estava meio cego e tão cansado que teria atirado em minha própria mãe se ela tivesse vindo atrás de mim.

Esperei que ele dissesse o nome dela, mas recuei quando ele o fez.

— Era Annie. Não sei como ela voltou para dentro do correio. O lugar estava um inferno.

— O que você fez? — *As palavras saíram como uma lima da minha garganta.*

— Atirei nela. Não tive a intenção. Apenas reagi. Atirei nela algumas vezes. Ajoelhei-me ao seu lado, e seus olhos estavam abertos. Ela estava olhando para mim e eu disse o nome dela. Mas ela estava morta. Então eu atirei de novo, Thomas. Só para ter certeza de que ela era real.

Eu não conseguia olhar para ele. Tinha medo de fazer com ele o que ele tinha feito com a Anne de Declan. Com a mãe de Eoin. Com a minha amiga. Lembrei-me da loucura daquela noite. A exaustão. A tensão. E entendi como isso aconteceu. Eu teria entendido. E o teria perdoado. Mas ele mentiu para mim por seis anos e tentou encobrir seus pecados matando novamente.

— Peguei o xale dela... Ela o segurava. Estava quente demais no Correio Geral para usá-lo. Não tinha uma única gota de sangue nele. — Ele obviamente estava muito impressionado com o fato. Franzi o rosto, imaginando o sangue que deve ter acumulado em seu corpo atingido por balas.

— E o anel? — Estava tudo tão claro para mim agora.

— Tirei do dedo dela. Não queria que ninguém soubesse que era ela. Eu sabia que, se a deixasse no Correio Geral, seu corpo queimaria e ninguém jamais saberia o que eu fiz.

— Exceto você. Você sabia.

Liam anuiu, mas não havia expressão em seu rosto, como se tivesse sofrido tanto tempo com a ponta afiada da culpa que ela o houvesse esculpido em uma concha vazia.

— Então eu saí. Caminhei até Henry Place com o xale de Anne nas mãos e o anel no bolso. Sentia as balas passando zunindo por mim. Eu queria morrer. Mas não morri. Kavanagh me puxou para um cortiço na Moore Street, e eu passei o resto da noite cavando as paredes, de um cortiço a outro, abrindo caminho em direção a Sackville Lane com alguns dos outros. Deixei o xale em uma pilha de entulho e fiquei com o anel. Carrego-o no bolso desde então. Não sei por quê.

— Desde então? — perguntei, sem acreditar. Como isso era possível? Anne estava usando o anel na última vez que a vi. Minha Anne. Minha Anne. Minhas pernas se dobraram e por um momento achei que fosse cair.

— Com certeza você notou que Anne estava usando o mesmo anel — murmurei, cobrindo o rosto com as mãos.

— Esses ingleses desgraçados pensam em tudo, não é? Malditos espiões. Mas eles não contavam comigo. Eu sabia o tempo todo que não era ela. Eu disse a você, doutor. Mas você não quis ouvir, lembra?

Levantei-me abruptamente, derrubando o banquinho na pressa, e me afastei dele para não estrangular a justa indignação em seu rosto.

Anne me contou que seu avô, Eoin, dera a ela o anel com meu diário e várias fotos. Eram as peças da vida que ele queria que ela recuperasse. Ah, Eoin, meu menino precioso, meu pobre menino. Ele teria que esperar tanto tempo para vê-la novamente.

— Onde está o anel dela agora? — perguntei, recuperado.

Liam tirou-o do bolso e o estendeu na minha direção, parecendo aliviado por se livrar dele. Peguei-o, chocado com o fato de que algum dia o daria a Eoin. E Eoin o daria a Anne, sua neta, e ela iria usá-lo em seu retorno à Irlanda.

Mas esse capítulo já havia sido lido, e meu papel na progressão ondulada do futuro e do passado já havia sido desempenhado. Minha Anne tinha atravessado o lago e voltado para casa.

— Em julho, quando você estava transportando as armas no lago, por que atirou em Anne quando a viu? Não entendo — perguntei, procurando a peça final do quebra-cabeça.

— Não pensei que ela fosse real — Liam murmurou. — Eu a vejo aonde quer que eu vá. Continuo a matá-la, e ela continua a voltar.

Ah, Deus. Se ao menos ela voltasse. Se ao menos ela voltasse.

Na manhã seguinte, mandei Liam embora para nunca mais voltar. Prometi que, se ele fizesse isso, eu o mataria. Dei a Brigid a opção de ir com ele. Ela ficou, mas tanto ela como eu sabemos que eu queria que ela fosse. Não consigo perdoá-la. Ainda não.

Não sei como vou seguir em frente. Respirar dói. Falar dói. Andar é uma agonia. Não consigo me confortar. Não consigo confortar Eoin, que não está entendendo nada. Ele me pergunta onde está sua mãe, e não faço ideia do que responder. Os O'Toole estão insistindo que façamos um funeral para ela, mesmo sem um corpo. O padre Darby disse que isso nos ajudaria a seguir em frente. Mas eu nunca vou seguir em frente.

T. S.

24
O QUE FOI PERDIDO

Eu canto o que foi perdido e temo o que foi ganho,
Caminho em uma batalha travada repetidas vezes,
Meu rei, um rei perdido, e soldados perdidos meus homens;
Pés na Revolta, e o Sol se põe,
Eles sempre esbarram na mesma pequena pedra.

— W. B. Yeats

Jim Donnelly era neto de Eamon Donnelly e um homem gentil. Ele me trouxe um cobertor e meias de lã e colocou meu vestido molhado na secadora. Então chamou a polícia — o Gardai — e esperou comigo, me fazendo beber um copo de água enquanto dava tapinhas nas minhas costas e guardava a porta. Ele achou que eu iria fugir. E eu teria fugido.

Eu não conseguia me concentrar em um pensamento, não conseguia parar de tremer, e, quando ele me fazia perguntas, só conseguia sacudir a cabeça. Em vez de perguntas, ele começou a conversar comigo, mantendo a voz baixa enquanto verificava o relógio a cada poucos minutos.

— Você me chamou de Eamon. Esse era o nome do meu avô — disse ele, tentando me distrair. — Ele morava aqui no lago também. Nós, os Donnelly, vivemos aqui há gerações.

Tentei bebericar a água, mas o copo escorregou da minha mão e se espatifou no chão. Ele se levantou e me trouxe uma toalha.

— Posso trazer um pouco de café? — perguntou enquanto eu pegava a tolha de suas mãos.

Meu estômago embrulhou com a simples menção a café, e eu balancei a cabeça e tentei sussurrar um agradecimento. Eu parecia uma cobra chacoalhando. Ele limpou a garganta e tentou de novo, com voz coloquial.

— Uma mulher se afogou nesse lago há muito tempo. Uma mulher chamada Anne Gallagher. Meu avô a conhecia e me contou a história quando eu era menino. É um lugar pequeno, e ela era um pouco misteriosa. Com o passar dos anos, a história ganhou vida própria. A polícia achou que eu estivesse pregando uma peça quando liguei para eles e disse o seu nome. Levou um tempo para que eu os convencesse de que não estava brincando. — Ele franziu o rosto e ficou em silêncio.

— Ninguém nunca soube o que aconteceu com ela? — perguntei, com lágrimas escorrendo.

— Não... nunca souberam. Nunca encontraram o corpo, o que deu início ao mistério. Ela morava em Garvagh Glebe, a mansão ali atrás das árvores — disse ele, e seu rosto refletia minha angústia. Ele se levantou e voltou com uma caixa de lenços.

— E a família dela? — sussurrei. — O que aconteceu com eles?

— Não sei, senhorita. Isso foi há muito tempo. É apenas uma história antiga. Provavelmente metade é lenda. Não quis aborrecê-la.

Quando a polícia chegou, Jim Donnelly saltou da cadeira aliviado, conduzindo-os para dentro, e as perguntas recomeçaram. Fui levada a um hospital e internada para observação. Minha gravidez foi confirmada, minha sanidade mental, questionada, e várias ligações foram feitas para assegurar que eu não era uma ameaça para mim mesma e para outras pessoas. Percebi muito rapidamente que minha liberdade e independência dependiam da minha capacidade de assegurar a todos que eu estava bem. Eu não estava. Eu estava destruída. Devastada. Desnorteada. Mas não era louca ou perigosa. Negar, desviar, refutar. Era o que Michael Collins havia dito. E foi o que eu fiz. No fim, fui liberada.

Não demorou muito para a polícia descobrir onde eu estava hospedada e recuperar minhas malas no Hotel Great Southern, em Sligo. Eles abriram a porta trancada do meu carro alugado e acharam minha bolsa embaixo do banco. Meus pertences foram vasculhados, mas foram prontamente entregues quando a investigação foi encerrada. Paguei minha conta no hospital, fiz uma doação para os serviços de busca e resgate do condado e voltei silenciosamente para o hotel. A recepcionista não hesitou quando viu meu nome; a polícia tinha sido discreta. Eu estava com minha bolsa, meu passaporte e minhas roupas, mas precisava alugar outro carro. Em vez disso, comprei um. Não tinha a intenção de sair da Irlanda.

Eu tinha saído de Manhattan uma semana depois que Eoin morreu. Deixara suas roupas nas gavetas, sua xícara de café na pia e sua escova de dentes no banheiro. Tranquei sua casa no Brooklyn, posterguei as ligações do advogado sobre a propriedade e pedi à minha assistente e à minha agente que dissessem a todos que eu lidaria com o que restara da vida de Eoin e da minha quando voltasse da Irlanda.

Sua morte me fez fugir. O pedido de que suas cinzas fossem trazidas à sua cidade natal foi uma bênção. Me deu algo em que me concentrar além do fato de que ele tinha partido. E eu não estava em condições de voltar e lidar com tudo isso agora.

A polícia encontrou um cartão de visita na minha bolsa com o nome da minha agente, Barbara Cohen, impresso logo baixo do meu. Entraram em contato com ela, a única pessoa na Terra que poderia saber onde eu estava ou aonde tinha ido, e mantiveram contato constante com ela durante as investigações. Quando liguei para Barbara no dia seguinte à minha alta no hospital, ela chorou, gritou e assoou o nariz, dizendo-me para voltar para casa imediatamente.

— Vou ficar aqui, Barbara — respondi. Falar era doloroso. Abalava minha alma ferida.

— O quê? — perguntou ela, ofegante, no meio de seu discurso. — Por quê?

— Eu me sinto em casa na Irlanda.

— Você não pode simplesmente morar aí. E a sua carreira?

— Eu posso escrever de qualquer lugar — respondi, estremecendo. Eu havia dito a mesma coisa a Thomas. — Vou tentar a dupla cidadania. Meu avô nasceu aqui. Minha mãe nasceu aqui também. Não deve ser muito difícil conseguir a cidadania — eu disse essas palavras como se realmente quisesse dizê-las, mas tudo parecia difícil. Piscar era difícil. Falar. Ficar de pé.

— Mas... e seu apartamento aqui? Suas coisas? A casa do seu avô?

— O melhor do dinheiro, Barbara, é que ele torna as coisas muito mais fáceis. Eu posso contratar alguém para lidar com tudo isso por mim. — Acalmei-a, já desesperada para desligar.

— Bem... pelo menos você tem uma propriedade aí. É habitável? Talvez não precise comprar uma casa.

— Que propriedade? — perguntei, cansada. Eu amava Barbara, mas estava tão cansada. Tão cansada.

— Harvey mencionou que seu avô possuía uma propriedade aí. Presumi que você soubesse. Você não falou com ele? — Harvey Cohen era casado com Barbara e, por acaso, advogado imobiliário de Eoin. Tudo era um pouco incestuoso, mas conveniente e simples, e Harvey e Barbara eram os melhores no que faziam. Fazia sentido manter tudo em casa.

— Você sabe que eu não falei com ele, Barbara. — Eu não tinha falado com ninguém depois que saí. Tinha me afastado de tudo, enviando e-mails e deixando mensagens, evitando tudo e todos. Meu coração acelerou, batendo com força e desordenado, com raiva por fazê-lo trabalhar quando ele estava tão ferido. — Harvey está aí agora? Se há uma casa, eu quero saber sobre ela.

— Vou chamá-lo. — Ela ficou em silêncio por um momento e pude perceber que estava andando pela casa. Quando falou de novo, sua voz era gentil. — O que aconteceu com você, garota? Por onde você esteve?

— Acho que me perdi pela Irlanda — murmurei.

— Bem — ela pigarreou. — Da próxima vez que decidir se perder, avise os Cohen, por favor. — Ela voltou ao seu jeito azedo quando entregou o telefone a Harvey.

∽

Harvey e Barbara voaram para a Irlanda dois dias depois. Ele trouxe toda a papelada de Eoin, registros familiares e documentos — certidão de nascimento, naturalização e histórico médico, escrituras, testamento e demonstrações financeiras. Trouxe até a caixa de cartas não endereçadas da gaveta da mesa de Eoin, afirmando que meu avô havia sido inflexível ao exigir que eu ficasse com elas. Eoin me nomeara executora do fundo fiduciário da família Smith Gallagher — um fundo que eu desconhecia —, do qual sou a única beneficiária. Garvagh Glebe e as propriedades vizinhas foram incluídas no fundo. Thomas era um homem muito rico, fizera de Eoin um homem muito rico, e Eoin deixara tudo para mim. Eu abriria mão de tudo para ter mais um dia com qualquer um deles.

Garvagh Glebe pertencia a mim agora, e eu estava desesperada para retornar para lá, mesmo estremecendo com a ideia de morar lá sozinha.

— Fiz todas as ligações — disse Harvey, conferindo o relógio e a lista à sua frente. — Temos uma reunião ao meio-dia com o caseiro. Você pode caminhar pela propriedade. É enorme, Anne. Nunca entendi o apego de Eoin àquilo. Não dá dinheiro, e ele nunca visitou. Na verdade ele não queria nem falar sobre ela. Nunca. Mas não queria vendê-la. Contudo... ele não fez nenhuma restrição sobre a venda. Tenho um avaliador e um corretor de imóveis agendados para nos encontrar lá, assim você pode ter uma ideia de quanto vale. Isso lhe dará mais opções.

— Preciso ir sozinha — sussurrei. Não me dei o trabalho de dizer a ele que não venderia a casa em nenhuma circunstância.

— Por quê? — ele perguntou, surpreso.

— Porque sim.

Harvey suspirou e Barbara mordeu o lábio. Eles estavam preocupados comigo. Mas não havia como andar por Garvagh Glebe, ouvindo Eoin, procurando Thomas, vendo apenas os anos que nos separavam. Eu não podia voltar a Garvagh Glebe com uma plateia. Se Barbara e Harvey estavam preocupados comigo agora, ficariam cem vezes mais preocupados se me vissem chorando ao assombrar os corredores da casa.

— Vá na frente. Fale com o corretor e o avaliador. Quando você terminar, vou dar uma olhada na casa. Sozinha — sugeri.

— O que há com essa casa? — murmurou Harvey. — Eoin agia exatamente da mesma forma.

Não respondi. Não conseguia. E Harvey suspirou, passou as mãos pelo cabelo branco e olhou ao redor da sala de jantar quase vazia do Great Southern.

— Me sinto como estivesse no maldito *Titanic* — resmungou.

Dei um sorriso discreto, surpreendendo a mim mesma e a eles.

— Você e Eoin tinham um vínculo incrível — murmurou Harvey. — Ele te amava muito. Tinha tanto orgulho de você. Quando ele me contou que estava com câncer, eu tive certeza de que você ficaria devastada. Mas você está me assustando, Anne. Você não está apenas devastada. Está... Está... — Ele procurou a palavra certa.

— Você está perdida — completou Barbara.

— Não, não perdida — argumentou Harvey. — Você não está aqui.

Nossos olhares se encontraram, e ele pegou na minha mão.

— Onde você está, Anne? — pressionou ele. — Seu espírito se foi. Você parece vazia.

Eu não estava apenas de luto pelo meu avô. Estava de luto pelo garotinho que ele tinha sido. Pela mãe que eu tinha sido para ele. Pelo meu marido. Pela minha vida. Eu não estava vazia, estava me afogando. Ainda estava no lago.

— Ela só precisa de tempo, Harvey. Dê um tempo a ela — protestou Barbara.

— Sim — concordei, assentindo. — Eu só preciso de tempo. — Eu precisava que o tempo me levasse de volta, que me levasse embora. Tempo era a única coisa que eu queria e a única coisa que ninguém podia me dar.

— Por acaso você é parente dos O'Toole? — perguntei ao jovem caseiro quando Harvey e sua comitiva foram embora. Ele não devia ter mais que vinte e cinco anos, e havia algo na inclinação de sua cabeça e na postura de seus ombros que me fez pensar que ele pertencia à árvore genealógica. Ele se apresentou como Kevin Sheridan, mas o nome não combinava com ele.

— Sim, senhora. Meu bisavô era Robert O'Toole. Ele foi caseiro aqui por anos. Minha mãe, neta dele, e meu pai cuidaram do lugar quando ele morreu. Agora é a minha vez... pelo tempo que precisar de mim, é claro. — Uma nuvem passou por seu rosto, e eu sabia que o súbito interesse pela propriedade o preocupava.

— Robbie? — perguntei.

— Sim. Todos o chamavam de Robbie. Minha mãe diz que me pareço com ele. Não tenho certeza se isso é um elogio. Ele não era muito bonito, só tinha um olho, mas a família o amava. — Ele estava tentando ser modesto, me fazer rir de sua linhagem inexpressiva, mas eu estava boquiaberta com ele, chocada. Ele realmente se parecia com Robbie. Mas Robbie não estava mais aqui. Ninguém estava.

Kevin deve ter percebido que eu estava quase desmoronando e me deixou sozinha para vagar pelo local, prometendo que estaria ali se eu precisasse dele e mencionando em um tom alegre de guia turístico que o próprio Michael Collins tinha ficado em Garvagh Glebe muitas vezes.

Andei sem rumo por quase uma hora, movendo-me silenciosamente pelos cômodos, procurando minha família, minha vida, e encontrando apenas pedaços e partes, sussurros e fragmentos de um tempo que existia apenas na minha memória. Cada quarto tinha um vazio e uma expectativa que me puxavam. As novas camas king-size, cheias de travesseiros e edredons combinando com as novas cortinas, eram a peça central em todos os quartos. Uma ou duas peças da mobília original permaneceram para dar a cada quarto um toque de nostalgia — a escrivaninha de Thomas e sua cômoda, o cavalinho de balanço de Eoin e uma prateleira alta com seus brinquedos "antigos", a penteadeira de Brigid e sua cadeira vitoriana, que fora reestofada com um tecido floral semelhante. Meu gramofone e o guarda-roupa enorme ainda estavam no meu antigo quarto. Abri as portas e encarei o interior vazio, lembrando-me do dia em que Thomas voltou de Lyons com todas as coisas de que achava que eu precisava. Essa foi a noite em que eu soube que estava em apuros, correndo o risco de perder meu coração.

O piso de carvalho e os armários da cozinha eram os mesmos, mas haviam sido recapeados e estavam brilhando. A imponente escadaria e a balaustrada de carvalho permaneceram acolhedoras e confiáveis com o passar dos anos. Os rodapés e as molduras foram todos mantidos, as paredes pintadas e as bancadas e os eletrodomésticos atualizados para refletir a época. Tudo cheirava a limão e lustra-móveis. Respirei fundo, tentando encontrar Thomas, tirá-lo das paredes e da madeira, mas não conseguia sentir o cheiro dele. Não conseguia senti-lo. Caminhei com as pernas trêmulas em direção à sua biblioteca, para as estantes cheias de livros que ele não iria mais ler, e parei na porta. Uma pintura, emoldurada em um oval ornamentado, estava pendurada na parede onde um relógio de pêndulo costumava marcar as horas.

— Srta. Gallagher? — Robbie chamou do saguão. Robbie não. Kevin. Foi Kevin.

Tentei responder, dizer a ele onde estava, mas minha voz tremeu e falhou. Enxuguei os olhos desesperadamente, tentando manter a compostura, mas não consegui. Quando Kevin me encontrou na biblioteca, apontei para a foto, emocionada.

— Ah... é uma pintura da Dama do Lago — explicou ele, tentando não olhar para mim a fim de não chamar a atenção para minhas lágrimas. — Ela é famosa por aqui. Tão famosa quanto um fantasma de oitenta anos pode ser, suponho. Dizem que morou em Garvagh Glebe por pouco tempo. Ela se afogou no Lough Gill. O marido ficou arrasado e passou anos pintando retratos dela. Esse é o único que restou. Bonito, não? Ela era uma mulher linda. — Ele não notou a semelhança, prova de que as pessoas não eram muito observadoras. Ou talvez eu não estivesse especialmente linda agora.

— Ela nunca voltou? — perguntei, choramingando como uma criança. Jim Donnelly havia dito a mesma coisa.

— Não, senhora. Ela, hum, ela se afogou. Então nunca mais voltou — gaguejou ele, me entregando um lenço. Eu o agarrei, desesperada para conter as lágrimas. — A senhora está bem?

— É muito triste — sussurrei. Virei de costas para a foto. *Ela nunca mais voltou. Eu nunca mais voltei. Deus me ajude.*

— Sim. Mas foi há muito tempo, senhorita.

Eu não podia dizer a ele que tinha sido há uma semana e alguns dias.

— O sr. Cohen me disse que você perdeu alguém recentemente. Sinto muito, senhorita — acrescentou ele baixinho. Com gentileza.

Anuí e ele ficou por perto até que eu recuperasse o controle.

— Eu sei o que o sr. Cohen disse, Robbie. Mas não vou vender Garvagh Glebe. Eu vou ficar aqui. Morando aqui. E quero que você continue como caseiro. Vou aumentar seu salário por qualquer inconveniente que isso possa causar, mas não alugaremos os quartos. Por enquanto... Tudo bem?

Ele concordou com um movimento de cabeça, entusiasmado.

— Eu sou escritora. O silêncio vai ser bom para mim, mas não posso tomar conta deste lugar sozinha. E também estou esperando... um filho... e vou precisar de alguém para vir aqui limpar e cozinhar de vez em quando. Tenho tendência a me perder no meu trabalho.

— Já tenho alguém que cozinha e limpa quando temos hóspedes. Tenho certeza de que ela ficaria feliz em ter um emprego regular.

Assenti e me afastei.

— Senhorita, me chamou de Robbie. É... Kevin — disse ele gentilmente.

— Kevin — sussurrei. — Desculpe, Kevin. Não vou esquecer de novo. E, por favor, me chame de Anne. Anne Smith é meu nome de casada.

⚭

Eu esqueci de novo. Continuei chamando Kevin de Robbie. Ele sempre me corrigia baixinho, mas não parecia se incomodar muito com isso. Eu era uma hóspede que lentamente se transformou em um fantasma, passando pelos corredores sem incomodar nada nem ninguém. Kevin era paciente comigo e não me perturbava na maior parte das vezes. O celeiro atrás da casa tinha sido transformado em aposentos, e, quando ele não estava trabalhando, ficava lá, deixando-me assombrar a casa grande sozinha. Ele vinha me ver todos os dias e se certificava de que a garota da cidade, Jemma, mantinha a casa limpa e a geladeira abastecida. Quando minhas coisas chegaram dos Estados Unidos, ele descarregou as caixas e me ajudou a montar um novo escritório no meu antigo quarto. Ficou maravilhado com os livros que escrevi, os idiomas para os quais foram traduzidos, as listas de mais vendidos emolduradas e os prêmios aleatórios, e eu era agradecida a ele, embora soubesse que ele pensava que eu era um pouco louca.

Eu entrava no lago pelo menos uma vez por dia, recitando Yeats e implorando ao destino que me mandasse de volta. Pedi a Kevin que comprasse um barco de Jim Donnelly — não ousei me aproximar dele — e remava até o meio do lago. Ficava lá o dia todo, tentando recriar o momento em que caí no tempo. Desejava que a neblina viesse, mas o sol de agosto não cooperava. Os dias bonitos pareciam mudos, o vento e a água ficavam em silêncio, fingindo-se de inocentes, e, por mais que eu recitasse e me enfurecesse, o lago me rejeitava. Comecei a tramar maneiras de colocar as mãos em cinzas humanas, mas, mesmo atordoada pelo desespero, reconheci que, se as cinzas tinham desempenhado um papel, provavelmente era porque pertenciam a Eoin.

Cerca de seis semanas depois que me mudei para Garvagh Glebe, um carro passou pelos portões erguidos em algum momento nos últimos oitenta anos e continuou pela pequena estrada até parar na frente da casa. Permaneci sentada no escritório, fingindo trabalhar, mas olhando pela janela, e observei duas mulheres descerem do carro, uma jovem e uma velha, e se aproximarem da porta da frente.

— Robbie! — gritei e então me contive. Seu nome era Kevin. E ele estava cortando grama atrás da casa. Jemma já tinha vindo e ido embora. Bateram à porta. Considerei ignorar as visitantes. Eu não precisava atender.

Mas eu as conhecia.

Eram Maeve O'Toole, velha de novo, e Deirdre Fallon, da biblioteca de Dromahair. Por alguma razão elas vieram me chamar, e as duas já tinham arrumado tempo para mim uma vez, quando precisei de ajuda. Eu tinha que retribuir o favor. Ajeitei o cabelo e agradeci aos céus por ter encontrado vontade de tomar banho e me vestir naquela manhã, algo que nem sempre fazia.

E então atendi a porta.

16 de julho de 1922

Anne estava certa. O Exército do Estado Livre atirou no edifício Four Courts na madrugada de 28 de junho, posicionando canhões em locais estratégicos e disparando projéteis altamente explosivos nos prédios onde os republicanos antiTratado estavam abrigados. Um ultimato foi enviado ao Four Courts e ignorado, e Mick não teve escolha a não ser atacar. O governo britânico estava ameaçando enviar tropas para lidar com isso caso ele não o fizesse, e ninguém queria que as tropas do Estado Livre e as tropas britânicas lutassem lado a lado contra os republicanos. Os prédios ocupados pelos republicanos na O'Connell Street e em outras partes da cidade também foram bloqueados para evitar que forças antiTratado corressem para ajudar o sitiado Four Courts. A esperança era de que, quando os republicanos vissem que uma artilharia de verdade estava sendo usada, eles desistiriam.

O cerco durou três dias e terminou com uma explosão no Four Courts que destruiu documentos preciosos e pôs fim a todo o desastre. Homens bons morreram, assim como Anne havia previsto. Cathal Brugha não queria se render. Mick chorou quando me contou. Ele e Brugha não costumavam estar de acordo um com o outro na maior parte do tempo, mas Cathal era um patriota, e há poucas coisas que Mick respeita mais do que isso.

Estive na frente da carcaça queimada do Four Courts hoje. As munições roubadas continuavam explodindo, tornando impossível aos bombeiros apagar o incêndio. Eles tiveram que deixar pegar fogo. Pergunto-me se toda a Irlanda terá que pegar fogo também. A cúpula de cobre desapareceu, o edifício foi completamente destruído. E para quê?

Um acordo foi firmado em maio entre os republicanos e os líderes do Estado Livre para adiar a decisão final sobre o Tratado até depois da eleição e da publicação da Constituição do Estado Livre. Mas o compromisso foi rejeitado antes que pudesse ganhar força; Mick disse que Whitehall ficou sabendo e não gostou da ideia de uma decisão adiada sobre o Tratado. Muito estava em jogo, muito dinheiro havia sido gasto, muito esforço empregado. Os seis condados da Irlanda do Norte não incluídos no Tratado caíram em derramamento de sangue e caos. A violência sectária é inimaginável. Os católicos estão sendo massacrados e estão fugindo de suas casas, e há cada vez mais crianças órfãs.

Meu coração está entorpecido com tudo isso. E eu também tenho um órfão para cuidar. Eoin dorme na minha cama e me acompanha aonde quer que eu vá. Brigid tenta consolá-lo, mas ele se recusa a ficar sozinho com ela. A saúde de Brigid está piorando. O estresse e a perda nos transformaram em fantasmas de nós mesmos. A sra. O'Toole vem ficar com ele quando não posso levá-lo comigo.

Mick ligou dois sábados depois que Anne desapareceu para perguntar sobre sua saúde e pedir conselhos dela, e tive que contar a ele que ela havia partido. Ele gritou ao telefone como se eu tivesse enlouquecido e apareceu quatro horas depois em um carro blindado na companhia de Fergus e Joe, pronto para a guerra. Não estou mais em condições de fazer guerra, e, quando ele exigiu respostas, me vi chorando em seus braços, contando a ele o que Liam tinha feito.

— *Ah, não, Tommy* — *lamentou ele.* — *Ah, não.*

— *Ela se foi, Mick. Anne estava preocupada com você, escreveu um aviso e guardou. Acho que ela pretendia entregar a mim ou a Joe, esperando que pudéssemos mantê-lo em segurança. Mas Brigid encontrou e pensou que fosse uma conspiração contra você. Brigid contou a Liam, e ele arrastou Anne até o lago. Robbie acha que ele pretendia matá-la e esconder o corpo no pântano. Robbie tentou impedi-lo e atirou nele, mas já era tarde demais.* — *Não me importei em contar toda a verdade, com todos os pecados de Liam. Não podia me condenar ou condenar Anne à descrença de Mick, nem sobrecarregá-lo com desconfiança.*

Ele ficou comigo até o dia seguinte, e nós bebemos até perder a consciência. Nenhum de nós se sentiu consolado, mas pude esquecer por um momento. Quando eles foram embora, Fergus ao volante, Joe ao lado e Mick de ressaca no banco de trás, dormi por quinze horas. Ele me deu isso de presente, e eu fiquei muito grato pelo breve alívio.

Não sei se Mick atirou nele ou se Fergus o executou sozinho porque estava preocupado com a volatilidade de Liam, mas o corpo de Liam Gallagher apareceu na praia de Sligo três dias depois que Mick veio a Garvagh Glebe. Mick sempre foi pragmático e íntegro no terror que causava. Presenciei gritos dele na cara de seu esquadrão e ameaças de dispensá-los se sugerissem um golpe de vingança. Sua tática sempre foi colocar a Grã-Bretanha de joelhos, não represálias. A única vez que suspeitei de retaliação por parte de Mick foi quando o irlandês que delatou Seán Mac Diarmada aos soldados britânicos depois da Revolta da Páscoa foi encontrado morto. Mick tinha visto o homem fazer o que fez, e nunca se esqueceu dessa traição.

Não falamos sobre a morte de Liam Gallagher. Não falamos sobre muitas coisas. Brigid disse que Anne escreveu sobre uma tentativa de assassinato — ela se lembra de algo sobre agosto, flores e uma viagem a Cork —, mas as páginas se desintegraram no lago. Não é muito para seguir em frente, e Mick não quer saber. Ele se sente culpado pela morte de Anne, mais um peso para ele carregar, e eu não consigo aliviá-lo disso, por mais que eu tente. Robbie se sente responsável também. Estamos todos convencidos de que poderíamos tê-la salvado, e eu estou arrasado por tê-la perdido. Estamos unidos em nossa autopunição.

Na semana passada, enquanto preparava armadilhas, Eamon encontrou um pequeno barco vermelho no pântano. Ele o lavou e o arrastou para casa. Encontrou uma sacola estranha enfiada embaixo do assento e uma urna com uma rolha e um diário de couro dentro. Ambos estavam protegidos da água. Ele leu a primeira página do diário e percebeu imediatamente que era meu. A urna e a sacola eram de Anne, não tenho dúvidas. Coloquei o barco no celeiro, amarrando-o às vigas para manter Eoin fora dele, e dei a Eamon uma compensação por ter trazido seus tesouros para mim.

Fiquei intrigado com o diário, tentando descobrir como ele poderia estar dentro de uma sacola no pântano quando já estava no alto de uma prateleira na minha biblioteca. Estava convencido de que minha cópia não estaria lá. Mas estava. As páginas do meu diário não estavam amareladas, e o couro estava mais flexível, mas permanecia lá. Segurei o diário envelhecido na mão esquerda e o novo na direita, confuso, minha mente dando voltas, tentando formular uma explicação plausível. Não havia. Coloquei-os lado a lado na prateleira, quase esperando que um se dissolvesse no outro, restaurando o equilíbrio e a unidade no universo. Mas os dois continuam lá, um apoiado sobre o outro, passado e presente, hoje e amanhã, não afetados e inalterados por minha compreensão limitada. Talvez em algum momento os dois se tornem um novamente, cada um existindo em seu próprio momento, assim como o anel de Anne.

Caminho pela costa todos os dias, procurando por ela. Não consigo evitar. Eoin caminha comigo, e seu olhar se volta continuamente para a superfície. Ele me perguntou se sua mãe está no lago. Disse a ele que não. Então ele perguntou se ela havia atravessado o lago e ido para outro lugar. Eu disse a ele que acreditava que sim, e isso pareceu tranquilizá-lo. Ocorreu-me que Anne tinha criado essas histórias para confortar Eoin, caso ela não pudesse.

— *Você não vai também, né, doutor?* — *sussurrou Eoin, pegando minha mão.* — *Você não vai desaparecer na água e me deixar aqui?*

Prometi-lhe que não.

— *Acho que você e eu conseguimos ir* — *meditou ele, olhando para meu rosto, tentando aliviar minha dor.* — *Talvez, se entrarmos naquele barco do celeiro, podemos procurá-la.*

Eu ri, grato por ter tomado a providência de colocar o barco onde ele não pudesse alcançar. Mas a risada não aliviou a dor em meu peito.

— *Não, Eoin. Não podemos fazer isso* — *eu disse suavemente, e ele não discutiu.*

Mesmo se eu soubesse como, mesmo se nós dois pudéssemos segui-la pelo lago para outra época, não poderíamos ir. Eoin precisa crescer nesta época e ter um filho, que, por sua vez, crescerá para que Anne possa existir. Algumas sequências devem se desenrolar em sua ordem natural. Anne precisará de seu avô ainda mais do que Eoin precisa de uma mãe. Ele tem a mim. Então Eoin precisará esperar, e eu prometi esperar com ele, mesmo que isso signifique que nunca mais vou vê-la.

T. S.

25

A SOLIDÃO DO AMOR

A montanha lança uma sombra,
Fino é o chifre da lua;
Do que nos lembramos
Sob o espinho?
O medo seguiu o desejo,
E nosso coração está dilacerado.

— W. B. YEATS

Deirdre trazia uma grande bolsa de lona pendurada no ombro. Ela estava agarrada à alça e transparecia nervosismo, claramente ali contra a sua vontade. Maeve estava perfeitamente confortável enquanto me olhava através de suas lentes grossas, sem piscar.

— Kevin disse que você sempre o chama de Robbie — disse ela, sem preâmbulo.

Deirdre limpou a garganta e estendeu a mão.

— Olá, Anne. Eu sou Deirdre Fallon, da biblioteca, lembra? Você já conhece Maeve. Pensamos em dar boas-vindas a você oficialmente em Dromahair, já que decidiu ficar. Não tinha me dado conta de que você é Anne Gallagher, a escritora! Eu me certifiquei de que temos todos os seus livros. Há uma lista de espera para os seus títulos. Todos aqui estão tão animados por você estar morando na nossa pequena vila. — Cada frase foi pronunciada com entusiasmo, mas senti que ela estava mais nervosa do que qualquer outra coisa.

Apertei sua mão brevemente e conduzi as duas para dentro.

— Entrem, por favor.

— Sempre amei a mansão — disse Deirdre, com os olhos fixos na ampla escadaria e no enorme lustre que pairava sobre a nossa cabeça. — Toda véspera de Natal, os caseiros abrem a casa para as pessoas da vila. Há danças e histórias, e o Papai Noel vem para as crianças. Dei meu primeiro beijo aqui, debaixo do visco.

— Eu gostaria de um chá na biblioteca — exigiu Maeve, sem esperar um convite, desviando o olhar do saguão em direção às grandes portas francesas que separavam a biblioteca do hall de entrada.

— M-Maeve — gaguejou Deirdre, chocada com o atrevimento da idosa.

— Não tenho tempo para sutilezas, Deirdre — retrucou Maeve. — Posso morrer a qualquer momento. E não quero morrer antes de chegar às coisas boas.

— Está tudo bem, Deirdre — murmurei. — Maeve conhece bem Garvagh Glebe. Se ela quer tomar chá na biblioteca, então vai tomar chá na biblioteca. Por favor, fiquem à vontade, eu vou buscar o chá.

Eu já estava com uma chaleira no fogo; havia bebido chá de hortelã o dia todo para aliviar a náusea, que era agora minha companheira constante. O médico em Sligo disse que deveria diminuir no segundo trimestre, mas eu estava com quase vinte semanas e não havia diminuído em nada. Perguntei-me se não era mais emocional que físico.

Jemma me mostrou onde estava o aparelho de chá — um aparelho que eu estava convencida de que nunca usaria —, e eu arrumei uma bandeja com mais entusiasmo do que havia sentido em dois meses. Quando me juntei a Deirdre e Maeve na biblioteca, achei que elas estariam sentadas no pequeno agrupamento de cadeiras em torno de uma mesa de centro baixa. Em vez disso, estavam em pé, paradas abaixo do retrato, a cabeça inclinada para trás, discutindo baixinho.

Coloquei a bandeja sobre a mesa e limpei a garganta.

— Chá? — perguntei.

As duas se viraram para olhar para mim, Deirdre envergonhada, Maeve triunfante.

— O que foi que eu disse, Deirdre? — perguntou Maeve, com satisfação na voz.

Deirdre olhou para mim e de novo para o retrato. E depois para mim novamente. Seus olhos se arregalaram.

— É incrível... Você tem razão, Maeve O'Toole.

— Chá? — repeti. Sentei-me e coloquei um guardanapo sobre o colo, esperando que as mulheres se juntassem a mim. Deirdre abandonou o retrato imediatamente, mas Maeve demorou para fazer o mesmo. Seus olhos corriam para cima e para baixo nas prateleiras, como se procurasse algo em particular.

— Anne? — perguntou ela, pensativa.

— Sim?

— Havia uma fileira inteira de diários do doutor nesta biblioteca. Onde estão agora? Você sabe? Não enxergo tão bem quanto antes.

Levantei-me com o coração batendo forte e caminhei em sua direção.

— Estavam na prateleira de cima. Limpei esses livros pelo menos uma vez por semana por seis anos. — Ela estendeu a bengala acima da cabeça e bateu nas prateleiras, o mais alto que conseguiu alcançar. — Lá em cima. Você os vê?

— Eu teria que subir na escada, Maeve. — Havia uma escada de mão que podia se mover de uma ponta à outra das prateleiras, mas eu não havia sentido nenhuma motivação para subir desde que me mudara para Garvagh Glebe.

— E então? — Maeve fungou. — O que está esperando?

— Pelo amor de Deus, Maeve — Deirdre bufou. — Você está sendo incrivelmente mal-educada. Venha se sentar e beber seu chá antes que essa pobre mulher a expulse de sua casa.

Maeve resmungou, mas se afastou das prateleiras e fez o que lhe foi pedido. Eu a segui de volta para a mesa com o pensamento nos diários da prateleira de cima. Deirdre serviu o chá, mantendo uma conversa educada enquanto o fazia, perguntando se eu estava gostando da mansão, do lago, do clima, da minha solidão. Respondi breve e vagamente, dizendo todas as coisas esperadas e sem dizer nada de fato.

Maeve pigarreou em sua xícara de chá, e Deirdre lhe lançou um olhar de advertência.

Pousei minha xícara.

— Maeve, se você tem algo a dizer, por favor diga. Você obviamente veio por um motivo.

— Ela está convencida de que você é a mulher do retrato — Deirdre se apressou em explicar. — Ela vem me pedindo para trazê-la aqui desde que se espalhou a notícia de que você estava morando em Garvagh Glebe. Você precisa entender... o vilarejo todo ficou em alvoroço quando souberam que outra mulher tinha se afogado no lago. Uma mulher com o mesmo nome! Você não pode imaginar a comoção que isso causou.

— Kevin me falou que seu nome é Anne Smith — interrompeu Maeve.

— Você é a tatara... — Fiz uma pausa, tentando calcular. — Ele é seu sobrinho? — perguntei.

— Sim. E está preocupado com você. Ele também disse que você está esperando um filho. Onde está o pai da criança? Ele acha que não há um.

— Maeve! — Deirdre ofegou. — Isso não é da sua conta.

— Eu não me importo se ela é casada, Deirdre — retrucou Maeve. — Só quero ouvir a história. Estou cansada de fofocas. Quero saber a verdade.

— O que aconteceu com Thomas Smith, Maeve? — perguntei, decidida a fazer minhas próprias perguntas. — Nós nunca conversamos sobre ele.

— Quem é Thomas Smith? — perguntou Deirdre entre goles de chá.

— O homem que pintou aquele retrato — disse Maeve. — O médico que era dono de Garvagh Glebe quando eu era menina. Fui embora quando eu tinha dezessete anos, depois de passar em todos os exames de contabilidade. Fui para Londres trabalhar no Kensington Poupanças e Empréstimos. Foi uma grande época. O doutor pagou meus estudos e meu primeiro ano de moradia e alimentação. Ele pagou os estudos de todos nós. Todos os O'Toole o têm na mais alta conta.

— O que aconteceu com ele, Maeve? Ele também está em Ballinagar? — perguntei, me preparando. A xícara bateu no pires, e eu coloquei os dois na mesa abruptamente.

— Não. Quando Eoin foi embora de Garvagh Glebe, em 1933, ele foi também. Nenhum deles nunca voltou, pelo que sei.

— E quem é Eoin mesmo? — A pobre Deirdre estava tentando acompanhar.

— Meu avô, Eoin Gallagher — expliquei. — Ele foi criado aqui em Garvagh Glebe.

— Então você é parente da mulher da foto! — disse Deirdre, orgulhosa, resolvendo o mistério.

— Sim — disse eu, assentindo. — Parente próxima.

Maeve não estava comprando a história.

— Mas você disse ao Kevin que seu nome é Anne Smith — insistiu ela mais uma vez.

— Ela é uma escritora famosa, Maeve! É claro que ela tem pseudônimos — disse Deirdre, rindo. — Devo dizer, porém, que Anne Smith não é muito original. — E riu novamente. Ao perceber que Maeve e eu não rimos com ela, terminou o chá com um gole e as bochechas vermelhas. — Eu trouxe uma coisa para você, Anne — ela se apressou. — Lembra dos livros que eu mencionei? Da autora com o sobrenome da sua família? Achei que você gostaria de ter seus próprios exemplares, já que tem um pequeno a caminho. — Ela corou novamente. — São maravilhosos mesmo. — Ela abriu a grande bolsa ao lado da cadeira.

Então tirou uma pilha de livros infantis novos em folha, retângulos pretos brilhantes, cada um com um pequeno barco vermelho flutuando em um lago iluminado pela lua na capa. *As aventuras de Eoin Gallagher,* estava escrito na parte superior, com a caligrafia de Thomas. Na parte inferior, cada título tinha sido impresso em branco.

— O meu favorito é a aventura com Michael Collins — disse Deirdre, vasculhando a pilha para encontrá-lo. Devo ter gemido em angústia, porque seus olhos dispararam em direção ao meu rosto, e Maeve praguejou com um suspiro.

— Como você é tola, Deirdre — reclamou Maeve. — Esses livros foram escritos por Anne Gallagher Smith. — Maeve apontou para o meu retrato. — A mulher da foto, a mulher que se afogou no lago, a esposa de Thomas Smith e a mulher que escreveu esses livros infantis são todas a mesma pessoa.

— M-Mas... esses livros foram publicados na primavera passada e doados para comemorar o aniversário de oitenta e cinco anos da Revolta da Páscoa. Todas as bibliotecas da Irlanda receberam uma caixa deles. Eu não fazia ideia.

— Posso ver os livros? — sussurrei.

Deirdre os colocou reverentemente no meu colo e observou enquanto eu olhava para eles com as mãos trêmulas. Havia oito, assim como eu me lembrava.

— Escrito por Anne Gallagher Smith. Ilustrado por Thomas Smith — eu li, passando o polegar pelos nossos nomes. Essa parte era nova. Abri o primeiro livro e li a dedicatória: "Em memória amorosa de um tempo mágico". Abaixo da dedicatória estava escrito: "Doado por Eoin Gallagher".

Os livros foram reproduzidos profissionalmente em papel brilhante espesso e encadernados à máquina. Mas cada ilustração e cada página, da capa até a última linha, eram idênticas ao original.

— Meu avô fez isso. Esses livros eram dele. Ele não me contou... não me mostrou. Eu não sabia nada sobre isso. — Eu estava maravilhada, minha voz abafada por lágrimas de alegria.

— Esses exemplares são seus, Anne — disse Deirdre. — É um presente. Espero não ter chateado você.

— Não — eu disse, engasgada. — Só estou... surpresa. São maravilhosos. Me perdoe.

De repente Maeve estava completamente mudada. Seu azedume desaparecera, suas perguntas cessaram. Tive a impressão de que ela sabia quem eu era, mas percebeu que não adiantaria me fazer admitir.

— Nós amávamos Anne — murmurou ela. Seus lábios começaram a tremer. — Algumas pessoas disseram coisas terríveis depois que ela... morreu. Mas os O'Toole a amavam. Eu a amava. Todos nós sentimos muito a falta dela quando ela se foi.

Usei meu guardanapo para enxugar os olhos, incapaz de falar, e notei que Deirdre estava enxugando os seus também.

Maeve se levantou, apoiando-se pesadamente em sua bengala, e se dirigiu para a porta. Pelo visto, a visita havia acabado. Deirdre se levantou com pressa também, fungando e se desculpando por manchar de rímel meu guardanapo de pano. Coloquei os livros com cuidado em uma prateleira e as segui, sentindo-me exausta e com os joelhos fracos.

Maeve hesitou na porta e deixou Deirdre sair primeiro.

— Se os diários ainda estiverem na prateleira de cima, eles vão lhe contar tudo que você precisa saber, Anne — disse Maeve. — Thomas Smith era um homem extraordinário. Você deveria escrever um livro sobre ele. E não tenha medo de voltar a Ballinagar. Os mortos têm muito a nos ensinar. Eu mesma já escolhi meu próprio enredo.

Assenti com a cabeça, mais uma vez emocionada. Ansiava pelo dia em que minha dor e minhas lágrimas não estivessem tão à flor da pele.

— Venha me visitar, sim? — resmungou Maeve. — Todos os meus outros amigos estão mortos. Não consigo mais dirigir e não posso falar abertamente com Deirdre ouvindo. Ela mandaria me internar, e não quero passar meus últimos anos em um manicômio.

— Vou visitá-la, Maeve — respondi, rindo em meio às lágrimas, e realmente iria.

◦○◦

Não consegui olhar para o topo da prateleira. Não imediatamente. Esperei vários dias, pairando na biblioteca e recuando, com os braços em volta de mim mesma, sem conseguir me segurar. Eu me sentia em um parapeito desde que saíra de 1922. Não podia ir para a frente nem para trás. Não podia ir para a esquerda nem para a direita. Não conseguia dormir nem respirar muito fundo por medo de cair. Então fiquei perfeitamente imóvel no meu parapeito, sem fazer nenhum movimento repentino, e nessa imobilidade eu vivia. Suportando.

Kevin me encontrou na biblioteca, agarrada à escada, sem subir, sem me mover, com os olhos vidrados na prateleira de cima.

— Posso ajudá-la, Anne? — perguntou. Ele ainda não se sentia confortável em me chamar de Anne, e sua hesitação em falar meu nome me fazia sentir tão velha quanto Maeve, separada dele por seis décadas em vez de seis anos.

Afastei-me da escada com cuidado, ainda firme em meu parapeito.

— Você pode ver se há alguns diários na prateleira de cima? — disse eu, apontando. — Será que poderia pegá-los para mim? — Em minha mente, eu ouvia o barulho de pequenas pedras. Estava perto demais da beirada. Fechei os olhos e respirei fundo, tentando me acalmar.

Ouvi Kevin subindo a escada, os degraus protestando a cada passo.

— Sim, há diários aqui. Parece que são seis ou sete.

— Você pode abrir um deles e ler a data no topo da página... por favor? — pedi, ofegante.

— Tudo bem — disse ele, e senti a hesitação em sua voz. Páginas viraram. — Este aqui é de 4 de fevereiro de 1928... hum, parece que começa em 28 e termina... — páginas viraram novamente — em junho de 1933.

— Você pode ler alguma coisa para mim? Não importa qual página. Apenas leia o que está escrito.

— Esta página diz 27 de setembro de 1930 — relatou Kevin.

Eoin cresceu tanto que seus pés e suas mãos estão do tamanho dos meus. Eu o peguei tentando fazer a barba na semana passada e acabei dando uma aula a ele, nós dois em frente ao espelho, com o peito nu, o rosto ensaboado e a navalha na mão. Ainda vai demorar muito tempo até que ele precise fazer a barba com certa regularidade, mas agora ele sabe o básico. Contei a ele que sua mãe costumava roubar minha navalha para depilar as pernas. Ele ficou envergonhado e eu também. Era um detalhe íntimo demais para um garoto de quinze anos. Eu me esqueci por um momento, lembrando-me dela. Já faz mais de oito anos, mas ainda sinto a pele macia de Anne, ainda a vejo quando fecho os olhos.

Kevin parou de ler.
— Leia mais alguma coisa — sussurrei.
Ele virou as páginas e recomeçou.

> *Nosso filho teria dez anos agora se Anne estivesse aqui. Eoin e eu não falamos mais sobre ela tanto quanto costumávamos. Mas estou convencido de que pensamos nela ainda mais do que antes. Eoin está planejando fazer faculdade de medicina nos Estados Unidos; ele está com o Brooklyn na cabeça. Brooklyn, beisebol e Coney Island. Quando ele for, eu vou também. Eu me desapaixonei pela vista da minha janela. Se for ficar sozinho pelo resto da vida, prefiro ver o mundo a ficar sentado aqui observando o lago, esperando Anne voltar para casa.*

— Pode passá-lo para mim? — interrompi, precisando segurar o diário em minhas mãos, segurar o que restava do meu Thomas.

Kevin se abaixou, o diário pendurado nos dedos, e eu o peguei e o levei até o nariz, inalando desesperadamente, tentando encontrar o cheiro de Thomas nas páginas. Espirrei violentamente, e Kevin riu, me surpreendendo.

— Preciso falar para a Jemma que ela não está tirando muito bem o pó — disse ele. Sua risada aliviou o nó apertado em meu peito, e eu me obriguei a deixar o diário de lado para mais tarde.

— Você pode abrir outro, por favor? — pedi.

— Tudo bem. Vamos ver... Este diário é de... hum... 1922 a 1928. Parece que eles estão em ordem cronológica.

Meus pulmões gritaram e minhas mãos ficaram dormentes.

— Quer ouvir algo deste?

Eu não queria. Não conseguia. Mas assenti com a cabeça, jogando roleta-russa com meu coração.

Kevin abriu o diário e o folheou. Seus dedos sussurravam pelas páginas da vida de Thomas.

— Aqui vai um mais curto, 16 de agosto de 1922. — Kevin começou a ler com seu sotaque irlandês, a narração perfeita para o comovente registro.

> *As condições no país se desintegraram a ponto de Mick e os outros membros do governo provisório estarem em constante ameaça de se-*

rem alvejados por um atirador ou baleados na rua. Ninguém sobe mais na cobertura para fumar. Quando estão em Dublin, nenhum deles vai para casa. Eles estão morando — todos os oito membros do governo provisório — em prédios do governo cercados pelo Exército do Estado Livre. São jovens vivendo constantemente no fio da navalha. Arthur Griffith, o único mais velho entre eles, sofreu uma hemorragia cerebral em 12 de agosto. Ele morreu. Nós o perdemos. Ele ficou preso a uma cama, mas continuou tentando cumprir suas obrigações. Então ele encontrou o único descanso possível.

Mick estava em Kerry quando recebeu a notícia da morte de Arthur e interrompeu suas inspeções ao sul para ir ao enterro. Encontrei com ele em Dublin hoje e observei enquanto ele caminhava à frente do cortejo fúnebre, o Exército do Estado Livre marchando atrás dele, todos os rostos sombrios de tristeza. Fiquei com ele algum tempo ao lado do túmulo, olhando para o buraco que continha o corpo de seu amigo, cada um de nós perdido em seus próprios pensamentos.

— Você acha que vou sobreviver a isso, Tommy? — perguntou ele.

— Nunca vou perdoá-lo se você não sobreviver — respondi. Estou apavorado. Já é agosto. Brigid se lembra de agosto das páginas de Anne. Agosto, Cork e flores.

— Vai, sim. Assim como perdoou Anne.

Eu havia pedido a ele que não dissesse o nome dela. Não consigo suportar. Isso torna sua ausência ainda mais real. E zomba da minha esperança de que um dia a verei novamente. Mas Mick se esquece. Ele já tem muitas coisas para se lembrar. O estresse está fazendo um buraco em seu intestino. E ele mente para mim quando lhe pergunto a respeito. Ele está se movendo mais devagar, e seus olhos estão mais turvos, mas talvez seja minha própria dor o que estou vendo.

Ele está insistindo em retomar sua viagem ao sul estendendo-a até Cork, pois tem reuniões agendadas com pessoas-chave que estão causando estragos na região. Ele diz que vai acabar com esse conflito sangrento de uma vez por todas.

> — Por Arthur e Annie e cada um que foi pendurado na ponta de uma maldita corda ou enfrentou um pelotão de fuzilamento tentando cumprir minhas ordens.
>
> Mas Cork se tornou um antro da resistência republicana. Ferrovias foram destruídas, árvores foram derrubadas por todas as estradas para impedir a passagem segura e minas foram colocadas em toda a zona rural.
>
> Implorei que ele não fosse.
>
> — Esse é o meu povo, Tommy — ele rosnou. — Estive em toda a Irlanda e ninguém tentou me impedir. Eu quero ir para casa, pelo amor de Deus. Quero ir a Clonakilty, sentar em um banquinho no Four Alls e tomar uma bebida com meus amigos.
>
> Eu disse que se ele fosse eu iria com ele.

Por um momento essas palavras ressoaram pela biblioteca, e Kevin e eu ficamos em silêncio, envoltos na memória de homens que eram maiores do que a vida, até que a vida viesse e os levasse.

— São incríveis — disse Kevin, maravilhado. — Sei um pouco sobre Arthur Griffith e Michael Collins. Mas não tanto quanto deveria. Você quer que eu leia mais, Anne?

— Não — sussurrei, com o coração partido. — Eu sei o que acontece a seguir.

Ele me entregou o diário, e eu o coloquei de lado.

— Este aqui é bem mais antigo. Está em péssimo estado — refletiu Kevin sobre outro volume. — Não... é o próximo — relatou ele, virando as páginas. — Começa em maio de 1916 e termina... — ele foi até o fim — termina com um poema, ao que parece. Mas o último registro é de 16 de abril de 1922.

— Leia o poema — pedi, ofegante.

— Hum. Tudo bem — disse ele, pigarreando sem jeito.

> *Eu tirei você da água e a mantive na minha cama. Uma filha perdida e abandonada de um passado que não está morto.*

Encarei-o em um silêncio atordoado, e ele continuou, com o rosto tão vermelho quanto o cabelo de Eoin. A cada palavra eu sentia o vento cantando em minha cabeça e o lago envolvendo a minha pele.

Não chegue perto da água, amor. Fique longe da praia e do mar. Você não pode andar sobre as águas, amor. O lago vai levá-la para longe de mim.

Não senti o parapeito embaixo de meus pés e me sentei à mesa de Thomas, tonta, sem acreditar.

— Anne? — perguntou Kevin. — Você quer este também?

Assenti rigidamente e ele desceu, com o livro na mão direita.

— Posso ver este, por favor?

Kevin o colocou em minhas mãos, mantendo-se por perto, claramente abalado com meu choque.

— Achei que este diário estivesse perdido... no lago — sussurrei, sem fôlego, passando as mãos sobre ele. — Eu... não entendo.

— Talvez seja outro — sugeriu Kevin, esperançoso.

— Não é. Eu conheço este diário... as datas... conheço este poema. — Devolvi-lhe o volume. — Não consigo olhar para ele. Sei que você não está entendendo, mas poderia ler o primeiro registro para mim, por favor?

Ele o pegou de volta e, enquanto folheava as páginas, várias fotos caíram no chão. Então se abaixou, pegou-as e observou-as com curiosidade.

— É Garvagh Glebe — disse ele. — Parece que esta foto tem cem anos, mas não mudou muito. — E entregou a foto para mim.

Era a que eu mostrara para Deirdre aquele dia na biblioteca. A foto que eu havia enfiado entre as páginas do diário antes de remar até o meio do lago para me despedir de Eoin. Era a mesma foto, mas havia envelhecido mais oitenta anos.

— Esta foi tirada em outro lugar — disse Kevin, respirando fundo, com o olhar vidrado na imagem em suas mãos. Seus olhos se arregalaram e depois se estreitaram antes de entregá-la a mim. — Essa mulher se parece muito com você, Anne.

Era a foto minha e de Thomas no Gresham, sem nos tocarmos, mas muito conscientes um do outro. Seu rosto estava voltado para mim — a linha do maxilar e da bochecha, a suavidade dos lábios.

As fotos haviam sobrevivido ao lago. O diário também. Mas eu não havia sobrevivido. Nós não havíamos sobrevivido.

28 de agosto de 1922

Partimos para Cork na manhã do dia 21. Mick tropeçou ao descer as escadas e deixou a arma cair. Ela disparou, acordando toda a casa e aumentando minha sensação de mau agouro. Vi Joe O'Reilly à janela, nos observando partir. Ele, assim como todos nós, implorara que Mick ficasse longe de Cork. Sei que ele ficou mais tranquilo porque eu estava com Mick, embora meu valor em uma luta esteja em quando ela acaba. Minhas histórias de guerra são sempre sobre cirurgias.

Tudo começou bem. Paramos no quartel de Curragh e Mick fez uma inspeção. Paramos em Limerick e em Mallow, e Mick quis dançar em um baile do exército, onde um padre o chamou de traidor em sua cara e derramaram uma cerveja em minhas costas. Mick nem mesmo vacilou com o insulto, e eu terminei meu uísque com a bunda molhada. Mick mostrou-se um pouco mais indignado quando os vigias do hotel em Cork dormiam profundamente no saguão ao chegarmos. Ele agarrou cada menino pelos cabelos e bateu uma cabeça contra a outra. Se isso tivesse acontecido no Hotel Vaughan em Dublin há um ano, ele teria saído imediatamente, certo de que sua segurança estava comprometida. Ele não parecia nem um pouco preocupado e adormeceu assim que sua cabeça encostou no travesseiro. Eu cochilei sentado em uma cadeira em frente à porta, com o revólver de Mick no colo.

Talvez fosse o meu cansaço ou a tristeza que tem me acompanhado desde que Anne desapareceu, mas o dia seguinte transcorreu como um filme antigo, irregular, parecia um sonho sem cor ou contexto para a minha própria vida. Mick se reuniu com a família e os amigos no início do dia e só no final da tarde partimos para o Castelo Macroom. Não o acompanhei dentro, esperei no pátio com o pequeno comboio — Sean O'Connell e Joe Dolan, do esquadrão de Mick, e uma dezena de soldados e mãos extras para limpar quaisquer barricadas, designados para escoltar Mick em segurança por Cork.

Tivemos problemas perto de Bandon quando o carro de passeio superaqueceu duas vezes e o carro blindado enguiçou em cima de uma colina. Um desastre levou ao outro. Árvores foram derrubadas, e descobrimos que trincheiras haviam sido cavadas atrás delas. Fizemos um desvio, nos perdemos, nos separamos do restante do comboio, pedimos informações e finalmente nos encontramos para o último compromisso do dia, rumo a Crookstown por um pequeno vale chamado Béal na mBláth. A boca das flores.

A estrada, estreita e esburacada, era mais adequada para um cavalo e uma charrete do que para um comboio. Havia uma elevação de um lado e uma cerca viva do outro. A luz do dia estava se dissipando, e encontramos uma carroça de uma cervejaria sem uma roda e tombada de lado no meio da estrada. Além disso, um burro, solto da carroça, pastava tranquilamente. O comboio diminuiu a velocidade, e o carro de passeio desviou para a vala a fim de desviar dos obstáculos que bloqueavam a estrada.

Um tiro foi disparado, e Sean O'Connell gritou:

— Pé na tábua! Estamos em apuros.

Mas Mick pediu para o motorista parar.

Ele pegou sua arma e saiu pela porta, ansioso pelo combate. Eu o segui. Alguém me seguiu. Choveram tiros da esquerda, bem acima de nós, e Mick gritou, protegendo-se atrás do carro blindado, onde ficamos agachados por vários minutos, pontuando o fluxo constante da metralhadora com nossos próprios tiros.

O vaivém continuou, peneirando o ar com rajadas que retumbavam e assobiavam ao nosso redor. Tínhamos o poder de fogo do nosso lado, mas eles estavam mais bem posicionados. Mick não conseguia manter a cabeça baixa. Eu ficava puxando-o de volta para o chão. E ele continuava subindo. Por um momento houve uma calmaria, preenchida apenas pelo zumbido em nossos ouvidos e pelo eco em nossa cabeça, e eu ousei ter esperança.

— *Lá estão eles! Estão correndo estrada acima!* — *gritou Mick, levantando-se para ter uma visão melhor do grupo de emboscadores subindo a colina. Ele saiu correndo de trás do carro e eu imediatamente o segui, gritando seu nome. Um único tiro ecoou, límpido e nítido, e Mick caiu.*

Ele ficou estirado no meio da estrada, com o rosto virado para baixo e um buraco aberto na base do crânio. Corri em sua direção, Sean O'Connell logo atrás de mim, e o arrastamos pelos calcanhares para trás do carro. Caí de joelhos e comecei a rasgar os botões da minha camisa, precisando de algo para comprimir. Alguém proferiu um ato de contrição, alguém se enfureceu e outros começaram a correr pela estrada, atirando nos atiradores em fuga. Pressionei minha camisa na parte de trás de sua cabeça e rolei Mick em minha direção. Seus olhos estavam fechados, seu rosto parecia jovem e relaxado. A noite caiu, e o Chefão havia partido.

Peguei-o nos braços, coloquei sua cabeça contra meu peito e seu corpo no banco do carro para voltarmos a Cork. Não fui o único a chorar. Paramos para beber água e lavar o sangue de seu rosto, e, em estado de choque e sem conhecer bem os arredores, nos perdemos novamente. Ficamos presos em um labirinto infernal de árvores derrubadas, pontes destruídas e cruzamentos de ferrovias, e dirigimos sem rumo no escuro. A certa altura, paramos para pedir ajuda e orientação em uma igreja. O padre se aproximou do carro, viu Mick encostado no meu peito encharcado de sangue, virou-se e correu de volta para dentro. Alguém gritou para ele voltar e ameaçou atirar. A arma disparou, mas felizmente o padre não caiu. Talvez o tenhamos julgado mal, mas não esperamos que ele voltasse.

Eu não me lembro do momento em que chegamos a Cork, só sei que em algum momento chegamos. Dois membros da Patrulha Cívica de Cork nos conduziram ao Hospital Shanakiel, para onde o corpo de Michael foi levado, deixando-nos cobertos com seu sangue e presos nesse lugar do mundo que deveria tê-lo amado mais. Ele tinha tanta certeza de que esse era o seu povo.

Enviamos um telegrama avisando Londres, alertando Dublin e informando ao mundo que Michael Collins havia sido morto apenas uma semana depois de Arthur Griffith ter sido sepultado. Eles mandaram seu corpo de barco do Cais Penrose para Dún Laoghaire. Não me deixaram ir com ele. Peguei o trem lotado de pessoas que falavam sobre sua perda, sobre a perda da Irlanda, e depois sobre chapéus, sobre o tempo e sobre os maus hábitos dos vizinhos. Fiquei com tanta raiva, tão irracionalmente furioso, que tive que descer na próxima parada. Não estou apto a estar perto das pessoas, e ao mesmo tempo não quero ficar sozinho. Levei dois dias para voltar a Dublin.

Ele foi enterrado hoje em Glasnevin, e eu estava lá entre os enlutados, assim como Gearóid O'Sullivan, Tom Cullen e Joe O'Reilly. O amor deles por Michael é um bálsamo para mim; não terei que carregar a memória dele sozinho.

Estou vendendo minha casa em Dublin. Depois de hoje, não tenho mais vontade de voltar. Vou para casa, para Eoin, para o meu garotinho. A Irlanda levou todos os outros, e não tenho mais nada para dar a ela.

T. S.

26

UM HOMEM VELHO E JOVEM

Ela sorriu e isso me transfigurou
E fez de mim apenas um tolo,
Murmurando aqui, murmurando acolá,
Mais vazio de pensamento
Do que o circuito celestial de estrelas
Quando a lua se mostra.

— W. B. Yeats

No último dia de agosto, voltei a Ballinagar e subi a colina atrás da igreja, sem fôlego, com os pulmões pressionados pelo meu abdome cada vez maior. Meu médico, um velho obstetra em Sligo, disse que a data provável do parto era na primeira semana de janeiro. Na minha primeira consulta, a enfermeira tentou calcular o tempo de gravidez com base no meu último ciclo menstrual. Não podia dizer a ela que foi em meados de janeiro de 1922. Tive que alegar ignorância, embora suspeitasse de que eu estava com cerca de doze semanas quando voltei ao presente. O primeiro ultrassom confirmou minha estimativa, embora as datas não coincidissem. Viajando no tempo ou não, eu carregaria essa criança por nove meses, e ainda tinha quatro pela frente.

Agachei-me na frente da lápide de Declan e passei a mão pela superfície, dizendo olá. O nome de Anne Finnegan ainda estava gravado ao lado do dele; isso não tinha mudado. Arranquei as ervas daninhas do túmulo de Brigid. Não conseguia ter raiva dela em meu coração. Ela estava presa em uma teia de enganos e impossibilidades, e nada disso era culpa dela. Pensou que estivesse protegendo Eoin, protegendo Thomas. Meus olhos continuaram brilhando para a lápide com Smith escrito na base; estava afastada dos túmulos dos Gallagher, uma fina sombra coberta de líquen. Respirando fundo e confiando que Maeve não estava enganada quando me disse que Thomas não estava enterrado aqui, aproximei-me e me ajoelhei a seu lado, erguendo o olhar para as palavras escritas na lápide.

Anne Smith — 16 de abril de 1922 — Amada esposa de Thomas.

O túmulo era meu.

Não me assustei nem gritei. Simplesmente me sentei, mal conseguindo respirar, e olhei para o monumento que ele havia erguido para mim. Não era macabro nem assustador. Era um memorial à nossa vida juntos, ao amor que compartilhamos. Testemunhava que eu era, que eu havia sido, que eu sempre seria... sua.

— Ah, Thomas — sussurrei, descansando a cabeça na lápide fria. Chorei, mas as lágrimas eram uma libertação, um alívio, e não fiz nenhuma tentativa de contê-las. Ele não estava em Ballinagar. Ele não estava no vento ou na grama. No entanto, me senti mais perto dele do que havia me sentido em meses. O bebê se mexeu dentro de mim, e meu estômago revirou em resposta; a nova vida dava testemunho à antiga.

Deitei-me na base da lápide, conversando com Thomas do jeito que o sentia conversando comigo por meio de seus diários. Contei a ele sobre a velha Maeve e o jovem Kevin e sobre Eoin ter publicado nossas histórias. Contei a ele como o bebê estava crescendo e que eu achava que era menina. Discuti os nomes e as cores para pintar o quarto do bebê, e, quando o sol começou a se pôr, me despedi cheia de lágrimas, enxuguei os olhos e desci a colina novamente.

<hr />

Comecei a ler os diários em pequenas partes, abrindo-os em páginas aleatórias, como Kevin havia feito. Primeiro li o registro final de Thomas, datado de 3 de julho de 1933, e não consegui ler mais nada por dias.

Eoin vai fazer dezoito anos na semana que vem. Compramos sua passagem na primavera passada e tomamos todas as providên-

cias para sua hospedagem e alimentação. Ele foi aceito na Faculdade de Medicina de Long Island, embora seja um pouco mais novo que a maioria dos alunos. Comprei uma passagem para mim também, com a intenção de ir com ele. Quero acomodá-lo, ver as ruas pelas quais ele vai andar e os lugares em que estará para que, quando eu pensar nele, possa imaginá-lo em seu novo ambiente. Ele está insistindo em ir sozinho. Ele me lembra Mick às vezes. Uma vontade de ferro e um coração mole. Prometeu que escreveria, mas nós dois rimos disso. Não vou receber nenhuma carta.

De muitas maneiras, eu recebi mais do que um pai poderia pedir. Tenho as garantias que Anne me deu. Conheço o padrão de seus dias e o caminho que sua vida tomará. Sei o tipo de homem que ele é e o que ele vai se tornar. As aventuras de Eoin Gallagher estão apenas começando, embora nosso tempo juntos tenha chegado ao fim.

Evitei completamente alguns registros e datas. Não conseguiria enfrentar 1922. Não queria ler sobre a morte de Michael — não consegui salvá-lo — ou sobre o colapso contínuo da liderança irlandesa de todos os lados. Eu sabia, por minhas pesquisas anteriores, que, após a morte de Arthur Griffith e o assassinato de Michael Collins, a balança despencou violentamente, como sempre acontece, e que o governo provisório concedeu poderes especiais ao Exército do Estado Livre. Sob esses poderes especiais, republicanos renomados foram presos e executados, sem apelação, por fuzilamento. Erskine Childers foi o primeiro a ser executado, mas não o último. Em um período de sete meses, setenta e sete republicanos foram presos e executados pelo Exército do Estado Livre. Em resposta, o Exército Republicano Irlandês começou a matar figuras proeminentes do Estado Livre. O pêndulo balançava para a frente e para trás, deixando a terra chamuscada a cada passada.

Passei a maior parte do tempo nos anos de 1923 a 1933, absorvendo cada menção a Eoin. Thomas o amava muito, e seus registros giravam em torno dele. Ele se alegrava com as vitórias de Eoin, tomava para si as preocupações dele e se afligia como um pai. Em um registro, mencionou que flagrara Eoin, aos dezesseis anos, beijando Miriam McHugh na clínica, e temia que o garoto perdesse o foco nos estudos.

> *Há poucas coisas mais inebriantes do que estar apaixonado e sentir desejo, mas Miriam não é a garota certa para Eoin. E agora não é o momento para ligações românticas. Eoin ficou um pouco chateado quando pedi a ele que conversasse com Miriam em vez de beijá-la. Beijos podem enganar um homem, mas uma conversa profunda dificilmente o faz. Ele zombou e questionou minha experiência.*
>
> *— Como você sabe, doutor? Você nunca fala com mulheres. E tenho certeza de que não as beija também — disse ele.*
>
> *Lembrei-o de que eu havia amado uma mulher que era a melhor em conversas e beijos — uma mulher que havia me arruinado para todas as outras, e eu sabia muito bem do que estava falando. Mencionar Anne sempre deixa Eoin contemplativo. Ele não falou quase nada depois disso, mas hoje à noite bateu à porta do meu quarto. Quando abri, ele colocou os braços em volta de mim e me abraçou. Posso dizer que ele estava quase chorando, então simplesmente o abracei até que ele estivesse pronto para soltar.*

Tive que guardar os diários por alguns dias depois disso, porém encontrava mais conforto neles do que dor. Quando doía muito pensar em Thomas e no garotinho que eu havia deixado, eu folheava as páginas e voltava nos anos, lendo seus triunfos e problemas, suas alegrias e lutas, e observava-os seguir em frente juntos.

Achei um registro do dia em que Brigid morreu. Thomas escreveu sobre ela com compaixão e perdão. Eu me senti grata por ela não ter ficado sozinha no final. Li sobre doenças e mortes em Dromahair e sobre novos tratamentos e avanços na medicina. Às vezes o diário de Thomas parecia uma ficha de paciente, detalhando uma miríade de doenças e remédios, mas ele nunca escrevia sobre política. Era como se tivesse se divorciado totalmente da batalha. O coração patriota de que ele falava nos primeiros anos fora substituído por uma alma apartidária. Algo morreu nele quando Michael foi morto. Ele perdeu a fé na Irlanda. Ou talvez só tenha perdido a fé nos homens.

Em um registro de julho de 1927 Thomas mencionou o assassinato de Kevin O'Higgins, o ministro do interior. O'Higgins fora responsável pela implementação de poderes especiais em 1922, que haviam gerado tanta amargura. O assassinato aconteceu logo após a criação de um novo partido político, o

Fianna Fáil, que fora organizado por Eamon de Valera e outros republicanos proeminentes. O sentimento público estava com De Valera. Alguém perguntou a Thomas qual partido ele apoiaria nas próximas eleições. Sua incapacidade de apoiar publicamente qualquer um deles aborreceu muitos candidatos que buscavam sua aprovação e seu apoio financeiro. A resposta me deixou sem fôlego e reli várias vezes suas palavras.

> *Existem caminhos que inevitavelmente levam ao sofrimento, atos que roubam a alma dos homens, deixando-os vagar eternamente sem ela, tentando encontrar o que perderam. Há muitas almas perdidas na Irlanda por causa de política. Vou resguardar o que sobrou da minha.*

As primeiras linhas foram as palavras que Eoin citou na noite em que morreu. A dúvida que eu tinha a respeito do conhecimento de Eoin sobre os diários, sobre sua compreensão íntima do homem que o criou, havia se dissipado. Ele levou apenas um diário consigo quando saiu de casa, mas leu todos eles.

Comprei para Maeve em Sligo uma pilha de romances depois da minha consulta médica, além de uma variedade de bolinhos em tons pastel. Apareci sem avisar; não tinha seu telefone. Ela veio até a porta usando uma blusa azul-royal, calça amarela e chinelos com estampa de oncinha. Seu batom fúcsia estava fresco e seu prazer em me ver era genuíno, embora ela fingisse irritação.

— Demorou bastante, mocinha — repreendeu ela. — Tentei andar até Garvagh Glebe na semana passada, mas o padre Dornan me arrastou para casa. Ele acha que eu tenho demência. Não entende que sou apenas velha e rude.

Segui-a para dentro da casa, fechando a porta com o pé enquanto ela tagarelava.

— Eu também comecei a achar que você era rude, Anne Smith. Não veio me ver quando pedi tão gentilmente. É bolo? — perguntou, farejando o ar.

— Sim, e eu trouxe livros para você também. Lembro de você dizer que gostava mais de livros grandes. Aqueles com muitos capítulos.

Seus olhos se arregalaram e seu queixo tremeu.

— Sim... Também me lembro disso. Então não vamos fingir?

— Se fingirmos, não poderemos falar sobre os velhos tempos. Preciso falar com alguém, Maeve.

— Eu também, moça — murmurou ela. — Eu também. Venha, sente-se. Vou fazer um pouco de chá.

Tirei o casaco e arrumei os bolos — um de cada tipo —, deixando o restante na caixa para Maeve beliscar mais tarde. Empilhei os livros novos perto da cadeira de balanço e sentei-me à pequena mesa quando ela voltou com a chaleira e duas xícaras.

— Eoin insistia que você não estava morta. Dizia que você estava apenas perdida na água. Todos ficaram preocupados com ele. Então o dr. Smith mandou fazer uma lápide, e fizemos um pequeno funeral para você, para dar a todos nós um pouco de conforto e paz. O padre Darby queria que seu nome fosse retirado da lápide de Declan Gallagher, mas Thomas insistiu que fosse deixado como estava e se recusou a colocar uma data de nascimento na lápide nova. O doutor era teimoso, e era rico... Ele dava muito dinheiro à igreja. Então o padre Darby deixou que ele fizesse como queria. Eoin teve um ataque quando viu o túmulo. Não o confortou nem um pouco ter o nome da mãe em uma lápide. Thomas nem ficou para o funeral. Ele e Eoin foram dar uma longa caminhada, e quando voltaram Eoin ainda chorava, mas não estava gritando, pobrezinho. Não sei o que o doutor disse a ele, mas Eoin parou de dizer coisas estúpidas depois disso.

Tomei um gole do meu chá, e Maeve sorriu para mim por cima da borda da xícara.

— Não era uma estupidez o que ele estava dizendo, não é mesmo?

— Não. — Thomas não deve ter contado tudo a Eoin. Mas deve ter contado alguma coisa. Deve ter dito quem eu era e que ele me veria novamente.

— Eu tinha esquecido completamente de Anne Smith. Tinha até esquecido do doutor e de Eoin. Já se passaram setenta anos desde a última vez que os vi. Então você apareceu na minha porta. E eu comecei a lembrar.

— Do que você se lembra?

— Não seja tímida, moça. Não tenho mais doze anos, e você não é a dona *desta* casa — disse, batendo o pé no chão acarpetado. — Eu lembrei de você!

Sorri com sua veemência. Era bom ser lembrada.

— Agora eu quero saber tudo. Quero saber o que aconteceu com você. Antes e hoje. E não deixe as cenas de beijo de lado — disse ela em voz alta.

Enchi novamente minha xícara, dei uma grande mordida em um bolo rosa fosco e contei tudo a ela.

⁂

Em setembro, acordei com a notícia de que as Torres Gêmeas haviam caído, que a minha cidade havia sido atacada, e assisti à cobertura pela televisão, segurando minha barriga que crescia a cada dia, protegendo meu filho ainda não nascido, me perguntando se eu havia saído de um turbilhão para entrar em outro. Minha antiga vida, minhas ruas, meu horizonte tinham mudado para sempre, e eu estava grata por Eoin não estar mais vivo no Brooklyn para testemunhar isso. Estava grata por eu não estar mais lá para testemunhar isso. Meu coração era incapaz de suportar mais dor.

Barbara ouviu os aviões — eles sacudiram a agência enquanto passavam por cima — antes de colidirem, e me ligou em estado de alerta dois dias depois, repetindo sem parar como estava feliz por eu me encontrar a salvo na Irlanda.

— O mundo está louco, Anne. Louco e de cabeça para baixo. E todos nós estamos agarrados à vida.

Eu sabia exatamente o que ela queria dizer, mas meu mundo estava girando havia meses, e o Onze de Setembro apenas adicionou mais uma camada de impossibilidade. Isso distraiu Barbara de sua preocupação comigo, da minha crise de meia-idade, e só me fez me retirar ainda mais em Garvagh Glebe, incapaz de absorver a magnitude de tal evento, incapaz de processar tudo isso. O mundo estava de cabeça para baixo, assim como Barbara havia dito, mas eu já estava caindo quando ele tombou, e já estava acostumada. Desliguei a televisão, implorei à minha cidade que me perdoasse e implorei a Deus que não deixasse que nós — inclusive eu — nos perdêssemos. E segui em frente.

Em outubro, encomendei um berço, um trocador e uma cadeira de balanço para combinar com o antigo piso de carvalho. Duas semanas depois, decidi que o chão do quarto do bebê precisava ser acarpetado. A casa podia ter correntes de ar, e eu tive visões do meu bebê caindo da cama direto nas ripas implacáveis. O carpete foi instalado, a mobília montada e as cortinas penduradas, e eu disse a mim mesma que estava pronto.

Em novembro, concluí que as paredes verde-claras do quarto do bebê ficariam mais bonitas com listras brancas. Listras verdes e brancas combinariam tanto com uma menina quanto com um menino e dariam ao quarto um pouco mais de alegria. Comprei a tinta e os equipamentos, mas Kevin insistiu que mulheres grávidas não deveriam pintar e confiscou minhas ferramentas. Protestei sem muito vigor, e a barriga enorme zombou das minhas ambições. Eu estava com trinta e duas semanas e não conseguia nem imaginar ficar ainda maior ou mais desconfortável. Mas eu precisava de algo para fazer.

Barbara ligou no início da semana para saber como meu próximo livro estava indo. Tive que confessar que não estava indo a lugar nenhum. Eu tinha uma história para contar, uma história de amor como nenhuma outra, mas não conseguia encarar o final. Minhas palavras eram um emaranhado de agonia e negação, e, sempre que eu me sentava para planejar, acabava olhando pela janela, vagando pelas páginas amareladas da minha vida em busca de Thomas. Não havia palavras para as coisas que eu sentia; havia apenas o subir e o descer da minha respiração, o ritmo constante do meu coração e a dor implacável da separação.

Incapaz de pintar e sem vontade de escrever, decidi caminhar. Coloquei um xale rosa de caxemira sobre os ombros, calcei os pés com botas de cano alto pretas para que não ficassem encharcados quando eu fosse até o lago. Meu cabelo dançava na escuridão, acenando para os galhos nus das árvores trêmulas. Agora não havia necessidade de domá-lo. Ninguém se importava se ele pendia até metade das minhas costas e se enrolava em volta do meu rosto. Ninguém olharia duas vezes para minha legging preta ou desaprovaria a forma como a túnica de algodão abraçava meus seios ou se agarrava à minha barriga de grávida. A praia estava vazia. Ninguém iria me ver.

A Irlanda fora pega na calmaria úmida de um fim de outono, e a névoa mofada tocava meu rosto e pairava sobre as águas, obscurecendo o céu do mar, as ondas da areia e a silhueta da margem oposta. Fiquei de frente para o lago, deixando o vento bater em meu cabelo, levantando-o e abaixando-o novamente, observando a neblina se transformar em fantasmas e mudar na luz tépida.

Eu tinha parado de entrar na água. De remar para longe da costa. A água estava fria e eu tinha um filho em quem pensar, uma vida além da minha. Mas ainda vinha pelo menos uma vez por dia para discutir o meu caso com o vento. O manto de neblina amortecia o ar, e o mundo estava silencioso e escondido. O bater da água e o barulho das minhas botas eram minha única companhia.

Então ouvi um assobio.

Parou por um momento e voltou, fraco e distante. O cais de Donnelly estava vazio, seu negócio estava fechado para a temporada. A luz brilhava de suas janelas e um fio de fumaça subia de sua chaminé, fundindo-se com o céu enevoado, mas nada se movia ao longo da costa. O assobio não vinha da terra, mas da água, como um pescador tolo se escondendo no nevoeiro.

O som ficou mais forte, flutuando com a maré, e dei um passo em sua direção, ouvindo o assobiador terminar sua melodia. Gorjeou e parou, e eu fiquei esperando um bis. Como isso não aconteceu, apertei os lábios e terminei a música, o som ofegante, suave e um pouco desafinado. Mas eu reconheci a melodia.

Eles não podem esquecer, eles nunca vão esquecer, o vento e as ondas ainda se lembram Dele.

— Thomas?

Eu já havia chamado por ele antes. Tinha gritado seu nome sobre a água até perder a voz e a esperança. Mas o estava chamando de novo.

— Thomas?

Seu nome pairou precariamente no ar, pesado e desejoso, depois oscilou e caiu, afundando como uma pedra sob a superfície. O lago sussurrou de volta com lábios líquidos, lentos e suspirantes. *Tho-mas, Tho-mas, Tho-mas.*

A proa apareceu primeiro, entrando e saindo do meu campo de visão. O lago estava brincando de esconde-esconde. E lá ela estava novamente, mais perto. Alguém estava remando com braçadas firmes. O puxar e soltar do remo na água era como um carinho silencioso, e o som do nome dele se tornava o som de sua voz. *Con-des-sa, Con-des-sa, Con-des-sa.*

Então eu o vi. Vi seu quepe, seus ombros largos, seu casaco e seus olhos claros. Olhos azuis-claros agarrados a mim. Ele disse meu nome, em voz baixa, incrédulo, enquanto o pequeno barco vermelho cortava a neblina e deslizava em direção à margem, tão perto que ouvi o remo raspar na areia.

— Thomas?

Então ele ficou de pé, usando o remo como um gondoleiro veneziano, e eu estava afundada até os joelhos na costa rochosa, gritando seu nome. O pequeno barco chegou à costa, e ele pisou em terra firme, jogando o remo de lado e tirando o chapéu. Ele o apertava contra o peito, como um pretendente nervoso prestes a pedir alguém em casamento. Seu cabelo escuro agora estava grisalho e havia mais algumas linhas no canto de seus olhos. Mas era Thomas.

Ele hesitou, os dentes cerrados, o olhar suplicante, como se não soubesse como me cumprimentar. Tentei me levantar, ir até ele, e de repente ele estava lá, me erguendo e me segurando contra si, nosso filho entre nós, seu rosto enterrado no meu cabelo. Por um momento nenhum de nós dois falou, nossos pulmões em chamas e o coração disparado roubando nossas palavras e nossos sentidos.

— Como foi que eu perdi onze anos e você não envelheceu nada? — disse ele, chorando entre meus cachos, sua alegria tingida de tristeza. — É meu filho? Ou perdi você também?

— É seu filho, e você nunca vai me perder — jurei, acariciando seu cabelo, tocando seu rosto, minhas mãos tão delirantes quanto meu coração. Thomas estava enrolado em mim, tão perto que eu sentia cada respiração, mas não era suficiente. Eu trouxe o rosto dele para perto do meu, com medo de acordar sem ao menos lhe dar um beijo de despedida.

Ele era tão real e incrivelmente familiar, o arranhar de sua barba, a pressão de seus lábios, o gosto de sua boca, o salgado de suas lágrimas. Ele me beijou como me beijara a primeira vez e todas as vezes depois disso, entregando-se completamente, sem esconder nada. Mas esse beijo estava temperado com uma longa ausência e uma nova esperança, e, a cada segundo que passava, comecei a acreditar em vida após a morte.

— Você ficou na Irlanda — ele disse, ofegando, os lábios deslizando pela minha bochecha, pelo nariz, até a ponta do queixo, seus dedos embalando meu rosto.

— Me disseram uma vez que, quando alguém vai embora da Irlanda, nunca mais volta. Não pude suportar a ideia de nunca mais voltar. Então eu fiquei. E você ficou com Eoin — eu disse, emocionada.

Ele assentiu, seus olhos tão cheios e ferozes que as lágrimas escorriam pelo meu rosto e se acumulavam na palma de suas mãos.

— Eu fiquei até ele me dizer que era hora de partir.

<hr />

Em 12 de julho de 1933, um dia após o aniversário de dezoito anos de Eoin, Thomas desceu o pequeno barco a remo vermelho das vigas no celeiro e arrumou uma pequena mala com uma caixa de moedas de ouro, uma muda de roupa e algumas fotografias. Ele pensou que poderia precisar de algo que tivesse pertencido a mim em 2001, algo que pudesse guiar sua viagem. Colocou no bolso os brincos de diamante que eu havia vendido ao sr. Kelly; ele os comprara de volta um dia depois que os penhorei. Ele estava com a urna vazia que havia levado as cinzas de Eoin e sabia os versos que recitei aquele dia no lago, o poema de Yeats que falava de fadas e viagens no vento.

Mas Thomas estava convencido de que os diamantes, as cinzas e as palavras sobre fadas não faziam a menor diferença. Quando tudo foi dito e feito, ele simplesmente pegou uma carona até 2001. No momento em que o barco foi devolvido ao lago, ele começou a navegar em direção à casa, passando por entre os anos, cruzando as águas e evocando o nevoeiro. Eoin o assistira desaparecer.

Deixamos o barco na costa, o remo na areia e o lago para trás. Thomas tinha os olhos arregalados, mas não estava com medo. Estava com a mala na mão e o quepe na cabeça. Eu duvidava de que Thomas tivesse mudado, independentemente da época que ele chamava de casa. Por onze anos, dois meses e vinte e seis dias, ele esperara pacientemente. Estava preocupado que eu tivesse ido embora, que ele tivesse que me procurar em um mundo desconhecido, do outro lado do oceano. Ele esperava encontrar um filho ou uma filha já um pouco crescido, se é que nos encontraria. E se o tempo o levasse para um lugar aonde ele não gostaria de ir, e ele perdesse tudo? Seria a lenda de Niamh e Oisín mais uma vez.

E mesmo assim ele veio.

13 de novembro de 2001

Sexta-feira, 9 de novembro de 2001, foi o dia em que eu cheguei. Onze anos, dois meses e vinte e seis dias foram condensados em cento e trinta e quatro dias. Os dez meses de Anne em 1921-1922 foram reduzidos a dez dias quando ela voltou. Tentei desvendar o motivo, mas é como envolver minha mente toda em torno da criação do universo. Passei dez minutos estudando um brinquedo ontem na loja de departamentos Lyons — a loja ainda existe. A expansão e a contração do brinquedo — Anne o chamou de mola maluca — me fizeram pensar no tempo de maneira completamente nova. Talvez o tempo esteja enrolado em círculos cada vez mais amplos (ou apertados), formando camadas e camadas, uma depois da outra. Abri os braços o máximo que pude, alongando as espirais da mola, e uni as mãos, achatando-a entre as palmas, intrigado. Anne insistiu em comprá-la para mim.

Contei a ela minha nova teoria sobre o tempo e os brinquedos ontem à noite, enquanto estávamos deitados em sua cama gloriosa. É enorme, mas dormimos de concha, suas costas em meu peito, sua cabeça abaixo do meu queixo. Não consigo parar de tocá-la, e ela sofre da mesma insegurança. Vai demorar um pouco até suportarmos qualquer tipo de separação. Eu estava no banho — tanta água quente saindo a uma velocidade maravilhosa — e ela se juntou a mim depois de alguns minutos, com os olhos tímidos e as bochechas rosadas.

— Eu fiquei com medo... e não quis ficar sozinha — disse. Ela não precisava se explicar ou se desculpar. Sua presença lá me levou a outra descoberta. O chuveiro é maravilhoso por vários

motivos. Mas aparentemente há um limite para o fornecimento de água quente.

A viagem a Sligo me fez admirar Anne ainda mais, se é que isso é possível. Não consigo imaginar o medo e a intimidação que ela deve ter sentido naquela primeira vez, tentando navegar em um mundo novo (e com roupas novas) enquanto fingia ser outra pessoa, acostumada àquilo. Acabamos comprando um guarda-roupa que se parece muito com o meu antigo. Quepes, camisas brancas e calças não saíram de moda. Suspensórios saíram. Coletes também. Mas Anne diz que esse estilo combina comigo, e eu posso usar o que quiser. Notei que eu me visto como os idosos. Mas eu sou um idoso, sou ainda mais velho que Maeve, que levou tudo isso de maneira memorável. Fomos visitá-la hoje. Conversamos por horas sobre os anos que perdi e sobre os entes queridos que já se foram. Quando estávamos saindo, eu a abracei e lhe agradeci por ter sido amiga de Anne, tanto agora como antes.

Anne vai escrever a nossa história. Perguntei a ela se posso escolher o nome do meu personagem, e ela concordou. Ela quer que eu escolha o nome do nosso filho também. Se for menino, será Michael Eoin. Tive mais dificuldade de escolher um nome de menina. Não quero que ela tenha um nome do passado. Ela vai ser uma menina do futuro, como sua mãe. Anne disse que talvez devêssemos chamá-la de Niamh. Eu ri. Niamh é um dos nomes mais antigos da Irlanda. Niamh, a princesa de Tír na nÓg, a Terra da Juventude. Mas talvez combine.

Anne é ainda mais bonita do que eu me lembro. Não contei isso a ela — acho que as mulheres não gostam de comparações, mesmo com seus velhos eus. Seu cabelo está maravilhoso. Ela não faz nenhum esforço para controlá-lo aqui, e ele se enrola em um alegre abandono, da mesma forma como Anne faz amor. Ela ri de sua barriga crescendo e de seus seios inchados, e da forma como anda e não consegue ver os dedos dos pés. Mas tudo que eu quero fazer é olhar para ela.

Vamos para Dublin amanhã cedo. Anne disse que aos poucos vamos ver toda a Irlanda juntos. Reconheço a velha Irlanda sob a nova roupagem. Ela não mudou muito, Éireann, e, quando olho para o lago e para as colinas, vejo que não mudou nada.

Dublin pode ser difícil para mim. Voltei lá muito pouco nos dez anos após a morte de Mick. Ele me espreitava em cada esquina, e eu não tinha vontade nenhuma de ficar lá sem ele. Queria que ele pudesse ver Dublin comigo agora, e me pergunto como seria o mundo se ele tivesse vivido.

Vamos visitar seu túmulo em Glasnevin quando terminarmos, e vou contar a ele todas as formas como o mundo mudou para melhor, mesmo na Irlanda. Vou contar a ele que encontrei minha Annie. Gostaria de poder ver seu rosto; ele sentiu tanto a perda dela. Vou dizer a ele que encontrei minha garota e pedir que fique de olho no meu garoto.

Eoin está muito presente. Ele está no vento. Não consigo explicar, mas não tenho dúvidas de que ele está lá. Anne me mostrou os livros — As aventuras de Eoin Gallagher — e pude senti-lo ao meu lado, virando as páginas. Então ela me entregou uma caixa repleta de cartas que Eoin insistiu que ela guardasse. Centenas delas. Anne disse que nunca entendeu por que ele nunca as enviou. Estão datadas e empacotadas por décadas. Muitas são dos primeiros anos, mas há ao menos duas de cada ano de sua longa vida, e todas elas estão endereçadas a mim. Ele prometeu que escreveria. E ele escreveu.

T. S.

NOTA DA AUTORA

No verão de 2016, depois de fazer uma pequena pesquisa sobre a árvore genealógica da minha família, viajei para Dromahair, na Irlanda, para ver o lugar em que meu bisavô, Martin Smith, nasceu e foi criado. Ele emigrou para os Estados Unidos ainda jovem. Minha avó disse que ele se envolveu com a Irmandade Republicana Irlandesa, e seus pais o mandaram para os Estados Unidos para que não se metesse em problemas. Não sei se isso é verdade, já que vovó partiu em 2001, mas ele nasceu no mesmo ano que Michael Collins, em um período de reforma e revolução.

Vovó escreveu algumas coisas sobre seu pai, meu bisavô, no verso de um cartão do Dia de São Patrício. Eu sabia quando ele tinha nascido, sabia que o nome de sua mãe era Anne Gallagher e o de seu pai, Michael Smith. Mas isso era tudo que eu sabia. Assim como Anne, fui para Dromahair com a esperança de encontrá-los. E encontrei.

Meus pais e minha irmã mais velha fizeram a viagem comigo, e, na primeira vez que vimos Lough Gill, meu peito queimou e meus olhos se encheram de lágrimas. A cada passo em sua direção, parecia que estávamos sendo guiados e conduzidos. Deirdre Fallon, a bibliotecária da vida real — bibliotecas nunca decepcionam — em Dromahair, nos encaminhou para o centro genealógico em Ballinamore. Fomos então direcionados a Ballinagar, um cemitério atrás de uma igreja no meio do campo. Quando perguntei como o encontraríamos, realmente me disseram para rezar ou para encostar o carro e perguntar, assim como disseram para Anne neste livro. Jamais esquecerei como me senti ao subir aquela colina entre as pedras e encontrar meus parentes.

A aldeia em que meu avô nasceu se chamava Garvagh Glebe, assim como na história. Mas Garvagh Glebe não é uma mansão e não fica ao lado do Lough Gill. É um trecho de terra bastante árido e rochoso, um lugar inóspito nas colinas acima de Dromahair, onde agora há um parque eólico. Quando vi aqueles grandes moinhos de vento, o título nasceu. *O que o vento sussurra* foi inspirado por esses acontecimentos e por ancestrais que nunca conheci, mas era como se os conhecesse.

Eu não poderia dar ao meu personagem principal o nome do meu tataravô (Michael Smith), porque Michael Collins era uma figura central no livro, e eu não queria dois Michaels. Assim, Thomas Smith foi nomeado em homenagem a dois dos meus avós irlandeses, Thomas Keefe, de Youghal, no condado de Cork, e Michael Smith, de Dromahair, no condado de Leitrim. Temos também um ramo Bannon na árvore, mas não consegui localizar. Talvez eu escreva outro livro sobre John Bannon.

Embora este livro tenha uma forte dose de fantasia, eu queria que fosse um romance histórico também. Quanto mais pesquisas eu fazia sobre a Irlanda, mais perdida ficava. Eu não sabia como contar a história, nem mesmo que história contar. Sentia-me como Anne quando ela disse a Eoin: "Não existe um consenso. Preciso de um contexto". E foi a resposta de Eoin a Anne, "Não deixe a história distrair você das pessoas que a viveram", que me deu esperança e direcionamento.

A história da Irlanda é longa e tumultuada, e eu não queria reacender o conflito ou apontar culpados neste livro. Simplesmente queria aprender, entender, me apaixonar por ela e convidar meu leitor a se apaixonar também. No processo, mergulhei na poesia de Yeats, que andou nas ruas por onde meu bisavô andou e escreveu sobre Dromahair. Também me apaixonei por Michael Collins. Se você quiser saber mais sobre ele, sugiro fortemente o livro de Tim Pat Coogan para uma apreciação mais profunda de sua vida e seu lugar na história irlandesa. Há tanta coisa escrita sobre Collins e tantas opiniões, mas, depois da minha pesquisa, ainda estou admirada com o jovem que se comprometeu de corpo e alma com a causa. Isso não está em discussão.

Claro, Thomas Smith é um personagem ficcional, mas acho que ele encarna o tipo de amizade e lealdade que Michael Collins inspirou entre aqueles que o conheciam bem. Fiz meu melhor para misturar fatos e ficção, e muitos dos eventos e relatos em que inseri Thomas e Anne realmente aconteceram. Não houve tentativa de assassinato ou incêndio criminoso no Hotel Gresham em agosto de 1921. Esse evento é fictício, mas reflete muitos dos atentados contra a vida de Michael Collins durante o período. A noite que Michael e Thomas passaram dentro da sala de registros foi baseada em eventos reais, assim como os amigos de Michael — Tom Cullen, Joe O'Reilly, Gearóid O'Sullivan, Moya Llewelyn-Davies, Kitty Kiernan — e figuras históricas como Constance Markievicz, Arthur Griffith, Cathal Brugha, Eamon de Valera, Lloyd George e muitos outros. Terence MacSwiney, sua irmã Mary e outros mencionados no contexto histórico também eram pessoas reais, e tentei me manter fiel aos registros em que eles são mencionados. Um guarda-costas de Michael Collins foi mencionado em vários relatos — com detalhes muito semelhantes aos eventos em Garvagh Glebe e ao tiroteio no pântano —, mas até onde sei seu nome não era Fergus. Brigid McMorrow Gallagher foi batizada em homenagem à minha tataravó, Brigid McNamara, e sua relação com a mãe de Seán Mac Diarmada é completamente fictícia.

Quaisquer erros ou floreios nos eventos reais para preencher as lacunas históricas ou para promover a história são bem-intencionados e inteiramente meus. Espero que, quando você terminar de ler *O que o vento sussurra*, tenha um respeito maior pelos homens e mulheres que vieram antes e o desejo de tornar o mundo um lugar melhor.

Devo agradecer imensamente à minha amiga Emma Corcoran, de Lusk, na Irlanda, por sua contribuição e pelos olhos irlandeses. Ela manteve a narrativa autêntica e os fatos corretos, além de me ajudar com o gaélico em todos os momentos. Agradeço também a Geraldine Cummins, por ler e me dar suas opiniões com entusiasmo.

Muito obrigada à minha amiga Nicole Karlson por ler cada trecho enquanto eu escrevia e por me deixar longas mensagens cheias de encorajamento e elogios. Este foi um romance difícil de escrever, e seu entusiasmo me fez inúmeras vezes continuar o trabalho com otimismo.

Agradeço à minha assistente, Tamara Debbaut, uma fonte constante de apoio e muito mais. Ela faz todas as coisas que nunca consigo fazer sozinha. Não haveria Amy Harmon, escritora, sem Tamara Debbaut. Sou completamente inútil sem ela.

Karey White, minha editora particular, também deve ser mencionada por seu tempo e cuidado em aperfeiçoar meus manuscritos muito antes que minha agente e minha editora os vissem. À minha agente, Jane Dystel, por acreditar em meus livros e por realizar grandes sonhos. À minha equipe na Lake Union, particularmente Jodi Warshaw e Jenna Free, por abraçarem com entusiasmo meus esforços e me acompanharem mais uma vez no processo de publicação.

Finalmente, minha eterna gratidão ao meu pai, por me dar a Irlanda, ao meu marido, por me dar uma crença inabalável, e aos meus filhos, por não ligarem nem um pouco para os meus livros e por me lembrarem do que é realmente importante na vida. Eu amo muito todos vocês.

Impresso no Brasil pelo Sistema Cameron da Divisão Gráfica da
DISTRIBUIDORA RECORD DE SERVIÇOS DE IMPRENSA S.A.